ヒトコブラクダ層ぜっと

Arabian camel layer Z II

万城目学

ヒトコブラクダ層ぜっと

下

幻冬舎

ヒトコブラクダ層ぜっと（下）

上巻目次

下巻目次

ブックデザイン：bookwall
写真：©seasons.agency / amanaimages

第九章　Z

手にしていたヘルメットを投げつけ、キンメリッジが咆《ほ》えた。マーストリヒトは溢れんばかりのあごヒゲをつまむ――のではなく、手のひらで根元からごっそり握りしめ、コンクリート支柱のように動かない。両脇に立つ二人の上官を見上げ、視線をさまよわせているノールとオルネクに、

「ねえ、さっきの映像、もう一回、見せて。もちろん、録画しているでしょ」

と低い声で指示を出したのは銀亀《ぎんがめ》三尉だった。

梵地《ぼんち》が訳すのを待たず、自ら英語で直接話しかける。その勢いに押され、若い二人がノートパソコンに向かい直した横で、キンメリッジは無言でヘルメットを拾い上げた。

「おい、海兵隊に三足目の靴下はないのかよ?」

と無遠慮に梵人《ぼんど》が問いかけると、キンメリッジは無言で首を横に振った。

「どうするんだよ、これから」

ケツアゴのおっさんに俺たちの場所を伝えられないだろ、と聞こえよがしにつぶやいたのち、

「俺――、ちょっとトイレ。我慢していたんだわ」

と末弟は小走りで退場した。

その後ろ姿を睨みつけるようにして見送りながら、キンメリッジはヘルメットを自分の頭にのせた。ノートパソコンの背面に置かれたペットボトルを手に取り、口の脇から漏れ出すのも構わず、一気に水をのどへと流しこむ。大きく息を吐き出したのち、次にヒゲもじゃの小隊長に投げて渡した。ヒゲを握る手を離し、マーストリヒトがペットボトルを受け取る。二リットル入りの容器が、その手のひらに収まると五百ミリリットルのサイズに見えた。残りを一気に飲み干し、こちらは濡れた身体を震わせ水切りする動物のように、ぶるると巨体を振動させ、鼻の奥を鳴らした。

マーストリヒトは容器を元あった場所に戻し、キンメリッジに早口で言葉を投げかけた。それに対し、キンメリッジが薄く笑い、空のペットボトルにいきなりパンチを繰り出した。

乾いた音を立てて、砂地にペットボトルが跳ねて転がる。

どうしたんだ、という梵天《ぼんてん》の視線に応え、

「こんな予定外のことばかり起こる作戦を押しつけてきて、あの能なし少佐、基地に帰ったら砂に埋めようだって」

と梵地がこっそりと訳してくれた。

短い混乱の時間はすぐに終わったようで、二人は改めて、両サイドから部下たちが作業中のノートパソコンをのぞきこんだ。それからは梵地と銀亀三尉も交じって、矢継ぎ早に英語が飛び交う活発なやり取りが続いた。梵天は蚊帳の外に置かれた状態で、ひとり朝食をとった場所へ戻った。そこに置き去りになっていたペットボトルを取り上げ、渇いた口の中に水を注ぎこむ。先にうがいをしたら、歯の裏側に貼りついていたチョコレートが舌の上に転がった。海兵隊のレーション（軍用非常食）の袋に入っていた、とにかくカロリーを摂取させる意図があるのだろう――、異様に粘度の高いチョコバーのかけらだった。すでに甘さは感じられず、砂の上に吐き出してから空を仰いだ。

昨日のパラシュート降下の際、自分はどの方角を見ていたのか。

ぐるりと囲む絶壁や巨大ラクダに気づかなかったということは、外周ではなく中心側に視野が向けられていたはずだ。この場所からは見えぬ「ヒトコブラクダ層」に背中を向けるイメージで立ち位置を定め、小刻みに足を動かしながら降下方向のイメージを調整していたら、

「何踊ってるの、梵天二士」

という声が聞こえた。

腰に手を当てて、サングラス姿の銀亀三尉がこちらを眺めている。

梵天はペットボトルを身体の正面に向け、そのまま前進した。三尉らになるべく近づいたところで足を止め、

「梵地、街はこの方向か？」

と訊ねた。

ペットボトルは、砂丘のてっぺんに顔を出し始めた太陽からわずかに左のあたりを指している。

梵地がノートパソコンの前で腰を下ろす若い海兵隊員に訊ねると、身体をねじり、自分の腕で答えを示してくれた。その向きは、梵天のペットボトルとほぼ平行だった。

「たぶん、あの街を空から落ちるときに見た」

すでに記憶もおぼろげになりつつある、砂漠に貼りついた蜂の巣の断面に似た残像を思い返しながら梵天はつぶやいた。

「あれが、アガデだったのか？」

「それは、あり得ない」

と梵地は即答した。

「でも、お前も見ただろう。ジッグラトっていうやつか？　他の建物も、そのまま残っていたぞ」

「アガデは四千年もむかしの街だよ？　建物はすべて日干しレンガを一個ずつ積み重ねて造られた。ジッグラトだって、そう。ピラミッドみたいに石を組んだものじゃない。古代メソポタミアには建築用の石材が存在しなかったからね。だから、もしもそんな街が地上に残されていたとしても、雨と風と砂嵐に削られて、洪水だってあったかもしれない――、とにかく、とてもじゃないけどかたちを保つなんてできないよ。実際に野ざらしになったジッグラト跡があるんだ。芯の部分だけが残って、まったく原形を留めていないから」

砂嵐の想像を超える凶暴さなら、短い宿営地暮らしながら、梵天もよく知るところである。確かに、あの猛威に何千年もさらされ、いまだ整然とした街並みが残るなんてあり得ないだろう。しかし、いちばんの問題は、この目で実際に見てしまったことだ。

「じゃあ、あれは何だ。石油王が造ったテーマパークか？」

「そんな話、聞いたこともないよ」

「遺跡を復元した線は？　日本の城の天守閣みたいにだな」

「考古学の世界はどこもお金がなくて、掘ることさえままならないのに、街ごと復元だなんてあり得ない。ジッグラトや城門だけなら、復元例もあるにはあるけど――」

「ねえ、梵地二士」

そこへ銀亀三尉の声が滑りこんできた。

「私たち、やっぱり地下に閉じこめられているなんてことは、ない?」

へ? と梵地は間抜けな声を発した。

「地下……ですか?」

「そう、キムが言っていたわよね。あのロープが垂れていたところから落ちてきて、私たちは今、地下の底にいる、って。ここは地下だから、風は吹かない。雨も降らない。いや、砂漠だから放っておいても降らないか。温度も変化しないし、嵐も起きない。そのおかげで、何千年も前の街がそのまま残っていた――」

「それは、海抜がマイナスってことですか? 確かに、死海は海抜マイナス四百メートルよりも低い場所にあるから、ここも――」

違うの、と早々に三尉は首を横に振り、弟の言葉を遮った。

「そういう意味じゃない。昨日まで、私たちがいた地下施設のようなものだって言いたいの。この地形、石油の貯蔵タンクみたいでしょ?」

石油の貯蔵タンクと聞いてもピンと来ていない様子の弟に三尉は両手で輪を作り、そこに円柱状の空間があるかのように上下させた。

「ほら、こんな形のタンクが海沿いの工場地帯に並んでいるじゃない。あの形をそのまま地面に埋めこんで、ずっと大きくしたような場所に、私たちは閉じこめられている。そこの彼が言っていたわよね。外周は直径約二十キロメートルのほぼ完全な円形で、深さはどこも二百二十メートルで一定だって――。そんな地形が自然にできるなんて不自然でしょう。地下だと考えたら、地図に載っていない理由にも納得がいく」

「でも……、空が見えますけど」

とおずおずと弟が反論すると、

「私だって見えてるわよ」

と三尉は急に低い声になって、サングラスをいよいよすっきりとした青みを発している空に向けた。

「昨日はあんなに雲がかかって嵐になりそうな天気だったのに、すっかり流されている。それってつまり、夜の間に風に持っていかれたってことでしょ？　でも、パラシュートで降りてから、私はこの場所で一度も風を感じたことがない。それって、どういうことなのか、ずっと考えていた。どうしてロープがいきなり空から垂れているのか、どうして砂漠の夜が寒くないのか――」

しばらく間をおいて、おもむろに三尉は顔を戻した。

「空に見えない天井があるの。だから、天井にぶつかったドローンは壊れた。外気もシャットアウトされているから、夜になっても温度が下がらない。当然、地下だから衛星画像にも映らない」

決して冗談を言っているわけではない上官の口ぶりに、思わず弟と目を見合わせた。おそらく、お互いに抱いた感想は「梵人みたいなことを言うな」だっただろう。まさかそれが通じたわけで

はないだろうが、三尉は梵天に近づくと、脇に挟んでいたペットボトルを引き抜き、キャップを外してひと口含んでから、

「梵人二士はまだなの？」

と三尉は周囲を確認した。

「あいつ、便秘だとか言っていたんで、長引いているのかも——」

と梵天が答えると、ああ、と引きつるように片方の唇の端を持ち上げ、梵地にペットボトルを手渡した。

「でも、これで言ったとおりだったわけね、梵地二士」

「言ったとおり……、ですか？」

「昨日の朝、施設の部屋で梵天二士から聞かされたとおり、ってこと。あなた、あの女から、日本で会ったときに『本物のメソポタミアを見せてあげる』って言われていたんでしょ？　そのとおりになったじゃない。まあ、あれが本当にアガデって街なのかどうか、私にはわからないけど」

受け取ったペットボトルに口をつけようとした梵地の動きが一瞬、止まった。ふたたびペットボトルを傾けたが、結局、水は唇まで届くことなく、ペットボトルを持つ手を下ろした。

たっぷりと日焼けしている肌であっても、それとはっきりとわかるほど、顔が赤らんでいた。顔に比べわずかに白みが残っている首筋も見る見る朱に染まり、いつもは穏やかな表情が居座るその横顔にくっきりと歪みのラインが浮かんだ。

これまでほとんど、いや、一度も弟が見せたことのない感情の発露に梵天が戸惑っている横で、

「あ、映ったみたい」

とすでに三尉はノートパソコンのほうに関心を移している。

「ほら、あなたたちも」

と背中を向けながら、手で招く。

梵地がようやくペットボトルの水を口に含み、ひょろ長い首を伸ばした。まだ首筋にほのかに赤みは残っているが、ノートパソコンの画面を捉えるなり、

「あ、城壁だ……。ちゃんと門もある。どこも崩れていない。通りも、広場も――。え？　今、壁に沿って壺が並んでいなかった？」

と早くも釘づけの様子で、その後、ペットボトルを傾け、頰いっぱいに水を含んだことを忘れたのか、しばらく経ってからようやくごくりと嚥下《えんげ》した。

梵天も三尉とマーストリヒトの間に半身を滑りこませノートパソコンをのぞく。画面ではドローンが撮影した映像を再生中で、カメラが回りこみながらジッグラトに接近し、青いコートを纏《まと》った女を正面に捉えズームインしていく――、その場面で、キンメリッジとマーストリヒトからほぼ同時に鋭い声が発せられた。

ぴたりと映像が静止する。

誰もが無言になって画面を見つめた。

あのとき何が起きたのか――？　まさに一瞬の出来事で、わけもわからぬうちに映像が途切れてしまったというのが梵天の記憶だが、ノートパソコンの画面は、そのときに起きたことを明瞭に伝えてくれていた。

最初に静寂を破ったのはキンメリッジだった。

「誰だ、これ」

こちらに顔を向けてくるので、

「知るわけないだろう」

と梵天が眉間にしわを寄せてはねつけると、

「ボンチ」

と早々に弟に視線を移し、そこに何か反応を見つけたのか、太い眉の下で目を細めた。

「たぶん、だけど……」

まさかの返答に梵天は「知ってるのか?」と目を剝く。

「この人、シュメールの兜をかぶってる――。たまねぎみたいな形がその特徴だよ。槍の穂先は青銅製だね。ほら、太陽の光が反射している。錆びていないってことだから、まだ作ってから新しいのかも――」

梵天は「はッ」と驚きと呆れを混ぜ合わせたような声を発し、改めて画面をのぞきこんだ。そこには、ちょうど女の正面に立ち塞がるような格好で男がカメラに向かって口を開け、まさに槍を投擲《とうてき》せんとする瞬間が映し出されている。

何とも奇妙な絵柄だった。

女の外見も仮装パーティーにそのまま参加できそうななりであるが、この男も劣らず珍妙な格好をしている。まさに兵士の装い、しかも全身が砂漠色だ。男が身につけるたまねぎ形の兜と、タンクトップのようなデザインの鎧がそもそも煤《すす》けた色合いであることに加え、男自身の顔色や腕の肌色が異常なくらいに悪いためである。

ほとんど病的と言っていいくらい、男は痩せていた。

見るからに細い首に筋がくっきりと浮かび上がり、頰はごっそりとこけ、眼窩は落ちくぼんでいる。

しかし、上体をねじり、今まさに槍を投擲せんとするその痩身にはアンバランスなほど力が漲《みなぎ》り、大きく開いた口から今にも咆哮が聞こえてきそうな野性味、いや野蛮な気配が溢れ出していた。画面越しであっても、視線を合わせることを自ずと避けてしまうほどの。

「ねえキム、このコスプレしてる人、どれくらい離れたところから槍を当てたの？」

銀亀三尉も仮装のラインで男を捉えたようで、すぐさま返ってきたフィートでの数字を、

「約二十メートルです」

と梵地が換算した。

よく当てたものだな、と梵天は改めて男のか細い腕を目で追った。弟の説明どおり穂先が青銅製だったならば、木の部分を含め、結構な重さになるだろう。まぐれだと思う一方で、男はまさに獲物を狩らんとする、らんらんたる眼差しをカメラに向けている。少なくとも、男は本気で的を狙っていた。

「でも、どうして、いきなり攻撃してきたの？　彼女が招いたから近づいたわけでしょ？」

確かに女はドローンのカメラに向かって、指で招き寄せていた。

しかし、素直に近づいたら撃墜の憂き目に遭った。女におびき寄せられ、まんまと罠にはめられたということか。しかし、なぜ女がドローンを攻撃する必要があるのか。そもそも、どうして女がジッグラトのてっぺんにいるのか。通信ができない状態で、どうやってこの場所を知ったの

か。あの女も夜中のうちにパラシュート降下を経験したのか――。

答えの出ない疑問が梵天の頭の中で次から次へ湧き上がるところへ、

「今の映像、もう一度見られる?」

と三尉が急に声のトーンを上げた。仲介を待たず、自ら英語で指示した場面――、青いコートを纏う女の上半身にカメラがズームインするところで、「ここ」と身を乗り出して指差した。

「ねえ、キム。この女《ひと》、何かしゃべってない?」

キンメリッジはいったん画面に顔を近づけたのち、半信半疑の様子で部下に指示を飛ばした。映像が途切れたのち、ほどなく画質は少々粗いが、女の顔が画面いっぱいに映るまで拡大された。

「ほら」

これまでその派手な装いや、手元の動きにばかり注意を奪われていたが、確かに女の口がわずかではあるが開閉している。

「そう言えば、マイクで音を拾えるんじゃなかった?」

パチンとキンメリッジが指を鳴らす。空いたほうの手でノートパソコンの脇に置かれたままの小型スピーカーを叩くと、若い海兵隊員が忙しげに調整を始めた。

スピーカーから雑音がわっと響いたのち、不意に静まり、やがてぼそぼそと声のようなものが聞こえてきた。もう少しボリュームを上げろとキンメリッジが手で示すと、対象とかなりの距離があるにもかかわらず、驚くほどクリアな女の声が流れてきた。

「何て言ってるの」

三尉の問いにキンメリッジは眉間を険しくしたまま、もう一度と部下に伝えた。同じシーンが繰り返され、スピーカーから音声が流れる。キンメリッジが順に視線を送ると、マーストリヒトはあごのヒゲをつまみ、俺は専門外だとばかりに肩をすくめ、若い海兵隊員二人も無言で首を横に振った。

「梵地――」

と前のめりになって画面を注視している銀亀三尉越しに弟を呼んだ。

やけに硬い表情で画面を見つめていた梵地だが、梵天の声にハッと視線を向けた。どうだ？と確かめるまでもなく、その顔を見ただけで答えは明白だった。

気配を察した三尉が、

「まさか、梵天二士――」

と顔を上げる。

「ひょっとして、何を言ってるか理解できるの？」

「あの、三尉は？」

「わかるわけないでしょ。あなたは、わかるの？」

「わかるというより、自然にそのまま日本語で聞こえてくるというか……」

「冗談でしょ？　似ても似つかない外国の言葉よ。ハサンのおじいさんが話すのを聞くのといっしょ――」

三尉の声が跳ね上がるのを受け止めながら、どうやら、昨日の朝食時と同じ現象が起こっているらしいと気がついた。

「何、その『わからないなんて信じられない』って顔。その顔をすべきはこっちのほうだから」

と振り返った三尉に、「は、はい」と気圧《けお》されつつ梵地がうなずく。

「彼女が何て言っているか、すぐに教えなさい」

梵天が「頼む」とアイコンタクトを送ると、梵地はひとつ咳払いしてから、スピーカーからリピートされている女の声にタイミングを合わせて口を開いた。

「やっと来たのね――。待ちくたびれたわよ、イナンナのしもべたち。ここまで、イナンナのしるしを持ってきなさい。でも、気をつけること。我がしもべが、エレシュキガルのしもべが、あなたたちを待っている。ほら、ここに……」

そこでいったん言葉を区切り、

「ここでシュメール兜の彼が登場して終わりです」

と締めて、ふうと大きく息を吐いた。

嫌みたらしい声色まで器用に真似して梵地が語った言葉は、梵天が聞き取ったものと一言一句違《たが》わなかった。キンメリッジが「ボンチ」と呼びかけ、腕を組んで待機しているマーストリヒトらを指で示すと、「ＯＫ」と梵地は英語での説明を始めた。

その間に、三尉がさっそく梵天に質問をぶつけてくる。

「エレシュなんとかって何？」

「わかりません――。俺も聞いたことない言葉です」

「全部、日本語に聞こえるんじゃなかったの？」

「そこはそのままエレシュなんとかで聞こえました」

何なのそれ、と上官の唇の端があからさまに歪んだとき、

「天ニイッ、地ニイッ」

という甲高い声が背後から響いた。

何事かと振り返ると、いよいよくっきりと姿を現した朝の太陽を背にして、砂丘のてっぺんから梵人が慌てふためき下りてくる。

「銀亀さんッ、キンメリッジも――」

右手でズボンを腰の位置で留めながら、梵人はもう片方の手に水色のUNキャップをつかみ、頭の上でぐるぐると回した。

「あいつらが攻めてきたッ」

＊

海兵隊の動きは機敏だった。

ヘルメットをかぶり直したキンメリッジは全速力で砂丘を駆け上り、「攻めてきたって、何が？」という三尉の声に構うことなく、末弟を連れ砂丘の向こうへ消えた。

マーストリヒトはそれまで手つかずのまま積んであった荷物の山へ移動し、ひとつずつ地面に並べたのち次々と開封した。中から取り出したのはライフル銃だった。ノールとオルネクも慣れた手つきでボックスから銃を拾い上げ、弾倉を装塡する。

「ち、ちょっと待ちなさい。何のつもりよ。どうして、あなたたち、そんな武器を用意しているの？」

すぐさま英語に言葉を変え、銀亀三尉が大きく身振りを交えて近づくと、マーストリヒトは太もものホルスターに収めていたピストルを抜き、銃身の筒部分を握りグリップのほうを三尉に差し出した。

「そういう意味じゃないって」

慌てて彼女が首を横に振ると、大男は今度は梵天と梵地に視線を向けた。

「ＮＯ」

先回りした三尉が強く声を発すると、ヒゲもじゃの大男は何か言いたそうに、ほとんど子どもに相対するような角度で三尉を見下ろしていたが、無言で銃をホルスターに戻した。

キンメリッジの分だろう。背中にライフル銃を二挺担ぎ、ヘルメットを装着してマーストリヒトはノールとオルネクを連れて走り出した。

突然の展開を前に、木偶《でく》の坊《ぼう》の如く突っ立っていた梵天と梵地に向かって、

「行きましょうッ。何だかわからないけど、梵人二士が妙なことをしないように止めないと」

と三尉が命令を発した。

早くもマーストリヒトたちは砂丘を越えようとしている。三尉も駆け足になって砂丘を上る。これがなかなか速い。真っ先に頂上に到達した三尉はいったんそこで足を止め、梵天、梵地もほどなく追いつく。

前方に開けた視界の先には、上ってきたばかりの砂丘をひとまわり大きくした、こんもりとした砂の小山が正面に陣取り、さらに左右へと別の砂丘が連なっていた。

正面の小山のてっぺんに、すでに梵人とキンメリッジが到着していた。梵天の位置からは見渡

せぬ向こう側をのぞいているのか、互いに腰を屈めている。砂漠色の迷彩服とグリーンの迷彩服の背中が二つ並び、シャープなキンメリッジの輪郭の横で、梵人の体形はずいぶんと横に膨らんで見えた。

ざっと距離にして二百メートルほど。

「梵人ーッ」

と梵天が呼びかけると、梵人が振り返り、手を振った。

「どうしたーッ」

末弟は「声を落とせ」とばかりに両手で下げるジェスチャーを見せた。さらにはキンメリッジも振り返り、「そこに留まれ」と片手でサインを送ってくる。

「何かしら」

と三尉が不審そうにつぶやく。梵人のことはもちろん放ってはおけないが、銃も持たず完全に徒手空拳の自衛隊チームである。遮二無二突っこむわけにもいかず、

「ここに待機。様子を見ましょう」

という指示に異論はなく、誰からともなくその場に腰を下ろし、マーストリヒトたち三人が銃を携え、キンメリッジのもとに合流するのを見守っていると、

「ここも礫《れき》砂漠だね」

とぽつりと梵地がつぶやいた。

何だそれは、と梵天が訊ねると、

「岩砂漠、礫砂漠、砂《すな》砂漠」

と荒野と呼ぶにふさわしい殺伐とした風景を前に、弟は呪文のように唱えた。

梵人含め五人が横一列に並んだ状態で動かない海兵隊を視界に置きながら、物知り博士が抑えた声色でレクチャーしてくれたところによると、「砂漠」とはそもそも砂があることを必須の条件としていないらしい。それよりも極度の乾燥――、まったく雨が降らず、緑も見当たらない、乾燥気候のなかでも特に厳しい場所を砂漠と呼ぶとか。

「地球上の陸地の四分の一は砂漠なんだ」

砂漠の種類はおもに三つ――、それが岩砂漠、礫砂漠、砂砂漠だと梵地は続けた。

遠方に蜃気楼《しんきろう》がゆらめき、砂丘が肩を寄せ合う――、梵天が日本にいたとき抱いていたイメージはいわゆる砂砂漠であり、砂漠全体に占める割合は十パーセント程度なのだという。残りは岩砂漠もしくは礫砂漠だ。確かに宿営地然り、ハサンじいさんのオアシス然り、滑らかな砂の大地というよりも、ざらついた荒れ地に囲まれている印象のほうが強い。ただし実際に地面に触れてみると、とんでもなく細かい粒に覆われているため、「ああ、砂漠だ」とわかる。さらには、強い風や嵐に巻き上げられると、ちりちりと顔に砂が当たって痛いので否応なしにその存在を実感できる。

「そう言えば、昨日から、一度も草木を見ていないよね。こういうもじゃもじゃした感じのやつ」

と梵地は両手でそのサイズを示した。おそらく梵地は宿営地内でも見かける、名前もわからぬ、いかにも水気の少ない、枯れているのか生きているのかわからない植物のことを言っているのだろう。ハサンじいさんのオアシスはもちろん、黒い涸《か》れオアシスの周辺でもそれを見かけた記憶があるが、パラシュートで落ちてきてからはどうだったか――。改めて意識して、梵天が左右の視界を探っていると、いつの間にかキンメリッジと梵人が右側へと移動を開始していた。それに対し、マーストリヒトらは小山の頂上に残り、腹這いの姿勢で銃を構え、すでに前方に向かってライフル銃の照準まで合わせている様子だ。

「まさか彼、銃とか渡されてないわよね」

彼とは言うまでもなく梵人のことだろう。一瞬、弟と顔を見合わせる。ここで地下格闘技大会や中国人マフィアの用心棒の話題を口にはできないなと思いつつ、梵人の丸っこい身体が、全速力で駆けるキンメリッジから離されていく様を目で追った。

「彼ら、何かが見えているのかな」

梵地のつぶやきに対する答えは「YES」だ。マーストリヒトたちの準備はもはや偵察ではなく警戒の段階に入っていると思われるからだ。

「あいつらから、何か借りたほうがよかったんじゃないですか」

と梵天が照準器をのぞきこみ微動だにしない海兵隊員の背中に向かってつぶやくと、

「何、言ってるの。私たちは自衛隊よ」

と押し殺した声で一喝された。

改めて己のポケットを探る。役に立ちそうなものは何一つない。胸ポケットの内側に、地球史上最強の肉食恐竜の歯が一本、潜んでいるのみだ。梵地に「お前、何か持っていないのか」と耳打ちすると、脇に抱えたまま、無用にもここまで携えてきたペットボトルを目で示された。

「私も何もないわよ」

と三尉には訊ねる前に返された。

頭の位置をさらに一段低くして、状況を確認する。キンメリッジと梵人は右手の砂丘のてっぺんに到着し、同じく伏せの体勢で眼下を捉えている。海兵隊員の身体からは、白い砂漠迷彩を施したライフル銃が突き出している。

いつの間にか、あごを砂地につけて息を殺していた。

何も動くものがなくなった風景を前に、梵天は今さらながら気がついた。

風がないとき、大地から音というものが消えるのだと。

＊

最初に動いたのはマーストリヒトだった。

ゆっくりと立ち上がり、銃を脇に抱えながら片手を挙げた。それは明らかに前方に向かってのサインであり、相手への害意はないこと、コミュニケーションを取る用意があることを示しているように見えた。

その巨体の足元で、ノールとオルネクの二人は依然ライフルから目を離さず伏せている。離れた場所のキンメリッジが小隊長の動きを捉えつつ上体を起こし、片膝を立てる姿勢でゆっくりと銃を構えた。その隣でいったい何の役に立っているのか、梵人は頭を低くして、キンメリッジから渡された双眼鏡をのぞいている。

突如、静寂を破り、野太い声が轟《とどろ》いた。

幅のある上体から挙げられた片手が揺れるのを見て、マーストリヒトが発したものとわかった。ただし、二百メートルも離れた位置では梵地もそれを聞き取ることはできず、「敵意ある感じのしゃべり方じゃなくて、あくまで警告のニュアンスだね――」と解説が添えられたときだった。

「パンッ」

という銃声が鼓膜を叩いた。

ノールかオルネクかのどちらかが放ったのだろう。その行動に重ねるように、マーストリヒトが大きな身振りとともに前方に向かって何か訴える様子が見えた。

「何だ、今の」

「威嚇射撃だよ」

威嚇？　何を？　と梵天が口にした途端、不意に視界に飛びこんでくるものがあった。

梵天の目にはそれは爪楊枝ほどの大きさにしか映らなかったが、マーストリヒトの脇を抜けて煙を上げて砂丘の斜面に突き刺さった。

「槍――？」

銀亀三尉の声は一瞬にして、新たな発砲音に掻き消された。

槍の飛来を受け、マーストリヒトの巨体が転がりながら後退する。しかし、すぐさま匍匐《ほふく》前進で部下たちの隣に戻り、銃を構えた。撃っているのはノールとオルネクではなく、隣の砂丘にいるキンメリッジだった。狙っているというよりも、こちらも警告の意味をこめているのだろう、視線とは別方向の水平位置よりも上方に二発、さらに一発と放ち、それから改めて照準を合わせ、銃口を下方に向けた。

無音の世界が砂漠に戻る。

梵人はというと耳を両手で塞ぎ、頭の真上で発生したであろう発砲音をやり過ごしている。今すぐ戻ってこいと叫びたかったが、足の位置をずらして砂の音を鳴らすことすら憚《はばか》られる、異様なまでの緊張感が身体全体にのしかかっていた。連中は何に警告を発し、銃口を向けているのか。梵人は双眼鏡で何をのぞいていたのか。これまで繰り返してきた泥棒仕事でもこの手の嫌な緊張は毎度つきものだったが、それとは比較にならない張り詰めた不穏な空気が砂漠を覆っていた。

海兵隊の背後で、斜面に突き刺さったままだった槍が、無音の風景のなかでぱたりと倒れた。

それを合図にしたかのように、ふたたびマーストリヒトが立ち上がった。

同時に足元の部下たちに指示を出す。弾かれたように腰を上げたノールとオルネクは、はじめのうちは銃を構えた姿勢を保ち、じりじりと後退していたが、マーストリヒトが大きな口を開け、急かすように咆えた途端、一気に斜面を駆け下りた。

「ち、ちょっと、何なの――」

狼狽する三尉の声はまたしても銃声に押し流された。今度も音の出どころはキンメリッジだが、明らかに狙いをつけ、下方に向かって一発目、二発目と発砲している。

キンメリッジが照準器から顔を離して、足元で伏せている梵人に何かを告げた。末弟は立ち上がり、こちらも脱兎の如く斜面を下り始めた。両手を挙げて、梵天たちに向かって何かを叫んだが、キンメリッジによる三発目の銃声に遮られ届かない。

「あッ」

三尉が短い叫び声を上げた。

ローン映像で見た兵士と同じ格好だ。すでに槍を投げてしまったからか、ともに素手で、砂丘と

徐々に男たちが身につけたものがはっきりと見えてくる。頭には兜、上半身には甲冑というド

詰め、あっという間にその背後に迫った。

を下り始めた。ノールとオルネクも全力で駆けているにもかかわらず、ぐんぐん男たちは距離を

それでも、マーストリヒトの手が届かない左右を抜けて砂丘を越えてきた男たちが二人、斜面

れるのかというくらい、おそろしいほどの腕の力だった。

す動きで、こちらも稜線の向こうへ問答無用の勢いで投げ飛ばした。人とはこんなに軽々と扱わ

て、ノールとオルネクを追おうとしたが、背後から小隊長が男の襟首をつかんだ。相手を引き戻

長く、男が豪快に稜線の向こうに吹っ飛んだ。続いて現れたひとりがマーストリヒトの横を抜け

しかし、相手の剣が届くよりもマーストリヒトの蹴りのほうが速かった。巨体から伸びた足は

もなくマーストリヒトに振り下ろした。

き上がったばかりのマーストリヒトに襲いかかる。男は剣のようなものを携え、それを何の躊躇

まるでその向こう側にトランポリンが仕こんであるのではと疑うほど、高い跳躍とともに、起

砂丘のへりから突如として、人影がひとり躍り出た。

砂丘であっても、それを稜線と呼ぶのだろうか。

ともに砂地をえぐった。

トリヒトが斜面に身体を投げ出したおかげで、槍は二本、三本と彼の巨体を越えてから、砂煙と

まさしくマーストリヒトの頭部が位置する場所だったのかもしれない。すんでのところでマース

マーストリヒトの左右、さらに頭上に槍がばらばらと降ってきた。いや、実際は頭上ではなく、

砂丘の間、ちょうど谷底にさしかかるあたりで、ひとりが勢いに乗って海兵隊員に組みついた。派手な砂煙が立ち上り、男と海兵隊員が絡み合ったまま転がっていく。

叫び声を上げ、小隊長が巨体を揺らし下りてきた。

ノールが倒れたことに気づいたオルネクが思わず銃を構えたが、足を止めたことで、こちらも追っ手がつかみかかる隙を与えてしまった。しかし、オルネクは器用に身体をひねってその突進をかわし、勢い余った甲冑男は相手を捕らえることなく、顔から砂地に突っこんだ。仲間のもとに駆け寄ったオルネクは、いっさいの躊躇なく、ライフルの銃床を同僚にのしかかる甲冑男の頭に真横から打ちつけた。

「コンッ」

という乾いた金属音とともに、男のたまねぎ形の兜が宙を舞った。中から現れたのはスキンヘッドだった。かなりの衝撃を喰らったであろうに、男はダメージを受けた素振りを見せず、それどころか「何だ、この野郎」とばかりに首をぐいと回し、背後のオルネクを睨み上げた。

その隙に、組み伏せられていたノールが身体をねじって逃げだした。

オルネクが今度は銃を逆さに持ち、ほとんど野球バットのスイングの軌道で、ふたたび男の側頭部に銃床を叩きつけた。

「うぁ」

梵地が声を上げるほど、細い首に支えられた頭が一瞬、おかしな方向に曲がった。しかし、男はまったくこたえていない様子で、駆けだそうとするノールの動きに気づき、殴られたばかりとは思えぬ勢いで飛びついた。

ふたたび背後から男にのしかかられ、ノールが悲鳴を上げる。クリーム色のヘルメットが前にずれ、まるで梵天たちに助けを求めるかのように、大きく開かれた口がはっきりと見えた。

梵天の目には、しがみついた男がノールの首筋に噛みついたように映った。

ノールの身体が突然、影に覆われた。

次の瞬間、ノールが消えた。

「え」

三尉と梵地から同時に声が漏れた。

梵天も何が起きたのか理解できず、そこにいるべきノールを捜すが、淡い煙のようなものが漂うだけである。

忽然と同僚の姿が消えたことに反応できず、オルネクが突っ立っているところへ、早くも次の獲物とばかりに踵《きびす》を返したスキンヘッド男が飛びかかる。

「NO!」

という叫びとともに、海兵隊員はライフル銃を両手で掲げるような格好で男の攻撃を防いだ。しかし、横手から一度はオルネクにかわされた男が遅れてつかみかかってくる。

「ダメッ」

と三尉が悲鳴を上げた。

海兵隊員も砂漠用の迷彩服を纏っているが、兜に甲冑に全身の肌の色まで、さらに実際の砂漠に近い色彩に包まれた男二人に囲まれ、今にもオルネクが砂に呑みこまれてしまいそうに見えた。

その寸前で彼を救ったのは頼れる上官だった。

ようやく到着したマーストリヒトが、傾斜を駆け下りる勢いそのままに強烈な体当たりを食らわせる。横から襲いかかったばかりのひとりが軽々と吹っ飛んだ。さらにオルネクと銃を挟んで揉み合うスキンヘッド男に豪快なパンチをお見舞いする。小隊長の巨体を前にしたとき、男の痩身はまさに棒きれのような頼りなさだった。叩きつけられる勢いで男は砂地に突っ伏す。すぐさまマーストリヒトは部下に声をかける。もうひとりこの場にいるべき同僚の姿がないことをオルネクは左右を見回して訴えるが、マーストリヒトは首を横に振り、砂丘を指差した。

マーストリヒトたちが陣取っていた砂の小山の稜線から、一度は撃退された二人が猛烈な勢いで駆け下りてきていた。たった今、殴られてダウンしたばかりのスキンヘッド男がむくりと起き上がる。同じく体当たりを食らったもうひとりも立ち上がるなり、海兵隊員たちとの距離を詰め始めた。

この連中は肉体的ダメージというものを感じないのではないか、と梵天の背中をぞわりと冷たいものが這ったとき、

「パンッ、パンッ」

と空気全体を弾く勢いで銃声が二発、轟いた。

「ウ、ウソでしょ――」

呆気に取られた三尉のつぶやきが聞こえる。

マーストリヒトの決断は早かった。

新手が到着する前に、にじり寄る至近の二人への対処を優先した。すなわち、正確に足を狙って発砲し、無力化した。撃たれた二人は太ももあたりを手で押さえるようにして、身体を丸め地

面に倒れこむ。

続いて斜面を下りてくる二人に向かって、ライフル銃を連射した。ともに兜に甲冑の装備はもちろんのこと、ひとりは剣を持っている。だが、目の前の砂地を威嚇射撃の弾がえぐり、砂煙を派手に上げようともまったく怯《ひる》む様子を見せない。それどころか、素手だったひとりは砂地に転がった槍を回収し、いよいよ加速をつけて突っこんでくる。

一度は照準器から目を離し、相手の様子を確かめたマーストリヒトだったが、何ら威嚇の効果がないのを見て、改めて銃を構え――、おそらく威嚇以上の攻撃に踏み切ろうとしたときだった。

それまで足を抱えこむようにして倒れていた男二人が突然起き上がり、背中を向けていた小隊長の巨体に躍りかかった。

奇襲を食らったマーストリヒトは当然、銃を撃てない。大きな手を背中に回し、相手を引き離そうとするが、ひとりは首にしがみつき、ひとりは太ももにしがみつき自由にさせない。上官の緊急事態を前にオルネクが銃を構えるが、到底撃つことなどできなかった。

不意に、マーストリヒトの身体に影が差した。

一瞬、梵天は砂丘の稜線から完全に姿を現した太陽を確かめたが、雲ひとつ見当たらない空から、何ものにも遮られることのない朝の光が放たれている。

視線を戻したとき、まるでおんぶされた子どものシルエットそのままに、海兵隊員の首元にしがみついていたスキンヘッドの男がすとんと地面に尻餅をついた。

それはつまり、その場所からマーストリヒトの巨体が消えたことを意味した。

ノールのときと同じく、淡い煙のようなものをその場に残し、まさに霧が失せた如く、影も形も見当たらなくなっていた。

激しい銃声が、鼓膜を直接叩く衝撃とともに、乾いた空気に響き渡った。

オルネクのライフルが火を噴いた。

揃って地面に尻餅をついたのち、起き上がったばかりの兵士姿の二人に向かって、ほとんど乱射といっていい勢いで銃弾を浴びせかけた。

梵天ははじめて人が銃弾を受け、吹っ飛ぶ瞬間を目撃した。

さらには、頭を撃たれる瞬間も。

だが、その後の展開が、梵天が知るものとまったく異なっていた。

ひとりが頭を撃たれたとわかったのは、たまねぎ兜が「コン」という硬質な音を鳴らしたのち真っ二つに割れ、男の頭部がぐらりと大きく揺れるのが見えたからだ。

だが――、それきりだった。

頭をのけぞらした姿勢のまま、甲冑男の全身にふっと影が差した。

それと同時に消滅した。

やはり、薄《うっす》らと煙を残して。

一方、胸を撃たれて転がったスキンヘッド男はむくりと起き上がった。十発近くは撃たれたはずなのに、どこからも出血は見られず、ぎこちない動きではあるが平気な顔で近づいてくる。

砂漠に絶叫を響かせ、オルネクがふたたびライフル銃をぶっ放す。

真正面から弾丸を受けたスキンヘッド男がまたもや吹っ飛ぶ。

弾が切れたのだろう。海兵隊員は弾倉を砂地に捨て、くるりと反転し、梵天たちのいる砂丘のてっぺん目指し走り始めた。

その動き出しが一秒でも遅れていたら、串刺しになっていたかもしれない。

まさに彼が立っていた場所に槍が落下した。

斜面から下りてくるひとりが放ったものだったが、オルネク自身はそれに気づくことなく、砂丘の斜面を必死に駆け上る。

唐突に、このまま彼が連中を引き連れてきた場合、この場所が戦場になることに気がついた。

いや、そうじゃない――。

俺たちはとうにまぎれもない、本物の戦場にいる。

無意識のうちに尻を浮かし、腰を上げようとしたとき、

「ち、ちょっと、何考えているのあいつ――」

という銀亀三尉の声が耳を打った。

海兵隊員がここに逃げてくることで自分たちが巻き添えを食らう、それを嫌がっての言葉か、と驚いて顔を向けたが、三尉のサングラスは当のオルネクを捉えていない。

レンズ越しの上官の視線を追った先に、梵天はその言葉を送られた真の対象を見つけた。

この砂漠にはもっとも縁遠い色と言っていい、グリーンの迷彩服を纏った男――、言うまでもなく梵人が走っていた。

ぐるりと隣の砂丘から回ってきたのだろう。まさかと思ったが、向かう先は斜面を駆け下りてきた新手の二人である。

「や、やめろッ――」

思わず梵天の口から声が漏れた。

オルネクの行方を追うことに夢中になっていた二人の男たちの死角から入りこみ、そのうちのひとりに背後から見事なタックルを食らわせた。体重をのせた一撃に相手は派手に転がり、もうひとりが追跡の足を止める。

相手は剣を持っている。

頭の上で剣をぐるぐると回してぴたりと刃の先を向けた。

それに対し、梵人は素手である。

にもかかわらず、拳を握りファイティングポーズを取ると、

「こいよ」

とばかりに手のひらで挑発を繰り出した。

「ば、馬鹿が、あいつ――」

と思わず立ち上がった梵天の隣で、

「大丈夫……だよ」

と梵地がほとんど自分に言い聞かせるように上ずった声で唱えた。

「調子に乗りさえしなければ、梵人は世界でいちばん強い軍人だから――、たぶん」

＊

こいよ、の手招きの時点でもう十分調子に乗っていると思われたが、梵天にできることは固唾《かたず》

を呑んで弟の無事を願う、それしかない。

おそらく、梵人はマーストリヒトとノールが消えた場面を見ていないだろう。ならばいっそうのこと弟に注意を喚起したい、いや、今すぐここへ引きずり戻したかったが、兄のいてもたってもいられぬ気持ちをよそに、梵人は当てるつもりのないゆるい回し蹴りなどをして相手との間合いを無用にはかっている。

その背後で、オルネクから散々ライフルの銃弾を撃ちこまれたスキンヘッド男がまたもや起き上がった。一瞬、梵人に顔を向けたが、すでに仲間の二人が相手をしていると判断したからか、それとも元々の獲物だと決めていたからか、斜面を上るオルネクを追って走り始めた。もはや銃に撃たれた事実と辻褄が合わないことに対し、疑問が湧いてこない。ただ、異様なスピードで海兵隊員との距離を詰める様に、

「危ないッ、急げ」

とめいっぱいの声をオルネクに届けるのみである。

梵天だけではなく、梵地と銀亀三尉からの声も重なったことで、オルネクは背後の存在に気づいた。

梵天たちのいるへりまで、あと十メートルというところで、突然オルネクは進路を変えた。弧を描き、砂丘を下るようにして遠ざかっていく。

「な、何で?」

と三尉が叫ぶ。

この場所に男を引き連れてこないための行動だと梵天が気づいたときには、進路を変えたせい

で距離が縮んだこともあり、考えられないスピードとともに男がオルネクに飛びかかっていた。

相手の突進を、海兵隊員はライフルの銃床を器用に後方に突き出して防いだ。相手が一度足を止めた隙に、オルネクは男と向かい合った。しかし、ライフルは弾切れだ。オルネクは太もものホルスターに収めたピストルを抜いた。いっさい銃を恐れることなくつかみかかってきた男の身体に、押し当てるように引き金を引いた。

直接空気を介して頬を震わせてくる、鋭い銃声が二度、三度と響く。

だが、腹のあたりを撃たれようとお構いなしに、男がオルネクの首に腕を回し嚙みついた。

その瞬間、オルネクの身体が暗くなった。

まるでひとりだけ光のない真夜中に立っているかのように、その顔から、砂漠色の迷彩服から、ブーツから、すべての色が失われ、ただ暗い一色に染まった。

二十メートルの距離から、梵天ははっきりと視認した。

ノールにマーストリヒトに――、これまで影が差したかに見えていた、その暗さの正体は「煙」だった。濃い煙が海兵隊員の身体のラインに沿って充満し、その後、静かに四散した。

煙が去ったその場所に、オルネクの姿は見当たらなかった。

三尉の短い悲鳴が鼓膜を貫く。

その声に、スキンヘッド男が顔を向けた。

すでに、男は走り始めていた。

梵天たちに対応する間を与えず、こちらに向かって一直線に斜面を駆け上ってくる。

自衛の武器どころか道具すら持たない自衛隊員三人である。無我夢中で少しでも役に立つもの

はないかと、胸ポケットのティラノサウルスの歯を取り出そうとしたとき、

「天ッ！　三尉を――」

といきなり梵地が前に躍り出た。

その手には、三分の一くらい水が残ったペットボトルの容器一本が逆さにして握られている。

「早く、三尉を連れていってッ」

と叫び、梵地は両手を大きく広げた。

「な、何してる。お前も逃げるんだッ」

と梵天が叫んだときには、あと五メートルのところまで男が近づいていた。

何の決断も下す暇がなかった。

ただ三尉の腕をつかみ、強引に己の後ろへと引っ張り、少しでも男から離そうとした。

斜面の真下から跳ねるように現れた男と目が合った。

男の格好はまさに兵士のそれであり、甲冑にはいくつもの穴が開いていた。顔だけでなく、スキンヘッドの頭全体がまるで砂を塗りたくったかのような生気のない色に染まり、げっそりと痩せこけた顔は何度もリピートで見せられた、ドローン映像に登場した男そっくりで、らんらんと光る目は激しい敵意をまき散らしながら、怖いくらいに見開かれている。

両手を広げる弟の手前で「くわッ」という荒々しい息づかいとともに男は跳躍した。タンクトップ型の甲冑は胸を覆うだけで、下半身には短いスカートのようなものがはためき、そこから棒のように細い筋張ったすねが、さらに裸足がのぞいていた。

梵地のはるか上方から男が大きく口を開け、飛びかかってくる。

「ダメだッ」

と梵天が叫ぶ。

梵地が「うわぁッ」と悲鳴を上げつつ、ペットボトルを掲げた。

ちょうど顔の真ん前に突き出されたかたちのペットボトルに男が嚙みついた。

透明な容器が一瞬で破裂し、水が飛び散る。

男の動きが突然、止まった。

急に勢いを失い、梵地の手前で着地した男は、なぜか顔から首のあたりまでを手で押さえ、

「ガッ、カッ」と苦しそうな声を上げた。男の胸の甲冑は水に濡れ、口元はまるで水が染みこんだ砂地のように色合いが変わっている。さらに「しゅううう」という音を梵天の耳が捉えたとき
――、いきなり男が爆発した。

それは爆発としか、たとえようのないものだった。ただし、音はしなかった。熱も感じられなかった。それでも爆風とともに砂が叩きつけてくる。梵天は咄嗟に腕で顔を覆った。

ほんの数秒、目を離しただけのはずだった。

顔を上げたとき、男は跡形もなく消えていた。

破裂したペットボトルを持ったまま突っ立っている梵地と呆然と視線を交わした。

互いに坊主頭のてっぺんから首元まで砂まみれである。

振り返ると、三尉もぽかんと口を開けて立っていた。

「だ、大丈夫ですか？」

「はじめて――、風を感じた」

三尉はペッと砂を吐き出しながら、サングラスを取った。

よほど砂を浴びたようで、目の周囲に薄らとサングラスの跡が浮かび上がっている。相変わらずぎょろりとした目玉を梵天に向けつつも、今は本当に驚いている最中なのか、呆けた様子で取り出したタオルでレンズを拭い、顔を叩いた。

何が起きたかを互いに話し合う余裕はなかった。

「梵人は？」

という弟の声に、一気に現実に引き戻される。

急ぎへりに駆け寄った。無事であってくれ、という願いとともに見下ろした谷底には、果たしてグリーンの迷彩服が確かに立っていた。

ホッとした気持ちが一気に湧き上がると同時に、

「梵人ッ」

と丸みを帯びた背中に向けてめいっぱい叫んだ。

梵天の声に気づいた末弟がちらりと振り返る。ちょっと待ってくれ、とばかりに少し手を挙げ、正面の槍を持った兵士姿の男に向き直った。もうひとりいたはずだと捜したら、砂漠に溶けこんでしまっていたようで、槍を持つ男の背後でむくりと起きる人影が見えた。男が足元に落ちていた剣を拾い上げる間に、槍を持っているほうが先に襲いかかる。

梵人は動かない。

槍が届く寸前で、何かのついでのような動作でわずかに身体の向きを変えた。

それだけで、勢いよく突き出された槍は空を切り、タイミングを外された男がつんのめる。自ら顔を差し出してきた格好の横面に、梵人の肘がめりこんだ。さらに膝蹴り。相手が前屈みになったところで、槍を上から踏みつける。男が落とした槍を素早く拾い上げた梵人は、柄の部分で相手の後頭部をしたたかに打った。千鳥足で二歩、三歩と進んだ男の尻を軽く蹴り出すと、崩れるように相手は顔から砂に倒れこんだ。

休む間を与えず、今度は剣を持った男が横から斬りこんでくる。そのまま梵人は槍をぶんと自分のまわりに一周させた。それが測ったように男の足を薙《な》ぎ払う。もんどり打って背中から倒れた男の手元を槍で叩き、あっという間に剣を弾き飛ばした。仕上げは金色に輝く穂先を空に高々と掲げ——、その反対側、柄の突端で男の腹を突いた。ただの一撃で相手はぴくりとも動かなくなった。

梵人はひょいと槍を砂地に捨て、両手を叩いた。

「な、何なのよ、彼……」

と銀亀三尉が呆気に取られた声を漏らすのももっともだった。まさか、これほどまでに強いとは梵天も想像できなかった。確かにアラブ系の大男たちを相手にする場面を目撃しているし、昨日の朝も海兵隊員たちを相手に大立ち回りを演じている。だが、いずれも互いに素手だった。今度の相手は武器持ちだ。しかも、命の危険と隣り合わせであるにもかかわらず、素人目にも圧倒的な差が伝わってくる。これが本気で「三秒」を使ったときの力なのか。

やはり、天賦のものがあるのだろう。

かつて彼がオリンピックを本気で目指した日々をひさしぶりに思い出した。すべては三秒を使ったインチキだったと梵人は切って捨てるが、もしも梵天に末弟の三秒の能力が備わっていたとしても、ここまで洗練された使い方ができるとは思えない。決してインチキだけでは到達できない、センスと能力を磨き上げるための努力がそこにこめられていることは疑いなかった。

「うわぁ……、すごいね」

ため息とともに発せられた梵地の言葉にうなずきながら、改めて榎土《えのきど》家の三男を誇らしく感じた。もっとも、槍を捨てて返してしまう部分については、完全に「調子に乗っている」と判断せざるを得ない。おそらく梵天たちが見ていない間も対決を繰り返していたはずで、ちょうど起き上がるところだった男はいったい何度目のダウンだったのか。さらには武器を捨てたということは、また起き上がってそれを拾った相手とやり合う腹づもりなのだ。

梵天の眉間にきゅっとしわが寄った。

よくよく考えてみると、そんな悠長なことをしている間に梵天たちが全滅していた可能性だってあった。まるでひとり戦場でゲームに興じているような姿に、にわかに腹が立ってきて——、これだ、こういうところだ、こういう無用にやりすぎる部分が、オリンピックに行けなかった原因としてあるんじゃないか？　などと、さっそくケチをつけてしまうのも、三つ子の長兄という立場を超え、ほとんど親代わりの役割を果たしてきた梵天ならではの心の動きである。

案の定、二人の男がゆっくりと起き上がり、地面に転がった剣と槍を手に取る。銃で撃たれてもへっちゃらな相手だ。殴り倒されたことなど、まるで何もなかった足取りで、今度は二人同時に攻め立てるつもりか、梵人を挟むように立ち位置を定めた。

それに対し、両手で「こいよ」と末弟が呼びかけたときだった。

いきなり、銃声が響いた。

槍を持つ男の頭がかくんと揺れた。

次の瞬間、男は淡い煙を残し消えてしまった。

ふたたび、銃声が鳴り渡る。

今度は剣を持つ男がその細い足を撃たれたようで、その場で数度、片足でジャンプしたのち、バランスを崩して転倒した。

「キムよ――、ほら」

三尉の声に視線を持ち上げると、正面の小山の如き砂丘を小走りで下りてくるキンメリッジの姿にぶつかった。

いきなり目の前からひとりが消え、何が起きたかわかっていない様子の梵人の前を通り過ぎ、キンメリッジは足を撃たれたにもかかわらず、早くも起き上がろうとしている甲冑男の前で足を止めた。ちょうど梵天たちの視線を遮るかたちで男の前に立ったキンメリッジが静かにライフル銃を構える。

一発の銃声が空まで轟いた。

しばらくしてから、キンメリッジはゆっくりと前に進んだ。

起き上がろうとしていたはずの男の姿はそこに見当たらず、キンメリッジは何度も砂地を踏みつけ、相手が消えたことを確認したのち、左右を見回した。仲間を大声で呼んだ。しかし、返事はない。

キンメリッジがだらりと銃を下ろした。そのまま銃を地面に置き、ヘルメットを脱いでその横に転がしたのが、いわば戦闘終了の合図だった。

「助かった……、のかな」

梵地が長いため息を吐いてしゃがみこんだ。梵天も腰を下ろし、弟の背中にもたれかかる。銀亀三尉は唇についた砂を手で拭い、腰に手を当てたまま、その場で動かなくなってしまった。

誰も言葉を放とうとしない。

「——ニィ」

という声に首を回すと、谷底で梵人が手を振っていた。ここに来いというジェスチャーに「行こうか、天」と梵地が疲れきった声を上げる。

膝に手をつき、梵天は立ち上がった。オルネクとスキンヘッドの男が消えた場所を改めて確かめたが、何ら変わりばえしないただの砂地が広がるだけだった。

やはり微風すらも感じられない丘を、砂を踏む音だけを残して梵天たちは下った。

上官の到着をぺこりと頭を下げて迎えた梵人の隣で、キンメリッジは大の字になって砂地に寝転んでいた。梵天たちが近づいても海兵隊員は長い睫毛を空に向けたまま、微動だにしなかった。

「大丈夫、キム？」

と三尉がのぞきこむ。

キンメリッジはゆっくりと上体を起こし、手袋のまま顔を拭った。

「怪我は？　ギンガメ」

「私たちは大丈夫。それより、仲間のみなさんはその……、マーストリヒトも、ノールも、オルネクも——」

キンメリッジは手袋を持ち上げ、三尉の言葉を遮った。

「教えて、くれ」

見上げたその目は真っ赤に充血していた。

「仲間、どこにいる？」

「見ていなかったのか」

と梵天が低い声で訊ねると、その言葉が意味するところを察したのだろう、海兵隊員は口元を歪め無言で首を横に振った。

「そうなんだよ。ヒゲ小隊長がいないんだよ。バリバリ銃声が聞こえてきて、驚いて走る方向を変えたら、もうあの若いのひとりしかいなくて。あれ？　あいつは？　さっき、天ニイのところに戻る途中で撃っていたの、あの若いのだろ？」

とやはりと言うべきか、梵人もまったく状況を把握していない様子である。

「聞いて、梵人二士、キムも――」

と銀亀三尉が呼びかけた。その声色から何かを感じ取ったようで、末弟は神妙な顔つきで口を閉じる。

「見たままを伝えます」

と三尉は三人の海兵隊員たちの最期を語った。甲冑姿の男に噛まれた途端、三人とも消えてしまったこと。銃で撃たれてもまったく男たちがダメージを受けなかったこと。しかし、オルネクが乱射した一発が頭に当たったとき、男のひとりが消えたこと。さらには梵地のペットボトルに噛みついたあと、ひとりが勝手に爆発してしまったこと。さすが広報班所属だけあって、どこまでも簡明に、推測を入れることなく、ただ事実だけを冷静に連ねた。

三尉が言葉を終えても、しばらく誰も声を発しなかった。

「じゃあ、あれは、本当だったのかよ……」

と梵人が呆然とした顔つきでつぶやく。

「三秒で見えたんだ。あいつらに嚙まれたらどうなるか。いきなり、砂になるんだろ？　あいつら、剣や槍を持っているのに、やたらとここを狙って嚙んでこようとするんだ。だから、攻め方がワンパターンで――」

と首筋をさすりながら、梵天にだけ聞こえる声でささやいた。

男たちと直接やり合っただけあって、末弟の言葉は梵天たちが見たものを端的に表現していた。そうだ、「砂になる」のだ。

オルネクはじめ、海兵隊員たちが消えたあとに残った淡い煙を思い出す。さらには男が爆発すると同時に、盛大に降りかかってきた砂――。

「すまない、キンメリッジ」

と梵人は、銀亀三尉の報告中から片膝を抱えるようにして地面を見つめたまま、微動だにしない海兵隊員の横顔に向かって頭を下げた。

「知らなかったんだよ。あのデカい小隊長がもうやられていたって――。若いのは銃を持っていたから、大丈夫だろうと思って任せてしまった。そうか、天ニイたちも下手すりゃ、全滅だったかもしれないのか。ああ、俺が全員を相手にしておけばよかったんだ……」

と頭を下げた姿勢のまま、背中を丸めしゃがみこんでしまった。

彼を非難する資格など、誰も持ち合わせていなかった。ただ隠れていただけの梵天たちと違って、梵人はひとりで立ち向かったのだ。

キンメリッジが顔を上げ、

「ボンド」

とその肩に手を伸ばした。

いいんだ、と言うように肩を揺らしたとき、

「お前さ――、知っていただろ」

と急に梵人がその手をつかんだ。

驚いたように腕を引こうとするキンメリッジの手首を離さず、

「遅れて登場してからの、あの一発目、わざと頭を狙ったよな。あいつらが、頭を撃たれたら砂になるってこと、お前、知っていたんじゃないのか？　あれだけ慎重に威嚇射撃していたくせに、突然、あそこで頭を狙うなんておかしいだろ。今、銀亀さんが話してくれたこと――、頭を撃たれて砂になった男の最期を、俺は見ていなかった。お前だって見ていなかった。なら、あの距離から狙うときは普通は胸だ。的は大きいほうが確実だからな。でも、お前はいきなり頭を狙った。それが海兵隊の流儀ってやつか？　じゃあ、何で二人目は足なんだ？　一発で頭を仕留めてしまうお前の腕前で、あそこまで外すなんてあり得ない。あれは完全に試しただろ。わざと足を狙って動けなくしてから、近づいて頭を撃った」

とキンメリッジの手首をいよいよ固め、相手の顔が歪み始めたとき、

「ちょっと、やめなさいッ、梵人二士」

と銀亀三尉が鋭く制した。

海兵隊員を睨みつけながら、フンと鼻を鳴らし、梵人は手を離した。

手首をさするキンメリッジと目線の位置を合わせるように三尉はしゃがみこみ、

「本当のことを言って、キム」

と静かに語りかけた。

「あなたたちは荷物のなかに、わざわざ武器を用意していた。パラシュートと同じように、それが必要になるってことを知っていたからじゃないの？」

サングラスを外し、銀亀三尉は大きな目玉を海兵隊員に向けた。やはり驚いてはいるが、それ以上に真剣な眼差しでキンメリッジの目をのぞきこんでいる。

「私たちはお互い協力して、この場所から無事に帰らなくちゃいけない。キム、あなたはとっくにわかっているはず。まともじゃないわよ——、ここ」

空からロープが垂れ、彼方にジッグラトがそびえ、人は砂になる——。まともじゃないどころの話ではないが、それが現実だった。通信手段もなく、そもそもどこにいるかもわからない。さらには海兵隊員を三人失ってしまっても、俺たちは帰らなければならないのだ。

ふっ、とキンメリッジが笑った。

唇の端をほのかに持ち上げ、いかにも皮肉っぽく鼻の奥を鳴らした。だが、赤く充血したままの目の奥はまったく笑っていない。

「知っていた……？　知って、なかった……？」

語尾を持ち上げ、言葉のニュアンスを確かめるように、首を少し傾け、キンメリッジはつぶやいたが、

「違う。信じられ、なかった」

としっくりくるところを探し当てたようで、三尉の目をまっすぐに見返した。

「お前たちが、基地に来た日。俺と、マーストリヒト、ボスから聞いた。ボスは、イナンナから聞いた。俺たち、それを聞いて、笑った。ボスも、笑った。彼女の話、誰も信じなかった。いや。信じられ、なかった」

何を言われたの？　と三尉がしゃがんだ姿勢で身を乗り出す。

「イナンナ、ボスに言った。アガデには――がいるかも、しれない。だから、武器を持っていけ。パラシュートといっしょ。俺たち、信じないが、用意した」

肝心のところが聞き取れなかったのは梵天だけではなかったようで、

「え、今、何がいるって？」

とすぐさま梵人が聞き返した。

「アガデを守る――、いる、かもしれない、と言われた」

決して誤魔化しているわけではなく、その部分だけ達者な英語の発音になってしまうために、やはり聞き取れない。

「すまぁぞん……、びい？」

耳にしたところをそのまま梵人が復唱すると、キンメリッジはうなずいた。わかるか？　と末弟が顔を向けてくるので、梵天も首を横に振る。

「ボンチ」

とキンメリッジは通訳に助けを求めた。

さっそく二人だけのやり取りが始まるが、何やら梵地が困っている。何度も訊ね返し、相手の言わんとするところをじゅうぶん確認してから、ようやく着地点が見えたのか、

「すまぁ、というのはシュメールのことで、ぞんびぃ、というのはそのままの意味だから――」

とひどく言いにくそうに日本語訳を伝えた。

それは訳というよりも、単に英語の発音をそのままカタカナに変換しただけのことだった。

「すまぁ・ぞんびぃ……、シュメール・ゾンビ」

カタカナの発音が逆に難しいのか、キンメリッジはぎこちない口ぶりでそれを復唱したのち、またもや皮肉めいた笑いを口元に浮かべた。

「ボンドの、言うとおり。俺と、マーストリヒト、知っていた。でも、俺と、マーストリヒト、信じなかった。イナンナは、ボスに教えた。シュメール・ゾンビは、死なない。頭を撃たないと、死なない」

そこに冗談を含ませた雰囲気はいっさい感じ取れず、キンメリッジは呆気に取られた表情の銀亀三尉の額のあたりに指を添え、「バン」と声に出さずに口のかたちを作った。

＊

これがシュメールの英語表記、と前置きして、

「ｓｕｍｅｒ」

と梵地は砂にアルファベットを書いた。さらにその隣に、

「ｚｏｍｂｉｅ」

と綴り、「すまぁ、ぞんびい」とキンメリッジとそっくりの発音で読み上げたのち、

「つまり、シュメール・ゾンビということだね」

とまとめたが、何がつまりなのか、梵天にはまったくわからない。されど隣で梵人などは、

「なるほど――、あちこち撃たれても死なないし、でも、頭を撃たれたら死ぬってところがゾンビと言えばゾンビだな」

とさっそく納得し始めている。

「何だ、ゾンビってそういう生き物なのか？」

と梵天が訊ねると、

「生き物じゃない。もともと死んでいるのがゾンビだよ」

と梵地が真面目な顔で返してきた。

「死んでいるやつは、動かないだろ」

「死者なのに、動いたり、歩いたりするから、ゾンビなんだ。天は知らないの？」

「知らないって、何を」

「映画やドラマで見たことない？　結構、最近流行ってるよ、ゾンビもの。いろんなパターンのゾンビがいるから」

もちろん、ゾンビという単語くらいは知っているが、この十数年間、梵天が過ごしてきた工務店、解体工事現場、さらには自衛隊での生活のなかで、ゾンビが流行っていたという実感はない。

「真面目に話せ。だいたい、ゾンビなんているわけないだろ。あの女と少佐の間でのやり取りで

出た言葉なら、符丁か暗号みたいなものじゃないのか？」

「じゃあ、天ニイは何であいつらが砂になったのか、わかるのか？」

「わかるはずないだろ。俺がわかるのは、襲ってきたときのあいつの目が完全にイカれていたこと、水をかけられたら爆発すること、それくらいだ」

え？　と今度は梵地が素っ頓狂な声を上げた。

「そうなの？」

「何だ、お前、気づいてなかったのか」

「僕はてっきり、自爆装置のようなものを持っていたのかな、とばかり。その爆弾が誤作動したのかなって――」

「爆弾はないぞ、地ニイ。俺が全然、気づかなかったからな。まったく音がしなかったってことだよ」

そうなのだ。爆発はしたが音は伴わず、ただ一瞬、勢いよく砂をまき散らしたのち、男は消滅してしまった。

「目の前で爆発したのに、地ニイに怪我はなかったのか？」

「何も、ただ砂がかかっただけだよ」

ほら、そんな爆弾あるかよ、と笑う梵人に、でも風の勢いはすごかったんだ、と梵地は腕を組んで思い出すように足元を見つめていたが、

「そうだ――。どうして、天は水のせいだと思ったの？」

と面《おもて》を上げた。

「何も見ていなかったんだよ、僕。男が飛びかかってきたときに、目をつぶってしまって――」

「お前が掲げたペットボトルに、男が噛みついて破裂したんだ。中身の水が男の口や胸のあたりに一気にこぼれたんだよ。急に苦しそうに男が濡れたあたりを押さえ始めたと思ったら、いきなり爆発した」

「おいおい、それだけで？　どこの世界に水がかかっただけで爆発してしまう奴がいるんだよ。風呂に入れないぜ。雨が降ってもお陀仏だ。水も飲めない。あり得ないだろ、こんなカラカラの土地で水を飲まずにやっていくなんて」

「俺はこの目で見たんだ。だいたい、それを言うなら、頭を撃たれたら砂になる、さらにその連中から噛まれても砂になる、そっちもあり得ないぞ」

「ゾンビに噛まれると、噛まれた人間もゾンビになってしまうってのが定番だからな。それのマイナーチェンジかも」

「定番？　誰にとっての定番だ」

「彼ら、消えたのは身体だけじゃないよね」

と梵地が周囲の砂漠を指で示した。

「槍や剣や割れた兜も、ほら、どこにも残っていない。海兵隊のみんなもそう――、ヘルメットも、服も、銃も全部いっしょに消えている」

確かに言われてみれば、と梵天が左右を見回していると、キンメリッジと離れた場所で二人だけの話し合いをしていた銀亀三尉が、

「梵人二士、ちょっといい？」

とひとりせわしげにブーツを交互させせながら近づいてきた。

サングラスからのぞく眉間にたっぷりとしわを寄せながら、

「さっきの連中を見つけたときのこと、話してくれる？」

とその正面で足を止めた。

はい、と梵人はいったん姿勢を正し、

「まず、三尉や海兵隊の連中と別れて、あそこまで上って、また、こう下りてきて――」

と砂丘のてっぺんからの動線の説明を始めると、

「そこは端折《はしょ》ってくれていいから」

とさっそく注文が入った。

わかりました、と末弟は軽く咳払いする。

「どこもこんな風景だから、意外と隠れてやれる場所がなくて、あ、やれるというのは用を足すという意味で――」

「そこも端折って」

「結局、あっちの砂丘のてっぺんを越えたところまで行ったんです。そこで用を済ますというか、用が訪れるのをズボンを下ろして、しゃがみこんで、じっと待っていたら――」

「梵人二士」

「見えたんです。あの丘の向こうは結構見晴らしがよくて、遠くに何かいるような、しかもそれが少しずつ近づいてくるような――。しばらくして、唐突にあいつらだとわかって。相手は四人でした。全員、ドローンに映っていた男と同じコスプレ姿でこっちに向かっているようで、こりゃ攻めてきたぞと思って、慌ててズボンを上げて呼びにいきました」

梵天たちがノートパソコンを囲んでいたところへ、朝日をバックに梵人が叫びながら砂丘を駆け下りてきた姿を思い返す。

「どうして、攻めてきたと判断できたの？」

「ドローンを叩き落とすくらいだから、ハナから友好的なわけないし、それが一目散にこちらを目指して走ってくるし、しかも槍まで持っている様子だし、これはマズいぞって――」

サングラスのふちからはみ出した、くっきりと引かれた眉の根元に険しさが宿っているのはそのままに、

「私たちを呼びに現れて、すぐにキムといっしょに戻ったわよね。あなたとキムは向こう、マーストリヒト小隊長はあの砂丘に分かれて戦闘準備に入った。そこから、実際に戦闘が起きるまでに何があったのか教えて。あなたはキムと行動をともにしながら何を見たのか――」

と続きを促した。

わかりました、とまだ首からかけたままの海兵隊の双眼鏡の縁を指先でなぞりながら、梵人が語るところによると――、相手は決してはじめから喧嘩腰というわけではなかったという。砂丘のふもとに到着した四人の進路に立ち塞がるかたちで、砂丘のてっぺんからマーストリヒトが止まれとジェスチャーで示した際も、素直にコスプレ軍団は足を止めた。そのとき、四人のうち先頭の男がマーストリヒトに向かって板きれのようなものを掲げた。梵人は双眼鏡で確かめたが、何も書かれていない、ただの板きれだったという。

ここまでは平和的な交流だった。問題はその後である。いったん動きを止めた四人組だが、板

きれのようなものを掲げ、行進を再開した。小隊長は大声で警告を発したが、相手は停止するところか、それに刺激されたのか、さらに軽快な足取りで砂丘を上ってくる。そこへ、ノールかオルネクのどちらかが威嚇射撃を一発放った。

これが引き金となった。

発砲音がまるで徒競走の号砲がわりになったかのように、四人がいっせいに砂丘のてっぺん目指し駆けだし、ひとりが槍を投げつけた。それが驚くほどの飛距離だったという。

「天ニイは見たか？　軽く七十メートル近くは飛んだぞ。あの細い身体であれだけ飛ばせるなら、少し鍛えたら、簡単にオリンピック代表を狙える。競技用の槍の重さは一キロないけど、俺が持った感じじゃ、あいつらの槍、五キロはあったな」

と梵人は手の先で槍の軌道をトレースしながら、

「あいつらの足がまた、異様なくらい速いんだ。そもそも、連中、身体の筋肉量と運動能力が全然比例していないんだよ。貧相な肉づきなのに、跳ねるように砂丘をどんどん上っていって――」

四人のコスプレ男たちが仲間に急接近するのを見て、キンメリッジが威嚇射撃に加わる。発砲音にいったん男たちは立ち止まり、梵人とキンメリッジの存在にようやく気づいたのか、しばらくその場に留まっていたが、注意は長くは続かず、マーストリヒトたちへの突進を再開した。梵人の目には、それは恐れを知らぬ行動というよりも、銃の存在をそもそも認識していないかのように映ったという。

槍を投げつけてきたとはいえ、銃を持たない相手をいきなり撃てるはずもなく、マーストリヒトは撤退を決断する。梵人もキンメリッジから、梵天たちをもっと離れた場所に移すよう指示され、すぐさま行動を開始したがすべては遅きに失した。

「それからのことは、俺よりも天ニイのほうがよく知ってるよ」

話を終えた梵人が気怠《けだる》げに膝の裏を揉む間、誰も声を発しなかった。

しばらく経ってから、どうでしたか、と梵地がうかがうように声を潜め訊ねる。

銀亀三尉はあごに指を添え、慎重な口ぶりとともに、

「キムは嘘はついていない。梵人二士の話と同じだった」

とうなずいて見せた。

そのジャッジを聞き、誰からともなく安堵のため息が漏れた。

パラシュートの件にしろ、シュメール・ゾンビの件にしろ、キンメリッジが事前に情報を自衛隊チームに伝えるつもりがないことは、もはや明らかだった。まだ自分たちに隠していることがあるかもしれない、とはっきりと疑念を口にした三尉は、

「梵人二士と同時に話を聞いたら、自分に都合の悪い話を隠すかもしれない、だから先にキムと一対一で話して、どう説明するかを確かめます。その後、梵人二士と答え合わせをするから」

と理由を告げ、自らキンメリッジに個別の聞き取りを行ったのち、こうして三兄弟のもとに戻ってきたわけである。ごっそり仲間を失い、ショックを受けている様子に嘘は見られないだけに、三尉から極めてシビアな目を向けられるキンメリッジに、少なからず同情の念を抱いた梵天だったが、一方で、もうなあなあで済ますことはできないところまで自分たちが追い詰められている現状も認めざるを得なかった。

「でも、俺——、あいつと別れてからのことは知らないですよ。だいたい、何であいつ、砂丘の上から現れたんだ？　俺のコースが最短なのに、わざわざ遠回りしてきたってことかな？」

という梵人の指摘に、三尉は「そのことだけど」と組んでいた腕を解き、

「次はあなたの出番だから」

と指差した。僕ですか？　と面食らう梵地に背を向け、三尉はひとり砂地に腰を下ろしているキンメリッジを呼んだ。手招きに反応して腰を上げた海兵隊員は、仲間たちがそこにふと立っていることを期待するかのようにいったん振り返り、無人の砂漠を見渡してから、こちらに向かって歩いてきた。

「大丈夫か、あいつ？」

見るからに重たげな足取りに、梵人が無遠慮につぶやくと、

「いきなり仲間が全員いなくなったんだから、もちろん平気なはずないけど——、でも、大丈夫だと思う。基地に戻ったら少佐を撃ち殺す、って言っていたから」

と三尉は物騒な内容を口にした。

おっかね、と肩をすくめたのち、何か気になるところがあるのか、ふたたび梵人は膝の裏のあたりを揉み始め、そこへキンメリッジがやってくる。すでにその表情に動揺のあとは見られず、垂れたウェーブのかかった前髪をかき上げたのち、

「ギンガメ、問題、あるか？」

と手にぶら下げていたヘルメットを頭に載せた。

「何もない。ここから全員で無事帰還するため、お互い協力しましょう」

キンメリッジは軽くうなずくと、順に三兄弟の顔を見回し、「ボンチ」と最後に視線を置いた相手の名を呼んだ。

「見て、くれ」

と背中からナップサックを下ろし、中から板のようなものを取り出した。あ、それ、と梵人が声を上げる。

「わざわざ取りに行ったのかよ。どこにあったんだ？」

「砂丘の下――、置きっぱなし、だった」

と雑誌サイズよりもひとまわり大きい、厚さ二センチほどの、長方形の板状のものをキンメリッジは手に抱えた。

「これだよ、連中が掲げていたやつ――。そうか、だからお前、砂丘の上から現れたってわけか。双眼鏡じゃ、木の板に見えたけど、これ、木じゃなくて土だな……」

「板は板でも、粘土板じゃないかな」

と梵地も興味津々といった様子でのぞきこむ。

「粘土板？　粘土って、もっとねばねばしたものだろ？」

「もちろん、形を整えるときはもっとやわらかくて、これは乾いたあとだよ」

レンガみたいなもんか、と梵人が手を伸ばし、表面に触れようとしたとき、キンメリッジが板をくるりと裏返した。

わ、梵人が驚いて手を引っこめてしまうほど、無地から一転、何かがびっしりと彫りこまれた面が現れた。さながら小さな虫が隙間を埋め尽くしているかのような眺めである。

キンメリッジから粘土板を受け取り、梵地は真剣な眼差しで板を何度か裏返したり、その縁を指でなぞったり、さらに角の部分を引っ掻いたりしてから、最後に彫られたものに顔を近づけたが、それきり動かなくなってしまった。結構な時間が経ってから「おい、地ニイ」と梵人が二の腕をつつくと、夢から醒めたように面を上げた。

「何か、わかることあるの？　梵地二士」

「これは楔形文字《くさびがた》です」

と梵地はあっさり答えた。

「それって——、シュメール人が作ったってやつ？」

三尉は粘土板にサングラスを近づけ、

「これ、本当に字なの？」

と疑いの色もたっぷりに表面を睨みつけた。

確かに線と三角形のような組み合わせが執拗なくらい並べられてはいるが、とにかくそのひとつひとつが小さく、梵天の目にはただのデタラメな陰影の寄せ集まりにしか見えない。

「葦の先を切って、それをペン代わりにして使うんです。ペン先をまだやわらかい状態の粘土に押しつけ、斜めに傾けると、こんなふうに三角形ができます。直線の部分はそのまま切り口の縁を押し当てる感じですね」

と手に見えぬペンを持ち、それを寝かせるようにして左から右へと紋様の上を移動させた。

「古代メソポタミアには木も、石も、資源と呼べるものがほとんどありませんでした。でも、足元には無限の粘土があった。人々はそれを使って日干しレンガをこしらえ、何千、何万と積み上げ、建物を造り、街を造りだし、さらには文字を発明し、粘土板に記録したんです。そう、粘土板は彼らにとっての紙でした」

と誇らしげな響きすら乗せて語る梵地に、

「お前、読めるのか？」

と梵天は腕を組んで端的な質問をぶつけた。

「楔形文字はそれを発明したシュメール人が歴史の表舞台から姿を消しても、アルファベットが新しい主役になるまで、さまざまな民族がこの文字を借りて自分たちの言葉を記し続けたんだ。現存している最後の楔形文字の使用記録は、文字が生まれてからざっと三千五百年後の一世紀。でも、楔形文字というだけで読めるわけじゃない。もしも、それが古代ペルシャの言葉を表記したものなら、僕だってちんぷんかんぷんだよ。でも、この粘土板は読めそう。だって、はじまりの言葉、シュメール語で書かれているから。僕が大学院で、まさに勉強していた分野だよ」

すげえな、そんなことやっていたのかよ、と梵人が感に堪えないといった様子でつぶやく横から、

「読む、ボンチ」

と腕を組み、それまで無言でやり取りを見つめていたキンメリッジが口を開いた。

待って、と梵地が困ったように笑う。

「さすがに、いきなり新聞を読むみたいにすらすらとはいかないよ。僕が研究室で目にするのは本に印刷された、言ってみれば、この文字をきれいに活字で打ち直したものだから。実物はほら、かなり文字にクセがあって、いったん紙に書き出さないと……」

と言いつつも粘土板に指を添え、聞き取れない言葉をぶつぶつとつぶやき始めた。

「最初の部分なら――、わかるかも」

「教えて、梵地二士」

すぐさま銀亀三尉が反応する。

梵地は何度か指を粘土板の表面に行き来させたのち、「このはじめの三行ですけど」と前置き、

「ええと……、エレシュキガルは、汝を、アガデに、招く。エレシュキガルは、汝に、助けを、求める。エレシュキガルは、神々のしもべを、今のときまで、永遠に、この地、キガルにて待つ――、かな」

とたどたどしくも言葉を順に並べていった。

各自、内容を咀嚼《そしやく》するための沈黙がしばし流れたのち、

「そのエレシュなんとかって何？　さっきも耳にしたけど」

と三尉が口を開くのを聞いて、梵天はジッグラトの頂上で女が放った音声のなかにも含まれていた単語だと今さらながら気がついた。

「エレシュ、キガルです」

と梵地がゆっくりと発音する。

「イナンナと同じ、シュメールの神様の名前です。エレシュは『女王』という意味なので、こちらもイナンナと同じ女神になります。後ろのキガルというのが――」

ボンチ、とキンメリッジが説明を遮って呼びかける。

「これで、何が、わかる？」

結論を急ごうとする海兵隊員に対し、梵地は「何が、わかる」と復唱したのち、そうだねえ、とひとつ咳払いして、

「ここはどこかが、わかる——、かな」

とさらりと重大なことを伝えた。

「お、おい、どこなんだ？」

思わず割りこんだ梵天に、

「この三行目の部分に書いてあるよ。ほら、キガルにて待つ、って」

と弟は手元の粘土板の一部を指でなぞった。

「それが何だ」

「だから、キガルだよ。この場所の名前」

「気軽？　地名か？　津軽の仲間か何かか？」

津軽？　と今度は梵地が怪訝な表情を一瞬見せたが、「そうじゃないよ」と笑いながら首を横に振った。

「気軽じゃなくてキガル。エレシュキガルの『キガル』のほう。そもそも、エレシュキガルは『冥界の女王』という意味なんだ。エレシュは『女王』で、キガルは『冥界』、二つのシュメール語を組み合わせて生まれた名前だね。だから、『ここはどこか？』と問われたなら、僕はこう答えるしかない。エレシュキガルは——、この地、キガルにて待つ」

梵地は粘土板から顔を上げ、真っ青に晴れ渡る空を背景に、

「ここはキガル、つまり、冥界ってことだね」

とどこまでも穏やかに宣言した。

何がつまりなのか。

やはり、梵天にはまったくわからなかった。

＊

まるで訓練に明け暮れた、春から夏にかけての新隊員教育時代に逆戻りしたかのようだった。キンメリッジが選んだ偵察ポイントを目指し、重量のある荷物を抱え、梵天は連なる砂丘を上っては下りてを繰り返した。ひとりで持ち歩けないものは、ときに梵人と、ときにキンメリッジとともに運び、パラシュートつきで降下してきた荷物のかたまりとの間を往復した。確かに海兵隊の準備は万端で、食料と水に関しての心配はまだなさそうだが、一方で無事に帰還できるのか、という根本的な不安が急速に梵天の内側で頭をもたげつつある。

というのも、海兵隊の荷物に含まれる武器の多さ、その火力の強さが、想像をはるかに超えるものだったからだ。妙に縦に長い大きなボックスをひとりで背中に担いでいるキンメリッジと砂丘の途中ですれ違った際、それは何だと訊ねるとロケットランチャーだと教えられた。いったい、どういう状況を想定しての用意なのか。いちいち中身は聞かなかったが、明らかに武器と思われる細長い形をしたボックスを梵天は少なくとも三個運んだ。しかし、いくら運ぼうとも、もはやそれを扱える海兵隊員はひとりしか残っていないのだ。

片道二キロ近い砂丘コースを往復しつつ荷物を運びきるまでの二時間。やはりと言うべきか、砂漠には微風すら吹かず、どれほど太陽が照りつけていても気温は二十度を超えないという、不可思議なコンディションに変わりはなかった。それでも重い荷物を背負って一度目の運搬を終えたとき、すでに梵天は汗だくになっていた。各自迷彩服を脱ぎ捨て、梵天、梵人、キンメリッジの三人がタンクトップもしくはTシャツ一枚で荷物運びを続ける一方で、銀亀三尉と梵地はすでに偵察ポイントにてそれぞれの任務に取りかかっていた。すなわち、梵地は運ばれてきたボックスを机代わりにして、そこに紙とペンを置き、粘土板の翻訳に没頭する。三尉は砂丘のてっぺんに腹這いになり、キンメリッジに貸してもらった砂漠迷彩のヘルメットを頭に載せ、背後に続々と積まれる荷物には見向きもせず、双眼鏡をのぞきこんでいた。もちろん、連中の襲来に備えての警戒である。

この場所が偵察ポイントに選ばれた理由は明白だった。

砂丘のへりから、真正面に街を展望することができる。

梵人、キンメリッジよりもひと足先に最後の荷物を運び終えた梵天は、荒い息を吐きながら、重いボックスを地面に置いた。正面には目線の位置に砂丘のへりが、さらにその先をのぞくと、ざっと三キロは離れた地点に、砂の色に染まった城壁が水平方向に続いているのが見えた。あれがアガデという名の街なのかどうか、梵天の知るところではない。だが、イラクのどこかにある街とも思えない。ボックスから取り出したペットボトルの水をのどに流しこみながら、根拠のない印象をもてあそんでいると、心の声が伝わりでもしたのか、

「ここ、イラクじゃないわよ」

と双眼鏡をのぞいていた銀亀三尉がぼそりとつぶやいた。

「あの街、モスクがない。モスクに付設された塔も一本もない。アザーンも今朝から一度も聞こえてこないでしょ？　あんなに大きな規模で、ムスリムの人がいない街なんて、イラクには存在しないはず」

「アザーン」と聞いて、刹那、拉致現場となったカフェに入る前、スピーカーからめいっぱいの音量でお祈りのような男の声が街じゅうに流れたことを思い出す。

「人はどうですか」

双眼鏡から目を離し、三尉は腹這いの姿勢で後退し、街からの死角に入ったところで身体を起こした。グリーンの迷彩服に貼りついた砂が音を立てて落ちるのもそのままに、目のまわりに手のひらを押しつけ、ぐりぐりと揉みこみながら、

「誰もいない」

と疲れた様子で声を発した。

「あれだけ大きな街なのに、出入りする人間がひとりもいない。車も一台すら通らない。そもそも、街につながる道路がないから。でも、廃墟じゃないの。城壁を見たらわかるけど、右から左までどこも崩れていないし。それってちゃんと管理が行き届いている、つまり現役の街ってことでしょ？　あれもそう――、全然、傷んだ様子がなかった」

何について上官が語っているかは一目瞭然だった。砂丘のてっぺんから正面を望んだとき、モスクでも塔でもなく、街を囲む城壁から唯一、頭をのぞかせている建造物――、街の中心部から少し左側に寄ったあたりに、階段ピラミッドに似た外見の巨大なジッグラトがそびえている。それ以外に城壁の高さを超える建物は見当たらない。あれほどの長さの城壁を誇る街であるにもか

かわらず、ビルのひとつすら確認できないのである。

「あの女は——、いましたか？」

「この双眼鏡じゃ、はっきりとわからないけど、動くものは何も見えなかった。街に色がないから、あの青いコートを纏っていたら、それだけで目立つはず」

梵天が新しいペットボトルを差し出すと、ありがとうと受け取り、油断するとずり落ちてくるキンメリッジのヘルメットを持ち上げながら、うまそうに水をごくりごくりと飲んだ。

「どんな感じ？　梵地二士」

三尉は背中を丸め一心に作業中の梵地の前にペットボトルを置いた。もう少しかかりそうです、とくぐもった声で返す弟の隣から梵天ものぞくと、楔形文字をひとつずつ書き起こしていたようで、手元の紙を櫛で引いたような線でびっしりと埋め、そこへカタカナや漢字を添えたと思ったら、大きく×で消し、横に○で囲んだなかにさらに細かい字を並べ——、と奮闘している様子である。

がんばってと告げ、銀亀三尉はふたたび腹這いの姿勢で元いた位置に戻った。替わりましょうか、と申し出たが、「あなた、施設科でしょ」とぞんざいに断り、双眼鏡を目に当てた。

三尉と梵地が不動の体勢に入り、砂漠から急に音が消えた。

後ろを振り返っても、梵人とキンメリッジの姿はまだ見えない。猛烈な乾燥も手伝ってか、汗が早くも引いていることに気づき、積み上げたボックスに置きっ放しの迷彩服を手に取った。袖を通すなり、真っ先に胸ポケットに触れた。固い化石の存在を確かめてから指を突っこみ、折り畳んだ新聞記事をつまみ出す。

紙を広げ、記事の文章を目で追ううちに、いつしか梵天も不動の体勢を取るメンバーの一員に仲間入りしていた。記事のなかでいちばんのスペースを占めるのは、梵天の所有する山と同じ層群から発見されたハドロサウルス科の化石の写真だ。きっと梵人あたりが見たら「これが恐竜の骨？　ただの石ころだろ？」と鼻で笑うに違いない、一見何の変哲もない灰色のかけらを眺めるうちに、不意に梵天は気がついた。

残るは、俺だけじゃないか――。

梵地の前には、アガデがある。

梵人の前には、シュメール・ゾンビだ。

今年の三月、場違いなリムジンで山に乗りつけ、ライオンとともに榎土三兄弟の前に現れた女は、梵地に「本物のメソポタミアを見せてあげる」と約束した。梵人には「本物の戦い」だ。もしも、あの城壁に囲まれた街が本物のアガデだった場合、梵地との約束が果たされることになる。梵人に至ってはコスプレ兵士たちと一戦を交えたことで、すでに履行済みと言っていい。

となると、残るは自分だけという話になりはしまいか。

「お目当ての恐竜に会わせてあげる」

望めばすぐにでも実現が可能とばかりに、余裕に充ち満ちた声で女はそう告げた。

こんなことを考えている場合ではないとわかっている。だが、約束が守られた場合、梵天は何に会うのか？　あの女の発言や行動について、いくら考えてもただ無駄なだけ、とこれまで散々思い知らされてきたにもかかわらず、心のどこかでプレゼント箱の中身に期待してしまう自分がいる。つまり、この記事は女からのメッセージだ。まだ言葉は生きている、そう伝えるために、わざわざ本物の新聞の切り抜きをキンメリッジに託したのではないか――。

やめろやめろ。頭を強く振って、梵天は記事を折り畳んだ。ねじこむように胸ポケットに戻すと、静寂に包まれた砂漠にかすかな人の声が聞こえた。振り返ると梵人とキンメリッジが並んで斜面を上ってくる。

「水くれ、水」

と額に汗をびっしりと浮かばせながら、梵人が到着した。うなり声とともに両手で抱えるボックスを下ろしたところへ、新しいペットボトルを投げて渡す。サンキューと受け取るなり、一気に半分近く飲み干し、梵人は濡れた口まわりをグレーのTシャツの肩口で拭い、ふうと大きく息を吐いた。

「どうだ、地ニイ。宿題は終わったか？」

うつむく姿勢はそのままに、「うん、だいたい」と梵地は振り返りもせずに返事を寄越した。

「梵人二士、ノートパソコンは持ってきた？」

と三尉が双眼鏡から目を離し、身体をねじるようにして顔を向ける。

「いちおう持ってきましたけど……、必要ありますか？」

「だって通信がまだでしょう、ドローンがなくても使い道があるかも」

とずり落ちてくる海兵隊のヘルメットの下で、ぎょろりと目玉が反応する。

「通信は……、もう無理じゃないですか」

「何で、あなたにそんなことがわかるの」

「ここに来る途中、こいつに訊いたんで」

と梵人は振り返って、そこに立つ黒のタンクトップ姿のキンメリッジを指差すついでに、手にしたペットボトルを放り投げた。

「どういうこと、キム。まだ私たちに内緒にしていることがあるの？」

「内緒、じゃない。訊かれなかった、だけ」

悪びれる様子もなく、受け取ったペットボトルの水をキンメリッジが勢いよく口に含むのを見て、「あ、あなたね」と腹這いで後退してから、という手順を踏むことなく、三尉がその場で立ち上がった。

「説明する、ギンガメ」

海兵隊員はペットボトルを顔の位置まで掲げ、残量を確認してからしゃがみこんだ。ペットボトルを傾け、ちろちろと流れ落ちる水を使って、器用に足元に直径一メートルほどの円を描いた。

「この円のなか、砂漠で通信できない、エリア。直径、十九マイル、だいたい……三十キロ。その内側、衛星の通信、駄目。海兵隊の無線、駄目。電話の線を引っ張っても、駄目。全部の通信、できない。だから戦争のとき、俺たち、このエリア、使わなかった」

と空になったペットボトルを横に倒すと「ひゅい」と唇をすぼめ、いかにも空を飛んでいるかのように、頭の上を水平に移動させた。イラクとの戦争の際、戦闘機がその上空を通過しなかった、と言いたいらしい。そう言えば、ハサンのところへ向かうトラックのなかでも、このエリアでは戦争がなかったと言っていた。

「ここ、基地」

キンメリッジは片膝をついた姿勢のまま、水で描いた円の外側、ほとんど線に接するようにペットボトルを置いた。

「俺たちが拉致されて連れてこられた地下施設のことな。通信できるギリギリのところにあったわけだ」

と梵人が合いの手を入れる。

「円の外側、通信OK。だから、サダム、あそこに秘密の基地、造った」

それってサダム・フセインのこと？　という三尉の問いにキンメリッジはうなずき、今度は「ハサン」とペットボトルのキャップを円の内側に置いた。これはハサンじいさんの家を指すのだろう。

「つまり、この円が、『フセイン・エリア』と呼ばれていたやつか？」

梵天の指摘に、海兵隊員はなぜ知っているという視線を返す。

「ハサンじいさんの家にいた、ジャケットを着た男が教えてくれた」

「YES、フセイン・エリア。通信できないエリア」

キンメリッジは水で描いた円を指でなぞるようにして示し、

「真ん中、何がある？」

と円の中心に人差し指を突き立て、わかるか？　とばかりに自衛隊チームの顔を見上げた。

「通信を阻害する原因がそこにある、と思うのが自然よね」

と三尉が腕を組んだ姿勢で答えると、正解という意味だろう、キンメリッジは片方の眉を器用に持ち上げ、円の中心の砂地をとんとんと指の先でリズムよく叩いた。

「だから、サダム、ここを探した」

「ちょっと待って、フセイン・エリアって言うくらいだから、彼が造ったものじゃないの？」

「サダム、造っていない。サダムが見つけ、調べ始めた。でも、エリアの真ん中、何もない。どこも同じ、ただの砂漠。だからサダム、地下を探した。円の真ん中の地下、掘ろうとした。でも、駄目だった」

駄目？　と三尉が目玉を剝くようにしてキンメリッジをのぞきこむ。

「どんな機械も、石油掘るマシンも、途中で壊れた。爆弾も、駄目」

円の中心部分で手のひらを上に向け、「ぼん」と擬音とともに爆発の仕草を披露したのち、

「サダム、知っていた。どこかに、秘密の入口、ある。その場所を知っているのは、ハサンだけ。でも、誰もハサンの言葉、わからない。誰も入口、見つけられなかった。彼が、来るまで」

と急に梵天の背後を指差すので、思わず振り返ると、いつの間にか梵地が立ち上がり、ペットボトルを手に話を聞いていた。

「ねえ、それって、順序が逆よね？　どうして、ハサンのおじいさんからは話を聞けないのに、入口があることを先にフセインは知ることができたわけ？」

「ボス、あの女に言われて、動くだけ。この話も、全部、ボスが女から聞いた」

はぐらかしているのか、それとも本当に知らないのか、表情のない顔でかぶりを振ったのち、

「ボンチ」とキンメリッジは手を差し出し、ペットボトルを寄越せと伝えた。タンクトップからのぞく筋肉質な二の腕はまだ汗に濡れ、文字を装飾したタトゥーが肘のあたりまで彫りこまれていた。受け取ったペットボトルのキャップを外し、キンメリッジは円のさらに内側、中央部分に新しい円をちろちろと垂らした水で描いた。先に描いた円が直径一メートルくらいであるのに対

し、内側の円はその三分の二ほどの大きさである。

「サダム、秘密の基地を造り、戦争までの四年間、掘ること駄目、爆弾も駄目の場所、全部調べた。そのエリア、直径、だいたい二十キロ。こっちも、きれいな円」

「待って、キム。直径二十キロの円って……」

そう、ギンガメ、と海兵隊員は静かにうなずき、梵地のペットボトルのキャップを、内側の円の中心から五センチのところに置いた。

「ハサンの、オアシス」

とキンメリッジは最初に置いたキャップを指差す。次に小さい円内に置いたキャップに指先を移した。

「ハサン、ここで『娘』失った。大きなヒトコブラクダ、見た。これが、サダムが探した入口。俺たち、潜った。パラシュートで、降りた」

とキンメリッジは立ち上がり、背後の一点を迷いなく見上げた。海兵隊員の視線の先に何があるかは言うまでもなく、双眼鏡をのぞきこんだ三尉がほどなく、

「まだ、ロープがいきなり空から垂れてる」

と変わらぬ現状を教えてくれた。

「やっぱり、この場所、地下ってことじゃない――」

もはや、そのつぶやきに正面から異を唱える者はいなかった。双眼鏡を下ろした三尉の表情にも、予想が当たりつつあることへの満足感は、かけらもこめられていない。当然だろう。無事に帰れないかもしれない、という現実の厳しさをますます突きつけられるだけだからだ。

キンメリッジはペットボトルを持った腕を真上に伸ばし、

「ここ、爆弾でも壊れない」

と空を示し、大きな円を描いた。

どれほど観察しても、そこに境目のようなものや、人工的な痕跡は何ひとつ見つけることができなかった。ただ、抜けるような青空が広がるのみである。

「この空が作り物だから、ドローンも途中で、何かにぶつかって落ちたわけか?」

梵人のひとりごとに重ねるように、双眼鏡を下ろした三尉が、

「風がないのも、気温が一定なのも、地下の塞がれた場所だから?」

とかすれた声を発した。

「ギンガメ、言った。円の真ん中、通信を駄目にする原因、ある――」

足元に描いた円の前にふたたびしゃがみこみ、キンメリッジはペットボトルを円の中心の真上でゆっくりと傾けた。

「俺たち、この小さいほうの円、にいる」

音もなく流れ落ちた水がかすかに泥を撥ね上げながら、水たまりを作っていく。

「アガデ」

水たまりにねじこむように空になったペットボトルを円の中央に立てて置き、キンメリッジは腰を上げた。

「ノールとオルネク、ドローンで、地形、確認した。二十キロの円の真ん中、このアガデが、ある」

察しの悪い梵天も、梵人が上官に通信の困難を訴えたその理由をようやく理解した。通信を回復するためには、妨害の原因を取り除かなくてはならない。となると、どうしたって円の中心へ乗りこむ必要が出てくる——。

「だから、俺は無理だって言ったわけよ。あそこに行けば、ライオン・マダムだけじゃなくて、あのコスプレ野郎たちにも会うかもしれない。いや、正しくはシュメール・ゾンビか？　そんなところにわざわざ乗りこむなんて、自殺行為もいいとこだ」

考えるまでもなく、梵天だってそんな無謀な突撃はゴメンである。三尉にも末弟の言わんとするところが伝わったようで、腕を組んだまま何事か考えていたが、

「でも、キム、それならどうしてこんな街の近くにまで偵察ポイントを持ってくる必要があったの？　別に移動しなくても、警戒だけなら前の場所でもじゅうぶん対応できたはず」

とわずかに首を傾けつつ、問いを放った。

「行く、ため」

「行く？　どこへ？」

「ここで待っても、誰も助けに、こない。地上の人間、誰もここに来ること、できない。ボンテンいないと、無理」

「誰も、じゃないだろ。あの女は？　どうやって、あいつは潜りこんだ？」

と梵人がすぐさま指摘するが、「わからない」とキンメリッジは素っ気なく首を横に振る。

「ボスからの手紙、書いてあった。日本人、イナンナと会う。イナンナ、帰る方法を、日本人に教える——。だから」

「だから？」

「俺たち、アガデに行く」

「な、何、言ってるの？　さっきの連中を見たでしょ？　あんな得体の知れないのがうようよしているかもしれない、安全が何も保障されていないところに向かうつもり？　冗談でしょ？」

「ギンガメは、反対？」

「当たり前でしょッ」

キンメリッジはおもむろに両手を胸の前に持ち上げた。ともに人差し指だけを立て、「ワン、ワン」とスコアを読み上げるようにつぶやいた。

「ボンテンは？」

長い睫毛の下から、答えを促す視線が向けられる。

「反対に決まってるだろ。噛まれたら、それでおしまい。そんな化け物連中がいっせいに襲ってきたら、どう相手にするんだ」

強い調子でぶつけても、キンメリッジは表情を変えることなく、右手の人差し指の隣に中指を加え、「トゥー、ワン」と告げた。どうやら、多数決でこれからの行動を選択するつもりらしい。

「いいわ、キム。でも、言いだしたからには、結果には従いなさいよ」

提案を受け入れることを伝える三尉の言葉に、キンメリッジもうなずきで返す。

「ボンド」

そうだなあ、と末弟は坊主頭の後ろに手を回し、いったい何を考える必要があるのか、しばらく空を仰ぐ素振りを見せたのち、

「俺は、賛成」

とひょいと片手を挙げた。

「ぼ、梵人二士、あなたね――」

一歩前に出た拍子に、海兵隊員が描いた円の外周をブーツで踏みつけるのも構わず、三尉は拳を握りしめ、今にも嚙みつきそうな勢いで目を剝いた。

「お前、ついさっき、その口で自殺行為だと言ったばかりだろッ」

と梵天も唾を飛ばす。

「確かに言った。でも、ライオン・マダムに会わないと帰れないのなら、再考の余地はありじゃないか？　それに好きなんだよな、あの忍びこむときのゾクゾクする感じが。これからゾンビだらけの街に忍びこむかもしれないなんて、最高だろ」

そうだった。こんなふうに本来あるはずのない場所にスイッチが潜んでいるのが、梵人という男だった。あまりの脳天気さに思わず天を仰ぐ梵天の耳に、「トゥー、トゥー」とキンメリッジの声が滑りこむ。

「ボンチ」

梵天は首をねじり、背後に控える顔に焦点を合わせた。よもや、榎土三兄弟随一の穏健派がわざわざ危険な状況に身を投じることなどあるまい、と確信を抱いていたが、

「ごめん、天」

と目が合うなり、謝られた。それが何を意味するのか頭が理解する前に、

「僕もあの街がどんな場所か、この目で見てみたい。だから、賛成――かな」

と長い指を揃え、梵地はおずおずと右手を持ち上げた。ひゅっ、と息を吸いこんだきり、銀亀三尉は声を発しなくなった。まさに絶句の瞬間を感じながら、

「トゥー、スリー」

と結果を告げる声を聞いた。

「ギンガメ」

キンメリッジの呼びかけに対し、応答はなかった。

「われわれ、アガデに行く」

キンメリッジは円の中央に立つペットボトルの突端に足をかけ、そのまま手前に引き倒した。ペットボトルの横っ腹にブーツの裏をのせ、決意のほどを伝えるように「アガデ」をぐしゃりと砂の上に押し潰した。

＊

昼食には、朝と同じ海兵隊のレーションがキンメリッジから配られた。下り斜面に陣取った男連中と離れ、銀亀三尉はひとり砂丘のてっぺんあたりに座り、ときどき双眼鏡で街の様子を確かめながら無言で食事を進めている。

もっとも無言であるのは梵天も同じで、その理由は目の前で梵地の講義が延々と続いていたからである。早々に食事を終えた梵人はというと、寝転がって膝裏を揉みながら、「ほう」とか「へえ」とか、いい加減な相づちを打ち、レーションの袋に入っていた粉末をペットボトルの水

に溶かし、ちびちびと飲んでいる。

「どうして、アメリカ人てのは、何でもかんでも、こういう色にしたがるんだろうな」

と粉末をペットボトルに落としこんだ瞬間、梵人が顔をしかめたのも仕方のないところで、化学実験を済ませたかのような毒々しさ溢れる真っ青な飲み物が出来上がった。ただし、味はエナジードリンクのそれで決して悪くはないらしい。

梵天と梵人がほとんど上の空で弟の講義を聞き流しているのに対し、解読を依頼した張本人ゆえか、キンメリッジはちゃんと相手の顔を見据えながら、レトルトパックの中身をスプーンで口に運んでいる。

「意味がわからないというか、つながらない部分もあるにはあったけど、訳のうえで大意は外していないと思う」

と粘土板をかたわらに置き、メモの紙を猫背になってのぞきこむ梵地の姿は、発掘調査にやってきた学者見習いのような雰囲気で、これまで梵天が一度も直接目にしたことがない大学、大学院での弟の様子を自然と想像させる、静かな自信に満ちていた。

チクリと胸が痛んだ。

自衛隊に入隊したことで大学院の休学を余儀なくされたにもかかわらず、梵地がそれに関し不平を口にしたことは一度もなかった。学びの予定が大きく狂わされたうえに、これまでまったく縁がなかった、むしろ苦手だったはずの、肉体を鍛えるだけの日々を送る羽目になっても、弟の不満そうな顔を四月以来、見た記憶がない。それどころか、どこか生き生きとした表情を保っているようにさえ感じられたのは、案外、肌に合う環境だったのか、それとも梵天への気遣いゆえだったのか。

どれほど梵地が「気にしないで」と口にしても、現状を招いた原因が貴金属泥棒を実行した自身の決断にあることは疑いないだけに、いまだ梵天の罪悪感は消え去らないままだ。こうしてイラクという憧れの地を訪れ、この場所が本物のメソポタミア遺跡かどうかは別として、梵地が確かな知識を披露するたびに、本来輝くべき場所に彼を一刻も早く戻すべき、という長兄の責務を改めて突きつけられる梵天だった。

「汝、アガデの門を訪れよ。エレシュキガルは、神々のしもべを必ず歓迎するだろう——。ここで、終わりだね」

梵地は紙から面を上げると、ふうと息を吐いて、ペットボトルの水を口に含んだ。ひょろ長い首の中央で、のど仏がごくりと上下するところへ、

「で——、結局、その粘土板は何が言いたいんだ？」

と寝転がった姿勢のまま、梵人がぞんざいな問いかけを放った。

「つまり、これはアガデへの招待状だよ」

「招待状？　俺たちへのか？」

ううん、といったん間を置いたのち、

「それは、どうかなあ。冒頭から一貫して、エレシュキガルが神々のしもべに、とにかく助力が必要だから来てくれ、と要請する内容ではあるけれど」

と慎重な口ぶりで答えた。

「いよいよ俺たちだろう。ハサンのじいさんも、天ニイが持ってる青ちくわを見て、『イナンナ

のしもべよ』って騒いでいたぞ。そもそも、日本にいたときから、俺たちはあの女の言いなりなんだ。まさに『イナンナのしもべ』だ。イナンナも神々のメンバーに入っているんだろ？」

唇の端に自嘲の笑みをのせ、梵人は三兄弟を順に指差した。

「でも、俺たちの到着を、どうやって知ったんだろうな？　そうか――、パラシュートが降下するところを見て、それから急いでそれを作ったわけか」

ようやく食事にかかるべく、レトルトパックの封を開けた梵地が、「これ、持ってみなよ」と砂に寝かせていた粘土板を手に取り、差し出した。

「ショウセイだから」

ショウセイ？　と訝《いぶか》しげな顔で受け取る梵人に、梵地は手にしたスプーンの柄の先で「焼成」と砂地に書いて見せた。

「たとえばジッグラトでは、内部に日干しレンガを積み上げ、表面を焼成レンガで覆った。もちろん、焼いたレンガのほうが頑丈になる。粘土板も同じだよ。重要な文面の粘土板は焼くことで、より保存を確かなものにした。粘土の中に水分が残っていると焼く途中で割れてしまうから、いったん乾燥させる必要があるんだ。僕たちの到着を知ってから、この文面を刻んで、さらに乾かしたうえで焼いたというのは、あまり現実的じゃないかなあ」

キンメリッジから粘土板を渡されたとき、そこに刻まれた楔形文字を確かめる前に、梵地が側面をなぞったり、角を引っ掻いたりしていたのは状態を見極めるためだったらしい。というのも、焼成であると聞かされた梵人が同じように粘土板の表面を爪で引っ掻いているからである。

「じゃあ、この粘土板に『神々のしもべ』が登場したのは、ただの偶然の一致ってことか？」

「少なくとも、僕たちがここに到着するより前に、その粘土板に刻まれた文面であるのは間違いないよ。でも、すべてが偶然とは言いきれないね。あの女の人もジッグラトで、僕たちに呼びかけたわけだから」

「呼びかけた？　何のことだ？」

ああ、そうかとつぶやいて、梵地は末弟が用を足しにいった間に、ジッグラトの頂上に立つ女の声が解析できたこと、そのなかに「イナンナのしもべたち」とドローンに向かって呼びかけるシーンがあったことを伝えた。

「やっぱり、俺たちのことじゃないか」

と結論づけたがる梵人に、

「いや、それはおかしい」

とレトルトパックの中身を食べ終えた梵天が話に加わる。

「その粘土板が俺たちへの招待状だったなら、どうしてここにマーストリヒトたちがいない？　俺たちだって、全滅してもおかしくなかった。もしも俺たちを本気で招待する気があるなら、もう少しマシな歓迎の仕方があるだろう。あの連中が取った行動とかけ離れすぎている」

「これに何が書いてあるのか、あいつら自身、わかってなかったのかも。だって、シュメール・ゾンビだぞ。脳みそまで腐ってるのがゾンビだろ？」

地面に片肘をついて横になりながら、梵人はまるでタブレット端末のように粘土板を掲げて見せた。

外野の二人が適当な感想をぶつけ合っても始まらないので、

「おい、梵地。アガデのほうはどうなんだ？」

と話す相手を変えた。キンメリッジがここがアガデだと言ったとき、真っ先に否定したのが梵地だった。ならば粘土板にもアガデの記載があったことをどう考えるのか？　これもイナンナのしもべと同じ、偶然の一致なのか？　梵地はレトルトパックの中身をスプーンで口に運びながら、長兄の問いかけを聞いていたが、もぐもぐと咀嚼しながら、

「ひょっとしたら……、あの街は本物のアガデなのかも、しれない」

と聞き取りにくい声で答えた。

おやおや、と梵人が粘土板を胸元に抱え、やけにうれしそうな顔で「よいしょ」と勢いよく身体を起こした。

「おもしろくなってきたな、地ニイ」

「ちょっと、待て」

と梵天は流れを押し留めるように、梵地に向かって手を挙げた。

「アガデは何千年もむかしの街だよな」

「アッカド帝国の初代サルゴン王の時代に首都としての繁栄が始まったと考えるのなら、ざっと四千三百年前かな」

「そんな古い街なのに、ジッグラトの見た目が風化していない。城壁も立派なままだ。頭を撃たれたら砂になる、おかしな連中もいる。そもそも、ここは地下なのかもしれない。俺でも、あれがまっとうな遺跡の類《たぐい》じゃないとわかるぞ」

「僕もそう思うよ」

けろりとした表情で梵地はうなずいた。

「じ、じゃあ、何で本物のアガデかもしれないなんて結論になる」

そうだね、と弟が咀嚼を終えるまでの間、ふと視線を感じて顔を向けると、銀亀三尉がデザートのチョコバーを齧《かじ》りながら、次の言葉を待ち受けていた。

「粘土板のなかに、『アガデの呪い』についての言及があった——、からかな」

「アガデの呪い？」

「アッカド帝国が滅んだ原因について、古い言い伝えの記録があるんだ。傲慢な王の行いに怒った神々がアガデに呪いをかけて、そのせいでアッカド帝国は滅亡してしまった——という有名なお話。シュメールの世界には、各都市ごとに神様がいたからね。その神様から呪いをかけられたり、愛想を尽かされたりしたらおしまいだ」

「それ、本当にあった話なのか？」

「まさか。あくまでもお話、神々と人間の営みについての物語、つまり神話だよ。アッカド帝国が滅びてから百年以上が経った時代の粘土板に記録されている話で、そもそも歴史的に正しくない。アッカド帝国が滅亡したのは、その傲慢な王の治世よりあとのことだし、崩壊の理由ももちろん神の怒りなんかじゃなくて、異常気象が引き起こす急激な乾燥、それに伴う農作物の収穫量の激減、さらに周辺異民族が食料を求めて移動を始め、帝国の求心力が低下して——、いくつもの要素が重なり合ったからだと言われている。もっとも、踏んだり蹴ったりの悪条件が重なるのを見て、これは神の怒りだと当時の人々が考えたのも、無理ないところかもしれないけど」

梵地はレトルトパックを食べ終えると、水気のないパンを押しこむように口に詰め、梵人に向かって手を伸ばした。

受け取った粘土板をあぐらをかく股の間に置き、

「そうそう、この真ん中のあたり」

と粘土板の文字列に指を添え、訳を書き留めた紙と見比べる。

「すべてをなぎ倒す憎しみの嵐を前に、すべてを呑みこむ恨みの洪水を前に、エレシュキガルは呪われしアガデをキガルへと導く――。ここ、何だか、引っかかるんだよね」

梵地は手元から顔を上げると、聴衆の反応を待つように姿勢を正したが、梵天と梵人の顔を確かめると、すぐに補足が必要と察したようで、

「これ、呪われる順番が変な気がするんだよ。キガルは冥界のことだから、もしもそんな場所に街が導かれたら、誰もが冥界に引きこまれたこと自体を、呪われた結果だと考えると思うんだ。でも、キガルに来る前から、すでに呪われている感じじゃない？　憎しみの嵐とか、恨みの洪水とか、こっちの洪水は一度で街を丸ごと呑みこむこともあるから、これは深刻な脅威だよ。まるですでに受けた呪いから逃げるために、むしろ、安全を確保するために街がキガルに導かれた――、そんなふうに読めるんだ。実際にあの街は、洪水のダメージを受けたようには見えない」

と解説をつけ加えた。

わかるような、わからないような、あやふやな感覚に漂いながら、

「街が導かれた、ってどういう意味だ？　住んでいた人間が引っ越したってことか？」

と素直な疑問を梵天はぶつけてみる。

そこなんだよね、と梵地は鼻の下のひげをつまみ、うなずいた。

「ひょっとしたら、何かのたとえなのかもしれない。そのまま読むと意味がつながらないけど、ただ文面に切羽詰まった迫力があると思わない？　何度も読み返していると、これって本当に、誰もまだ発見していないアガデのことを記しているんじゃないか。つまり、キガルに導くというのは、街ごと避難させた、って意味なのかも。それがあの街なのかも、そんな気がしてきて――」

「まさか、お前――、それが理由で賛成に手を挙げたのか？」

梵天から向けられた険しい眼差しを避け、梵地は手元の粘土板をのぞきこみ、

「街の中を見たら、本物かどうかすぐにわかると思うんだよね……」

と取り繕うように表面の砂をふうっと息で吹き払った。

「ボンチ」

それまで声を発さず、ただ三兄弟のやり取りに耳を傾けていた海兵隊員が静かに話の輪に入りこんできた。

「敵は、どうだ？」

「敵？」

すまぁ、ぞんびい、とキンメリッジは短く吐き捨てた。その言葉を口にしたくもない、と言わんばかりの嫌悪の色が一瞬、眉間のあたりに浮かんだのち通り過ぎていった。

「俺たち、アガデに行く。敵のこと、何か、わかるか？」

当然ながら、キンメリッジにしてみれば古代メソポタミアがらみの話などよりも、軍人としての情報収集こそが大事だろう。梵地も粘土板を渡された本来の目的を思い出したようで、

「この中に、彼らに関する記述はないね。でも――」

とデザートのチョコバーの封を開けようとした手を止め、やはり梵天には虫が寄せ集まったように見える楔形文字の列をじっと見つめた。

「でも？」

「この粘土板の文章はすべて、エレシュキガルが主語となって、『神々のしもべ』に助けを求める、という内容になっている。もしも、僕たちが招待されたのなら、安全にアガデに案内されるはず。でも、攻撃されたということは、僕たちが『神々のしもべ』ではないと見なされたか。それとも、この粘土板が作られたときとは事情が変わったのか――」

そこで言葉を切り、手元の粘土板をしばし魅入られたように見つめる梵地に、

「そもそも、何で粘土板なんだ？　わざわざ焼いて用意しなくても、あの女なら、紙でも何でも書くものくらい持ってるだろ。それに、届けた先にシュメール語が読める人間がいる確率なんて、普通ゼロだぞ？」

と梵人が根本的な疑問をぶつける。

ううん、それは、と発したきり黙りこんでしまった弟に、

「サンキュー、ボンチ」

とうなずき、キンメリッジは立ち上がった。ぽんと梵地の肩に手を置いてから、運んできたボックスの前まで移動した。そこに置きっ放しにしていた砂漠色の迷彩服を手に取ると、その下から、あちこちテープが巻かれた、使いこまれたライフル銃が姿を現す。

「やっぱり駄目よ、キム」

不意に、鋭い声が響いた。

「わかってるわよ。私たちに使わせるつもりで、荷物を運ばせたこと。それ、中身は全部、銃よね？　駄目よ――、絶対に駄目。私たちは自衛隊です。そんなことは決して許されていないし、彼らを危険にさらすわけにはいかない」

キンメリッジは迷彩服に袖を通すと銀亀三尉に顔を向け、

「行かないと、俺たち、元の場所に、帰れない」

と静かに告げた。

「私たちはあなたみたいに、実験ついでに足を狙えるような人間じゃない。倒れている相手の真上から、平気で頭を撃てるような人間じゃない」

その場に立ち上がった三尉を、キンメリッジはまぶしいものでも見るかのように目を細めて捉えていたが、ウェーブのかかった前髪をかき上げ、

「俺が撃ったの、人間じゃない。仲間、殺した敵」

と冷たい響きが漂う声とともに、ボックスの上からライフル銃を手に取り、肩にかけた。

「今度、またあの連中に会ったら？」

「撃つ」

と間髪をいれずに答えた。

「それはあなたに許されても、私たちには許されない。私は彼らの上官です。私が許可しなければ、彼らはあなたと行動できない」

「ギンガメ、多数決、従うと言った」

「これはゲームじゃない。私たちの命が懸かっている。もちろん、あなたの命も。だいたい、あなたには何も知らない私たちを、ここに連れてきたことに対する責任があるでしょ」

「ギンガメ、忘れていること、多い。ここに、来たいと言ったの、ギンガメ。俺は帰れ、と言った」

「な」と言ったきり、続きは聞こえてこなかった。その代わり、ブーツの先端から小さな砂埃を巻き起こし、三尉が斜面を下りてきた。まあまあ、と梵人が立ち上がり、なだめようとしたが、

「あなたは黙ってて、梵人二士」

としなるような声で機先を制された。

それでもキンメリッジとの間にクッションとして立とうとする梵人を、三尉が素早いステップを踏んでよけようとしたときだった。

同じく腰を上げようとする途中だった梵地の側面に、一歩横に移動した三尉のちょうど尻の部分がぶつかった。

「あっ」

と梵地が声を上げたとき、梵天も同じく「あっ」と発した。

不意の衝撃を食らって、手から離れた粘土板が宙に浮いていた。

思わず梵天は腕を伸ばし、落下する粘土板を拾おうと上半身を乗り出した。

そのとき、右手から梵人が駆け寄るのが視界の隅に見えた。

「おわっ」

と梵人がひっくり返った声を上げる。

末弟からすれば、粘土板の救出に向かおうとした矢先、足元に何かが飛び出してきたようなものだったろう。梵天がヨガの「猫のポーズ」のような格好で、地面すれすれのところで粘土板を無事キャッチしたとき、梵人は衝突を避けるためジャンプしていた。

次の瞬間、

「ばちッ」

と妙な音が響いた。

真横に顔を向けると、梵天の背中を飛び越えて着地した、梵人の右足の膝から下の部分がおかしな具合に曲がっていた。

「え」

という声に視線を持ち上げると、信じられないといった表情で己の足元を見下ろす梵人の丸い顔が映った。

ほんの一秒にも満たない時間だったはずだ。

梵天は息を呑んで、まるで時が止まったかのように静止した末弟の肉づきのよい背中を、その汗が薄らと滲《にじ》んでいるグレーのTシャツを見上げた。

やっちまった――。

押し潰した声が耳に届くと同時に、ぷつりと糸が切れた人形のように、梵人はころりと地面に倒れこんだ。

第十章　都

まさしく、高校時代に経験したあの音と感触が蘇った瞬間だった。人間、あまりに度を越した痛みに襲われたとき、脳が理解できるキャパを超え、逆に痛みが遠くなる。他人のもののように力が入らなくなった右足を見下ろし、

「ああ、やっちまった」

と乾いたつぶやきを放ったのも束の間、耳鳴りが始まり、さらには、急な雨に降られ、雨粒に浸食されていくフロントガラスのように、黒い紋がじわじわと目の前を塞いでいく——。十年前、まったく同じ生理現象を経験したことを思い返しながら、すでに意識は次の展開を予想している。そう、肉体の衝撃が一段落したのち訪れるのは、精神の衝撃だ。他人事《ひとごと》のような錯覚から一転、すべて我が事と理解するや否や、絶望と悔恨と非難の感情がいっせいに押し寄せてくる。

「どうして、お前はそうやっていつも調子に乗りすぎる。なぜ、痛い目を見るまでわからない」

相手の硬い革鎧に向かって何度も蹴りを繰り出したせいか、あのシュメール・ゾンビとやりあったときから、膝に違和感は生じていた。いや、ひょっとしたら、パラシュート降下で着地したときに、最初のダメージは加えられていたかもしれない。黄信号が発せられていることをキャッ

チしながら、みすみす赤信号で突進し、事故を起こしてしまったことを今さら後悔したところですべてはあとの祭り。

「いつだって俺は、いちばん大事なときに限ってこうだ」

と砂を噛む気持ちは、そのまま本物の砂を噛むことでいよいよ増幅される。砂地に倒れこんだついでに、口の中に遠慮なく砂が入りこんできたからだ。その後の記憶は曖昧で、気がついたときには、金属の棒とテープを使って足が固定され、毛布を広げた上に寝かされていた。なぜか鼻先に微風を感じ、あれ、風が戻ってきたのかな？　と目を開けると、銀亀《ぎんがめ》三尉が水色のＵＮキャップで扇いでくれていた。

応急処置を施したのはキンメリッジだった。梵人《ぼんど》たちが運んできたボックスから医療バッグを取り出し、痛み止めの注射まで打ってくれた。それでも身体を動かす拍子にうっかり足に力が入ると激痛が走る。梵人がうなりながら身体を起こし、ペットボトルの水を飲んでいると、

「無理しないで、梵人はここで休んでいて」

と梵地《ぼんち》がバックパックを背負って立ち上がった。オリーブ色の自衛隊の戦闘服は目立ちすぎるため、砂漠迷彩が施された海兵隊支給のレインコートをすっぽりと頭からかぶっている。

「砂漠でレインコートなんて、冗談みたいな格好だな」

「武器がこれだけ、というのはもっと冗談みたいだよ」

と梵地は背中のバックパックを指差した。

「それもあるだろ」

とレインコートの腰の位置でその存在感をアピールしているホルスターを指差すと、

「咄嗟にこれを引き抜いて、しかも当てるなんて、到底無理だね」

と次兄はおっかなそうにホルスターに差しこんだピストルをのぞきこんだのち、横に立つ銀亀三尉の顔をうかがった。

自衛隊員が海兵隊のライフル銃を携行することをかたくなに認めなかった三尉だが、キンメリッジからの再度の要請に対し、ピストルの所持だけは最低限の装備としてＯＫを出した。もっとも梵地が言うとおり、実戦の経験どころか、訓練でもロクに扱ったことがないため、どこまで意味があるものなのか。

代わりにバックパックにはたっぷりの水を詰めこんだ。実際に現場を目撃していない梵人はいまだ半信半疑であるが、水を浴びて連中が爆発したことが強烈に印象に残っているようで、

「無理です。重過ぎてかえって動けなくなります」

と梵地が音を上げるまで、三尉はペットボトルをバックパックに押しこんだ。

粘土板を脇に抱え、準備を終えたらしき次兄に、

「梵地二士、それも持っていくの？」

と三尉が腕を組んだ姿勢で訊ねる。

「一応、招待状なので」

「天ニイを頼むぞ」

と地面に寝転んだ姿勢のまま梵人が伝えると、

「いざとなったら、僕よりよっぽど頼りになるよ。だって『上官』だよ」

とほんの半年前の出来事であっても、もはや数年前の響きすら感じられる、長兄の新隊員教育

時代のあだ名を持ち出し、梵地は薄く笑った。

「忘れそうになるけど、俺たちってまだ配属されたてほやほやなわけだよな」

「キンメリッジに何年目かと訊かれて、新兵だって答えたら驚いていたよ。ブーツにしてはよくやってると褒められたけど」

「ブーツ？」

「新兵のことをブーツと呼ぶんだ。むかし流行ったエクササイズに『ブートキャンプ』ってあったでしょ？　あれ、本来の意味は新兵訓練のことだから」

「懐かしい。ブートキャンプのエクササイズＤＶＤ、ウチにもあったわよ。姉が買ったやつが」

意外な方向から、三尉が話に加わる。

「三尉もきょうだい、いるのですか？」

「二人姉妹。あなたたちと違って、むかしからとても仲が悪いけど」

「それなら、イナンナとエレシュキガルと同じですね」

え？　と梵人と三尉が同時に声を発した。それに対し、「あれ？」という表情で次兄は二人の顔を見比べる。

「ひょっとして、言ってなかった？」

「初耳だぞ、地ニイ」

「シュメール神話において、イナンナとエレシュキガルは姉妹なんだ。イナンナが妹で、エレシュキガルが姉。地上、つまり生きる者の世界の女王がイナンナ。冥界、つまり死せる者の世界の女王がエレシュキガルで、完全に対照的な姉妹として描かれている。生と死だから、当然、相性も悪くて、その喧嘩のエピソードもとても有名なんだよね。だから、僕も冥界と聞いて、ある程度の知識がまとまって出てくるわけで。シュメール神話で冥界は、生の世界と対比される存在、乾ききった世界として描かれているから、あながちここも間違ってはいないシチュエーションだね。水が一滴もなくて、草木も生えない不毛の地こそが冥界で、その住人は塵と粘土を食糧にしているんだ。まさにゾンビの国だよ――」

「待ってくれ、蘊蓄《うんちく》は今はストップだ。じゃあ、地ニイはこれまでどう思っていたんだ？」

「どうって？」

「俺たちにさんざんちょっかいをかけてきた女が『イナンナ』だ。でも、あのピラミッドもどきに立っていた女は、ドローンに向かって自分を『エレシュキガル』と言ったんだろ？」

「正確には、『我がしもべが、エレシュキガルのしもべが、あなたたちを待っている』という表現だったけどね」

「どう見ても同一人物なのに、名前が違うのはおかしいだろ」

「そう言われてみれば、そうだけど……。キンメリッジやマーストリヒトが名前を地層から取っているみたいに、シュメールを踏まえた知的なコードネームくらいに考えていたよ。どうして彼女が、僕たち相手に二つの名前を使い分ける必要があるか、と訊ねられたら困るけど――」

「双子かもしれない」

「え？」

「あいつら、実はそっくりな双子なんだ。俺たちがこれまで会ってきたほうが妹で、ピラミッドもどきに立っていたのが姉。そうすると、いろいろな疑問が解決する」

はあ、と次兄はレインコートの襟元を整えつつ、「ピラミッドもどきじゃなくてジッグラト」としっかりと訂正を入れてきた。

「わざわざ俺たちをイラクまで呼び寄せて、ヒトコブラクダ層とやらを探せとけしかけておいて、自分のほうが先に現場に到着しているなんて、おかしいだろ？　通信はできないはずなのに、どうやってライオン・マダムはこの場所を知った？　それも、あの女が双子なら辻褄が合う。姉貴のほうは、はじめからアガデにいたんだ。それで妹の助けを求めた。だから、『イナンナのしもべ』に早く来い、って招待状を送りつけてきたわけさ」

すべてがどうかしている世界に放りこまれながら、いまだ話の整合性を求めていること自体、滑稽な気もしたが、我ながらすっきりと納得できる筋書きである。

「それって、つまり――、梵人二士はジッグラトに立っていた女性は、私たちが昨日、朝食をいっしょにとった女性とは、別人だと言いたいわけ？」

まあ、そういうところです、と梵人が寝た姿勢からうなずきを返すと、

「その線はないわね」

と間髪をいれず三尉は首を横に振った。

「ドローンに映った女性と、あなたたちがライオン・マダムと呼んでいる女性――、間違いなく二人は同一人物よ」

ここ、と三尉は耳を指差してから、さらに頭、首と指先を移動させたのち、最後に両手を広げて顔の前に掲げた。

「あの青いコートはもちろん、イヤリングに、髪飾り、首輪、腕輪――、ドローンの女性が身に

つけていたアクセサリーはどれも、昨日の朝食の席で見たものと位置も、形も、数に至るまで、すべていっしょだった。あなたたちがわけのわからない言葉で彼女と話し合っている間、ずっと暇だったから全部覚えたの。彼女のイヤリングを見た？　右と左、それぞれ大きさも形も違う。そこまで、いっしょだった。あのジッグラトにいたのは彼女よ。私たちと朝食をともにした相手」

ドローン映像を見たときには、青いコートと盛りに盛った髪形が同じだとは思ったが、アクセサリーの細部まではノーチェックだった。さすがの観察力の高さに舌を巻きつつ、

「なら、どういうことだよ……」

と梵人が思わずつぶやくと、

「それを、今から確かめにいくわけでしょ」

と三尉はくすんと鼻を鳴らして、振り返った。

砂を踏みしめる音とともに、キンメリッジと梵天《ぼんてん》が斜面を上ってきた。二人はそれぞれボックスを抱えている。

「待たせた」

とキンメリッジが地面にボックスを置く。さっそく蓋を開けると、中身はすべてペットボトルの水だった。あらかじめ運んでいた分はアガデ探索隊がほとんど携行するため、留守番用の新たなストックを取りに戻ったのである。一方の梵天のボックスは同じく水、さらにレーションが詰められていた。

「腹が減ったら、三尉と食べろ」

と梵天は四食分を梵人の腹の上に置いたのち、二食ずつをキンメリッジと梵地に配った。

「すまない、これからやっと俺が役に立つ番だったのに」

梵天は何も言わずに固定された右足の添え木を見つめていたが、急に屈むと、

「その……、わからなかったのか。三秒で」

と三尉には聞こえぬよう耳元でささやいた。

「俺たちの間じゃ、使えないんだよ」

そういうことか、と唇を噛み、「悪かった」と坊主頭を下げた。

「何、言ってるんだ。いいんだよ。それに、いちばん悪いのは地面だ。何で、あそこだけ窪んでいたんだろうな。運が悪かった。それだけさ」

無言で長兄は梵人の肉づきのよい肩を叩き、立ち上がった。

アガデへ向かう戦力がひとり欠けたとわかったとき、梵地と二人で向かうのは逆に困難の度合いが増すと考えたか、

「俺がひとりで、女に、会いにいく」

と言いだしたキンメリッジに、

「それは危なすぎる。俺も行く。予定どおり三人だ」

とすぐさま名乗りを上げたのが梵天だった。その決断を前に、梵人と梵地は何も言葉を挟まなかった。一度、決めたら梃子《てこ》でも動かないときの長兄の表情を、そこに認めたからである。これまで何度も逆境をはね返し、彼らを導いてきた強い意志がすでにその横顔に漲っていた。

「気をつけろよ、天ニイ。危なくなったら逃げろ。逃げながら、ライオン・マダムのところまで

たどり着いて、どうやったら俺たちが帰れるか訊いてくるんだ」

梵天は口をへの字に曲げ、難しい顔で梵人を見下ろしていたが、

「キンメリッジに作戦を教えてもらった。夜になったらアガデに忍びこむ。それまでの間に、できるだけ街の近くに移動する。帰ってくるのは明朝だ」

と予定を告げた。

「天、これを。キンメリッジから」

と梵地が海兵隊レインコートを畳んだものの上に、ホルスターとピストルというセットを差し出した。すぐさま梵天がレインコートを着こむ横で、

「ギンガメ」

とノートパソコンを手にしたキンメリッジが手招きする。隣に立った三尉に画面を指差し、何やら英語で一気に話しかける。何度か三尉がうなずくと、キンメリッジは手袋をはめた拳を突き出した。一瞬だけ躊躇するも、三尉は遠慮気味に拳を合わせた。

その様子を眺めていた梵人と視線が合うと、キンメリッジは固定されている右足を指差し、

「問題、あるか」

と梵人の前にやってきて腰を下ろした。

「あるけど、ない」

キンメリッジはフンと笑い、腹の上に梵天が並べたままだったレーションを砂地に移し、代わりにノートパソコンを置いた。

「ボンテン、ボンチ、ギンガメ――、見る」

海兵隊員の声に、全員が梵人を囲むようにして、腹の上のノートパソコンを見下ろした。梵人も首を起こして画面をのぞくに、ドローンからの映像だろう。アガデを俯瞰して捉えた静止画が映し出されていた。

「ここ」

とキンメリッジが画面中央のあたりを指差した。

画面は見渡す限り、砂漠色のレンガを積んだ、低層の四角い建物でみっしりと埋め尽くされている。近代的な建物は存在せず、人も歩いていない。車やバイク、自転車、テレビのアンテナ、電線といった都市の日常もいっさい見当たらず、緑を繁らせる樹木がないことはもちろん、たとえば鉢植えの花であったり、洗濯物であったり、看板であったりといった生活の痕跡すら見出せなかった。

キンメリッジは画面の左から右へと指を横断させ、「川」とつぶやいた。

「川？　どこに」

と不審げに梵天が顔を近づけると、キンメリッジは何度も指を往復させて一本のラインを示した。

「そうか」

と梵地が声を上げた。

「街の真ん中を川が流れているんだ。もちろん今は干涸《ひから》びてしまっているから、川の跡ということだね。ほら、このライン、建物がない」

正解とばかりに、キンメリッジが画面を爪で叩いた。なるほど、言われなければまったく気づかなかっただろう。一本のラインが、建物の風景に溶けこみつつも確かに街を貫いている。

「シュメールの主要な都市はすべてユーフラテスかチグリスの河畔に築かれたけど、なかにはバベルの塔で有名なバビロンや、ニップルのように城壁に囲まれた街の中を川が流れるタイプの都市もあったんだよ。この街も、バビロン・タイプということだね」

キンメリッジは梵人が脇に置いていた飲みかけのペットボトルを手に取り、またもやちろちろと地面に水を垂らした。

「アガデ」

まずは大まかに四角形を描き、さらにはその四角形を貫く、おでんの串のような一本を引き、

「川」

と続けた。

「俺たち、ここから、見ている。回って、こっちの壁から、アガデに、入る」

なるほどね、とのぞきこんでいた銀亀三尉がうなるように声を発した。

「私たちが監視している壁は西側。北側か南側に回ったら、川の出入口があるってこと？　もう川は干涸びているから、底を歩けば水門があったとしても簡単に侵入できる。でも、その先は？」

しばらくの沈黙ののち、

「女に、会う」

とキンメリッジが答えるなり、

「要はノープランってこと？」

と斬りつけるような低い声が重なった。

手にしたペットボトルの残りを一気に飲み干し、海兵隊員は立ち上がった。背後のボックスの上に置かれていた細長いケースを手に戻ってくると、

「ギンガメに」

と掲げて見せた。

厚さはないが一メートル半ほどの長さがある。ケースを地面に置き、手慣れた動きでロックを外した。

蓋を開けた先に現れたものを日本人全員がのぞきこんだが、誰も感想を口にしなかった。なぜこれが唐突に現れたのか、なぜ銀亀三尉になのか、理由がわからないからである。そんな反応をよそに、キンメリッジはケースから「弾」と紙箱を披露して元に戻した。

「これって……、スナイパーライフルだよな。こんなもの、俺たち誰も触ったことも、見たことさえないぞ」

とようやく梵人が先陣を切って言葉を発した。

「ギンガメ、使う」

「お前、知らないだろ、三尉の宿営地での仕事は広報だぞ。だいたい、イラクにいる自衛隊員のなかで、これを撃てる人間なんて――、俺が所属している警備小隊でも、大会にも出るようないちばん射撃が上手い先輩だけじゃないか?」

「ギンガメ、大会に、出てる」

「出てる? 何の?」

「シューティング」

キンメリッジは見えない銃を構え、引き金に指をかけるジェスチャーをしてから立ち上がった。なぜか、当の銀亀三尉は何も返さず、サングラス越しに海兵隊員を睨みつけている。

「ギンガメ、危険なとき、使う」

さりげないが確かにウィンクを送ったのち、キンメリッジはそれまでずっと三尉の頭に載っていた海兵隊のヘルメットをひょいと取り上げた。ウェーブのかかった垂れた前髪をかき上げ、砂漠迷彩柄のヘルメットを己の頭にすとんと落とす。

「ボンテン、ボンチ」

まるで近所のタバコ屋に向かうような気安さで、

「アガデ、行こう」

とあごで誘った。

*

三人が出発してから一時間が経った。

出発は淡々としたもので、

「梵人、留守番頼むぞ」

と寝転んだ梵人の腹をぽんと叩いてから、梵天はキンメリッジを追って砂丘を下っていった。

「気をつけて」

硬さがこもった三尉の声に、梵地は振り返って律儀に頭を下げ、梵天は首だけねじって手を挙げた。先頭のキンメリッジは振り返ることなく、肩にかけたライフル銃の位置を調整しながら、ほとんど小走りで斜面を進んでいく。

一見、城壁からは遠ざかるルートを三人が採ったのも、あくまで慎重に回りこむためだろう。それでも心配なのか、一行が砂丘の合間に見えなくなるまで、三尉はじっと双眼鏡でその姿を追っていた。その後、三尉はキンメリッジから託されたノートパソコンをのぞきこみ、何やらぽちぽちとやっている。一度だけ、

「ネットにつながりませんか」

と訊ねたら、

「つながるわけないでしょ」

と冷たい口調で返され、以来、梵人から話しかけることはない。やることもないので、横になりながら、ヒトコブラクダの絵などを砂地に描いている。

「砂漠の船」

次兄によると、ラクダはこの地でそう呼ばれてきたらしい。三百キロの荷物を背負って、灼熱の砂漠を一日に四十キロも踏破する、さらには一滴の水も飲まずに三週間、働き続ける。どれほど太陽が過酷に照りつけようと、ほとんど汗をかかない。いかにもおっとり、ぼんやりとした外見をしているくせに、化け物のようなタフさを誇り、本気を出したら時速三十五キロで走る。

「百メートルを十秒で走る計算だね」

その言葉を聞いて、梵人はラクダへの認識を改めた。自動車が登場するまで、砂漠の流通の絶

対的主役を担っていたのも納得である。背中のコブには脂肪の塊が三十キロ以上詰めこまれ、飲まず食わずの間、そこから栄養をいただく。するとコブは少しずつ萎《しぼ》んでいく。赤ん坊のラクダは背中がぺちゃんこなのだそうだ。あのコブはガソリンタンク代わりなのである。

「ラクダから得られないものは、麦と金属だけ、と言われるくらい、とにかく人間の役に立つ動物なんだよ。乳製品はもちろん、革製品としても用途がある。僕が普段使っているサンダルは、ラクダ革のヨルダンみやげだけど、ほどよく伸びて、足に馴染んで、しかも丈夫だから、おすすめだよ」

ラクダと言えば、コブが二つ連なるフタコブラクダのイメージが圧倒的に優勢だった梵人だが、梵地によると世界のラクダの約九十パーセントがヒトコブラクダで、実はフタコブラクダはラクダ界における完全なマイノリティなのだそうだ。生息地域も互いに異なり、ヒトコブラクダがおもに北アフリカから西アジアにかけて、一方のフタコブラクダは中央アジア。イラクを歩いて偶然フタコブラクダに会う可能性はゼロだ。ちなみに梵地博士曰く、日本にはじめてラクダがやってきたのは六世紀、こちらはフタコブラクダだった。

ハサンのオアシスで間近に観察した、何かを食べているのか、それとも何も食べていないのか、常にあごを左右にずらし続ける間抜けな顔を思い浮かべながら、梵人が空ペットボトルの飲み口の部分で砂地にラクダを描いていると、

「骨折かしら」

とノートパソコンから顔を上げた三尉が一時間ぶりに声を発した。自分のことかと気づき、梵人は膝のあたりをペットボトルで指し示し、

「骨じゃないですね。でも、全治五カ月ものです。前も同じところをやっているので、だいたいそのへんかと」

と説明すると、サングラスを額に引っかけ、眉間にしわを寄せながら、

「同じところ？」

と三尉は口元を歪ませた。

「高校生のときに部活でやっちゃいまして」

「五カ月なんて、大怪我じゃない」

はあ、と梵人があいまいにうなずくと、三尉は依然、険しい視線を注ぎながら、

「そのあと、部活は？」

と訊ねた。

「辞めました」

「それ、一生懸命やっていたこと？」

「ええ……、まあ、それなりに」

ふうん、と鼻の頭を爪で引っ掻いて、

「だから、そうなったの？」

と指の動きを止めずに訊ねた。

「え？」

「あなた、心のどこかで、自分の命なんてどうなってもいいと思っているところ、あるでしょ。平気で、シュメール・ゾンビだった？　あの連中のところに飛びこんでいったり、必要もなく素

手で戦おうとしたり。何なの？　その底が抜けたみたいな、危なっかしい感じ。その大怪我のせいで、そんなふうな態度を取るようになったんじゃないの？」

三尉の指摘に、「いえ、そういうわけでは」と反射的に否定の言葉を口にした梵人だったが、図星も図星である。オリンピックの夢が絶たれたのちは、糸が切れた凧のように心は虚しく宙をさまよい続け、挙げ句に「死のう」とまで本気で思い詰めていたのだ。二人の兄と泥棒稼業を始めるまでは――。

「ごめんなさい、怪我したばかりなのに、変なこと言って」

梵人の絶句を別の意味でとらえたようで、三尉が謝るのを「いえ、いいんです」と誤魔化す梵人の視線の先に、スナイパーライフルを収めたケースが無言でうずくまっていた。キンメリッジが置いたきり、砂地の上に放り出されている。

「あの、銀亀三尉」

ふたたびノートパソコンに戻ろうとしていた上官が面を上げる。

「銀亀さんはスナイパーライフルを扱えるのですか？」

何で？　と首をわずかに傾ける。

「キンメリッジの奴がそんなことを言っていたような――。大会に出ていたとか何とか」

三尉はケースをちらりと見遣《みや》ってから、

「扱えるわよ」

とこともなげに答えた。

え、と梵人が屁のような声を発すると、

「正確には——、扱えるけど、扱えないってところね」

と謎めいた言葉を残し、ノートパソコンに戻ってしまった。

「えっと、それは、どういう意味……」

「教えてほしい？」

はい、と梵人は素直にうなずいた。

「じゃあ、あなたたちのことを教えて。あなたたちが、私に内緒にしていること——。いくら三つ子だといっても、普通、二十七歳にもなって三人揃って入隊なんてないから。あの女に無理強いされた話は聞いたけど、そもそも、どうしてあなたたちが目をつけられたのか、そこをまだ聞いていないのよね。そろそろ、正直に話したら？　それを教えてくれたら、私もあなたに教えてあげる」

と顔を上げずに三尉は言葉を並べ立てた。

しばらく、梵人はその横顔を眺めていたが、

「別に……、内緒にしていることなんて、ないですよ」

とくぐもった声で返した。

「あ、そう」

と短くつぶやいたきり、タッチパッドを人差し指で触れては画面をのぞきこみ、三尉は言葉を発しなくなった。

頭の後ろに空のペットボトルを枕代わりに置き、空を見上げた。

雲一つない、快晴である。

きっと宿営地ならば三十度を超える気温になるだろうに、頬に当たる直射日光の圧はどこまでも穏やかだった。

ほどなく、うとうとしてきた。

とにかく怪我をしたときから、脳みそが重石《おもし》のように頭蓋骨の内側に居座っている感覚が続いている。身体が緊張を解き放つことを求めているのだろう。

「すみません、少し、寝ます」

と伝えてから、UNキャップで顔を隠した。上官の返事は聞こえなかった。まぶたを閉じて十秒後には、梵人は眠りに落ちていた。

いっさい夢を見ることなく、目が覚めたら夜だった。

ここはどこだろう、というわずかな混乱の時間ののち、そうだ、怪我をしたのだという現実の記憶が失望とともに蘇った。腕時計を確かめると十八時三十六分。三時間も寝てしまった。あたりはすでにどっぷりと闇に浸かっている。

梵人の気配を察したのか、

「大丈夫よ、何も動きはないから」

という声が闇の向こうから聞こえてきた。

「痛みはどう?」

「力を入れなければ、問題ないです」

目が馴染んできても、三尉の姿は見えない。どうやらボックスの向こう側にいるらしい。

しばらくすると、香りとともに足音が近づいてきた。

「コーヒー、ですか?」

「ボックスの中にコンロがあったから、お湯を沸かしてみた。レーションの中にインスタントコーヒーがあったでしょ」

ペンライトで一瞬、手元を照らし、湯気の出ているアルミのカップを差し出した。ありがとうございます、と上体を起こしてから受け取った。

「彼ら、無事かしら」

暗闇で熱いものを飲むというのは案外おっかなく、慎重に唇を近づけてから、ひと口すすった。

「そりゃ、もちろんです」

「それって、三つ子だから?」

意味がわからず、梵人は正面に腰を下ろしている三尉の影に顔を向ける。

「三つ子だし、テレパシーみたいなものを感じるのか、ってこと。遠く離れていても、相手のピンチを知覚できるとか」

「ないですね。俺が高校生のときに、これと同じ怪我をしても、誰も気づいてくれませんでしたから」

小さな笑い声ののち、影からもコーヒーをすする音が聞こえた。

「変ね。おいしい」

「変、ですか?」

「だって、米軍のレーションはとにかくひどいっていう評判を聞いていたから。『食べ物のような何か』ってあだ名をつけられたとか、アフガンだったかな、多国籍軍の基地で米軍のレーション三つとフランス軍のレーションひとつが交換されたとか、さんざんな言われようで——。どんなにマズいんだろうと昨日は身構えて食べたけど、全然問題なかった。まあ、一カ月、食べ続けろと言われたら、そのときはわからないけど」

食事など腹が膨らめばそれでいいと思う梵人ゆえ、もとよりレーションの味に文句はないが、確かに昼間に食べたレトルトパックには、スパイシーなトマトソースに鶏肉が沈んでいて、結構洒落たものを作るのだな、と感心した。そのとき奥歯に挟まった鶏肉の切れ端が、今ごろになってぽろりと落ちてきたので、それをコーヒーでのどに流しこみながら、今も右の奥歯が欠けたままなのは、梵天ハウスで鍋を囲んでいるとき、三人の動作が交錯して梵地の肘が奥歯にめりこんだせいだったことを思い出した。

この半年で、二度目だったのだ。

榎土《えのきど》三兄弟には「三秒」という共通点がある。それはテレパシーよりも、ひょっとしたら大した代物なのかもしれないが、兄弟間では発動しないという奇妙な仕組みのせいでこんな目に遭ってしまった。テレパシーどころか、ほんの虫の知らせでも互いに感じ取れたなら回避できたのにと思うと、何とも榎土三兄弟らしい間抜けぶりだと笑いがこみ上げてきて、ふへへ、とつい声に出てしまった。

「どうしたの?」

いいえ、と頭を振って顔を上げたら、澄んだ夜空に星がちらちらと浮かんでいた。低い場所で強く輝くのは金星だろうか。そう言えば、梵地がシュメール神話においてイナンナは金星の象徴でもあると教えてくれた。星からの連想か、なぜか——、自分たちの両親の命を奪ったあの隕石が、この場所に落ちたとしても、かつての大統領が爆弾をぶっ放してもびくともしなかった、見えない天井が防いでくれるのだろうか？　という妙な疑問が闇夜に瞬いた。当然答えなど出るわけもなく、ただコーヒーをすすり、たっぷりと星空を眺めてから、「銀亀さん」と声をかけた。

「さっきの話――、生きていますか」

「さっきの？」

「俺たちの内緒にしていることを教えたら、スナイパーライフルについて教えてくれる、って話です」

一瞬の間をおいてから、「生きてるわよ」と返事が聞こえた。

「俺たちは、両親がいません。俺たちが三歳のとき、空から隕石が落ちてきて家を直撃して、それが原因で火事が起きて、両親は死んでしまって――」

「ちょっと、待って。梵人二士、それ、本当の話をしてる？」

「してます。もし、あのときの隕石がここに落ちてきたらどうなるのかな――、なんてことを今、考えていました」

そんな内容を突然、打ち明けられても、どう答えていいかわからないだろう。三尉はしばらく沈黙を守っていたが、

「それが、内緒にしていること？」

と低い声を発した。

「いいえ、そうじゃないです。ただ、それが理由で、俺たちはいつも三人で生きてきました。中学を卒業したら、天ニイがひとりで働いて、俺と地ニイを学校に行かせてくれて。そのときからす

でに三人とも気づいていたんですけど、それがお互いにバレたというか、自分だけじゃなかったとわかったのが、オリンピックの開会式の夜で――」

「オリンピック？」

一瞬、影となった三尉の輪郭が跳ねたように見えた。

「ちょうど開会式の夜に、火事に出くわしたのがきっかけでお互いの力に気がついて。俺たちはそれを『三秒』と名づけました。理由は三秒しか効き目がないからです」

それから梵人は榎土三兄弟の隠された特殊能力とでも言うべきものを三尉に伝えた。すなわち、梵天は物体をすり抜けて、その向こう側を透視できる。梵地はあらゆる外国語を理解することができる。梵人は未来を予知できる。我ながら何てふざけた話かと思ったが、相手の表情が見えないおかげで最後まで続けることができた。なぜ、兄たちの承諾もなく秘密を打ち明けようと思ったのか、梵人自身にもよくわからなかった。ただ、「この人には知ってもらうべきだ」と、そう、「予感」がしたのである。

「梵人二士」

はい、と冷めてきたコーヒーを口に含み、うなずいた。

「信じるわけないでしょ、そんな話」

呆れを通り越し、もはや怒るのも面倒だと言わんばかりの投げやりな声が返ってきた。そりゃ、そうだろうとは思うが、ここで納得してもらわないとスナイパーライフルの件との交換条件が成立しない。打ち明け損もいいところである。どうすべきかと考えながら、カップのコーヒーをすべて飲み干したところでひらめいた。

「銀亀さん、ペンライト持っていますか」

三尉の影がごそごそと動いたのち、胸のあたりで一瞬だけ光が放たれ、消えた。

「落としてください」

「落とす？」

「俺がハイと言ったら、今持っているところから、地面にすとんと落とす」

「何で？」

「いいから、お願いします」

梵人はアルミカップを逆さに振り、コーヒーの残りがないことを確認してから、三尉に意識を集中させた。地面にそっとアルミカップを置き、

「ハイ」

と合図した。

同時に梵人が手を添えたアルミカップに何かが落ちた音が響いた。見事カップに収まったペンライトを引き上げ、三尉に返した。

「どういうこと？」

「落ちるところがわかったわけです」

「私が手を離した瞬間に、カップを動かしたんでしょ？」

「暗くて、何も見えないですよ」

しばしの沈黙ののち、

「まぐれでしょ」

と鼻でかすかに笑う声が聞こえてきた。

もう一度やりましょう、と告げ、

「俺がハイと言ったら――」

とまで口にしたところで、またアルミカップがコンッという硬質な音を発した。

梵人はアルミカップごと持ち上げて、三尉に渡した。

「俺が話す途中で銀亀さんがペンライトを落とすところまでわかったので、まあ――、こういう感じです」

「どういう、トリック？」

「トリックじゃないです」

ふはっ、と今度ははっきりと声に出して笑われた。

「未来を予知できるとか、ドラマでだって今どき詐欺師しか言わないセリフだから。だいたい、予知ができるのなら、どうしてあなたはそこに寝転がっているのよ」

「ええと、それは……」

切っ先鋭い三尉の指摘に、三兄弟の間では三秒が作用しないとか、相手や道具が介在しないときは予知できないから、つまずくこともあれば、着地した拍子に膝の古傷が再発することもあると梵人は例外を説明したが、言葉を重ねれば重ねるほど、確かに詐欺師めいた、嘘くさい雰囲気が漂ってしまうのはなぜなのか。これが人徳というやつなのだろう。ここに梵地がいたら、あの学者肌モードの説得力ある語り口で、上官の疑念を晴らしてくれただろうに――。

「わかりました。こうしましょう」

梵人はペットボトルのキャップを外し、三尉の影に手渡した。

「これを放り投げてください。俺は下を向いたまま、カップを地面に置きますんで」

「私が投げたやつがそこにカランと落ちるってこと？」

はい、とうなずくと、それなら、と三尉は立ち上がり、わざわざ梵人の背後に回りこんでから、

「あなたはカップを地面に置いたら、両手を挙げる。それを見て、私が後ろからキャップを頭越しに投げる。あなたは絶対に私が投げるところが見えないでしょ？」

と難易度をより高めるよう要求した。

「いいですよ」

と梵人はアルミカップを手に取った。

暗闇ゆえに残像を見極めることはできず、ただそこに何かが起こりそうという感覚だけを頼りに、ここかな、と呼びかけてくるものに応じてカップを置き、両手を挙げた。

カンッという軽やかな音が鳴った。

「嘘でしょ……」

少しだけ得意な気分になって、梵人はカップを取り上げ、指を突っこんだ。

「あれ」

つまんだものの感触をしばらく確かめたのち、

「これ、ガムですか？」

と振り返った。

「あなたがペットボトルのキャップを二個用意して、何か仕こんでいるかもしれないでしょ」

ずいぶん意地の悪い上官だなと思いながら、レーションに同封されていた粒ガム二個が入った袋を差し出すと、

「だから、あのイナンナの言葉が聞き取れたわけ？」

とどこか不愉快そうな響きを乗せて受け取った。

「そこは俺たちもよくわからなくて、外国語は地ニイの専門なんですけど……。本当に銀亀さんも聞き取れなかったのですか？」

「完全にちんぷんかんぷんな、聞いたこともない外国語だった。ひょっとして、あの黒い涸れたオアシスで、梵天二士が地面をのぞくようにキムに言われたのも、それ？　だから、地面をすり抜けて、パラシュート降下する羽目になったってわけ？　もう、無茶苦茶ね。だいたい、あなたの話だと、梵天二士がすり抜けるのは幽霊みたいになった身体だけでしょ？」

「それも何が起きたのか、よくわからなくて――」

「自分たちの話なのに、わからないこと多すぎじゃない？　あなたたち」

「すみません」

「でも、あなたが言っていること――、全部が全部、何ひとつ信用できないけど、もしもよ、もしも、本当にそんな力があるとするなら、それってきっかけは隕石よね」

「え？」

「三人とも、そんな不思議な力を持っているなんて、その隕石事故がきっかけって思うのが自然でしょ」

これまで三秒の発端など考えたこともなかったため、完全に虚を衝かれ、言葉を失っている梵

人を置いて、三尉はアルミカップを回収すると、ボックスが積まれている場所へ向かい、

「私のほうは別に内緒にするほどのことじゃないから」

とその足で戻ってきた。

どさりと真横に何かが倒された音がしたのち、

「これ、持っておいて」

と点灯しているペンライトを渡された。

地面を照らすと細長く、黒い物体が横たわっている。

三尉が屈み、パチン、パチンと何かが開く音が聞こえてようやく、スナイパーライフルを収めたケースだと気がついた。

頼りないペンライトの光を受けながら、三尉はやたらと長い銃をケースから取り出し、虚空に向け構えの姿勢を取った。

「やっぱり、重い」

「撃ったこと、あるんですか?」

ある、と三尉は短く答えた。

「え?」

「グアムでね。もちろん、観光用の施設でだけど」

何だ、と思わず声を漏らしてしまった梵人の耳に、

「彼ら、一日で調べたんだ。まあ、その気になれば簡単か」

というつぶやきが滑りこんできた。

「調べたって……、何をですか？」

「私がオリンピックを目指していたこと」

いきなり登場した単語に、身体が勝手に反応した。その拍子に膝に力を入れてしまい、「痛って」と思わず手を添えた。

「大丈夫？」

「大丈夫です。それより、今、オリンピックって言いました？」

うん、オリンピック、と三尉は静かにうなずいた。

「競技は？」

「ライフル射撃。高校から、部活でやっていた」

海兵隊員が銃を構えるジェスチャーとともに、「ギンガメ、大会に、出てる」「シューティング」と言葉を残した意味を、梵人はようやく理解した。

「扱えるけど、扱えない――、というのは」

「同じライフルでも、私は競技用の銃しか知らないってこと」

ゆうに一メートルを超えるであろう長い銃身を構え、

「本物ってこわいね。全然、違う」

と緊張が伝わるため息とともに銃を下ろした。

「大学時代からオリンピックを目指していたけど、届かなかった。だから、一度、射撃はあきらめて、やめてしまった。仕事に打ちこむからには、やりがいがある任務に就きたくて、イラク派遣を希望した。でも、ここに来てわかった。私まだ、あきらめきれていない、って――」

急にのどが渇いていく感覚に、梵人はペットボトルをつかみ、水を乱暴に流しこんでから、目の前の黒い影に問いかけた。

「どうして――、そう思ったんですか」

「もっと、うまくなれる。ううん、どう説明したらいいんだろう。はっきりとした予感があるの」

わかるかしら、と闇がつぶやくのに向かって、

「わかります。俺も予感があったから、銀亀さんに三秒のこと、話しましたから」

とうなずいたが、沈黙に吸いこまれるばかりだった。

「オリンピックに出たいですか?」

出たい、と今度はほとんど重ねるように返ってきた。

「イラクに来るまで、私はどこかでオリンピックを逃した自分にずっと腹を立てていた。あきらめてしまった自分にも。でも、ここに閉じこめられて、もう帰れないと想像したとき、このまま終わるなんて絶対に嫌だと思った。私はオリンピックに出たい。もちろん、私はあなたたちの上官だから、責任を持って三人とも宿営地に帰します。でも、あなたたちだけじゃない。私も必ず帰る」

暗闇のなかで三尉の力強い声を聞きながら、梵人はひとり頬を紅潮させた。自ら底を塞ぎ、長らくその下に閉じこめ、とうに消え去ったものと決めつけていたものが、じりじりと熱を持って這い上がってくる感覚。己の技量に絶対的な自信を抱き、世界すらもその手のひらに収めた気になって、日々錯覚をもてあそんでいた十年前の自分が、まるで隣に立っているかのような生々し

さで蘇ってくる。

「だから、私はこんなわけのわからないところで、シュメール・ゾンビに噛まれて砂になるわけにはいかないの」

ひたすら絶望をもてあそぶばかりで、再挑戦しようなんて、ただの一度も考えたことがなかった。ようやく気持ちを整理し、オリンピックという存在を失った自分を受け入れることができたつもりでいた。だが、三尉の言葉を聞いて、梵人は改めて過去の己がはっきりと照射されるのを見た。自分はあきらめた。それがすべてだったのだ。あきらめない者だけが、もう一度挑戦する権利を手にすることができる。

この人を、絶対に帰そう――。

極めてシンプルな目標を梵人は心に定めた。そもそもが榎土三兄弟の不始末のとばっちりを食らい、こんな場所に連れてこられたのだ。俺たちには無限の責任がある。何があっても、俺たちはこの上官を宿営地に帰さなければならない。

「行きましょう、オリンピック」

まるで自分の決意を述べたような熱い感慨が腹の底からこみ上げてきて、つい「銀亀さん」とその影に向かって手を伸ばそうとしたときだった。

突然、「ざざざ」というスピーカーから放たれる音、さらに割れた男の声が闇に響いた。

三尉は跳ねるように立ち上がり、音の発生源に駆け寄った。

「動いた」

ボックスの上に点ったノートパソコン画面からの光に照らされ、三尉が大きく唾を吞みこむのが見えた。

「キムからよ。やったわね、通信を回復させたみたい」

都　Ⅱ

梵人、銀亀チームと別れてから二時間後、梵天たちは歩《ほ》を止め、荷物を下ろした。

場所はアガデの南側、ゆるやかな勾配の砂丘の合間を縫うように地面がえぐれた地形が点在し、そこへ潜りこむ格好で三人は腰を下ろして休憩に入った。小さな崖を背に梵天、梵地、キンメリッジと横一列に並びながら、海兵隊のレーションで早めの腹ごしらえをする。梵地によると、この崖は川の跡であり、雨季になると水で満たされるのだという。

「アラビア語でワディって言うんだ。涸れ川のことだよ」

マイペースに蘊蓄を披露する弟の言葉を聞いていると、まるでこれから遺跡見学にでも行くような錯覚に陥りそうになるが、もちろん、そんなはずもない。何が起きるのか、その危険度さえも推し量れない場所に向かうわけで、改めて気を引き締めようと、

「おい、どうしてこっち側から入ろうと思ったんだ」

とキンメリッジに訊ねたところ、

「南、が好きだから」

と要領を得ない答えが返ってきた。

街を南北の方向に貫く川があったという推測から、水が涸れた川底を通って街の中へ潜入する

作戦である。自然、侵入ルートは「北から」か「南から」の二択になる。

「何だ、その理由は。もっと、専門家ぽい理由があるだろ。南からのほうが攻めやすいとか」

「南――。いちばん好きな、漢字」

とつぶやいたのち、海兵隊員は手にしていたスプーンで、

「中に、エンがある」

と宙に文字のようなものを描いた。

「エン?」

キンメリッジはスプーンの柄の部分を使って砂地に線を引いた。

「¥」

と大きくしたためたのち、まわりを直線で囲んだ。ほどなく「南」という漢字が現れた。

「そうか、真ん中のそれ、円マークだ」

と梵地が笑いながら指差す。

「覚えやすい、から。南、好きだ」

「それが理由なのか?」

キンメリッジはニヤリと笑うと、三人のレーションを片づけ、バックパックから小型の双眼鏡を取り出した。梵天と梵地にひとつずつ渡し、自分のぶんはヘルメットに固定する。

「ナイト、ビジョン」

ヘルメットをかぶると、ちょうどキンメリッジの目の正面に双眼鏡がやってくる。「暗視スコープだよ」と梵地が双眼鏡をのぞきこみながら訳してくれた。ヘルメットを持っているのはキン

メリッジだけゆえ、梵天と梵地はそのまま手で持って使えということなのだろう。アガデへの潜入は夜に決行すると、すでにキンメリッジから聞かされていたが、こんな用意があったとは。電源スイッチの場所を教えただけで、あとは任せるとばかりに、

「日が落ちたら、出発」

と告げ、海兵隊員は立ち上がった。お前たちは座っていろと手で示し、「様子、見てくる」とさっさと崖を登っていった。

あと三十分もすれば日の入りである。こちらの夜は日本に比べ、圧倒的に「深い」。太陽が沈むと同時にまるで幕が下りたかのようにすとんと夜がくる。その後はどろりとした闇が視界を覆い尽くす。光がない状態に違いはないはずなのに、数段、闇が深く感じられるのが不思議だった。

「そうだ、暗くなる前に、天に確かめたいことがあったんだ」

暗視スコープをいじる手を止め、何だと顔を上げると、

「あの青い円筒印章、見せてくれる？」

と梵地が首のまわりに円を描くジェスチャーをして見せた。出発の際も所持しているかどうか確認されたが、キンメリッジから渡されたきり、首にかけたまま戦闘服の内側に引っこめてある。

「何がそんなに気になるんだ？」

「ひょっとしたら、『しるし』かもしれない」

しるし？　と眉間にしわを寄せながら、レインコートの首もとに手を突っこみ、青ちくわを取り出した。紐ごと頭から外し、手のひらに置く。「そのまま」と告げ、梵地はペットボトルの水

を地面に垂らした。泥に指を突っこみ、ぐいぐいと掘る。かなり底のほうから土を掻き出すと、それを乾いた砂地に落とし、「粘土だよ」と手早く均《なら》した。

「一度、宿営地に雨が降ったときのこと覚えている？　なかなか、水が引かなかったでしょ。砂だからすぐに吸いこみそうなのに、逆に水たまりがそこらじゅうにできていた。地中の粘土が水を堰《せ》き止めるからだよ」

泥に汚れた手をペットボトルの水で洗い流し、梵地は梵天の手のひらから青ちくわをつまんだ。それをパンケーキのように平らにした粘土の上に置き、ゆっくりと転がした。

「そうやって使っていたのか？」

うんとうなずき、青ちくわを持ち上げると、見るからにねっとりとした質感の粘土パンケーキの上に、絆創膏よりひとまわり大きいサイズの帯が残った。

「何か、絵が描いてあるな」

青ちくわ表面の凹凸に従って、はっきりと紋様が残っている。

「これがハンコの内容ってことだよ」

梵地は粘土に鼻を押しつけんばかりに身体を屈め、帯の紋様を睨みつけていたが、

「やっぱり……、イナンナだ」

と止めていた息を吐き出し、顔を上げた。

「イナンナ？」

「ここ、横を向いて座っている女性がいるでしょ？　足元で、ほら、ライオンを踏みつけている」

「ライオン……、か？」

いくら精緻な彫刻を青ちくわの表面に施したところで、水気のある粘土に押しつけたとき、その姿はわずか幅数ミリの淡い陰影にしかならない。盛り上がった髪形や、スカートのようなものをはいている姿から、横を向いている女がいることはかろうじて判別できるが、その足元にいるものまでは梵天には見極められなかった。

「女の人の後ろに、柱が二本立っているでしょ。これもイナンナを表現するときの特徴だね。イナンナ自身は描かず、この柱二本だけでそこに神がいることを示す場合もあるから。これが本物の円筒印章かどうかは、ちゃんと調べないとわからないけど、少なくとも、シュメール時代のルールに則って印面が作られているのは間違いないよ」

「この女は何を見ているんだ？」

「よくあるのは、神の前に人間が並んで供え物を捧げる構図だけれど、ここには誰もいないし、何も描かれていないね……」

「星のように見えるけどな」

星ねえ、とあまり気乗りしない様子でつぶやく弟の横で、梵天は青ちくわを指でつまみ上げた。水で泥を洗われ、生気を取り戻したかのように艶やかな青を放っている。長さはわずか二センチほど、太さも人差し指程度のものの表面に、一見荒々しい彫りこみが細工されている。これが粘土の上を転がすと女の像になる、というのがピンとこない。女の彫りこみをぐるりと囲むように、あんパンのてっぺんについている芥子の実ほどの小さな点があちこちに刻まれている。粘土に転がしたとき、女を囲む夜空の星のように梵天には見えたが、専門家は今も首をひねっているので、どうやら答えは別らしい。

「それで、これが何なんだ？」

「ジッグラトのてっぺんで、ドローンに向かって、あの女の人が伝えた言葉だよ。『ここまで、イナンナのしるしを持ってきなさい』って――」

「この青ちくわが、しるしってことか？」

「僕たちが持っているもので、イナンナに関係があるものといったら、今のところ、これくらいしか思いつかない。実際にイナンナが彫られているし」

ここに来ても本業と言うべきものへの興味を失うことのない梵地の横顔をのぞきこみながら、梵天は青ちくわネックレスを頭からかぶり、戦闘服の内側に戻した。

「なあ、梵地――。お前、無理してないか？」

「無理って？」

「俺たちには役割があっただろう。泥棒をやっていたときも、お前が頭脳になって、俺と梵人は現場で動いた。それでうまくいっていた。本当なら、俺と梵人がキンメリッジと行動して、お前は銀亀三尉と留まるべきだったんだ。梵人が怪我をしたなら、なおさらそうすべきだった」

「僕が足手まといになるって意味？」

「そうじゃない。向き、不向きという話だ。俺と梵人じゃ、違いすぎる。俺はあいつみたいには立ち回れないし、何かあったときにだな――」

僕なら大丈夫だよ、と梵地は遮り、立ち上がった。あぐらをかきにくいため、兄弟揃って太ももから外し、目の前に放り出しているピストルのホルスターをひとつ取り上げ、

「万が一のときは、これもあるし。三尉はさんざん法令違反だって言っていたけど――。そりゃそうだよね、勝手に海兵隊の武器を借りて、おまけに海兵隊と行動しているなんて、宿営地の隊長が知ったら、卒倒ものだよ」

と笑いながら太ももにあてた。ひどく不器用な手つきでホルスターのベルトを締める様子を眺めながら、

「そんなに、アガデが見たいのか？」

と梵天は眉間の表情も険しいまま問いかけた。

「アガデ――、かもしれない街だね」

と律儀に修正を加えてから、弟は装着を終えたホルスターが外れないか、何度も太ももを持ち上げて確認した。

「僕のことは心配しないで。それよりも銀亀三尉のこと、キンメリッジから聞いた？」

「三尉がどうかしたのか？」

「スナイパーライフルだよ。何で急に三尉に渡したのか、キンメリッジに理由を訊いたら、オリンピックを目指していたんだって」

「オリンピックって――、誰が」

「銀亀さんだよ」

「三尉が何の競技に出るんだ」

「だから、射撃」

ああ、と梵天は坊主頭を手のひらで撫でつけた。

「オリンピックの代表まで、あと一歩のところまで行ったらしいよ。プリンスバック少佐から教えてもらって、キンメリッジも驚いたってさ」

キンメリッジがケースを開けた一瞬、目にしただけだが、想像以上に長さがある銃だった。あれを彼女が小柄な体格でもって構えている絵が浮かばない。ついでに、もしもあの大きな目玉でスコープをのぞきこむのなら目が乾いて仕方がないだろうな、などと妙なことを考えてしまった。

「想像がつかないな」

「僕もだよ」

「そんな理由で、キンメリッジはスナイパーライフルを渡したのか？　でも、競技に使う銃とは全然別物だろ？」

「お守りがわりに置いてきたらしいよ。ギンガメは頑固だから、使えそうなものを取りあえず渡した、って——」

実物を確かめたわけではないが、ロケットランチャーまで準備していた連中である。さらにはスナイパーライフルを持参していた。そこまでの装備で挑む相手がこれから自分たちを待ち構えていると考えると、急に尿意をもよおしてきて、

「トイレに行ってくる」

と梵天は立ち上がった。

そろそろ日の入りの時間が近づきつつある。急に明るさを失い始めた空を眺めながら用を足した。相変わらず蠅の一匹にすら出会わずに戻ると、キンメリッジが崖の上に立っていた。

「誰か、いたか?」

と見上げたら、

「出発、する」

とだけ答え、地面に置いたままの梵天のホルスターをライフル銃の先で示した。

二分で準備を整え、梵地とともに崖を登った。キンメリッジを先頭にゆるやかな砂丘をひとつ越えると、薄暗い空を背景にアガデの街を囲む外壁が横に連なって見えた。壁までの距離は一キロメートルというところだろう。梵人や銀亀三尉といた場所よりも高度はないが、ぐっと近づいたことで、改めて街の大きさを実感できた。土台になる地形に合わせ、壁面はところどころ膨らみがあったり、奥へと引っこんでいたり、直線の造りではないが、それでも見える範囲だけで優に全長三キロメートルを超える規模と思われた。

「あれを重機もないのに造ったのか?」

四階建て程度のマンションをひたすら横に並べていくような眺めを前に、梵天が呆れ声を上げると、

「壁だけじゃないよ。街全部、レンガを一個ずつ積み上げて造ったんだ」

と梵地がやけに誇らしげに解説を加えた。しかし、すぐさま「本物のアガデかどうかはわからないけど」と自らに言い聞かせるように留保する。壁の上からはもはや当たり前の顔で、ジッグラトがのぞいている。弟のお墨付きはまだでも、梵天にとっては何もかもが度を越した本物だった。

「ボンテン」

という声に顔を向けると、キンメリッジが双眼鏡を差し出していた。

「ここ――、まっすぐだ」

と手刀のように指を揃え、見るべきポイントを、腕を伸ばして示した。

何を見るよう伝えられたかは、一目瞭然だった。ぎっしりと埋まった本棚の中央から一冊だけ抜きとったかのように、巨大な壁面にくっきりと縦にスリットが入っている。その連続する壁がぷつりと途切れた場所に、梵天は双眼鏡の焦点を定めた。

「あの場所から、入る」

キンメリッジの読みどおり、かつて街を貫いた川の出入口だったのか、今となっては川も涸れ、おかげで守りもへったくれもない、広大な玄関のごとき、隙だらけの空間が出来上がってしまっている。

「ねえ、天。僕も、いいかな」

耳元で熱っぽいささやきが聞こえるので、ほとんど観察する間もなく弟に双眼鏡を譲ったが、それで正解だった。刻一刻と空を覆わんとする夜と競うように、梵地は目に見えるものを早口で解説した。

「ははあ……、どんなふうに街に川を通すんだろうと考えていたけど、やっぱり、周壁を区切って、素直にその間を流れるようにしているんだね。あの街の中に入ってすぐのあたりに見えるのは船着き場かな？　まるで駅のプラットホームみたいだ――。あそこで荷物を積んで、さらに下流の都市へと運んでいったということかな。ん、何だ、あれ？　右岸と左岸の間をつなぐようにドミノみたいな建造物が等間隔で地面から延びている……、そうか、橋だ。この時代はまだアーチ型にレンガを組めないから、橋脚をあんなふうにまず建てて、木材を横に渡したんだ。船を通行させる必要があるから、結構な高さがあるんじゃないかな。あの高さから川の水位を引いたら、船の大きさがわかるってことだよ――」

そのうちに解説の視点が街自体よりも手前、砂漠に刻まれた涸れた川の跡に向かい、灌漑用の水路が分岐していると興奮しながら語り始めるので、

「おい、人は見えないのか」

と本題に引き戻した。

ああ、そうだ、と梵地は慌てて双眼鏡を街に向け、

「まったく――、誰もいない。ジッグラトのてっぺんにも、人の姿は見当たらないね」

と報告する。

おい、キンメリッジ、と腕を組み、梵地の解説を聞いている海兵隊員の名を呼ぶ。

「もしも、襲ってきたあいつらの仲間が街にいたら、お前、どうするんだ」

「奴ら、仲間、殺した」

「撃つってことか？　いちばんの目的を忘れるなよ。俺たちは、あの女に帰り方を教えてもらうんだ。仕返しにいくんじゃない。もしも、途中で銃なんかぶっ放して連中が集まってきたら、とてもじゃないが、ジッグラトまで行けないぞ」

返事をせずにキンメリッジは地面に置いていたライフル銃を手に取り、肩に紐をかけた。

「おい、多数決だ。シュメール・ゾンビだか何だか知らんが、連中を見ても絶対に撃たない。そのときは大人しく隠れるか逃げるに――、俺は一票」

梵地は、と身体をねじって振り返ると、「僕も、撃たないに一票」とひょいと手を挙げて見せた。

「一応、訊いておこう。お前はどっちだ？」

キンメリッジはフンとこれみよがしに鼻を鳴らし、

「撃たない、だ」

とつまらなそうに吐き捨て、梵天が立ち上がるのを待たずに、夜の闇へと溶けこむようにさっさと歩き始めた。

*

月から届く光がこれほど明るかったとは。

位置は低いが半月よりも二、三日ぶん膨らんだ月のおかげで、闇夜でも暗視スコープを使うことなく、梵天は先行するキンメリッジと梵地のあとを追うことができた。もちろん、二人の姿をはっきりとは見定められないが、影を捉えることで何とか足の向きを決められる。

おそらく涸れた川底をたどっているのだろう。三人は縦列を組み、足音を消して、やけに平坦な砂地を進む。やがて前方にじりじりと暗黒がせり上がってくる。それはつまり外壁であり、街へ確実に近づいていることを教えてくれていた。

さらに接近し、やがて月が壁の向こう側に隠れたとき、完全なる闇が梵天を包んだ。

足元も、己の手さえも見えない様に思わず足がすくみそうになるが、ペースを変えない先頭の気配に引っ張られ、止まることなくあとを追う。壁までの距離は一キロ程度ゆえ十五分もあれば着くはずなのに、三十分以上経過したような奇妙な時間の感覚に溺れながら、梵地のレインコートがかさかさと擦《こす》れる音に耳を澄まし、砂漠の夜に足を泳がせた。

不意に視界に光を感じ、梵天は顔を上げた。

ぽっかりと月が浮かんでいた。

二つの巨大な壁面の影に挟まれ、梵天たちが侵入すべき道が帯のように薄らと浮かび上がっている。

あとはただ月を目指すだけだった。

もちろん偶然のタイミングだろうが、待ち構えたかのように月が外壁の狭間に陣取り、侵入者を見下ろしていることを幸運と捉えるべきか、不吉と捉えるべきか、梵天には判断がつかなかった。

「走れ」

突然、鋭いキンメリッジの指示が飛んだ。

理由を考えることなく、全速力で梵天は走った。背中のバックパックに詰めたペットボトルの重さが、ぎりぎりと胸とあばらを圧迫してくる。果たしてキンメリッジが周囲を確認して行動しているのかどうか、わからない。ただ地面が柔らかい砂地だったおかげで、ブーツの足音はうまく掻き消えてくれた。

外壁と外壁の間の広大なスペースを抜け、一気に街に突入してからもスピードを落とさず、無人の大通りの真ん中を駆け抜けるがごとく二百メートル近く進んだところで、ようやくキンメリッジは足を止めた。これは何の建造物なのか、地面から高さ五メートルほどの煙突のような柱が突き出している。月明かりを受け、影が差すその足元に身体を寄せるようにして三人は息を整えた。

「ここも……、川だったところなのか？」

唾をひとつ呑みこみ、ぜえぜえと荒い息を吐きながら、何とか言葉をひねり出す。

「僕たち……、そのど真ん中にいるよ。あっちの影が……、船着き場」

と梵地もとぎれとぎれに返す。出発前に双眼鏡をのぞきながら「プラットホームみたいだ」と解説した場所のことだろう。確かに月の光に助けられ、堤のような影が見える。

「それで、これが、橋脚……。ああ、息が苦しい」

膝に手をつきながら梵天は頭上を仰いだ。橋脚同士をつなぐ橋げたは見当たらないが、たとえ自分たちが立っている場所が水に浸かり、さらにその上を背の高い船が往来したとしても、じゅうぶんお釣りが来るくらい立派な高さを保っている。

「天。こっちに、木材が落ちてる。ほら、向こうまで——。橋げただったものだよ。上から崩れてきたんだ」

「よく、この暗さで見えるな」

「暗視スコープだよ。この川幅——、七十メートルはあるね」

そうか、とバックパックに手を伸ばし、脇ポケットから暗視スコープを引き抜き、電源を入れる。のぞきこむなり、いきなり銃を構えているキンメリッジが視界に飛びこんできた。これまでもこの格好で走っていたのか、ヘルメットに直接装着した暗視スコープを、顔の前にセットした状態で油断なく周囲の様子を確認している。

梵地にスコープを向けると、こちらはさっそくペットボトルの水を飲んでいた。

「飲む？」

という声に無言で手を伸ばし、ペットボトルをつかんだ。身体を反らし、勢いよく水をのどに流しこんだとき、緊張で背中が汗でびっしょり濡れていることに気がついた。

「ＷＡＴＥＲ」

という声と同時に、梵天の手からペットボトルが奪い去られた。

のどが鳴る音が聞こえたのち、

「誰も、いない」

とキンメリッジがつぶやいた。

榎土兄弟から同時に大きなため息が漏れる。

誰からともなく、目の前の太い柱に背中を預けるようにして腰を下ろした。

「これも、レンガだ」

柱の材質を確認しているのか、梵地のささやき声が聞こえてくる。

「これだけの川幅だから、かなり大きな橋だったろうね。あの入口の外壁の厚さもすごかった。十メートル以上はあったよ――」

無我夢中で街に突入した梵天だったが、弟はきっちり侵入口の状況までチェックしていたらしい。息が落ち着いてきた代わりに、額からどっと垂れてきた汗を拭いながら、

「これから、どう動くんだ」

と隣に座るキンメリッジに訊ねた。

「探す」

「探す？　女をか？」

ドローン、と低くつぶやいて、キンメリッジはバックパックを身体の前に回した。

「ドローンって……、あの、槍で落とされたやつか？　もう飛べないのに、探してどうするんだ」

キンメリッジはバックパックから何かを取り出すと、「隠せ」と押し殺した声で告げた。隠せって何を、と返す前に、キンメリッジの胸の前でぽっと光が点った。考える前に身体が動き、キンメリッジに覆い被さるように中腰になる。背中からバックパックを下ろし、それも使って光源を隠しながらのぞきこむと、海兵隊員が持つのは小型のタブレット端末で、画面に浮かぶ赤や緑の点を指でタップしている。

ほんの数十秒で、画面から光が消えた。

「何してたの？」

と今ごろになって梵地が寄ってくるのに対し、

「ドローンの場所――」

とキンメリッジが答えたと思ったら、そこから英語に切り替え、一気にしゃべるスピードを上げた。ときどき挟まれる梵地の相づちに、驚きの響きがこもっているのを感じながら、二人のやり取りが終わるのを待つ。

「これはまだ確かじゃないけれど、ひょっとしたらドローンの――」

と梵地が説明し始めたとき、キンメリッジが立ち上がった。梵地にペットボトルを返し、「GO」とそのまま歩きだしたので、梵天も慌ててバックパックを背負い、梵地とともにあとを追う。

橋脚をたどって、方角で言うと西岸にあたる場所へ三十メートルほど進み、堤のように影がそびえている手前で立ち止まった。

「ボンテン、ボンチ」

かなり夜目も利くようになり、キンメリッジが自分の両側に立て、と手振りで示しているのがわかる。堤らしき影の高さは二メートル半ほど。キンメリッジがジャンプしてへりに手をかけた。その足を梵天と梵地で支え、持ち上げる。暗視スコープを装着し、頭だけをへりから突き出す格好で、キンメリッジが左右を確かめる。

「いない」

声と同時にキンメリッジの身体が上がっていく。梵天は支えていた足をブーツの底ごと、ぐいと持ち上げた。次は梵地が、その尻を梵天に押し上げられて続く。最後は梵天が、これもレンガを積み上げた手触りの壁面に足をかける。差し出されたキンメリッジの手をつかむと、驚くぐらいの力で一気に引き上げられた。

這い上がった先は、レンガ敷きのまさにプラットホームのように平坦な場所で、ひさしぶりに固い地面を感じながら、梵天は立ち上がった。

「天、こっち、こっち――」

すでにキンメリッジと梵地の姿は見えなかった。まわりをロクに見渡すこともできぬまま弟の声に従って走る。

駆けこんだのはサイコロのような形の小屋だった。六畳ほどの広さの屋内に三人が息を潜める。やけに梵地とキンメリッジの影がはっきりと見えるなと思ったら、天井がなかった。その代わり、地面に木材の破片が散らばり、ブーツで踏むたびにどうしても音を発してしまう。

「ここも屋根が朽ちて落ちたみたいだね。何に使う小屋だったんだろう」

梵地がしゃがみこみ、木材に触れている途中で「え」と声を発した。

「どうした?」

「これ……、粘土板だ」

手にしたままだった暗視スコープをのぞくと、散乱する木材のかけらの下に、割れた瓦のようなものが何枚も重なって見える。一枚、弟が引き抜こうとすると、「ガチャリ」と思いの外、大きな音がした。

「梵地、あとだ」

わかった、と梵地が慌てて手を引っこめる。

「それより、ドローンの話がまだだぞ」

あ、そうだったね、と返事したついでに壁に手で触れたのか、「これもレンガだ」とレインコートが擦れる音がかすかに聞こえた。

「まだ、生きているんだって」

「生きている?」

「ドローンだよ」

キンメリッジによると、ドローンは完全に死んだわけではないらしい。槍の一撃を受け、飛行機能は失われているだろうが、一台目のように丸焦げになったわけではないはずだ。ならば、内部の機器が無傷である限り、機能の回復が可能だという。

「今さら回復させてどうするんだ。結局、飛ばすことはできないわけだろ」

「通信だよ。マイクがまだ使えたら、梵人や三尉に連絡ができる。きっと、連絡を待ってるだろうから」

なるほど、とうなずいたついでに、アガデへと出発する際の、サングラス越しにも伝わってきた銀亀三尉の心配そうな表情が思い返された。しばらく進んで一度だけ振り返ったら、砂丘のへりから頭だけを出して、まだ梵天たちの様子を追っていた。忘れてはいけないことだった。榎土三兄弟発のトラブルに巻きこまれただけの広報担当の上官を宿営地まで無事に帰すことは、梵天たちに課せられた絶対の義務なのだ。

「ドローンの場所を探すためのタブレットだったのか？　それで、どこに落ちているんだ」

「わからない」

「わからない？」

「反応がなかった。ドローンのほうが電池切れで電波を拾えなかった、って」

何だよ、それ、と思わず梵天の口から言葉が漏れる。

「でも、おおよその位置はわかっているんだ。ドローンはジッグラトの南側から回りこみながら近づいて、そこで撃墜された。あの槍を投げた男との距離は二十メートルくらいだから、ジッグラトの南斜面のどこかに落ちているはずだよ」

それまで二人のやりとりを黙って聞いていたキンメリッジが、

「ボンテン」

と低い声で名を呼んだ。

「俺の荷物、何が入っている?」

「何だ、いきなり」

「少佐、言ってた。ボンテン、見ることができる。たとえば、壁の向こう──」

キンメリッジはライフル銃の先端で壁をコンコンと小突いた。

きっと、三秒のことを言っているのだろう。黒い涸れオアシスで地面をのぞくよう求められた時点で、すでに能力の詳細を把握されていることは明らかなだけに、今さら隠しても意味があるまいと素直に「ああ、見ることはできるぞ」と認めた。

「本当、か?」

「何だよ、信じていないのか」

「これで、試す」

のぞいて、くれ、とキンメリッジは身体をねじり、背中のバックパックを梵天に向けた。

「いいのか?」

無言で海兵隊員は待っている。

「わかった」

突然のパラシュート降下ののち、この得体の知れない場所に降りたってから、はじめて意識を集中させた。ふわりと視覚だけが身体から離れる感覚ののち、キンメリッジのバックパックへと潜りこむ。三秒後、梵天が放った第一声は、

「何のつもりだ」

だった。

「こんなにたくさんの手榴弾、何に使う」

「それだけ、か？」

「ピストルが二丁、ペットボトルが二本、レーションのチョコバーが一本、タブレット、迷彩柄のポーチは医療用キットか――？　そんなところだ」

しばらくの沈黙ののち、

「どうやって、だ？」

という素朴な質問が返ってきた。

誰もが抱く、当然の疑問だろう。

「子どもの頃からできた。どうしてできるのかは、俺にもわからない。これまでロクに考えたこともない」

何だか妙な気分だった。はじめて「三秒」の存在を、兄弟以外の人間に直接伝えた、きわめて重大な瞬間だったはずなのに、ずいぶんとあっさり済んでしまった。

こんな粗い説明で納得できたのだろうか、キンメリッジはそれ以上、訊ねてくることもなく、

「ボンテン、見ろ」

とそれまで油断なく外の様子をうかがっていた小窓のあたりを手で叩いた。足元の音を立てぬよう気をつけながら場所を移動し、ちょうどペットボトルの底がすっぽりと入りそうな、レンガ壁に穿《うが》たれた四角い窓に顔を近づける。

当然ながら暗闇しか見えない。

「じぎゅら――、見えるか」

「じぎゅら？」

ジッグラトのことだよ、と梵地が助け船を出す。

数秒おいて、「ああ」と梵天は声を漏らした。ただの夜空だと思っていた正面の漆黒に建物の影が浮かんでいることに、不意に気がついたからである。梵人や三尉たちとともに遠目に眺めながら、高さはざっと五十メートル、マンションで言うところの十五階建てくらいと目算を立てていた。それがちょうど小窓の正面に位置している。月明かりに照らされ、その独特な階段ピラミッド状の外見が淡く浮かんでいる。

「見えるぞ。やっぱり、デカいな」

「ボンテン――、連れていく」

何？　と梵天は振り返った。

「ドローンで、見た。これから先、ずっと建物だらけ。ナイト、ビジョン、使えない。だから、お前の目で、確かめる」

確かにドローンのカメラは、ジッグラトの周囲にびっしりと肩を寄せ合う、小さな建物の群れを映しだしていた。あの様子なら、路地もかなり入り組んだものになるだろう。どれほど暗闇で目が利こうとも、ひとつ先の曲がり角の向こうはわからない。建物の中はなおさらだ。要は泥棒を実行する際、梵天が務めていた偵察役と同じ役割を果たせと言われたらしい。

「梵地、ここからあのジッグラトまで、どのくらいの距離だ」

「川の西岸ブロックのほぼ中央あたりにあると見ていいから、街の幅を三キロと考えて、ざっと一・五キロ。でも、直線で近づけるわけじゃない。ドローンからの映像に一瞬だけ映っていたけど、内壁があるんだ。ジッグラトは街で最も重要な位置づけだから、外壁と同じくらい高さがある壁に囲まれた神殿エリアに入らなくちゃいけない。壁を登ることができないなら、門を探してそこから潜りこまないと」

「一・五キロ？　そこまで、いちいち三秒で確かめながら進んでいくのか？　どれだけ時間がかかるかわからないぞ」

それは……、と言い淀む梵地のあとを引き取るように、

「ボム、一個、投げる。誰がいるか、すぐ、わかる」

とキンメリッジが無愛想な声でつぶやいた。

単なる冗談なのか、それとも銃を撃つなという梵天の要望へのあてつけか、どちらにしろ暗闇から、あの長い睫毛の奥に潜む皮肉っぽい眼差しが注がれているのを容易に想像できた。梵人ならば手っ取り早いと賛同しかねない内容だが、当然、そんな危険なやり方を採るわけにはいかない。

沈黙が訪れると、完全な無音が梵天たちを押し包んだ。

決してその圧に負けたわけではないが、

「わかった――、やろう」

そう答えるしかなかった。

いったい何千回、この幽体離脱もどきを繰り返したら一・五キロの道のりを無事にくぐり抜け

られるのか。考えただけで気分が滅入ってくるのを感じながら、小窓の向こうをもう一度のぞいた。

かなたの夜空にそびえるジッグラトの影を捉えながら、最初の三秒を実行する。

当たり前のように壁をすり抜けたとき、たとえば、これまで光の存在しない地中を平気でのぞきながら発掘作業に励んできたように、夜であってもそこにあるものを、「見る」のではなく「感じる」ことで把握しているのだと、今さらながら己の能力の仕組みに気がついた。視線を移動させなくても、漠然とした感覚でもって「無人」を確認できる。地中に潜む骨の有無を知覚するように——。

「大丈夫だ、誰もいない」

「距離で言うと?」

「ぐるりと一周して、ざっと十五メートル、いや二十メートルってところだな。でも、絶対じゃない。こうして俺が戻ってきてから、状況が変わっていることだってあり得る。警戒はしてくれ」

「いつでも振りかけられるように、ペットボトルの用意をしておくよ」

太もものホルスターに収まったピストルよりもペットボトルに信用を置くのは滑稽だが、その効果を真正面で目撃した影響力は絶大で、梵天もバックパックから一本取り出し、キャップを外した。連中が爆発した現場を見ていないキンメリッジは、ひょっとしたら水の力など信じていないのかもしれない。何も言わずに銃を構える。

一丁のライフル銃と二本のペットボトルで武装した三人は慎重な足取りで小屋から出た。

「梵地、俺の前に立ってくれ。お前の肩に手を置く。それで歩きながら三秒ができるかどうか、やってみる」

ねえ、天、と梵地がかすれた声を発した。

「何だ」

「ここ……、本当にアガデかもしれない」

一瞬の沈黙を挟んだのち、

「俺も、そう思う」

とうなずいて、弟の肩に空いているほうの手を置いた。

「行くぞ」

暗闇へ一歩目を踏み出した。

*

三秒を使う、クリア。

三秒を使う、クリア。

三秒を使う、クリア。

いったい自分がどこにいるのか、何をしているのか。意識が戻ってからも、依然、己の身体が夜の闇に溶けこんだままでいるような錯覚に溺れながら、三秒を繰り返し、前進する。

互いに無言でも徐々にあうんの呼吸が形成されるようで、梵天が「クリア」と伝えると、キンメリッジがひとり、箱形の建物の合間を素早くすり抜け、次の移動ポイントを確保する。梵地の肩に手を乗せながら、遅れてそこへ向かう途中で三秒。キンメリッジの背後に到着と同時に「クリア」。ふたたびキンメリッジが次の地点へと向かう——、この作業の繰り返しである。

途中、誰ひとりとして、いや、鳥の一羽、蠅の一匹でさえも、姿を見かけることも、その気配を捉えることもなかった。街角から音が聞こえることもなければ、匂いを嗅ぎ取ることもなかった。

つまりは完全に無人、無生物の廃墟なのだった。

ひょっとしたら入り組んだ路地に迷い、誰もいない区画をぐるぐると回っているだけではないのか、という疑念が湧き起こったときはジッグラトを探した。背の低い建物と建物の合間に、路地を曲がった先に、月明かりを受け、ジッグラトがその飛び抜けた高さとともにぬっと立ち塞がっていた。確実に、その影に梵天たちは近づいていた。

建物にも変化が現れ始めた。それまでサイコロのような背の低い建物が細い路地の両側を埋め尽くしていたが、一本、広めの通りを——、と言っても、ぎりぎり車がすれ違うことができる程度の道幅を横断してから、明らかに左右の様子に違いが見られるようになった。

見晴らしが悪くなった。二階建てが登場するようになったからである。もっとも、崩れたものも多く、路地に二階部分が倒壊し、がれきの山を作っていた。それらを音を立てぬよう慎重に乗り越えるとき、ブーツの先端が小突いたものに手で触れると、やはり何もかもがレンガなのだった。

いったい何度、三秒を繰り返しただろうか。

徐々に車酔いのような気分が募り、意識を戻した拍子につい ふらついてしまったところを弟に支えられた。

「少し、休もう」

腕をつかまれ、路地に面した入口から建物に入った。二階まで壁面は健在だが、天井部分がごっそりと崩れ落ち、仰ぐと星空がそのまま見える。梵地によると、本来は天井を木で支えたのち、やはり粘土で床面を固めるそうだが、それらがすべて支えを失い、一階部分に積み重なった状態になっている。

音を立てぬようがれきを踏みつつ、壁際で腰を下ろした。右手に持ったまま、いい加減、その重さが煩《わずら》わしくなってきたペットボトルの水を一気にのどに流しこむ。

「大丈夫、か?」

横からぬうと手が伸び、キンメリッジがペットボトルを持っていく。

「ああ、少し休めば問題ない」

「ウソみたいに、誰もいないね」

梵地の言葉にキンメリッジが英語で短く返す。

「高校生のとき、遊園地の夜間警備員のアルバイトをしたのを思い出すだって」

吐息のような笑い声とともに、キンメリッジがペットボトルを梵天の手に戻す。確かにあまりの無人ぶりに、テーマパークに勝手に潜りこんだような気分にもなるが、ブーツの底から伝わってくる整地していない路地の無愛想な勾配が、梵地が下水道だと指摘した頻繁に現れる水路の多さが、雑然と建物が寄せ集まっているように見えて、区画として整理されている様子が――、この場所が娯楽のためのつくりものではなく、生活のために築かれたものであることを無言のうちに伝えていた。狭い路地が四方から集中し、ほとんど五叉路のような状況を生み出している複雑な地形を通過したときには、ひさしぶりに解体工事の現場で味わう感覚が蘇った。すなわち、どんなに狭いところにでも人間は建物をこしらえる——。合流する路地と路地との間にみっしりと積まれたレンガの脇を抜けたとき、工務店時代に日々実感した、人間の執念のようなものを嗅ぎ取った気がした。

「天、見てよ、これ」

梵地の声に暗視スコープをのぞきこむと、建物の奥に移動した弟が並んだ壺を指差していた。天井の一部が残っている真下ゆえに、壁に立てかけられたままの状態を保っている。その壺のなかに腕を突っこみ、

「何か残ってる」

と興奮した声を発したのち、慎重に地面を覆うがれきを踏んで戻ってきた。梵天の前でしゃがみこみ、握りしめた拳を開くと、そこに小さな粒がひしめいていた。一粒をつまみ上げ、暗視スコープ越しにしげしげとのぞきこみ、

「これ、麦だ」

と思わず声のトーンが跳ね上がりそうになったとき、いきなり横からキンメリッジの手が伸びて、梵地の口を塞いだ。何をするのか、と梵天が抗議の声を上げる前に、

「シッ」

という押し殺したキンメリッジの息づかいが闇に響いた。

「チャ」

遠くでかすかな音がした気がした。

「チャ、チャ、チャ」

次第にそれが重なり合い、こちらに近づいてくる。

「ボンテン——、見る」

キンメリッジの殺気立ったささやきが発せられたのち、ごくりと唾を呑みこむ音が聞こえた。

呼吸を整え、意識を集中させる。

ふわり、と身体が浮かび上がった。

後頭部と接した壁面からすり抜け、通りへ出たとき、前方から黒い影が近づいてくるのが見えた。

思わず隠れるところはないかと左右を確かめるうちに、最初の三秒が終わってしまった。

意識が身体に戻っても、両腕のあたりがこれまで経験したことがないこわばりを見せている。

「ど、どうしたの、天」

「しゃべるなッ」

息の声で怒鳴りつけ、集中を取り戻す。

「チャ、チャ、チャ」

何かが嚙み合いながら揺れているような音に加え、地面を叩く足音がいよいよ近づいたところで、もう一度、三秒を使った。

ちょうど建物の前を一団が通り過ぎていくところだった。

二列縦隊で十人。

チャ、チャ、チャという音は、小走りで進む彼らの纏う鎧から発せられたものだった。剣を持つ者、槍を持つ者、手にする武器はバラバラでも鎧と兜は統一されている。マーストリヒトたちに襲いかかり、梵天たちの目の前で爆発した連中とまったく同じ格好だった。

それから二度、梵天は三秒を放った。

夜警なのか、それともただの行進なのか。連中は互いにしゃべることもなく、周囲を確認する様子もなく、通りを塞ぐ崩れたがれきを乗り越え、闇へと去っていった。

意識が戻っても、しばらく動けなかった。

鎧の音が完全に聞こえなくなってから、やっと詰めていた息を吐き出した。

「て、天——。何、今の？」

「連中だ。俺たちを襲った奴らだ。その鎧の音だ」

「ぼ、僕たちには——」

「大丈夫だ、気づかれていない」

武器は、というキンメリッジの問いかけに、見たままを伝えた。海兵隊員がライフル銃を構え直す気配を感じながら、改めて耳を澄ます。先ほどの出来事が気のせいだったかのように、無音の世界が舞い戻っていた。

「もしも、次に通りで会ったら……、あいさつ、すべきかな」

と梵地が硬い声を発する。

「やめておいたほうが、いいだろうな」

そう言えば、連中のなかに明かりを持つ者はいなかった。左右の建物に月の光も遮られ、周囲はもちろん足元まで漆黒が覆っていたにもかかわらず、スピードダウンすることなくがれきの山を乗り越え、誰もつまずくことがなかった――。嫌な緊張が背中のあたりにくすぶり、暑くもないのに脇から汗が垂れてくるのを感じながら、ペットボトルの水を飲み干した。

「これから万が一、出くわしたとしても、絶対に撃つなよ」

と改めてキンメリッジに釘を刺したが、返事がない。暗視スコープでのぞいたら、奴も顔の前に下ろしたスコープの調整をしていた。

「あいつら、明かりを持っていないのに平気だった。暗闇でも完全に見えてる。面倒なことになったら、俺たちが断然、不利だぞ」

「ずぃー、だったか？」

とキンメリッジがスコープをこちらに向けてきた。

「ずぃー？」

「アルファベットのZ《ぜっと》のことだよ。アメリカ英語の発音だね」

隣から梵地の忍び寄るような声が聞こえたが、「ずぃー」を「ぜっと」に変えたところで意味が通らない。

「ゾンビを意味する、あだ名だよ。アルファベットの頭文字を取って、ゾンビ《ZOMBIE》のことを最近はただZ《ずぃー》と表現することがあるんだ」

目の前を通過するとき、規律が保たれているというよりも、どこかひょこひょことした、操り人形が行進しているようなぎこちなさがあったことを思い出す。とにかく、全員が痩せ細っていた。膝頭が浮かび上がり、その下に細い枝のようなすねが伸びていた。さらには兜の下に一瞬だけ垣間見えた澱《よど》んだ表情。個々はまるで生気のない視線を前方に向けているにもかかわらず、列自体はまったく崩れていないのが奇妙だった。梵天の沈黙をどう受け取ったのか、キンメリッジが、

「アガデ・ずぃー」

とつぶやいた。

「いや、ここがアガデだと確実に証明されたわけじゃないから、その呼び名はどうだろうね」

とこの場に至っても、要らぬこだわりを示しつつ、

「でも、他にこの場所を伝えるものがないなら、仕方ないか……。あ、ヒトコブラクダ層があるよ。ヒトコブラクダ層ずぃーなら、いいかも。もしくは、ずぃーのところを、ぜっとにしてみる」

と梵地がどこまでも真面目くさった声で告げる。

「ヒ、ト、コ、ブ、ラクダ、層、ぜっと」

すべてが発音しづらいのか、たどたどしく復唱してから、キンメリッジは行こうと梵天の肩を軽く叩いた。

連中が登場したからといって、引き返すわけにはいかなかった。俺たちは進むしかないのだ。

新しいペットボトルの蓋を開けてから立ち上がる。

息を整え、集中した。

今まで以上のこまめな確認が必要になりそうだった。念のため三度、三秒を繰り返し、前後を

慎重に探索してから海兵隊員に告げた。

「クリア」

＊

手のひらで囲って光をいっさい外に漏らさぬように腕時計のライトを確かめたら、ヒトハチヨンヨン――、すなわち十八時四十四分だった。出発からおよそ百分が経過したことになるが、もはや三日分の夜を詰めこんだかのような疲労と、出口のない迷宮に閉じこめられたかのような息苦しさが、脳みその内側で渦を巻いている。要は慣れない頭を使いすぎて、くたびれ果てたのである。

だが、それもあと少しの辛抱だ。

内壁を越えるまで、緊張をゆるめる時間は一瞬たりともなかった。途中、連中には二度、遭遇した。もちろん、梵天が三秒を使って漂う最中に通りですれ違ったが、いずれも二列縦隊で十人、各自武器を手に黙々と行進していた。顔をチェックする余裕はなかったが、別個の部隊と見るべきだろう。ということは、最低でも三十人が街中をうろうろしている計算になる。

危険は完全に回避できた。かつての建物の扉部分が朽ちているおかげで、簡単に隠れる場所を見つけられたからだ。建物に興味を示さず、ただ通りを通過するだけの連中をやり過ごすことにさほど苦労は要らず、さらには始終やかましく、「チャ、チャ、チャ」と鎧の音を鳴らしているので立ち去った確認もしやすい。時間はかかるが、確実にチェックを重ね、三人は外壁と同じくらいぶ厚い内壁の門をくぐり――、実際には門の上部を渡していた通路部分の木材が、ごっそりと崩れ落ちたがれきを乗り越えて、梵地曰く「神殿エリア」への侵入を果たした。

もう、ジッグラトは目の前だった。

だだっ広いグラウンドのような開かれた空間の真ん中に、弱々しい月明かりを側面に受けながら、階段状の影が黒々とそびえ立っていた。五十メートル程度の高さのはずだが、背の低い建物に目が慣れてしまったのか、突然登場した高層建築に対し視線を持ち上げる動作が我ながらぎこちない。

「誰も――、いないね」

梵地が声をひそめ報告する。三秒を使うまでもなく、暗視スコープで確認は十分だった。かつては聖なる神殿エリアだったのかもしれないが、今や何もない空き地が広がるばかり。ジッグラトまでの距離は百メートルほど。その間を埋める闇に人影は見当たらない代わりに、身を隠す場所もなかった。

「これから、どうするんだ」

ジッグラトに向かえばあの女に会えるという根拠のない予感があったが、暗視スコープを向けても、ジッグラトの頂上に人影は認められない。それでもとにかく頂上を目指すのか、それとも先にドローンを回収するのか。

しばしの沈黙ののち、

「ドローンだ」

とキンメリッジは判断を下した。

「先に、ギンガメと、連絡、取る」

「落ちたところは、わかるのか」

梵天のささやきに対し、キンメリッジは答える代わりに、腰を屈めて進み始めた。

「お、おい――」

おぼろげに闇に浮かぶ海兵隊員の背中を慌てて追った。こうして広場を突っ切るほかにジッグラトへ近づく手段はないわけだが、キンメリッジの行動は無茶だった。海兵隊員が暗視スコープで周囲の安全を確認していることを願いながら、足音を殺し、ジッグラトの巨大な影を追った。

ほんの一分かそこらの移動が異様に長く感じられた。無事、ジッグラトの壁まで到達し身体を寄せるなり、詰めていた息を一気に吐き出した。すぐさま手にした暗視スコープで左右を確かめる。

大丈夫、広場に人影は見当たらない。

「ああ、緊張した」

梵地がうめきを漏らす隣で、キンメリッジもふうと息を整えている。

「これが……、ジッグラト。ついに、だよ」

と感に堪えないといった調子で、梵地がつぶやいた。だが、すぐさま本来の目的を思い出したようで、

「見る限りじゃ、ドローンは落ちてないね」

と目の前の空き地を暗視スコープで確認していた。

「上だ――」

キンメリッジの声に、梵天は思わず「むう」とうなり、ほとんど垂直に感じられるレンガ壁の

勾配を見上げた。ドローンからの俯瞰映像を思い返すに、ジッグラトは三層構造――、たとえるならば、高さ五十メートル、十五階建て建造物を三分割し、その都度、鏡餅のように建物を縮小させながら積み上げていくイメージである。

ドローンはジッグラトの南側のどこかに落ちているだろうという予想から、こうしてジッグラト南面までたどり着いた。地表に見当たらないのなら、キンメリッジの言う「上」、つまり一層目、もしくは二層目のテラス部分のどこかにドローンが落ちている可能性が高くなる。

「ボンテン――、上を見ること、できるか？」

弟たちと泥棒稼業に励むなかで、地表からビルの上階を探ることもあったが、せいぜい三階どまりだった。ジッグラトは三層構造であるが、各層の高さは均一ではない。土台となる一層目の高さが全体の半分以上を占める。つまり、高さ二十五メートル以上、八階建てビルの屋上部分相当まで達する必要がある。挑戦したことのない高さだった。手元に携えたままのペットボトルの水を口に含み、気持ちを整える。壁面に手を触れ、静かに三秒を放った。そのまま壁面の向こう――、土くれのなかをすり抜け、一気に上昇した。

抜け出したところに、真っ平らな空間が広がっていた。

真正面に、さらに上層へと続く暗い影を見上げたところで三秒が終わってしまった。意識が届くことはわかったので、次は迷わずテラスまで舞い上がった。

闇であるのに闇を感じない奇妙な視覚で周囲を確認する。

そこに、いきなり見つけた。

まるで土中に化石を発見したときのように、お目当てのものがポッと月明かりを受け、視界に浮かび上がっていた。

「あったぞ――」

「え、本当？」

「この上だ。一層目のテラス部分に転がっている」

「すごい、天」

傾いて地面に伏している白っぽい機体を思い返しながら、キンメリッジに発見場所を伝えるが、問題はどうやってそこへ向かうかだ。手を伸ばして壁面の感触を確かめてみるに、ところどころレンガが突き出している。指をかけ、足をかけ、強引に登ることもできるかもしれないが、このまま八階ビル相当の高さの壁面をミスせずに登りきれるとは到底、思えなかった。

「正面まで回るしかないね」

「正面？」

「これまで、ジッグラトとピラミッドの違いについて、いろいろ考えてきたけど、ひょっとしたら、これがいちばん単純で大きな違いかも――。ピラミッドと違って、ジッグラトには明確に正面があるんだ。エジプトのピラミッドはどこからでも頂上まで登れる。ひとつひとつ、大きな石が積まれているからね。でも、ジッグラトは地表から続く大階段を上らないと頂上にたどり着けない。その階段が設置されているのが正面だよ」

刹那、謎の男に槍で攻撃され、ドローンカメラの上下がひっくり返ったとき、長い階段がノートパソコンの画面に一瞬だけ映ったことを思い出す。

「たとえば、エジプトのギザのピラミッドはそれぞれの面が正確に東西南北を向いているけど、ジッグラトは方角よりも川との位置関係――、正面が川に臨んでいることが大事なんだ。僕たちが潜入に使った街を貫いている川だよ。つまり、このジッグラトの正面は向こう――、東側を向いている」

ジッグラトの壁を背に梵地は左腕を上げ、行き先を示した。

それまで無言で梵地の蘊蓄を聞いていたキンメリッジが急に背中のバックパックを下ろした。中身をしばらく探ったのち、「ボンチ」と弟のバックパックを要求する。暗視スコープ越しに見下ろすに、海兵隊員の手元には、すでに橋脚のふもとで一度、画面を点灯させたタブレットと、細長い棒状のものが用意されていた。さらに梵地の荷物からロープと杭用の金具を取り出す。それらを腰のポーチに収め、自分のバックパックは地面に置いたまま立ち上がった。

「俺、ひとりで、行く。お前たち、ここで、待て」

何を言ってる、と返そうとしたとき、目の前で何かが跳ねた。暗視スコープを弾かれたのだと気づき、慌てて足元から聞こえた硬質な音のありかを手で探った。ようやく探し当てて目の前に構えたら、ジッグラトの壁沿いにぐんぐん遠ざかるキンメリッジの背中が見えた。「キンメリッ――」と声にならぬ声を発したのが聞こえたのか、海兵隊員は振り返り、ライフル銃の先端をわずかに持ち上げた。顔の前に暗視スコープを装着していても、ニヤリと笑っている眼差しを見た気がした。

同じくスコープを手元から落とされた梵地が、

「ど、どうしよう。行っちゃったよ」

と頼りない声を上げる。

どうしようもなかった。手榴弾が詰まった危険物のかたまりをここに置いていくわけにもいかず、かといって二人分の荷物を担いで追うわけにもいかない。

結局できることは、「待つ」だけだった。

「彼、大丈夫かな……」

「もしも連中に見つかったら、動きがあるはずだ。いつでも、逃げ出せる用意はしておけ」

わかった、と梵地がバックパックを背負い直す。

ジッグラトの壁に貼りつき、二人して息を殺しながら、梵地は暗視スコープで前方の広場を監視し、梵天は上のテラスとの間を往復して海兵隊員の到着を待った。

やはり、風はいっさい吹く気配がなかった。周囲から音は掻き消え、隣に梵地がいるのかどうかさえ、わからなくなってくる。あまりに静かすぎるのを身体が嫌ってか、かすかな耳鳴りまで聞こえてきた。

もしも、目の前の広場に二列縦隊の連中が現れたなら、ただ壁際に突っ立っているだけの二人は即座に発見されるだろう。身を守るための武器は右手のペットボトルしかない。ホルスターに収めたピストルは誤射の危険があるため、こんな暗闇ではなおさら撃つことはできないし、海兵隊員のバックパックの手榴弾に至っては論外だ。

どう?　と梵地がささやき声で訊ねてきた。

「まだ、キンメリッジは見えないいな」

「大丈夫……かな」

「大勢いる海兵隊員のなかから腕を見こまれて、こんな無茶苦茶な作戦を任されたんだ。俺たちなんかとは出来が違う。このまま、待とう」

うん、わかった、といったんは納得した様子の梵地だったが、三十秒も経たないうちに、

「ねえ、天」

とまた不安そうな声で話しかけてきた。

「すまん、今は休んでいた。俺も連続して行ったり来たりは厳しくてだな――」

「そうじゃないよ。そうじゃなくて……、天に言っておきたいことがあるんだ」

「ジッグラトの話なら、もういいぞ」

「違うよ。僕、天や梵人に黙っていたことがあって……、その、大学院の話なんだけど」

「大学院？」

ジッグラトのことよりもさらに輪をかけて、この場で話すべき内容ではないだろう。

抑えた声ながら、やけに暗い調子で梵地が言葉を続けたとき、

「実は、僕――」

「コン」

という音が響いた。

弾かれたように、二人は同時にその場に伏せた。

何とか手からペットボトルは離さなかったが、こぼれ落ちた水が地面に染みこむ音が聞こえてくる。息を殺して正面、左右の様子をうかがう。何も見えない。何も聞こえてこない。じりじりと手を動かして、暗視スコープを顔の前に持って行こうとしたら、

「誰も……いないよ」

と先に確認したらしき梵地の声が聞こえた。

だが、音がしたのは確かである。ようやく梵天が暗視スコープを構えたとき、目の前で白いものが跳ねた。

「上だ」

反射的に身体をねじって、ジッグラトの影を仰ぎ見ると、顔らしき白い小さな点が壁面のへりからのぞいていた。さらに、腕が伸びて、左右に振っている。

「あれ、キンメリッジか？」

「到着したんだ。あ、これ、コインだよ。二十五セント硬貨かな」

こんなところに寝転がっている場合ではなく、二人して急ぎ立ち上がり、ふたたび壁面にへばりついた。

「行ってくる」

乱れてしまった息を整え、集中を高めた。

ふわりと己から離れ、ジッグラトの内部を埋める土くれの中を一気に上昇する。

一層目を抜けて周囲を見渡すなり、海兵隊員の姿が飛びこんできた。すでにその手にはドローンが回収されている。いつの間にすべての用事を済ませていたのか、舌を巻く行動の速さだった。

三秒を繰り返し、キンメリッジの動きを追う。ジッグラトのテラス部分にもちろん柵はない。キンメリッジはへりまで一メートルのところまで近づくと、腰を下ろし、杭用の金具を床面に立て、それを左右のブーツの底で挟みこんだ。上着を脱ぎ、ライフル銃の銃底に巻きつける。音が目立つのではないかとひやりとしたが、意外なくらい金槌代わりに銃底を打ち下ろしても、くぐもった響きしか発しなかった。床面を覆い尽くすレンガとレンガの隙間に杭を深々と差しこむと、杭の先端の輪っかにロープを通し、さらにロープでドローンを縛った。なるほど、何のためにロープを携行したのかと思ったら、テラスから直接ドローンを梵天たちのもとへ下ろすプランらしい。海兵隊員が言うところの「二足目の靴下」――、予備のドローンとはいえ、その大きさは六十センチ四方はある。プロペラ部分を合わせたら、ちょっとしたこたつ机のサイズだ。周囲を警戒しながらひとりで持ち運ぶには難がある。

いきなり、暗闇にぽっと光が点った。

ギョッとして近づくと、それはタブレットだった。

銃底をくるんでいた上着をほどき、今度は素早くタブレットを覆った。のぞきこむと、ドローンの構造が画面に映し出されていた。キンメリッジは腰のポーチから棒状のものを取り出し、それを画面と見比べながら、縦にしたり、横にしたりしていたが、ドローンに手を伸ばし、機体の表面を爪で引っ掻き始めた。すると、蓋のように開く部分があった。そこから黒い棒状のものを抜き出し、代わりに自分が用意していた同じ形状のものを差しこむ。どうやら、電源を交換したらしい。

「ギンガメ」

とキンメリッジはドローンに顔を近づけ、ささやいた。

「ギンガメ、ボンド。ディス、イズ、キンメリッジ――」

肝心のマイクがどこについているかわからないようで、やがてドローンを持ち上げ、下方から声をかけている様子は何とも間抜けな眺めだった。

「今、じぎゅらに、着いた。俺たち、全員、無事――。そっち、問題、ないか？」

ドローンを抱えたまま、キンメリッジは夜の彼方に視線を向けた。暗闇のどこかで待機している梵人と銀亀三尉に通信が届いているかどうか、その反応を確かめたかったのかもしれない。しかし、すぐにあきらめたようでテラスのへりに近づき、下をのぞきこんだ。

「これからボンテン、ボンチに、ドローン、渡す」

片膝をつき、杭の輪っかに通したロープを調整しながら、海兵隊員は大事に育てた稚魚を放流するような手つきで、ゆっくりとドローンを下ろし始めた。

＊

「ドローンがくるぞ」

意識が戻るなり、梵地に上階での状況を伝えた。長時間、連続して三秒を使うことは化石探索で慣れていても、これほどの緊急を強いられる経験はなかったため、足元でふわふわとした感覚が続いておぼつかない。

「あ、何か見える」

暗視スコープで頭上を確認した梵地が声を上げる。

ゆっくりとしたスピードで、ドローンが下りてきた。

ジッグラトの壁面は勾配があるため、どうしてもレンガと機体が接触してしまう。擦れる音を最小限に抑えるよう、慎重にキンメリッジがロープの力加減を調整しているのがうかがえた。

「キンメリッジはどうするんだろう？　そのままロープを伝って降りるのかな？」

様子を見てくる、と弟の肩に手をかけ、梵天は三秒を放つ。すでに上着を纏い、いつでも退散できる準備を整えたキンメリッジが、へりから下方をのぞきこみながらロープを少しずつ送っている。

「チャ」

意識が身体に戻り、「まだ、わからんな」と梵地に伝えたときに遅れて気がついた。今、何か聞こえなかったか？

「ウソ、だろ」

「どうしたの、天」

まさかと思ったが、そのまさかを打ち消すために、すぐさま三秒を使った。

まったく同じ姿勢で、キンメリッジはロープの作業中だった。

さらに上昇し、俯瞰する格好で、海兵隊員の周囲を確認したとき、キンメリッジの後方に、音もなく三人が降り立った。

その距離はわずか五メートルほどなのにキンメリッジは気づかない。一心にロープに結びつけたドローンを下ろしている。

三人とも兜と鎧を纏い、手には刀を携え、痩せ細ったすねをさらしながら、ぼんやりとした眼差しをキンメリッジの無防備な背中に向けていた。

先頭の男が一歩目を踏み出した。

「チャ」

今度ははっきりと鎧の継ぎ目からの音が聞こえた。

キンメリッジが振り返った。

「ダ、ダメだッ」

そこで三秒が終わり、「え」と隣で梵地が声を上げるのに構うことなく、すぐさまテラスに舞い戻った。

それから何度、三秒を繰り返したのかはわからない。声をかけたくても、発することができない。それでも、梵天は叫んだ。叫ぶ梵天の前で、キンメリッジはロープを持つ手を離した。ドローンの自重に引っ張られ、金具の先端の輪っかをくぐらせていたロープがしゅるしゅると音を立てて抜け、ついにはロープごと勢いよく闇へと消えていった。背中のライフル銃を正面に回す余裕はなかった。一気に間隔を詰めてきた連中に向かって、キンメリッジは太もものホルスターからピストルを抜いた。瞬時に目の前に迫る男の頭部に照準を合わせた。完全に引き金を引くだろうという殺気が漲っていたにもかかわらず、一瞬、躊躇した。その隙に相手はさらに歩を進め、無造作にピストルの銃口をつかんだ。

海兵隊員の判断の切り替えは早かった。

銃を奪おうと相手が引っ張ったタイミングに合わせ、ピストルから手を離した。バランスを崩し、よろめいた男の腹に渾身の蹴りを入れた。少し遅れて近づいてきた二人の間を、ピストルを手にしたまま男が吹っ飛んでいった。

キンメリッジはじりじりと後退した。

そこで不意に視線を持ち上げた。

まさにそこに漂っていた梵天と、暗視スコープ越しであっても視線が合わさった気がした。へりにブーツをかけ、近づいてくる三人に決別するように、キンメリッジはとんと跳ねた。ほとんど垂直に近いとはいえ、レンガ壁の勾配を利用してずり落ちようとする意図だと気づいたときには、テラスからキンメリッジの姿は消えていた。

だが、逃げられなかった。

猛然と突っこんできたひとりが身を乗り出すようにして、落下するキンメリッジの身体をつかんだ。上半身をへりからさらす格好で倒れこむ男の腰や足に、残りの二人が刀を放り出してしがみつく。キンメリッジは抵抗したのだろうが、連中の異様な筋力の前には無力だった。一本釣りされ漁船に飛びこんできた鰹のように、キンメリッジの身体が宙を舞い、テラスに戻ってきた。鈍い音を立てて床面に打ちつけられたキンメリッジの影に、連中がいっせいに覆い被さる。

力の限り、梵天は咆えた。

砂煙のようなものが、三人の甲冑姿の男たちを淡く包んだ。

連中は立ち上がり、床に転がっていたそれぞれの刀を拾い上げた。

キンメリッジの姿はどこにも見当たらなかった。

三人はへりに近づき、痩せこけた顔に貼りついた暗い眼《まなこ》を下方に向けた。

「天ッ、天ッ――」

意識を戻した梵天の鼓膜を、差し迫った様子の声が叩いていた。

「い、いきなり、途中でドローンが落ちてきて、こんな大きいの無理だと思ったけど、意外と軽くて受け止めることができた。で、でも、キンメリッジは――?」

「は、走れッ、梵地」

「な、何？」

「キンメリッジがやられた」

「や、やられたって――」

「連中だ。逃げろッ」

無我夢中で梵地の声の出どころのあたりを叩いた。何かやわらかいものにぶつかった感触が拳に伝わった瞬間、走りだす足音が聞こえた。

梵天もあとを追うが背中のバックパックの重みで、いきなり足元がふらつく。

「全部、荷物は置いていけッ」

バックパックを地面に落とし、そのまま駆けだそうとしたら、余計に身体のバランスが取れない。さんざん三秒を繰り返したせいで、すっかり足元の感覚が鈍っているのだと気づいたときには、足がもつれ、地面にもんどり打つように倒れこんでいた。

「天ッ」

駆け寄る足音とともに、左腕をぐいと持ち上げられる。右腕がひじあたりまでびっしょり濡れていることで、今もペットボトルをつかんでいることに気がついた。

「チャ――」

立ち上がった瞬間、背後にあの禍々《まがまが》しい音が聞こえた。

「梵地、気をつけろッ。俺の後ろ、後ろだッ。あいつらが――」

もう声のトーンを抑えるなどという配慮を加えることはできなかった。梵地のほうも、わ、わ、

わ、と痙攣《けいれん》したように上ずりながら、

「さ、三人。シ、シュ、シュメール・ゾンビ」

と悲鳴に近いボリュームで応える。

振り返ってみても、ちょうど月がジッグラトの向こう側に隠れているため、特濃の闇が広がるばかりで、何ひとつ人影など認識できなかった。

「お、お前――、見えているのか」

「さ、三人。刀を持ってる。こ、こっち、見てる」

「距離はッ」

「五メートル？　三メートル？　目の前、す、すぐだよッ」

右手のペットボトルを持ち上げた。だいぶこぼしてしまったが、まだ三分の一か半分かは残っているだろう。

「いいか、梵地。サン、ニイ、イチで走れ」

「え？」

「言うとおりにしろッ。サン、ニイ、イチ」

行けッ、と怒鳴りつけると同時に、手にしたペットボトルの水を闇に向かって無茶苦茶に振りかけた。

ぼんッ、という音を伴わない爆風がいきなり襲いかかってきた。同時に砂が激しい勢いで顔に降りかかる。

「チャ」

鐙の音が聞こえたあとに、何かが鼻の先をかすめていった。ぶん、と空を切る音と風圧を感じ取った。刀だ――、何も見えていないにもかかわらず確信した。向こうからはこちらが丸見えなのだ。勝負になるはずがなかった。弟の足音を追って梵天も走った。走りながら背後に向かってやみくもにペットボトルの水を振りまいた。

ぼんッ。

爆風が背中から届き、梵天の坊主頭を砂とともに叩いていった。

「チャ、チャ、チャ」

まだ追いかけてくる。

いつ刀の一撃が背中を襲うかという恐怖心に追われ、のどの奥から何かが飛び出してきそうだった。今にも衝突しそうなくらいに耳の真後ろまで迫った鐙の音に、もうダメだと梵天は振り返った。暗闇に向かって、いちかばちかでペットボトルを向けた。

ガツンという衝撃とともに、手にしていたペットボトルが飛んだ。刀の攻撃を食らったのだ。次は己の肉に食いこむとどめの攻撃を覚悟した。

目をつぶって全身の筋肉を硬直させて身構えたが、いつになってもそれは訪れない。

代わりに「ガッ、ガッ、ガッ」といかにも苦しげなうなり声が聞こえてきた。さらには、先ほど梵地とともに伏せた拍子に聞いた、こぼれた水が地面に染みこむ音に似た、「しゅううう」が重なったとき、ぼんッ、というよろめくほどの砂の爆風が梵天の身体をひっぱたいていった。

唐突に、静寂が舞い戻った。

「もう、誰も……、いないよ」

梵地の報告に、腰が抜けたようにその場にへたりこんでしまった。ダメだ、天、立とう、とすぐさま梵地が声をかける。

「走ろう」

こっちだ、がんばって、という弟の叱咤に導かれ、梵天は立ち上がり、ふらふらと走り始めた。どこをどう進んだのか、まったく道筋を把握できなかった。神殿エリアを区切る内壁を通過したことは、一度通ったがれきの山の大きさから察知できた。弟の淡い影を追って、街区に巡らされた細い路地を何度も折れ曲がり、水路跡に降りて、登って、勾配のある路地を進んだところで、

「ここに、隠れよう」

と梵地は立ち止まった。

壁に手を這わせながら、扉のない入口をくぐり建物の中に入った。そのままそろりそろりと奥へと進む。天井を見上げると、当然のように星空と月が見えた。

四畳ほどの狭い部屋で、二人は腰を下ろし、荒い息だけを吐き続けた。

どうやら無事に逃げ切れたことを、無音のまま届く月光が教えてくれていた。

ようやく落ち着きを取り戻したところで、正面に座る梵地に視線が向いた。そのときになってはじめて、弟が異様に大きな白い物体を正面に抱えて座っていることに気がついた。

「何だ――、それは」

「これ？　ドローンだよ」

「お前、そんなものを担いでここまで走ってきたのか？」

「これを抱えて暗視スコープも使うのは難しかったけど、意外と軽いんだよ。この大きさで五キ

ロもないんじゃないかな。だから、いきなり落ちてきても、受け止めることができた。だって、これのために、上に向かったんだろ――?」

その言葉に、現実が一気に流れ出す。三人の男たちがいっせいに倒れたキンメリッジに襲いかかる。連中が身体を起こしたとき、海兵隊員の姿はなかった――、その瞬間がカラーでも白黒でもない、不思議な色遣いで脳裏に蘇った。

「あそこには誰もいなかった。キンメリッジは何もミスしていない。上の層から、連中がいきなり飛び降りてきたんだ」

「彼は――、どうなったの?」

すぐには言葉が出なかった。今にも隣からひょいと梵天の肩を叩き、あの皮肉っぽい笑みを暗闇から向けてくる――、そんな気がしてならない。でも、その存在はこの世から消えてしまった。海兵隊員は煙になってしまった。

「あいつ、撃てたはずだった。でも、撃たなかった。撃っていたら、三人とも始末できたかもしれない。俺が――、俺が撃つな、って頼んだことを守ったんだ。もしも、あそこで撃ってしまったら、ほかの大勢に気づかれてしまうと考えて――」

ガッと息を吐き、梵天は思いきり自分の太ももに拳を打ちつけた。歯を食いしばり、伝わってくる骨の痛みでもって叫びだしたい気分を相殺した。

梵地は何も言わず、兄の気持ちが鎮まるのを待っていた。

やがて、梵天はぽつりぽつりと見たままを伝え始めた。

すべてを聞き終えてから、梵地は抱えていたドローンを大切そうに地面に置いた。

「じゃあ、このドローンは今、生きていて、僕たちのこの会話も銀亀三尉や梵人のところに届いているってこと？」

「もしも、ちゃんと作動していたらの話だ。でも、ここでは確認のしようがない」

「電源ランプもなさそうだしね」

機体をひっくり返しながら、「梵人が僕たちに何か合図を送ってくれないかな」と梵地がつぶやくのを聞きながら、梵天は立ち上がった。過度の緊張から解き放たれたからか、急激に尿意の感覚が復活してきた。

隣の部屋に移動して、ズボンを下ろそうとしたとき、壁に小さな窓がくり抜かれていることに気づいた。

何気なくのぞきこんだきり、梵天の動きが止まった。

「梵地……、ちょっと、来い」

押し殺した声ながら、その調子の違いに気づいたのか、「どうしたの、連中？」と心配そうに梵地が近づいてくる。

「ここ、のぞいてみろ」

ズボンに手をかけたまま、梵天は場所を譲った。

慎重に小窓の前に移動した梵地だったが、同じく窓の向こうをのぞいたきり、動かなくなった。

弟と頬を触れんばかりに顔を近づけ、梵天が「見えるか」とささやくと、うん、とかすれた声が返ってきた。

小窓のアングルからは、ちょうど正面にジッグラトの影を捉えることができた。

その頂上付近が光っている。

火だった。

小さな炎が燃えている。この距離から炎のかたちが見えるということは、実際はかなりの大きさということだ。

街のどこからでも視認できる場所に置かれた火が、何を伝えようとしているかは明らかだった。

「あの女だ。俺たちを、呼んでる」

都 Ⅲ

ノートパソコンの画面の明かりが、銀亀三尉の顔を正面から照らしていた。

上官は口元を手で押さえたまま動かない。

大きな目玉が画面を見据えながら、細かく震えている。無機質なレイアウトのほかに画面に映るものは何もない。これまで聞こえていた梵天と梵地の会話もぴたりと止まったままだ。

片腕のみを使う匍匐前進で、痛む右足は地面に触れぬように気をつけながら、梵人はじりじりと砂の斜面を上った。

視界が開けると、半月よりも少し膨らんだ月が待ち構えていた。その下に底知れぬ夜の闇がぬっと広がっている。

しばらくその風景を呆けたように眺めてから、

「銀亀さん――、来てください」

と低い声で呼んだ。

砂を踏むブーツの足音が背後から近づいてくる。黒い影が梵人と同じように腹ばいの姿勢になったのち、彼方に見えるものを確認したのだろう、息を呑む気配が伝わってくる。

しばらく経って、

「梵人二士」

とかすれた声で呼びかけられた。次いで肩に何かが当たった。手を伸ばして触れると双眼鏡だった。

顔の前に運び、見るべき一点にレンズを向ける。

梵人たちがいる位置よりも上方、闇のなかにまるで置き去りにされたように、不意に炎が浮かんでいた。

あれが梵天の言っていた、ジッグラト頂上に置かれた火だろう。双眼鏡で確認できるだけでも四つの炎が並べられている。ときどき、瞬きしたように光が途切れる。篝火《かがりび》の前を、人が通り過ぎたのか。

双眼鏡を外すと、炎同士が重なり合って、ろうそくの火のようにこぢんまりと点って見えた。あの下に充満する漆黒の海のどこかに、梵天と梵地が今も息を潜め隠れている。想像するだけで梵人も息苦しさを感じると同時に、胸の鼓動に合わせ、じんじんという痛みが全身へと伝わっていった。痛み止めの効果が切れ始めているのかもしれない。

隣で立ち上がる気配とともに、

「戻れる？　梵人二士」

と声が降ってきた。

大丈夫です、と双眼鏡を返し、ふたたび匍匐で後退する。

「何だか、温かいものが飲みたい。コーヒー、淹れる」

暗いつぶやきとともに三尉は荷物のボックスを積み上げた向こう側に消え、梵人は大の字になって砂の上に寝転んだ。ノートパソコン脇に置かれた小型のスピーカーからは依然、何も聞こえてこない。ドローンのマイクの性能がよほどいいのか、小便に立った梵天の用を足す音まで拾っていた。ドローンを置いて立ち去る話は出ていないから、今もドローンの傍らで兄たちも無言の時間を共有しているのか。この瞬間、この地に取り残された日本人は誰も言葉を発していないということなのか。

コーヒーの香りが先に訪れ、

「これ、よかったら」

と三尉は横臥している梵人の隣にカップを置いた。ありがとうございます、と右足を伸ばした体勢で身体を起こした。

「痛みは、どう」

大丈夫です、とひとまず答え、手の甲に貼りついた砂を落とす。

「スピーカーから何か聞こえた？」

「いえ、何も」

そう、と三尉はノートパソコンの前に腰を下ろした。静かにコーヒーをすする音が聞こえたのち、

「キムは、もう、いないのよね」

　というつぶやきが放たれた。

　カップを手に取り、口に持っていこうとした動きを梵人は止めた。見えない湯気が鼻先にたゆたうのを感じながら、スピーカーが置かれているはずの暗がりに視線をさまよわせる。

　およそ一時間前、ドローンによる通信が復活したことを告げる三尉の声は、宿営地で隊長に紹介されたときから三日目にしてはじめて聞く、弾むような明るさを纏っていた。何が起きたのか理解できぬ梵人に、三尉は海兵隊員がアンテナの設置からパソコンのセッティングまで、ドローンとの通信回復に向けた準備を整えてから出発したことを教えてくれた。アガデへ向かう前に、三尉と拳を合わせていたのはこれのことか、と合点した梵人だったが、ほどなく飛びこんできたのは、

「キンメリッジがやられた」

　という差し迫った長兄の声だった。

　途切れ途切れの音声だけでは、どういう状況なのか把握できなかった。いくらノートパソコンの前で「天ニイッ、地ニイッ」と叫んだところで、こちらの声は届かないのだ。ときどきマイクが何かにぶつかる鈍い音や、荒い息づかいが重なるところから、兄たちが必死で逃げていることは推測できた。その後、二人は無事、安全な場所に避難したようだが、問題はいっこうにキンメリッジの存在が感じ取れないことだ。

　重苦しい沈黙が三尉との間に流れるなか、梵人の心の声そのままに、

「彼は――、どうなったの？」

という次兄の問いかけがスピーカーから聞こえた。

それに対する梵天の答えで、キンメリッジの身に起きた出来事を知った。その声はこれまで聞いた覚えがないほどの揺れを帯び、頻繁に詰まり、話すこと自体が苦しそうだった。「連中」がキンメリッジの身体に覆い被さり、立ち上がったときには海兵隊員の姿が消えていたという部分が、斬りつけられたような衝撃をともない、梵人の鼓膜を撲《う》った。キンメリッジがいたはずの場所に梵天が見た砂煙を、梵人もいっしょに目撃した気がした。

「梵人二士」

三尉の呼びかけに、ハッとして面を上げた。

「彼ら、これからどうするの？　キムまで失って、彼らに何ができるの？」

コーヒーのカップを手にしたまま、梵人は答えを探す。選択肢は二つしかない。予定どおりジッグラトに向かうか、計画を中断し、この場所に戻ってくるか――。

「私が、向かうべきなのかな」

「それは違います」

思いもしない第三の選択肢を提示され、梵人は即答した。二人がどこに潜んでいるか、確認する術《すべ》がない以上、彼女がひとりであの街に潜入するなんて、それこそ本物の自殺行為である。

「じゃあ、どうしたらいいの」

「天ニイの三秒があれば、少なくとも相手の出方はうかがえます。それに天ニイは慎重だから、下手なことはしない。地ニイは……、身体を動かす面では頼りないところもあるけど、そのぶん頭がいいから、何かしら二人でいい手を思いついてくれるはず。俺たちは二人を信じて、ここでできることを準備すべきです」

つくづく肝心なときに役に立てぬ己の無様さが情けなかった。いつだってこうだ。大事なことに挑む前に、俺はいつも自らを退場に追いやってしまう。

「私たちができること？　できることって、何？」

「いや……、それは、これから考えて」

「あんな化け物相手に何ができるって言うの。あなた、わかってる？　私たちより、ずっと訓練を積んでいる海兵隊員が四人、全滅したのよッ」

感情も剝き出しに跳ね上がった声に、梵人はふたたびカップを口に運ぼうとする動きを止めた。ノートパソコンからの明かりを受け、三尉の身体が小刻みに震えているのが見えた。

「銀亀さん」

「どうやって、あのゾンビ連中に勝てって言うのよ。どうやって、私たちだけで帰るのよ。このまま私たちもキムみたいに――」

「銀亀さん」

カップを地面に置き、急ぎ匍匐前進した。体勢を整えずに進んだため、引きずった右足の激痛が弾けるように身体を駆け抜けたが、まるでゾンビのように砂の上を這って、手を伸ばした。

とても冷たい感触の三尉の手を握った。

「大丈夫です、大丈夫」

小さな手が震えている。ハッ、ハッ、ハッと細切れに発せられていた息づかいが徐々に落ちつくまで待ってから、梵人は手を離した。

「ごめんなさい、梵人二士」

まだ揺れている声が聞こえた。

いいえ、と梵人が寝そべりながら首を横に振ったとき、スピーカーからささやくような声が、

「ねえ、天」

と呼びかけてきた。

「天、起きてる？」

しばらく経って、

「ああ」

と疲れを隠しきれない、力のない梵天の返事が聞こえた。

「行進、ここまでは来ないようだね」

「うむ」

行進が何なのかわからないが、それが来ないことは、いいニュースのようだ。

「水――、もう、ないよね」

「すまん、全部、撒いてきてしまった」

のど渇いたか？　という梵天の問いに、うん、ちょっと、と梵地が答える。

「あんなにたくさん、銀亀三尉に詰めてもらったのに、全部置いてきてしまうなんて」

「仕方がない。捨てないと、俺たちがやられてた」

「代わりに持ってきたのが、このドローンだよ」

機体を叩いたのか、ぼんぼんというくぐもった音がスピーカーから漏れる。

「本当に梵人や三尉のところに、届いているのかな――」

「届いてるぞ、地ニイッ」

と思わず声に出してしまった。「わからん」と気怠げに返す梵天に伝えることができないもどかしさ、歯がゆさに、気づかぬうちに拳を握りしめていた。

「ねえ、天」

「ん」

「僕たち――、これからどうすべきなんだろ？　梵人と三尉のところまで戻るか、それとももう一度、ジッグラトへ向かうか」

抑えたささやきのなかに強い緊張を漂わせながら、梵人と同じ二択を次兄もまた、口にした。

「あのジッグラトの炎、お前はどう思う」

「天の言うとおり――、僕たちを呼ぶための合図だろうね」

「でも、キンメリッジはやられた。のこのこ出ていったら、俺たちも同じように問答無用でやられるぞ」

スピーカーから沈黙が流れる。三尉は微動だにせず、二人のやり取りに耳を傾けている。

「それでも……、来い、ということだと思う。プリンスバック少佐がキンメリッジに託した手紙には、『帰還の方法はイナンナと再会後、彼女が日本人に教える』と書いてあった。どうして、あのゾンビみたいな連中が襲ってくるのかはわからないけど、彼女に会わない限り、この場所から帰る方法を僕たちは知ることができない」

「こんな状況になっても、お前はあの女を信じるのか？　これまで、さんざん俺たちをいいように振り回してきた相手だぞ」

それに対する梵地の返事はなかったが、しばらくの沈黙ののち「そうだ」という声が聞こえた。

「天に……、聞いてほしい話があるんだ。さっき、ジッグラトのところで言いかけたことだけど
――」

「大学院の話か？」

「そう、その話」

「どうでもいいだろう、今はそんなことより」

「違うんだ」

妙に強い調子で、梵地は長兄の言葉を遮った。

「僕、大学院を辞めた」

スピーカーと梵人の口から、同時に「え？」という声が漏れた。

「辞めた？　休学じゃなかったのか？」

「それ、嘘なんだ……。入隊する前に退学届を出した」

「なぜ――。研究のほうはどうなった」

「駄目なんだ」

「駄目？」

「僕、研究室の教授と喧嘩してさ。その――、いわゆる『干された』状態になってしまって」

「喧嘩って何だ。殴り合いでもしたのか」

「違うよ、そういうことじゃない。教授の研究内容に僕が異を唱えたんだ」

「そんなことで……、干されるのか？」

「ただでさえ狭い世界だよ。師匠と喧嘩してしまった弟子の居場所なんかない」

「それ――、いつからの話だ」

「二年近く前から、かな。どうしても携わりたいと思っていた発掘プロジェクトからも外された。日本の大学が関わっている、唯一のメソポタミアの遺跡に日本人が派遣される可能性があるプロジェクトだったけど……、プロジェクトのトップがその教授でね。教授からは、これまでやってきたことと別の分野を研究するように言われた。つまり、死刑宣告だよ。僕がやりたい研究を続けられる目はもうなくなった。大学院にいる意味もね」

突然の告白に、梵人と同様に長兄も言葉が出ない様子である。

「もう二年前の時点で、院に在籍する理由はなかったんだけど、辞めることはできなかった。だって、僕が高校に、大学に進学できたのは天のおかげだから。もしも辞めてしまったら、天が中学生のときからずっと働いて、僕を学校に行かせてくれたことが全部、無駄になってしまう」

「な、何を言ってる――。そんなこと、どうでもいい。お前の人生だぞ」

うん、というほとんど聞き取れない相づちのあとに、

「でも、結局、辞めてしまったんだよ……。京都の下宿もとうに引き払った」

と力なく続けた。

イラク出発前に、京都にいる梵地ガールズについて質問したとき、自らサヨナラを告げたと教えてくれたことがあったが、その裏にここまで深刻な事情が隠されていたとは。大学院というものをあやふやにしか理解できない梵人でも、退学はすなわち、長年のメソポタミアへの情熱が断

たれることを意味する、くらいはわかる。ならばそれは次兄にとって、梵人がオリンピックをあきらめたのと同じくらいの、重く、苦しい決断だったのではないのか。

しかし、自衛隊に入隊してからの梵地は微塵《みじん》もそんな気配を感じさせず、むしろ現状に対し、ときに大らかすぎるほどの態度を見せていた。次兄が語る状況と、梵人が実際に受け取った感触との間に、しっくりこない隔たりを感じていると、

「天は覚えてるかな……、彼女がはじめて僕たちの前に現れたときのこと」

と急に話が飛んだ。

「山にリムジンで乗りこんできたときか?」

「あのとき、彼女は僕に言ったんだ。『これから先、大学院に通っても、自分に発掘のチャンスがないのはもうわかっているでしょ?』って。驚いたよ、彼女が知るはずのない話だもの」

「そこまで調べていたってことか?」

「だろうね。あれは確認のメッセージだったんだ」

「確認のメッセージ?」

「そう、取引の中身を忘れるなよ、取引は継続中だぞ、という念押し」

「取引? 何の話だ?」

「僕が彼女と交わした取引だよ」

「おい、待て。お前——、あの女と何を」

「ごめん。僕は裏切ったんだよ。僕は彼女と取引して、その結果、天を、梵人をだますことになってしまった。だから今、僕たちはこの場所にいる」

息をするのを忘れていた。

＊

「大丈夫？　梵人二士」

と肩に手を置かれたことで、梵人はびくりと身体を震わせたのち呼吸を再開した。

裏切りとは何のことか。その内容を真っ先に訊くべきと思われたが、梵天が発した質問は、

「お前、あの歯を、どうやって手に入れたんだ？」

だった。

言うまでもなく、ティラノサウルスの歯のことだろう。

あれがすべての発端だった。

恐竜という名のお宝が眠る山を手に入れるため、それまで金目のものには手をつけなかった泥棒稼業が一転、五億円の貴金属泥棒を実行することになった。しかし、行動の一部始終を女に記録されたことで、榎土三兄弟はいとも簡単にその首根っこを押さえられる。そこからは濁流に押し流されるが如く、自衛隊へ入隊、中央即応連隊に配属、イラク派遣、拉致された挙げ句が、今は冥界《キガル》とやらで遭難中だ。

梵天の問いかけに対し、長い沈黙の時間を経て、梵地はぽつりぽつりと語り始めた。

「彼女からあの歯を渡されたのは、去年の九月の松茸狩りのときだった」

「渡された？　お前は自分で拾ったと、俺に言ったぞ」

「僕は拾っていない。あの歯は、渡されたものなんだ。でも——、こんなこと今さら言ったところで、何の意味もないだろうけど、彼女自身はあの歯を山で拾ったと僕に話していた。だますつもりは、全然なかったんだ。あのときは、こんなことになるなんて思いもしなかったし、ただ天に松茸の代わりに、変わったおみやげをあげたかった、それだけだった」

歯って何？　訝しそうな三尉のささやきに、

「ティラノサウルスの歯の化石です。これくらいの」

と指で大きさを示す。

「ひょっとして——、梵天二士が地下施設の天井を切るのに使っていた？」

「それです。黒っぽい、石ころみたいなやつです」

「あれ、本物の歯なの？」

「大学教授のお墨付きをもらったとか」

「何でそんなものが、あそこで出てくるのよ」

「天ニイの宝物なんです。いつも肌身離さず、胸ポケットにしまっています」

何なの、あなたたち——、という呆れが滲んだつぶやきに重ねるように、

「話せ。全部、正直にだ。俺が知りたいのは、歯を渡されたときの状況だ」

と低い声が聞こえた。抑えた調子がかえって、梵天の内側に渦巻いているはずの怒りを伝えていて、自然、梵人の身体も硬くなる。

わかったよ、というかすれた返事ののち、梵地は語りを再開した。

「あの日、山の中を歩き回ってようやく彼女が松茸を一本見つけて、イラク国旗の前で全員で記

念撮影をした。そのあとだよ。マイクロバスを駐めた山の入口まで戻る途中、四日間の通訳を務めてはじめて彼女と二人きりで話した。もちろん、彼女はあんな全身真っ青な格好じゃなくて、毎日、シックなスーツ姿で統一していた。髪形も普通で、あくまで『ベントアン』という名前の、イラク企業のCEOを演じていた。言葉も英語とアラビア語しか話さなかったからね」

水がないと言っていたから、のどが渇くのだろう、ときどき小さな咳払いを挟みながら、梵地は続ける。

「話しかけてきたのは、彼女のほうからだった。並んで歩きながら、『松茸を見つけたすぐそばでこれを拾った』と僕にあの歯を見せたんだ。『たぶん、何か動物の化石だと思う』って言うから、『兄がとても詳しいから見せたらよろこぶかも』と返事したら、『私は松茸のおみやげがあるから、これはあなたのおみやげに』と僕にくれた。天には悪いけど、僕にはそれが化石かどうかなんてわからないし、ただの黒い石ころにしか見えなかった。それでも、お礼を言って受け取ったら、彼女がつぶやいたんだ。『もしも、おみやげとして渡すときは、あなたが拾ったと言ったほうがいい。そっちのほうが、よろこぶ』って。とても自然なやり取りだった。そこに裏があるなんて、到底想像できないくらい。今思い返すと、すべてを計算した上での言葉だったんだろうね。僕が拾ったと言えば、天は信用する。そのとき、まるでついでのように『もしも、この山を手に入れたら、松茸なんかよりもたくさん、こんな化石が見つかるかも』と彼女が言ったんだ。それも妙に頭に残って――」

「だから、俺に山を手に入れるようにそそのかしたのか？」

「僕は自分の意志で、天がよろこぶと思って、提案したつもりだけど、彼女は天のことを完全に調べ上げていただろうから……、それを聞いて天がどう動くか、すべて織りこみ済みだったはず。つまり、僕は彼女の思うままに操られていたんだ――」

梵地だけではない。操られていたのは長兄も同じである。冗談半分で梵人はあの黒い化石を「ハニー・トラップ」と呼んでいたが、完全にどんぴしゃの指摘だったのだ。まんまと罠に引っかかった榎土三兄弟は、松茸狩りの二カ月後、貴金属泥棒を決行する。

「あの女と取引したって言ったよな――。それは、どういう意味だ」

「松茸狩りから一カ月が経った頃だった。彼女から直接、電話がかかってきたんだ。改めて通訳を務めた四日間へのお礼を言いたい、ということでね。そのとき、なぜか、あの山の話題が出て……。いや、『なぜか』じゃない。ちょうど歯に関する大学教授の鑑定結果が届いて、あの山を手に入れる方向で計画が動き始めたときだった。全部、計算尽くのタイミングでの電話だったんだ――」

大きなため息がひとつ聞こえたのち、「梵人たちも……、聞いているかな」というつぶやきが届いた。マイクの性能がよいからか、まるで隣にいるかのような生々しさで聞こえているが、それを伝える術はない。

「実は一度、あの山を所有する企業に購入を打診して断られているんだ。いくら通訳の仕事をしたといっても、彼らからすればよくわからない個人が相手だし、何よりも松茸が生えていることがわかってしまったからね。交渉の余地はない、という厳しい感触だったよ。いくら山を買ってしまえばいい、と天に提案したところで、売り手がいなければ絵に描いた餅どまり、梵人と計画を練る以前の問題だよ。そこへ狙いすましたかのような彼女からの電話だった。購入が難しいという状況を正直に打ち明けたら、彼女が山の所有者の企業とこれから商談を進めるついでに口を利いてあげてもいい、と言ってくれたんだ。もちろん、飛びついたよ。すると彼女が唐突に訊ねてきたんだよ。『メソポタミアに来ないか？』って」

マイクの存在を意識しているのか、それとも偶然か、「計画を練る」という表現がありがたかった。いくら鋭い銀亀三尉でも、まさか中国人マフィアと手を組んで銀座で五億円をかっぱらうプランとは想像できないはずだ。

「大学院ではもう絶賛干され中だったけど、僕が考古学を専攻する学生で、いつかウルやウルクやニップルやバビロンといった、イラクにあるメソポタミア遺跡を訪れたいと思っていて、もしも現地で発掘ができたら最高だ――、あたりの話は自己紹介がてら、イラク人一行に披露していた。だから、『メソポタミアに来ないか？』というお誘いは、純粋にうれしかった。どうして、イラクじゃなくてメソポタミアと言うのかは、ちょっと不思議だったけど、僕に合わせてくれているとと深くは考えなかった。そもそも、社交辞令だと思って聞いたからね。いつか、バグダッドで再会したときはお茶しましょう――、通訳の仕事じゃ、よくある別れのあいさつのパターンだよ。僕もぜひメソポタミアに行きたいですって返したら、『なら、取引しましょう』と言われたんだ」

すでに一年以上前の話であっても、じりじりと搦《から》め捕られていくような感覚に、話を聞いているだけでものどが渇いてくる。ただの苦い液体と化したカップのコーヒーを梵人は一気に飲み干した。

「いきなり取引と言われて、僕はてっきりリベートでも要求されるのかと思った。そのときの状況じゃ、僕たちが山を購入できる可能性はゼロ。彼女にとって何のメリットもない、企業への口添えをしてくれるのなら、いくらかの手間賃が発生するのは仕方がない。だから、腹をくくって、話を聞きますと返事したら、彼女は口添えをする代わりに僕が呑むべき条件を教えてくれた」

「何だったんだ……、それは」

スピーカー越しにも、ひやりとするほどの互いの緊張が伝わってくる。

「榎土三兄弟が三人揃ってイラクに来ること」

「何？」

「彼女の提示した条件はそのひとつだけだった。もしも、条件をクリアしたら、僕を本物のメソポタミアに招待する、そう言ったんだ。具体的には『メソポタミア遺跡に好きなだけ触れることができる』という夢のような話だった」

「お前はどう……、返事したんだ」

「もちろん、受けたよ。条件を呑まないことには、山は手に入らない」

「少しくらい、話がおかしいと思わなかったのか？　だいたい、俺と梵人が縁もゆかりもないイラクに行ったところで、あの女に何の得があるんだ」

「そのときは、ただ相手が善意の申し出をしてくれていると思ったんだ。彼女なりに日本とイラクの友好関係を築きたいのかな――、くらいに」

「おい、梵地」

まるで今この場所で目を覚ませと言わんばかりに、鋭く名を呼んだ。

「タダほど高いものはない、って言うだろ。いいことずくめの話には裏があって当然と思わなかったのか？」

「確かに、そうだけど——」

「ひょっとして、お前……」

と言いかけたところで、梵天は急に黙りこんでしまった。だが、心の内にとどめることはできなかったのだろう。口元が歪んでいることがありありと目に浮かんでくる、ひねり出すような声がほどなく伝わってきた。

「相手が自分に惚れていると思ったんじゃないだろうな」

は？　という声が耳を打ったが、それはスピーカーからではなく隣の三尉から発せられたものだった。

「思ったかも……、しれない。あのくらいの年齢の女性から、バランスが取れない過剰な好意を寄せられたり、提案を受けたりするのは、割と——、よくあることなんだ。だから、むしろ僕のほうが軽い社交辞令のような気分で取引に応じると返事してしまったところも、ある、かもしれない」

ねえ、と銀亀三尉が二の腕を小突いてきた。

「これ、冗談言ってるの？」

「いえ、冗談じゃないです」

「だって、彼女って……、いかにも美魔女って感じだから、若くは見えるけど、ひょっとしたら、実際のところは五十代かも、と私は思ったけど」

「まさに地ニイを熱烈に支持しがちな、いわゆる梵地ガールズ世代、ど真ん中です」

返す言葉を失った様子の三尉と交代するように、スピーカーの向こうで梵地が口を開く。

「彼女との電話の二日後、一度は断られた企業の担当者からいきなり連絡が来て、交渉の席につく用意があると伝えられた。彼女の口添えがあったことも、合意可能な売買金額も、そのときに教えてもらった。彼女のおかげで一気に事態が動いたんだ。あとは梵人と相談して計画を進めるだけだった」

「お前は何を裏切ったんだ？　計画を女に教えたのか？　だから、まんまと写真を――」

「そんなことは絶対にしない」

と梵地は強い調子で遮った。

「彼女と電話したのは、あとにも先にも、あの一度きりだよ。山の売買が成立してから、お礼のメールを送ったけど、返事もなかった。企業の人たちも急に音信不通になって本気で困っていたよ。自然、彼女との取引の話も忘れてしまった。それを思い出したのは、すっかり雰囲気が変わった彼女が突然、僕たちの前に現れたときだよ。彼女は僕に言った。『今のままじゃ、あなたはチグリスとユーフラテスに挟まれた大地にシャベルを入れることもできない』って。そのときになってやっと、彼女が本気で取引の履行を求めていることに気がついた」

「つまり、お前は俺たちが自衛隊に入れられた理由を、はじめから知っていたのか？」

「はじめから、じゃない。相手の目的がわからないうちは僕も混乱したし、不安だった。イラク派遣が正式に決定して、僕たちが中央即応連隊に配属されたときだよ――、ひょっとして、と思ったのは。彼女が僕に示した取引の条件は『榎土三兄弟が三人揃ってイラクに来ること』、その言葉どおりに新人なのに僕たちはイラクへの第一陣メンバーに選ばれた。さすがに、こわくなってきたよ。彼女と僕だけの取引と言っても、その間で動いているものの規模が大きすぎる。自分は何かとんでもない間違いを犯してしまったんじゃないか、バランスが取れない過剰な支払いの約束をしてしまったのは、実は僕たちのほうじゃないのか、ってそのころになってようやく気づき始めたんだ」

「そうは言うが、俺の目には、イラク行きが決まってからのお前は、ときどきうれしそうに見えたぞ」

辛辣とも言える、ストレートな指摘に対し、明らかに詰まった様子がうかがえたのち、次兄は

「それは……、認める」と吐息と重ねるようにつぶやいた。

「イラクの地を踏めるだけでも、僕はうれしかった。大学院であきらめるしかなかった夢が、こんな形で復活しようとしている。一度は閉ざされた扉がまた開くことへの、抑えきれない期待感があった。でも一方で、天と梵人の日常や未来を犠牲にしてしまっていることへの罪悪感もあった。僕が勝手に交わした取引の代償を二人が払わされている。それなのに、僕はひとりで勝手に浮かれている。結局、僕はずっと黙っていた。それどころか、天や梵人が現状に苛立っているのを見ると、無意識のうちにそれをなだめる方向に誘導していることもあった。これまで話す機会はいくらでもあったんだ。拉致されたときも、パラシュートでここに落ちてきたときも、マーストリヒトたちが消えてしまったときも――、何度も。でも、言えなかった。これから本物のメソポタミアが見られるんじゃないか、と心のどこかで期待してしまう自分がいるんだ。最悪だよ。僕はここまで土壇場に追い詰められて、自分の命が危険にさらされてはじめて話すことができた。僕はどうしようもない臆病者だ。ずっと平気な顔をして、天と梵人を裏切り続けてきた。キンメリ

ッジやマーストリヒトたちだって、僕がもっと早くに話していたら、相手への認識を改めて、あんな目に遭わなくて済んだかも。彼らを救うことができたかもしれないのに――」

最後に絞り出すような「本当にごめんなさい」がかすかに漏れ聞こえた。

暗闇のなかで瞬きもせず、梵人は次兄の言葉を受け止めた。裏切られた、なんてこれっぽっちも思わなかった。思うはずがなかった。

「梵地」

長兄が静かに呼びかけた。

息を詰めて、梵人は次の言葉を待った。

「お前は俺の弟だ。お前が考え抜いて下した結論なら、俺にそれを責める権利なんて、これっぽっちもない。それよりも、大学院のことをまったく気づいてやれなかった俺のほうが謝るべきだ。すまなかった」

梵人と同時に、隣の三尉からも大きく息を吐き出す音が聞こえた。

「それで、お前は『本物のメソポタミア』を見せてもらったのか?」

「ここは間違いなく……、本物のメソポタミアだよ。あのジッグラトも、この家も、路地も、水路も、外壁も、どれも復元なんかじゃない。僕たちは四千年前に築かれた、生きたメソポタミアの都にいる――、あ」

「どうした」

「思い出した……、ことがある。彼女との最初で最後の電話で、僕が取引を承諾することを伝えたあとだよ。これで山の購入に希望が持てる、と伝えたら彼女、『私にとっても、希望になる』

と言ったんだ」

「希望になる？」

「ひょっとしたら彼女も、僕たちと同じものをこの取引に見つけているのかもしれない」

「俺たちをはるばるイラクまで呼びつけて、ヒトコブラクダ層を探させることが、あの女の希望につながるのか？」

「やっぱり――、僕たちはジッグラトに向かうべきだよ。彼女はジッグラトで僕たちを待っている。それは、つまり、会う必要があるからだ。彼女の希望はまだ叶えられていないということだよ」

「俺もそう思いたいが、俺たちをシュメール・ゾンビの生贄にすることが、あの女の希望かもしれない。もしも、俺たちがやられたら、残った二人はどうなる」

「梵人や銀亀三尉と相談できたら――。少なくとも、僕たちの声が向こうに届いているかどうか、わかる方法があれば」

無言で三尉が立ち上がり、荷物のボックスが積まれた場所へ向かっていった。梵人の位置からは確認できないが、ペンライトを照らし、何かを探っている様子である。

「これ、使えないかな」

しばらくして戻ってきた三尉がノートパソコンの画面の前に差し出したのは、若い海兵隊員が操作していたドローンのコントローラーだった。

「キムがどこまでセッティングしてくれているのか、わからないけど」

とつぶやきながら、三尉がコントローラーの背面をいじっていると、側面の小さな赤いランプが点灯した。

「これで電源が入ったってこと？」

「取りあえず、何か押してみたらいいんじゃないですか？」

「でも、いきなりドローンが動きだしたら、音で梵天二士と梵地二士の隠れている場所がバレてしまうわよ――」

「あ」

上官の正しい指摘を聞き終える前に、コントローラーに伸びた梵人の手が、細いスティックを押し倒していた。

「わッ」

声が聞こえてきたのは、スピーカーからだった。

「どうした、何の音だ？」

「今、いきなり、ドローンの羽根が回った。一瞬だけど――」

暗闇のなかで、三尉と見合った。

「梵人二士、もう一度」

はい、とかすれた返事とともに、素早くスティックを押し倒す。

「ほらッ」

押し殺した声ながら次兄の興奮した様子がスピーカーから伝わってくる。

「やったわよ、動いてる」

三尉が梵人の肩に手をかけ、乱暴に揺さぶった。

「俺だ。気づいてくれ、地ニイ、天ニイッ」

一定の間隔を空けながら倒していたスティックが、何となく三三七拍子のリズムを刻んでしまったとき、

「梵人と三尉だよッ。きっと、コントローラーで操作しているんだ」

と梵地が通電したかのように声を上げた。

しかし、梵天は「待て」と短く制したのち、

「誰かがこれを操作していたとしても、それが二人かどうかはわからないだろう」

と慎重にも程がある反対意見を述べ始めた。

「でも、ここからは向こうの様子を確かめようがないよ」

いや、ある、と梵天は告げてから、

「聞こえてるか、梵人」

と呼びかける調子で続けた。

「問題だ。回数で教えろ。俺たちは何歳のときから、三人で助け合い、生き抜いてきた?」

鼻の奥が急にツンとするのを感じながら、何を当たり前のことを訊いてやがると、三回――、梵人はスティックを連続して押し倒した。

＊

いくら自衛隊で早寝、早食い、早糞をみっちり叩きこまれた梵人であっても、こんな状況では

さすがに眠れないのではと危惧したが、目が覚めたのはきっかり午前五時。しかも、銀亀三尉に肩を揺さぶられての起床だった。

よほど深い眠りに落ちたようで、まぶたを開けても状況が理解できない。頭の芯が炭化したかのように硬く感じられるところへ、

「大丈夫？」

という声が吹きこまれてから脳味噌がほぐれ始め、数秒遅れてすべてを思い出した。右足の痛みが引いているので、ひょっとして怪我をする夢を見たのかも、と寝ぼけたふりで力を入れてみたが、危険な痛みがすぐそこで待っている予感に現実を受け入れる。

「そ、そうだ、天ニイからは？」

「落ち着いて、梵人二士。予定時刻までまだ三十分あるから」

暗闇のなかで腕時計を確かめ、梵人は両肩にこもった力を抜いた。

「先に、腹ごしらえしましょう」

三尉が地面に置いたものに一瞬だけペンライトを点灯させると、海兵隊のレーションが浮かび上がった。夜が寒くない砂漠で迎える二度目の朝、四度目のレーションだった。本来はレトルトパックを湯で温めて食べる仕様だが、梵人も三尉もこれまでと同じく冷たい流動食のまま、ものの三分でパンを含めて腹に収めた。

自分たちには食料が残されているが、バックパックを失った兄たちの手元には何もない。ともすれば罪悪感が湧き上がりそうになるのを、ここで自分たちが栄養を取ることが彼らへの援護になると信じて、粘っこいチョコバーを齧る。

進むも地獄、退くも地獄。簡単には決められぬ選択を前に、昨夜、スピーカーの向こう側で梵天はまず寝ることを決めた。

「疲れた頭では、いい考えは浮かばないだろう。俺たちは寝る。明日、もう一度考えて結論を出そう」

電力節約のために、ドローンのバッテリーを抜くことを告げ、通信再開は明朝午前五時半とした。

「梵人、了解なら一回だけ動かせ」

指示に従って、ドローンのコントローラーのスティックを短く押し倒した。

「おやすみ」

梵地の声を最後に、通信は終了した。

レーションの朝食を済ませたのち、三尉はパソコンを起動させ、通信の準備を始めた。その間に、梵人は匍匐前進で斜面を上り、ジッグラトの様子を確かめに向かう。

昨夜、炎を認めたあたりの場所から、すでに明かりは消えていた。夜明けまでまだ一時間、月は見えず、アガデは完全に闇に沈んでいる。光に加えて、音までもが存在を消し、まるで自分ひとりが世界に取り残されたようだ。

腹這いの姿勢のまま、相変わらず力を入れることができない右足に手を添えた。十年ぶりに、同じ場所に同じ怪我をして驚いたことがある。それは、己の感じ方だ。まさか、これほどまでも変わるものだとは。高校時代、怪我に引きずられてひとり勝手に暗い沼の底に引きこもり、やがて命への思い入れが極限まで薄まった結果、自死すら本気で考えた梵人だった。それがまったく

同じ状況に陥ったにもかかわらず、梵人が今、願うことといったら、

「もう一度、梵天山で二人の兄と冷めたハンバーガーを食べたい」

と、もうひとつ、

「オリンピックに出場する銀亀三尉の姿をこの目で確かめたい」

である。もはや、梵人の目には、かつて孤独をもてあそび、その深くへと沈んだ暗い水底は映らない。こうして、丘から闇に覆われた冥界の地をのぞきながら、

「四人で、帰るぞ――。天ニイ、地ニイ」

と強い意志とともに無言のエールを送る男へと変貌した。もっとも、この足では兄たちはもちろん、銀亀三尉の役に立つことすらできそうにないが――。

ふたたび匍匐で後退し、元の場所に戻ると、ノートパソコンの前に三尉が難しい顔で陣取っていた。ジッグラトに炎が見えなかったことを伝えると、午前零時の段階で炎は消えていたと告げられた。

「え？　ずっと、起きていたのですか？」

「まさか。一時間ごとに起きて、確認しただけ」

「俺もやるべきだったのに、すみません」

「あなたは怪我人よ。それに、上官として当たり前のことだから。私も少しくらい、役に立ちたい」

と短く返し、まぶたを上から指でぐりぐりと押した。画面の明かりに照らされた上官の顔は、さすがに疲れが滲んでいるように見える。

「ねえ、梵人二士」

「はい」

「昨日、梵地二士が言っていた計画って何？」

ふたたび、まぶたをぐりぐりとしながら、いかにもついでの様子で放たれた問いに、梵人は「え」と声を発したきり絶句する。

「化石が埋まっている山を購入する資金をひねり出すための計画でしょ。何をしたの？」

「ええと、それは、その……」

顔の筋肉トレーニングなのか、それともすべてを見透かしているのか、左右の頬骨に揃えた指先を当てながら、

「まさか、銀行強盗とかしていないわよね」

とやけに口角を上げ、大きな目玉を寄り目にした。

「それを脅迫のネタにされて、自衛隊に入ったとかじゃないわよね」

と軽々と真実に近いところを突いてくる上官に、ただ乾いたくちびるを舐めるだけで答えに窮していると、

「こちら、梵天」

とスピーカーがくぐもった声を発した。

慌てて頬から手を離し、三尉はパソコンに向き直る。

時刻は午前五時二十六分。

「予定のマルゴーサンマルより早いが、梵人、聞こえているか？　聞こえていたら、一度だけ、

羽根を動かせ」

三尉がノートパソコンの脇に置いていたコントローラーのスイッチを入れ、「梵人二士」と手を伸ばす。匍匐前進でそれを受け取り、寝転びながら、スティックを押し倒した。

わっ、と驚く反応とともに、

「大丈夫、動いた」

という梵地の声が聞こえた。

「こちらは梵地と二人、問題なしだ。食べ物は、梵地が持っていたナッツとチョコバーを分けて食べた。水がないのがつらいが、まあ我慢できる。そちらはどうだ？　梵人、銀亀三尉――、ともに問題なければ、一回だけ、動かせ」

すぐさまスティックを押し倒し、応答する。

よし、と梵天の安心した様子の声がスピーカーから届く。

「梵地と相談した。夜が明けたら、俺たちはジッグラトへ向かう。そこで、あの女に会う」

いきなり告げられた結論に、三尉と視線を交錯させる。

昨夜、交信を終えたあとで暗い声で三尉はつぶやいた。

「ここに……、戻ってくるしかないわよね」

理由は挙げるまでもなかった。戦闘の訓練をまともに受けたことのない二人が、シュメール・ゾンビが大勢たむろする敵地に取り残されたのだ。頼みのキンメリッジがいないのなら、逃げるしかないという判断だろう。

一方、梵人は二人の兄がこのまま計画を続行すると予想した。理由は簡単だ。そう、梵天が決めたからだ。あの女に会うと決めた以上、長兄の選択肢に計画の変更は存在し得ないし、彼らは何としてでもそれを実行するはずだ——。もっとも、梵人がこの意見を表明することはなかった。痛み止めの錠剤を飲んだのち、猛烈な睡魔に襲われ、早々に横になったからである。

「俺の三秒を使って進めば、ジッグラトまでなら、連中をやり過ごして近づける。問題はそこからだ。ジッグラトの上層にも奴らがいる。どうやって安全を確保して、ジッグラトに登るか——。これが問題だ」

水のストックも切れているのなら、彼らに残された武器はロクに撃った経験もないピストルだけだろう。しかし、音を立てたら連中に気づかれてしまう。実質、手ぶらで丸腰ということだ。その状況で何ができるのか。改めて肝心なところで役に立てない己の不甲斐なさを呪おうとうつむいたとき、

「そこでだ、梵人。頼めるか?」

といきなり梵天の声が響き、驚いて面を上げた。

長兄の説明を聞き終えたのち、いったん交信を中断した。

すぐさま匍匐前進で梵人は荷物を積み上げた場所へ移動した。三尉がペンライトで積まれたボックスを照らすと、確かに梵天が指示した位置に、説明されたとおりのサイズのボックスが収まっていた。

「これかしら?」

三尉がボックスを引き出そうとするが、上に積まれた荷物の重みでびくともしない。

「俺がやります」

ボックスのへりに手をかけて、身体を起こす。途中から三尉の肩を借りて、ひさびさに立ち上がった。

「大丈夫なの？」

「直接、足に力を入れなければ、問題なしです」

ボックス側面に肩を当てでぐいと押し出した。ペットボトルをたっぷりと詰めこんだ上段のボックスが重い音を立てて砂地に横倒しになる。

やたらと細長い、長辺が一メートル五十センチほどはあるボックスを三尉と並んで見下ろした。

「銀亀さん、これまで見たことありますか」

「あるわけないでしょ」

三尉の即答に、そりゃそうか、と心のなかでうなずきながら、梵人は側面のストッパーを外した。

ひょっとしたら、キンメリッジにかつがれたのかもしれない——、そう梵天は前置きしたのち、

「もしも、本当だったら、陽動作戦に使えるんじゃないかと思ってな」

とその用途を伝えたが、それこそ日本人でも反応できるアメリカン・ジョークだったんじゃないのか？　と梵人はキンメリッジのクールな眼差しを思い出しながら、頑丈な上蓋をゆっくりと開いた。

ペンライトの明かりがそこにあるものを浮かび上がらせるが、左右に光の円が揺れ、なかなか焦点を合わせられない。

「嘘でしょ……。何で、こんなもの」

ようやく三尉の手元に落ち着きが戻り、ボックスに収められたもの全体を照らす。うへえ、と声にならぬ声を発し、梵人は触れてみた。ひんやりとして硬質な表面に指を這わせ、

「ロケットランチャー」

とただストレートにそこにある物体の名前を呼んだ。

第十一章　頂

マルナナマルサン、午前七時三分

夜明けとともに、梵天《ぼんてん》と梵地《ぼんち》は行動を開始した。

改めて薄明かりを帯びつつある空の下でドローンを眺めるに、機体の損傷は相当激しく、ジッグラトで食らった槍による一撃だろう、クリーム色のプラスチックのカバーは派手に破損し、四カ所あるプロペラのうち三つは落下のときのダメージか、ひしゃげてしまっていた。しかし、不幸中の幸いと言うべきか、残る最後のひとつがいかにも頼りなげに回るおかげで、梵人《ぼんど》との交信を続けることができる。プロペラが回っても、正常時なら派手に響く甲高い動作音の心配をする必要がないからだ。

ドローンはロープを使って、梵地の背中にくくりつけた。六十センチ四方のサイズゆえ、まさにこたつ机を背負う格好となるが、両手が使えるのと使えないのとでは雲泥の差がある。ジッグラトで連中に襲われたとき、キンメリッジはドローンをくくりつけたままロープを手放した。いきなり落下してきたドローンを受け止めたついでに、梵地がくっついてきたロープを本体に巻きつけておいたことが役に立った。

「クリア」

梵天の合図と同時に、路地から路地へ二人は足音を消して進む。

慎重に慎重を重ね、三秒で周囲を確認しながら向かうのは、言うまでもなく神殿エリア、そこに鎮座するジッグラトだ。見る間に夜が追い払われていく朝ぼらけの空の下、梵天は弟の肩ではなく、彼が背負うドローンに手をかけ、三秒を繰り返す。キンメリッジがいないという事実を不思議と感じないのは、彼が命懸けで運んだドローンにこうして触れているからか。それとも、命を危険にさらし続ける時間に慣れすぎて、感覚が麻痺してしまったからか。

「何だか、不思議な気分だよ」

と路地が集う四つ辻に面した建物の中で小休止した際、梵地がつぶやいた。

「昨日と同じ道を通ったはずなのに、まったく知らない道みたい。暗視スコープで見た風景に色がついただけで、こんなにも印象が変わるなんて――」

乾ききったレンガに囲まれた、瓦礫だらけの廃墟であっても、梵地にとってはすべてがお宝に見えるようで、常に左右を見回しつつ、「あッ」や「うそッ」という短い感嘆が途切れることがない。休憩中も、わざわざ建物の奥まで音を立てぬよう四つん這いで進み、

「向こうの廊下をのぞいてみたら、二畳くらいの狭い部屋が、五つも横並びに続いているんだ。ひょっとして、ここは宿屋だったのかも。そうか、立地も神殿エリアに近い四つ辻だから、繁華街のど真ん中に建つホテルみたいな位置づけになるのかな――」

と興奮の面持ちで戻ってきた。

こんな状況に陥っても、いっこうに考古学的好奇心を失わない弟の姿を目の当たりにして、

「仕方がなかったのだ」

と改めてここに至るまでの必然を感じずにはいられなかった。メソポタミアというニンジンを目の前にぶら下げられたとき、弟はどこまでも突っ走ってしまう。梵天ですらここまでとは、と把握していなかったその熱量の大きさを、あの女は正確に理解していた。それほど、あの女が仕組んだ罠は見事だった。なぜ、これまで会ったこともない三兄弟の性格や行動パターンを完璧といってもいいほど読み切り、操ることができたのか。ひと晩経っても答えは出ない。もちろん、今も腹は立っている。しかし、それは弟へ向けられるものではなく、相手にいっさい警戒心を抱かせず、巧妙に好奇心を刺激することでいとも簡単に梵天や梵地を操った、あの女に対する負け犬の遠吠えの如きものだった。梵天にとってすべての出発点であるティラノサウルスの歯――、その出どころに何の信憑性もないことは、もはや明らかだったとはいえ、改めて「梵地が拾ったものではなく、ただ手渡されたもの」というとどめの一撃を加えられたダメージはデカかった。

そんな梵天の気持ちをどこまでも察したのだろう。瓦礫の上で一夜を過ごし、目覚めた梵天に弟が発した第一声は、

「天、怒っていない？」

だった。

そもそも、恐竜という特別な存在を除き、過ぎ去ったものへの関心が極めて希薄な梵天である。一度、行動を決めたら、最後までやり遂げないと気が済まない性格の裏返しとも言えるだろう。

ゆえに、弟からの問いかけに対し、「怒っていない」と即座に答えた梵天の言葉に嘘はなかった。確かにきっかけを作ったことにはなるが、梵地にしてみれば、松茸代わりのおみやげを届けただけである。そこに悪意は存在せず、むしろ梵天をよろこばせようとする善意があった。まわりまわって海兵隊員や銀亀《ぎんがめ》三尉を巻きこむことになってしまったが、今この場で考えるべき話ではない。

「そんなことより、これからのほうが大事だ」

と己に言い聞かせるように、梵天はぐるると鳴った胃のあたりに力をこめた。

腹が減っていた。

アガデ突入前の食事から十二時間が経過しているのだから当然である。

そこへ絶妙なタイミングで、

「食べずにポケットに入れたままだったのを忘れていた。これ、あまり好きな味じゃなかったんだよね」

と梵地がレーションの袋に同封されていたナッツとチョコバーを戦闘服のポケットから取り出したものだから、二人の間に漂うわだかまりは一瞬にして消し飛んだ。

「でかしたぞ、梵地」

「余計にのどが渇くかな」

と梵地が苦笑しながら、お互いの手のひらに小袋に収まったナッツを分けた。梵天のほうに明らかに多く載せようとするので、「いい加減にしろ」とはじめて梵天は弟に怒りをあらわにした。

最低限の腹ごしらえを終え、改めてこれからの行動を話し合った。昨夜、小窓からのぞくことができたジッグラトの炎はすでに消えている。それでも、「街から出て、梵人たちのところへ戻る」という選択肢は、互いの頭にいっさいなかった。ジッグラトへの出発は夜明けと決めた。梵地だけが持ち帰った暗視スコープは、この隠れ家に到着して早々に電池切れになっていたからである。

午前五時二十六分、予定よりも四分早いが、ドローンにバッテリーを戻し、梵人たちとの交信を再開した。

「ドローンの電池を大事に使いたいから、この交信を最後にまたバッテリーを抜く。ジッグラトの近くに到着したら、再開する。どのくらいかかるか、わからん。気長に待っていてくれ」

わかったか、という梵天の声に、プロペラが短く空回りした。続けて三度、余計に回った。がんばれという梵人と銀亀三尉からの激励の声を聞いた気がした。

瓦礫の上でひと晩をすごした隠れ家からジッグラトまでの距離は、昨日の脱出劇の時間を思い返すに、ざっと五、六百メートルといったところだろう。素直に歩けば十分そこらで到着するはずだが、ここは戦場だ。自分たちの命を容赦なく狙う相手がいる。

神殿エリアへと向かう途中、連中の行進に二度、遭遇した。

いずれも自分たちが発する音に無頓着なため、建物の中に姿を隠すことで難なくやり過ごすことができた。

「チャ、チャ、チャ」

例の音を響かせて、ペースを変えずに路地を走っていく様子から、侵入者を捜索する緊張感や警戒感はうかがえなかった。どの男たちの視線も正面に据えられたまま、たとえ交差する辻を突っ切るときも、誰ひとりとして左右の路地を確認しようとしない。当然のようにあちこち開け放たれた建物の入口も素通りだ。もしも、建物の中を逐一チェックしていたら、二人はとっくに発見されていただろう。

二度目の行進とすれ違う際、三秒を使って連中の顔に触れるくらい間近から観察して、改めて気づいたことがある。

連中には表情がない。ただ、前の動きに従って二列縦隊を守りながら、ぎこちないフォームで走っているだけだ。では先頭の二人はというと、これもまた揃って兜の下に痩せこけた頬と土気色の肌をさらし、生気のない目を前方に向け、黙々と瓦礫の山を踏み越えていく。よほど石走《いわばしり》駐屯地で右も左もわからぬ新隊員たちが、隊舎のまわりを二列縦隊で走っていた姿のほうが頼もしく見える。それでも、いったんスイッチが入ったら、まさに食らいつくような獰猛さで襲ってくることを梵天は知っている。

お前たちは、何なのか？

何のために、巡回しているのか？

もしも、連中の言葉で訊ねたら、そのときはまともに答えてくれるのだろうか。そう言えば、連中の声というものを、まだ梵天は耳にしていない。

ヒトマルニーゴー。

午前十時二十五分。

出発から三時間以上が経過して、二人はついに内壁の門に達した。

門を抜けた先に、だだっ広い神殿エリアの空き地が待ち構えている。

三秒を使うまでもなく、ひと目で無人とわかる広場を前に、身体が自然とこわばり、鼓動も高まってくる。

広場を見下ろすジッグラトまでの距離は直線で百メートル。

昨夜の梵地レクチャーによると、ジッグラト頂上に向かうには東面の大階段を使わなければならない。この場所からそこに至るルートは二つある。ひとつは、広場を囲む内壁に沿って移動し、できる限りジッグラト東面まで近づく。もうひとつは、広場を突っ切ってジッグラト南面の壁に貼りつき、そこから東面へ向かう。どちらにしろ、ここから先、身を隠せる建造物はなく、広場に監視がいた場合、侵入者はやすやすと発見されてしまう。それでも、広場のど真ん中を走り抜けるリスクを負わない前者のルートが、目立つ可能性は格段に低いと考えられた。

話し合うまでもなく、どちらのルートが安全かは明らかだった。にもかかわらず、先ほどから壁際の影になった部分にしゃがみこむ二人の視線は広場の中央付近に釘づけになっている。

「あれ、だよね……、僕たちの荷物」

のどの渇きは今や舌の痛みにまで達し、互いに交わす言葉は極端に減っている。ひさしぶりに聞いた梵地の声に引きずられ、梵天も置き去りにしたバックパックから視線を離すことができない。言うまでもなく、あの中にはペットボトルの水が詰めこんである。

「誰か、見えるか?」

「ここからじゃ、よくわからないよ」

二人の視線は正面にそびえ立つ、ジッグラト上層階に向けられている。一層目、二層目のテラス部分に人影は見当たらないが、あくまで地表から肉眼で確認できる範囲にすぎない。キンメリッジも昨夜、この場所から暗視スコープで無人を確認したはずだ。それでも、連中は現れた。

ペットボトルの水のために、命にかかわるリスクを引き受けるわけにはいかなかった。内壁に沿って進むぞと梵地の肩を叩こうとしたとき、ほんの一瞬の差で、ふらりと梵地が先に立ち上がった。

そのまま、まるで昨夜のキンメリッジの動きを再生するかのように広場に向かって走りだすものだから梵天は仰天した。

「お、おい、梵地ッ」

逡巡している間はなかった。

ブーツの底でぎゅっと砂が鳴く音を残し、梵天も内壁の足元から飛び出した。

ドローンを背負って走る弟のスピードは嘘のようにのろく、かといって今さら戻るには飛び出しすぎていて、

「お前はそのままジッグラトまで走り続けろッ。俺が荷物を持っていく」

と弟を追い抜きながら、走れ急げと何度も指を前方に向かって突き出した。

地面に同じ外見のバックパックが二個、並んで転がっていた。減速せずに、ベルト部分が上を向いているほうに手を伸ばした。重みでぐんと身体が持っていかれそうになるのを持ち上げ、そのまま走り抜ける。昨夜、キンメリッジがいきなり走り出したときも、どうかしていると思ったが、今日のやつはまごうことなき自殺行為だった。

ずしりと重いバックパックを肩にかけ、一瞬だけ振り返ったら、亀の甲羅のように身体からはみ出した背中のドローンの反動で、左右に揺れながら、顔を真っ赤にして走る梵地の顔が見えた。

その斜め後ろに一瞬だけ、ペットボトルの残骸を認めた。プラスチックの器が真っ二つに切り裂かれている。昨夜、この場所でやはり刀で斬りつけられたのだ。おそらくペットボトルを両断したとき、攻撃者は水を浴びたのだろう。暗闇から襲ってきた音のない爆風と砂の感触を思い出し、勝手に足が加速する。いつ連中が「チャ」という音とともに、上から降ってくるかわからなかった。生きた心地がしないまま、息の続く限り走った。

滑りこむようにして、ジッグラトの壁に身体を寄せた。遅れて梵地も走りこみ、荒い息を吐く。いくら身体を屈め、縮こまろうとも、内壁の上にのぞく太陽から二人の姿は丸見えだ。海兵隊員の砂漠迷彩のレインコートがその効果を発揮してくれることを念じながら、微動だにせず一分間、待った。

「大丈夫……、だったのか?」

のどが塞がり、咳きこみそうになるのを堪《こら》えながら頭上を確かめる。ジッグラトのへりからのぞく人影は確認できない。正面の広場も無人のままである。

「大丈夫……だね」

息も絶え絶えといった様子で、ドローンを背負いながら梵地がうなずく。

「梵地、お、お前ッ――」

さすがに頭に来て、その肩をつかもうとしたとき、

「天――、水、水」

とそれよりも先に背中のバックパックを何度も叩かれた。

何を優先させるべきか、考えるまでもなかった。

弾かれるようにバックパックを前に回し、中身を開ける。いきなり粘土板が口を塞いでいた。梵地のバックパックだったようだ。乱暴に粘土板を取り出し、その下からペットボトルを登場させる。キャップを回転させるのももどかしく、そのまま引き抜こうとしてもびくともしないので、少し冷静になってキャップをひねる。

「梵地」

投げつけるように横に差し出し、次の一本を手に取る。これほどのスピードで口に持っていった記憶はないという勢いでキャップを外し、思いきりあごを上げて、ペットボトルを傾けた。空の青さが目に染みるのか、それとも身体じゅうを駆け巡る快感に後押しされてか、涙が滲むのを感じながら盛大に水をのどに流しこんだ。口から溢れ出た水が、耳の下あたりを伝って襟元に染みこむのも構わず、限界まで腹へと水を送りこんだ。

ペットボトルを口から離し、しばらく放心した。

「うまいな」

梵地が同じく呆けたように口元を拭い、

「こんなにおいしいもの、生まれてはじめてだよ」

と絞り出すようにつぶやいた。

「梵地」

もう一回、頰がリスのように膨らむほど水を含んでから弟は顔を向けた。

「二度とこんな無茶、やるな」

「わかった」

長い首の真ん中でのど仏が、ごくりと動いた。

「梵人にジッグラトまで到着したと連絡する。首を長くして待っているはずだ」

ぷふぅ、と息を吐き出すと同時に細かい飛沫をすぼめた唇から散らし、梵地はズボンのポケットを探る。すぐさま出てきた黒い棒状のバッテリーを受け取り、

「作戦の準備に入れと伝える」

と梵天は弟の首の後ろに手を伸ばし、ドローン側面の蓋を開け、バッテリーをぐいと差しこんだ。

ヒトマルヨンロク、午前十時四十六分

通信を中断してからほぼ五時間ぶりに梵天の声を聞いたときは、身体じゅうから力が抜けた。

「よかった、よかった」と梵人の背中を銀亀三尉が何度も叩く。それまで何度もアガデを望む地点とパソコンの間を往復し、神経質なため息を落とし続けていた上官が、涙を流さんばかりによろこんでいるのを見て、本当は痛かったが梵人も背中を丸め、ひさびさに笑った。

通信を切ると同時に、梵人は匍匐前進で移動を開始した。

五時間、ただ無為に三尉とパソコンの前で待っていたわけではない。うち半分近くの時間はロケットランチャーの準備にかかりきりだった。お互い見たことも触れたこともない、海兵隊の重火器を発射するのだ。

ケースに収められたロケットランチャーをこわごわとのぞきこみ、

「どっちが前で、どっちが後ろなのよ、これ」

と眉間にしわを寄せていた三尉だったが、やがて突破口を開く。ケースから筒状の本体を持ち上げてみると、見るからに新品のツヤを保つ表面に、英文の説明書きが記されていた。それを三尉が読み取り、まず前と後ろが判明した。そこから、これが照準、これが引き金、これが安全装置、と逐一確認を進めていった。

問題は弾だった。

収納ケースに弾はなかった。ロケットランチャーの筒の直径、長さから類推するに、ビール瓶くらいのサイズが、その内部にセットされそうである。わざわざバカでかい筒だけをキンメリッジが運んでくるとは思えず、三尉と手分けして積まれたボックスを開封した。中身は水とレーションがほとんどだったが、手榴弾やら、ライフル銃やら、物騒なものが収められたボックスも何食わぬ顔で交ざっていて、

「こんなところで私、コンロを使っていたの？」

と三尉がただでさえ大きい目をさらに剝いていた。

「これじゃないの？」

三尉の声に、ボックスの底をのぞいてみると、ずんぐりとしたボウリングのピンのような、いかにも「弾」らしき形状のものがひとつ置かれていた。

「おお、重い」

梵人が持ち上げると、思わずといった様子で三尉が一歩後退《あとずさ》った。ロケットランチャー本体の後部を開き、そこに押しこんでみる。すっぽりと収まったところから見て、どうやら正解らしい。

だが、真の正解は発射ができてこそである。

「銀亀さん、担いでください」

え？　と三尉が裏返った声とともに、右足を伸ばした格好で座っている梵人を見下ろした。

「そうか。その足じゃ、無理よね」

「アガデを狙って、撃ってみてください」

「まだ梵天二士から連絡が来ていないけど」

「発射の準備ができているかどうか、確認したいだけです」

「でも、撃ってくださいって言われて、私が撃ったら――、それって、本当に撃っちゃうんじゃないの？」

「大丈夫。そのときは、俺が止めます」

「止めるって、どう――」

一瞬の間が空いたのち、

「あの中途半端な超能力もどきを使うってこと？」

とにわかに胡散《うさん》くさいものを見る目つきになって睨んできた。

「本番のつもりで、本気で狙って、引き金も引いてください。銀亀さんが本気でやらないと、俺には見えない」

しばらくの間、梵人の顔を無言で見つめていたが、

「わかった」

と三尉は地面に置かれたロケットランチャーを拾い上げた。その重さに一瞬、たじろいだ様子

だったが、両手で抱え、アガデを望む地点へ移動した。梵人が遅れて到着すると、すでに片膝をついた姿勢を取り、右肩にロケットランチャーを載せていた。本体に折り畳むかたちで寝ていた照準を起こし、のぞきこむ。ライフル射撃をやっていたからなのか、十キロ近い重さを担いでいるにもかかわらず、すっと背筋は伸びたままで妙に様になっている。

「本当に、撃つわよ」

「お願いします」

いつでも止められるように、三尉の横で身体を起こし、梵人がうなずく。

カチッ、という引き金の音が聞こえた。

「あれ?」

と三尉はロケットランチャーを肩から下ろし、「何でだろ」と本体の表面に書いてある説明書きに目を走らせる。

「これ、安全装置が三つもあるんだ。ひとつしか、解除していなかった」

さらに筒の前方と後方で一カ所ずつ、安全装置を外す。その動きには普段の仕事が広報とは思えない、不思議な落ち着きのようなものが漂っていた。

「これでいけると思う」

三尉がロケットランチャーを構え直す。

「撃つわよ」

あごを引いて、照準をのぞいた。

次の瞬間、梵人の目に、ロケットランチャーの後部から火が噴くと同時に、前方から何かが飛び出し、さらに三尉が反動で後ろにひっくり返り、それを覆うように周囲に砂塵が舞い上がる残像が見えた。

「ストップ」

反射的に手が伸びて、三尉の腕を押さえていた。

「見えたの？」

「見えました。三秒後にドカンと。成功です」

本当？　ぐいと目を剝き、驚きと疑いが交錯した色をその奥に浮かべながら、三尉は安全装置を元に戻した。

それから二時間以上が経過して、ようやく待ちに待った梵天からの通信が届いたわけである。スピーカーから流れる梵天の声には、朝とは打って変わって張りが感じられた。梵地とともにジッグラトの南面まで到達したこと、夜と同様にシュメール・ゾンビの連中が活動していること、おそらくジッグラト上層に連中が待機していること、最後に水を確保したことを早口で伝えた。水について語るとき、梵天は感極まった調子で、「うまかった」を連呼していた。そのおかげで声の張りを取り戻したことは明らかだった。

「そちらはどうだ？　ロケットランチャーはあったか？」

毎度、スティックを押す動作でしか返事できないことがもどかしかったが、やり取りを繰り返し、ロケットランチャーを発見し、すでに発射準備を整えていると伝えた。

「これから、俺と梵地はジッグラトの東面に移動する。頂上へ向かう階段にたどり着いたら、また連絡する。作戦開始の予定は十分後だ」

交信を終えると、「いよいよね」と三尉がつぶやいた。

「先に行ってます」

と告げ、梵人は匍匐前進で発射ポイントへ移動する。

すでに所定の位置に空ボックスとロケットランチャーが用意されていた。先ほどの三秒から、小柄な三尉がロケットランチャーを撃つのは危険だと梵人が主張し、依然、半信半疑の様子ではあったが、三尉も互いの安全に関わることと判断し、射手交替となった。ただし、梵人に片膝をつく姿勢は無理なので、空のボックスの上に尻を落としてから、ずしりと重いロケットランチャーを担いだ。

ざっと三千メートル先、ジッグラトのてっぺんに照準を合わせた。

兄たちが立案した作戦の中身は非常にシンプルだった。梵天たちのジッグラト到着の報を受けたら、アガデに向かってロケットランチャーをぶっ放す。シュメール・ゾンビの注意をそらし、その隙に一気にジッグラト頂上を目指す。頂上では女が待っているはず――、つまりは陽動作戦である。

ヒトマルゴーナナ。

午前十時五十七分。

銀亀三尉が砂の斜面を小走りで上ってきた。

予定どおり、梵天と梵地がジッグラト頂上に続く階段の麓に到着した、と伝えたのち、

「作戦開始。なるべく北側の壁面を攻撃してくれ。お前から見て左のほうだ――、だって。了解のスティックは私が押しておいたから」

とジッグラトを指差したのち、「あっちのほうね」とゆっくりと指先を左へと移動させた。その動きに従って、梵人も尻の位置を調整する。梵人たちは西側からアガデを望んでいる。梵天たちはジッグラトの南面から接近している。そこで街壁の北側を攻撃し、連中の注意をジッグラトから離したいという意図だろう。

梵人の隣に立ち、三尉がロケットランチャーの安全装置を外していく。三カ所のうち二カ所を外し、最後に取りかかったとき、ぼそりとつぶやいた。

「ああ、命令違反ね」

筒の表面に頬肉を押し当て、照準を合わせていた梵人が顔を離す。

「私たちは、地域の平和を達成するためにPKO部隊として派遣された自衛隊員よ。任務は後方支援。そもそも、私が隊長から受けた命令は、あなたたちのアテンドをして、スムーズに地元新聞社の取材を受けさせることだった。それなのに、こんな海兵隊の秘密作戦に付き合って、挙げ句の果てがロケットランチャーを部下に撃たせている。自衛隊は海外に派遣されるようになって、まだ一発も発砲していないの。命令違反どころじゃなくて、自衛隊法違反よ、きっと」

一度、大きく息を吐き出したのち、「梵人二士」と肩口に縫いつけられた水色の国連マークのワッペンに手を添えた。

「責任はすべて私が持ちます。でも、人を撃っては絶対に駄目。それだけは守って」

「もちろんです」

淡い雲が浮かぶ快晴の下、静かにアガデが砂漠にたたずんでいる。人を撃つも何も、動くものが何ひとつ存在しない、ひたすら死の風景が広がるばかりである。

「銀亀さん、ロケットランチャーの後ろには絶対に立たないでください。耳は塞いでおいて。結構、ドカンときます」

わかった、と三尉は真横に五メートル離れた場所で腹這いになり、アガデを望みながら耳に両手を当てた。

「いいわよ」

「撃ちます」

引き金を引いた。

ドン、と身体に響く衝撃ののち、砂塵が周囲からいっせいに舞い上がった。

ほぼ同時に、腹を直接叩くような轟音がはるか前方で土煙とともに炸裂した。

しゅわわわわ、と弾が空気を引き裂いた残響が漂うなか、

「あれ?」

と思わず声を上げた。

発射は成功である。

しかし、おそろしく手前に着弾した。

着弾を示す土煙は、距離にしてざっと五百メートルのところに上がっている。されど、目標のアガデまでは三千メートル。まったく、届いていない。

「あれが……、射程なのよ」

え? と耳に詰めていたトイレットペーパーを丸めた耳栓を取ると、腹這いの姿勢のまま困ったように眉を寄せ、大きな目玉をこちらに向ける三尉と視線が合った。

「よく考えたら、スナイパーライフルだって、射程は千メートルくらい。なら、あんな大きな弾が、その程度の本体の長さから発射されても――、空気抵抗をいっぱい受けて、あの壁まで届くはずがない。ミサイルみたいに自分の火力で飛ぶなら別だけど。あなた、必殺技の四秒だか、五秒だかで、どこに落ちたのかをさっき確認しなかったの?」

三秒です、と小声で訂正したのち、

「ちゃんと発射するかどうか、銀亀さんばかり見ていて、着弾の場所までは確認していませんでした」

と正直に報告した。

「そこの説明書きにもあったけど、これ、使い捨てよ。今の一発でおしまい」

そうなんですか? とロケットランチャーを肩から下ろし、まともに読めもしないのに、梵人は筒の表面の文字列をのぞきこんだ。

「もっと角度をつけて上に発射したら、少しでも城壁に近いところに落とせたのに――。何のための超能力もどきよ。やっぱり、中途半端じゃない」

情け容赦のない上官のジャッジに、梵人は何も返すことができない。ひょっとしたら、ベソをかいたような表情をしているかもしれない梵人を見て、三尉はそれ以上、言葉を続けることなく立ち上がった。

また俺は兄たちの助けになるどころか、足を引っ張ってしまったのか、とうなだれる梵人の耳に、

「出てきた――」

というつぶやきが聞こえた。

何がです？　と顔を上げた梵人の視線の先で、三尉はいつの間にか双眼鏡を構え、レンズをアガデに向けていた。

「見て、梵人二士」

双眼鏡を離し、本当に驚いているのだろう、これまででいちばんの目の見開き具合とともに、アガデを指差した。

「連中が、出てきた」

ヒトヒトマルヒト、午前十一時一分

階段を支えるレンガ壁に身を寄せ、動きを待つ梵天の耳に「ボン」という、静けさを破るくぐもった音が聞こえてきた。

「今のか？」

「わからない」

隣で同じくしゃがみこむ梵地が、小さく首を横に振る。

爆発音だったとは思うが、想像よりもずっと小さい。さらには遠い。城壁に弾が命中したのなら、この場所から数百メートルといった距離だろうから、もう少し衝撃や、音に迫力があって然るべきだが、ずいぶん控えめな爆発後の余韻である。

「もう一発、来るのかな？」

同じく腑に落ちないものを感じているのか、梵地が期待をこめたつぶやきを放つが、いくら待てども次の爆発音は訪れない。

「梵人、聞こえるか。もう終わりか？　今のじゃ、音が小さすぎ——」

バッテリーは入れっぱなしゆえに、常に交信状態にあるドローンに向かって語りかけたとき、

「天、待って」

と梵地が遮るように手を挙げ、そのまま口元に人差し指を当てて見せた。

声を止め、周囲の気配をうかがう。

何かが、聞こえる。

「うぅぅぅぅぅぅぅぅぅぅぅぅぅぅ」

低い、うなり声に似た重い響きが、さざ波のようにせり上がってくる感覚に、梵天は思わず腰を浮かし、目の前に広がるアガデ市街の様子をうかがった。

梵天と梵地が身を潜めている場所は、ジッグラト一層目のテラス、大階段の脇である。その高さは八階建てビルの屋上に相当し、そのまま東側に広がるアガデ市街地を一望できる。直線距離にしておそらく百メートルにも満たない移動で、これほどまで景色が変わるとは想像しなかった。

ジッグラト南面にて一日ぶりの水を補給したのち、梵人と五時間ぶりの交信を行った。次の連絡は十分後と約束し、梵天と梵地は壁沿いに東面へ向かったが、ジッグラトの角を曲がるなり、いきなり階段にぶつかった。

てっきりジッグラト頂上までは、一本の大階段が正面に置かれているものだと思いこんでいた

ら、実際は一層目テラスまでは左右から二本の階段も併設されていた。すなわち「不」という文字のように、中央の大階段に加え、左右からの階段が壁面に貼りつくかたちで築かれ、計三本の階段が一層目テラスで合流するという造りになっていた。昨夜、やけにキンメリッジが一層目テラスに到着するのが早かったのは、この横手の階段を使ったからかと答え合わせをしつつ、突然の階段の登場に梵天は立ちすくんだ。

「ど、どうする、天？」

左右に隠れる場所はなく、広場から丸見えの状態は常に続いている。「ちょっと待て」と告げ、三秒を使った。ジッグラト内部の土くれに潜りこんだのち、一気に一層目テラスに飛び出し、左右を確かめる。

「誰もいない。行くぞ」

梵天の決断は早かった。八階建てビル屋上の高さまで続く階段を一気に駆け上がる。梵地の背中にはドローン、梵天の背中にはバックパック、二人の手には二リットル入りのペットボトルが一本ずつ携えられている。珍妙な格好であっても馬鹿にはできない。この一本のおかげで昨夜、梵天は三人を撃退し、命拾いしたのだ。

キャップを外しているため水がこぼれ放題であるが、気にしている余裕はなかった。息を切らしながら一層目テラスまで上り、大階段の脇へと走った。ここからは正面大階段だけが、上層へつながる唯一の通路となる。横から見たとき、壁面に対しほぼ直角三角形が接するかたちで大階段は設置されている。その三角形のほぼ直角の部分に二人は身を隠した。

すぐさま、三秒を使った。

ジッグラト内部を通過して上昇し、はじめて二層目に達する。

地面から抜け出すなり、連中がいた。

三秒を重ね、確認できただけでも十四人。まさにジッグラトの番人として、大階段の脇や壁に、貼りつくように等間隔を保ち立っている。内壁の門からは確認できない死角である。その代わり、連中からも広場は見えない。おそらく、この連中が昨夜、一層目テラスで作業中のキンメリッジを見つけた。

「すごいね……」

三秒から戻ると、梵地が呆けたように正面の景色を眺めていた。街並みの中央には大階段と接続するように、体育館ほどの大きさの建物がうずくまっている。それを指差し、王宮だとか回廊だとか口走る梵地に、連中が上層にうじゃうじゃいることを伝えた途端、ぴたりと口を閉ざした。

上層の連中をどうにかしないことには、頂上まで到達するのは不可能である。梵地と相談するまでもなく、急ぎドローンに向かって陽動作戦決行の連絡を伝えた。

本当にロケットランチャーの準備ができているのか、ドローンのプロペラによる交信だけでは頼りないところもあったが、あの「ボン」という爆発音から考えて、発射は成功したのだろう。

しかし、明らかにインパクトに欠ける。

どこか遠くで花火大会をやっているかも、と耳をそばだてる程度では人間は動かない。すぐそこでやっていると気づくからこそ、花火が見える場所を探して走りだすのだ。

「やっぱり、さっきので終わりのようだね……」

梵地のつぶやきに、梵天も無言のうなずきで返す。

それでも作戦失敗かどうか、判断がつかないのは、

「うぅうぅうぅうぅうぅうぅ」

という、うなり声が依然、街のあちこちから湧き続けているからだ。しかも、徐々に一定のリズムを得て、うねりのような一体感を醸し出しつつある。

「うぅおおおおおおぉ、おおぅ」

突然、正面から雄叫びが放たれた。

それまでの漫然としたうなり声とは異なる、明らかに意図をもった攻撃的な咆哮だった。

すると街の右手から、左手から、奥から、同じような雄叫びが発生し、それらが互いに呼応し合い、街を覆わんばかりのボリュームにまでテンションを上昇させる。

「な、何だ」

ただ壁に身体を押しつけ、ペットボトルの胴体を両手で握りしめるしかできない梵天の頭上から、

「チャ、チャ、チャ、チャ」

という、あの鎧が鳴る音が聞こえた。

いきなり、目の前にひとりが降り立った。

さらに二人目、三人目と上層からまさに「降ってくる」の言葉がぴったりの唐突さとともに着地する。

ほんの数メートル先に、三人の兵士の背中が並んでいる。

いずれも革鎧を纏い、頭には兜、さらに刀を手にしている。腰巻きから伸びる、痩せ細ったす

ねを息を止めて見つめた。一瞬でも連中が振り返れば、そこにか弱い犠牲者が二人、うずくまっていることが瞬時にバレてしまう。だが、声を出さずに固まっている梵天たちに気づくことなく、

「うぅおおおぉ、うぅおおおぉ、うおおぅ」

と眼下に広がる街に向かって、自らの存在を主張するかのように身体を折り曲げ、喚《わめ》き散らしたのち、連中はためらいもせず、さらに階下へと飛び降りていった。

続けとばかりに、鎧の音が重なり合って階段を下りてくる。

立ち止まることなく、一気に階下へ走り抜ける様子に、思いきって三秒を使ってみた。

真上に向かって上昇し、俯瞰する。

ジッグラトの二層目テラスから、さらに上層からも連中が転がるような勢いで階段を下りてくるのが見えた。ざっと捉えただけでも二十人以上――。口々に雄叫びを上げ、手にする刀や槍に陽の光を反射させながら、競い合って地表へと向かっている。

ただし――、尋常ではない事態が起きていることを全身で表現しているにもかかわらず、その顔をのぞいても、そこに必死さであったり、動転した様子をうかがうことはできないのだった。

相変わらず暗い眼差しを前方へ向け、それでいて口からは激しい咆哮を放つというアンバランスさを保ちながら、一度に十段くらいを飛ばし、ほとんど跳躍だけで階段を下りていく。誰ひとりとしてバランスを崩すこともなければ、転倒もしない。驚異的な身体能力を見せつけながら大階段を下りきった連中は、梵地が「王宮」と呼んでいた、体育館のような建物をぐるりと囲む回廊へと吸いこまれていく。どうやら街全体を巻きこんだ移動が始まっているようで、うなり声と咆哮の連鎖が徐々にジッグラトの北側へ、さらに西の外壁のほうへと流れていく。できるだけ高く

三秒で舞い上がり、内壁の向こう側に広がる市街地を見下ろすと、サイコロ型の小さな建物と建物の間に網の目のように走る路地を、これまでどこに隠れていたのかというくらい、大勢の連中が駆け回っていた。

集団と化しても連中の移動は速かった。ものの五分で、視界から動くものが消えた。うなり声、そこに突発的に加わる粗野な雄叫び、それらがかたまりとなって急速に遠ざかっていく。

「ど、どうなっているの、天？」

「たぶん連中、街の外へ向かっているぞ」

「それって……、作戦成功ってこと？」

「ああ、奴らを根こそぎ、外へ連れていってくれたかもしれない」

すごい、梵人、と盛り上がる弟の背中のドローンに向かって、

「こちら、梵天。聞こえているか、梵人。連中がいっせいに街の外に出ていった。大成功だ」

と語りかけた。

ドローンの羽根が風を切って、しゅいんと回った。

「これから、どうする？」

梵地がペットボトルの水をひと口含み、頭上を仰ぐ。

「行くしかないだろ」

「ついにジッグラトの頂上——、だね」

「頂上には、何があるんだ？」

梵天も口元でペットボトルを傾け、壁面に沿って視線を持ち上げる。

「そもそも、ジッグラトとは何なんだ。こいつは墓か？」

「墓じゃない、神殿だよ」

「でも、これは建物じゃないだろ。何度もこの壁の向こうをのぞいたが、ただの土くれだぞ」

おお、やっぱりそうなんだ、と梵地は妙なところに反応したのち、

「この場所は台座だよ。三層の台座が重ねられ、そのてっぺんに神殿がある」

と壁面を撫でつけた。

「頂上に建物があるってことか？」

「ドローンの映像で、物置みたいなやつが一瞬、確認できたよ。あれも、興奮した」

「物置？」

「うん、二畳あるかないかくらいの小さな建物。ドローン映像だと、ちょうどその前に彼女が立っていた。それが神殿だよ」

「たかだか物置サイズの神殿のために、わざわざこんな馬鹿みたいにデカいものを建てたのか？」

「バビロンにあったジッグラトは、バベルの塔のモデルと言われるだけあって、七層九十メートルというサイズだったらしいけど、同じくてっぺんには小さな神殿が置かれていた。そこに都市を守る神が祀られていたんだ」

「それも九十メートルの高さまで一個ずつ、レンガを積んで？」

「もちろん、ジッグラトはどれほど大きくても、すべてレンガを重ねて、天然のアスファルトで補強したものだよ。ほら、ここのレンガの隙間、少し黒いでしょ。あの黒いオアシスをむかし満

たしていたビチュメンが――、天然のアスファルトが、接着剤として使われているんだ。あそこの壁に開いている小さな穴は、排水口だね。水を内部から逃がすための知恵だよ」

これだけのものを造っておいてただの台座はないだろ、他に目的があっただろ、と反論したかったが、おしゃべりを続けている場合ではないと気づき、

「いいか、この先、その熱いメソポタミア愛はしばらく封印だ」

と釘を刺して、梵天は立ち上がった。

「わかっているよ」

日焼けしていても、その元はどこか蒼白いとわかる頬を両手でパチンと叩き、梵地も膝に手をついてドローンごと腰を上げた。

「ひとまず、二層目のテラスまで上るぞ。誰もいないはずだが、念のために見てくる」

弟が背中のドローンの位置を整えている間に、梵天は三秒とともに上昇する。

二層目になると、ぐっとテラス部分の面積も狭くなるぶん、確認もしやすい。大階段の傾斜を撫でるように浮上する途中、ふと、その先に視線が向いた。

女が、立っていた。

大階段を上りきった終点、全身に青一色を纏い、真正面から浴びる太陽の光を受け、首輪が、腕輪が、髪飾りが黄金を反射して輝いている。

女は明らかに梵天を見ていた。

空中に漂う梵天に向かって、最上層のへりから、

「来なさい」

とばかりに手を挙げて、遠目からもはっきりとわかるほど、白い歯を見せて笑った。

ヒトヒトヒトロク、午前十一時十六分

双眼鏡を構え、砂地に伏している梵人が振り返ると、銀亀三尉がひときわ大きなボックスを引きずりながら、斜面を上ってくるのが見えた。

「持ってきたわよ」

砂丘のへりの高さを頭が越えない位置で立ち止まり、三尉はボックスの蓋を開けた。梵人が匍匐で後退しようとすると、「ひとりで大丈夫だから」と制し、アンテナを取り出し、砂地に設置した。続いて小型のスピーカーやノートパソコン、コントローラーをボックスの上に並べていく。

「梵天二士から、連中がいっせいに街の外に出ていった、大成功だ――、って交信があったわよ」

最後にボックスの底からつかみ上げたペットボトルを手に、三尉は頭を屈めて斜面を上り、梵人の隣で腹這いになった。

「発射は失敗だったこと、天ニイはわかってましたか?」

「わかってないみたい。でも、結果オーライでしょ。状況は?」

「どんどん、集まっています。あいつら無茶苦茶、足が速い。先頭の奴なんて、壁から五分で着弾地点まで走ってきましたから。たぶん、世界記録ペースです」

梵人は双眼鏡を上官に渡し、代わりにペットボトルを手に取った。

水を口に含みながら、三尉と並んで梵人も慎重に頭をのぞかせる。まさに飛ぶ勢いで駆けつけた第一陣が、ロケットランチャーの一発が着弾した場所にたむろしている。さらにそこを目指し、外壁の門から湧き出た兵士たちが続々と駆けつけ――、その数ざっと二百人ほど。そのほとんどがぴかぴかの兜を頭に載せ、その手に刀や槍を携え、太陽の光をまばゆいばかりに照り返し、さながら砂漠のコスプレ・マラソン大会の如く、土ぼこりを巻き上げながら向かってくる。

いつの間にか、うなり声は鎮まっている。

真っ先に着弾地点に到着した連中は、猛りに猛りながら荒々しい叫び声を上げていたが、ただの穴しか開いていないことがわかったのか、徐々に落ち着いたうなり声へとテンションを下げていった。後続組も同じく、いったん穴をのぞいてからはゆったりとした動きに戻り、しょっぱなの威勢の良さはどこへやら、今は梵人の場所まで届く声はなく、ふたたび沈黙の風景が舞い戻っている。

ただし、注意すべきは着弾地点の周辺でただ突っ立っているだけ、穴をのぞいているだけの者もいれば、ときどき思い出したかのように首を伸ばし、きょろきょろと四方を確かめるような動きをする者もいるということだ。陽動作戦が成功したことはもちろんよろこぶべきだが、一方で、自分たちに近すぎる距離に連中を呼び寄せてしまった。もしも、奴らが本気で走ったら五百メートルそこらの距離だ。一分かからず、この場所を急襲できてしまう。

無言で連中を観察していた三尉が、「気味が悪い」とつぶやきながら双眼鏡を下ろした。

「彼らの顔を見た？　穴をのぞいていても、誰も驚いていないし、不思議そうな表情もしないし、お互いに全然しゃべらない」

「シュメール・ゾンビですから」

何を言っているのか、と返されるかと思いきや、

「本当にゾンビなのかも」

と真面目な顔でうなずき、「バレないように気をつけて」と双眼鏡を預けると、気になることがあるのか、ノートパソコンに戻っていった。

しばらくして、

「しまった」

という声が聞こえた。

「どうかしましたか」

「スピーカーの電源を入れるのを忘れてた」

え、と思わず梵人が声を撥ね上げると、シッと人差し指を唇に当て、小型スピーカーの裏に手を回した。「これで大丈夫だと思う」とスピーカーをのぞきこんだところへ、

「こちら、梵天。こちら、梵天――。聞こえるか?」

といきなり交信が飛びこんできた。

「梵人、いないのか? さっきから話しかけているが、反応がない。ひょっとして、こっちが故障しているのか? 俺の声が届いていたら、プロペラを回してくれ」

慌てて三尉がコントローラーをつかみ、スティックを押し倒す。

「おお、回った。よかった」

という安堵の声が聞こえたのち、

「これから、ジッグラトの頂上に向かう。あの女が俺たちを待っている。三秒で浮かんでいる俺に向かって、あの女、階段のてっぺんから、笑いかけてきやがった。俺たちを呼んでいるんだ。罠かどうか、梵地と相談したが――、わからん。でも、ここまで来たなら、行くしかない。なぜ、俺たちはこの場所に呼ばれたのか。なぜ、俺たちの前にあの女は現れたのか。そもそも、あの女は何者なのか。全部、確かめる。もちろん、俺たちを元の世界に帰させる。それがいちばんの大事だ」

と一気に言葉を連ねた。

長兄が「元の世界」という言葉を使うことに、もはや何の違和感も持たなかった。いくら空が晴れ渡り、常に快適極まりない温度がキープされた、地球上でもっとも過ごしやすい砂漠であったとしても、ここがまともな世界じゃないことは、とうにわかっている。

さらに、梵人は気づき始めている。

退屈で平穏な日常が根っこにあるからこそ、危なっかしい香りは際立ち、冒険への予感は研ぎ澄まされるのだと。「本物の戦い」は「退屈な日常」の対極にあるものではない。退屈な日常のなかにこそ、梵人が望む本物の戦いはある――、のではないかと。

ノートパソコンの前を離れ、斜面を上ってきた三尉が、

「双眼鏡」

と腹這いの体勢になって要求し、「これ、よろしく」と代わりとばかりに黒いコントローラーを押しつけてきた。

スピーカーからは梵天と梵地のやり取りが聞こえている。

「小便は済ませておけよ」

「出ないよ、こんなときに」

「出発から四時間以上、経っているんだ。俺は結構、我慢していたぞ。やれるときにやっておけ」

「そんなこと聞いたら、何だかしたくなってきたかも」

仕方のない内容とはいえ、申し訳ない気分で様子をうかがうも、上官は微動だにせず双眼鏡をのぞきこんでいる。

ドローンの高性能マイクが二人の小便の音を無用に拾い始めると、三尉はむくりと身体を起こした。

「すぐ、戻るから」

そのまま斜面を下りたかと思うと、ノートパソコンの脇を抜け、荷物を積んだ場所へと走っていってしまった。

上官もトイレだろうか、と勘繰りつつ、砂地に置いてきぼりの双眼鏡を拾った。外壁から全体の三分の二ほどがのぞいているジッグラトのてっぺんにレンズを向ける。ひょっとして女の姿が見えないかと思ったが、頂上には清掃用具でも納めてありそうな小さな建物がちょこんとのっているだけで、人影は見当たらない。

「こちら、梵天。これから頂上に向かう。二層目のテラスを確認した。連中の姿はまったく見当たらない。音声はこの状態のまま保つ。聞こえているよな、梵人？」

スピーカーの声に、エールのつもりで五回、コントローラーのスティックを倒した。そこへ、三尉が走って戻ってきた。手に見覚えのある長細いケースを提げている。

「梵天二士たちは？」

「たった今、頂上に向かうと連絡があったばかりです」

息を整えながら、「間に合った」と三尉は梵人の隣でケースの蓋を開けた。

「これって――」

「キムの置きみやげ」

三尉は長い銃身をケースから取り出し、よどみない動きではじめから取りつけられているスコープの前後のレンズを覆うキャップを外し、ボルトハンドルを一度ぐいと引いて、中に弾が入っていないことを確認した。銃身に折り畳まれていたVの字の短い脚を起こし砂地にセットすると、自身も腹這いになってじりじりと進み、へりの部分からスナイパーライフルの銃身の先をのぞかせた。

「まさか、連中を撃つんですか？」

違うわよ、と三尉はぎろりと目を剝き、梵人を睨みつけた。

「さっき言ったばかりでしょ。人を撃つのは絶対に駄目だって。だいたい、民間人との交戦なんて、何があっても許されないことだから」

「民間人って……、どこにです？」

「彼らよ」

と三尉はあごの動きで、砂丘の向こうでたむろしている金ぴか兵士たちを示した。

「彼ら？　でも、あいつらゾンビですよ」

「本当にゾンビかどうかなんて、わからないでしょ」

「俺は見ていませんけど、普通の人間は水をかけられただけで絶対に爆発しないでしょ。だいたい銀亀さんも、『本当にゾンビなのかも』って――」

「それでも、見た目は人間よ。それに、たとえ彼らがゾンビだったとしても、地元住民という枠に入るんじゃないかしら」

「地元住民？　あいつらが？」

「だって、ずっとあの街に住んでいたなら、地元住民てことじゃない」

「四千年以上、死なずに住み続けていたとしても？」

次兄が教えてくれた歴史の蘊蓄を混ぜて問い返しても、三尉はいっさいを無視して、ケースの隅から銃弾を詰めた紙箱を取り出した。

「彼らを撃つためじゃない。あくまで梵天二士と梵地二士をサポートするためよ。ひょっとしたら、ここから届くかもしれない」

え？　と思わず漏れそうになった声を呑みこむ梵人に静かにうなずき、三尉は襟元に引っかけていたサングラスを手に取り、装着した。

「目標は――、ジッグラトの頂上」

ヒトヒトニーハチ、午前十一時二十八分

階段を上る途中で一度、振り返った。

一直線に続く大階段を下りた先には、その角張った外見が体育館にも似た、梵地曰く「王宮」がどんと居座り、それをぐるりと回廊が囲んでいる。回廊は体育館サイズの建物同士をつないでいるが、構えが立派であるほど廃墟の気配が色濃くなるのは、二階建て、ひょっとしたら三階建てだったかもしれぬ建物上部がすっかり崩落し、どれも無惨に潰れてしまっているからだろう。神殿エリアから視線を遠方へと向けると、内壁を境にして建物は一気に小振りなものに変わる。所狭しと並ぶ二階建て、サイコロ形の民家――、いずれもほとんどの建物の屋根が抜け落ちているため、ひたすら無数の穴が地表に空いているようで、その眺めはどこかフジツボが肩を寄せ合うイメージにも重なり、気味が悪い。

いったい、このフジツボだらけの街を造り上げるために、どれだけの人間が、どれだけの数のレンガをこしらえ、どれだけの時間をかけて積み重ねたのか。いくら粘土とアスファルトが使い放題とはいえ、あの小さなサイコロ形の民家と、この巨大な図体を誇るジッグラトがともに同じ時代の建造物だということが、梵天にはどうにも実感できない。かつてこの街に暮らしていた人間にとって、その対比は決して不自然なものではなかったのか。ひとつずつ愚直にレンガを積み上げたら、ジッグラトでさえも、いずれは完成するものだと誰もが達観していたのか――。

「むかしは、この階段は選ばれた人間だけが上ることができたんだろうね。僕たちも、選ばれたと言えば、選ばれたのかな」

梵地の声に、身体の向きを戻す。思いのほかステップに高さや奥行きがないため、自然、一段とばしになって階段を踏みしめながら頂上を仰いだ。

大階段の先に女の姿は見えない。しかし、二層目に到着後、真っ先に三秒を使って最上層を偵察したところ、梵地の言う「神殿」の前に女が立っていた。他に人影はなく、女はひとり。やはり、梵天のことが視認できるようで今度は、

「早く、ここへ来なさい」

と宙に漂っている最中の姿に向かって、はっきりと話しかけてきた。

三秒から帰還し、梵地に最後の確認を取った。

「行こう。連中のうなり声も消えてしまったようだし、また戻ってくる前に終わらせないと」

と梵地は強くうなずいた。

二層目テラスから最上層へ、ビルの高さでたとえるならば十五階建ての屋上に相当するジッグラト頂上を間近にして、梵天は耳を澄ます。シュメール・ゾンビのうなり声や叫び声は届かず、代わりにふっふっと短く吐き出す弟の息づかいが聞こえてくる。

「梵地」

と声をかけると、「ん」と汗ばんだ顔を向けた。これまでどこか親のようなつもりで見守り続けてきたところもあったが、今や驚くほどその表情は精悍な大人のそれへと変わっている。もっともそれは、あごまわりの無精ヒゲのおかげで、これまでどこかぎこちなかった口ヒゲが馴染み、単に童顔が隠されただけなのかもしれないが。

「実は俺も、お前に黙っていたことがひとつある」

「え、何?」

「このジッグラトのかたちをした駒を使うボードゲーム――、ええと、あれだ」

「チグリス・ユーフラテスのこと?」

「それだ、俺がずっと連勝しているやつだ」

「そう言えば、そうだったね」

「いつも、三秒を使っていた」

声は出さずに、梵地は口だけで「え」とかたちを作った。

「自分の番で、袋から色のついたタイルを取り出すだろ。あのとき、三秒を使うんだ」

「つまり……、袋の中身をのぞいて、都合がいいタイルばかりズルして選んでいたってこと？」

「そういうことになるな」

「それができるなら、僕たちの手牌もこっそりのぞけたんじゃないの？」

「そこまではやらない。いや――、三日前、宿営地でやったときは、少しのぞいたか」

「何だか、そんなの――、天らしくないけど」

「そんなことないぞ。俺は勝つと決めたことに関しては、徹底して負けず嫌いな性格なんだ」

ふえぇ、と声にならぬ鼻息を吐き出したのち、

「僕たちに隠れてそんな不正を働いていたなんて、それは――、たいへんな重罪だよ。僕と同レベルの重大な裏切り行為と言わざるを得ない」

と弟は憤然と兄を睨みつけた。そうかもしれないな、と梵天が唇の端を持ち上げニヤリと笑うと、抗議の声の代わりか、梵地の背中でドローンのプロペラがしゅいいんと風を切って回った。梵人との通信状態も問題なさそうである。

「宿営地に戻ったら、梵人を誘ってまたやるか。次に勝ったら俺の十六連勝だよな。二十連勝まで伸ばすと決めていたんだ」

「四人まで参加できるから、銀亀三尉も誘おうよ。でも、その前にどうやって天のズルを防ぐか、考えなくちゃ――」

階段の終点が近づいてきた。

右手に携えているペットボトルの水を、ひと口含む。

「行くぞ、梵地」

と空いているほうの拳を突き出した。

同じくペットボトルをぐいと傾け、梵地は一瞬、振り返った。

眼下に望む街の風景をその目に焼きつけたのだろう。ごくりとのど仏を鳴らしたあとすべてを振り切るように正面に顔を戻し、無言のうなずきとともに拳を合わせた。

最後は二段とばしで、勢いよく最上層に到着した。

正面に、女が立っていた。

昨日、ドローン映像で確かめたときの姿そのままに、いや、二日前に朝食をともにしたとき、さらには九カ月前にリムジンで山に乗りこんできたときとまったく同じ、首元からくるぶしまでを覆う、青い毛皮のロングコートを身に纏い、

「ようこそ、アガデへ――。イナンナのしもべたち」

とわざとらしいくらいに優雅な動きで、右手を胸の高さまで差し出した。

太陽の光をめいっぱい受け、毛皮そのものが発色しているかのように、鮮やかな青が全身から立ち昇っている。コートの袖からのぞく腕輪が、いったん編みこんだのちに盛りに盛った髪のあちこちにまぶされた髪留めが、さらには長い首を覆う首輪が、まばゆいまでの黄金光を反射させ、

嫌みなくらい梵天の目を射貫いた。

大階段を上り終え、一歩進んだところで足を止めた。何かあったとき、いつでも水を放てるようにとペットボトルを握り直す。さらに何かあったときのため、太もものピストルを目で確認した。

腕を差し出したままの体勢で、女はじっと二人を見つめている。

十秒程度の沈黙であっても、完全な静けさのなかで流れるそれは、目の前の浮世離れした女の格好と相まって、まるで夢に溶けこんでしまったかのような錯覚を招き寄せる。

今になって気づいたが、最上層の床は一面の黒に染まっていた。これまで通過してきた一層目、二層目テラスも地面が黒かった。天然のアスファルトを塗りこむことで、ジッグラト内部に水が入りこまぬよう防水処理を施しているのではないか――、と梵地は推察していたが、一層目、二層目テラスの塗装がほとんど風化して、砂まみれのくすんだ黒だったのに対し、最上層の床面はまるで舗装工事を終えたばかりのように真新しい、艶やかと言ってもいいほどの黒に覆われていた。

最上層の広さはせいぜい二十五メートルプールほど、そこに昨夜使ったのであろうレンガで組まれた点火用の台が等間隔に並んでいた。正面のまさしく物置のようなレンガ造りの建物が「神殿」だろう。黒の床面に物置神殿、その前にラピスラズリの糸でこしらえたという真っ青なロングコートを羽織る女――。何とも、ちぐはぐな組み合わせなれど、女はどこまでも悠然と腕を持ち上げ、同じポーズを保っている。

女と視線が合った。

シュメール・ゾンビの連中とは異なり、褐色がかった肌には生気がぞんぶんに宿り、眼窩からはみ出るほど塗られた黒い隈取りの真ん中から、青い瞳がじっと梵天と梵地に注がれていた。

この女だ。

外見をそっくりに整え、さらに目のまわりを塗り尽くす化粧を施したら、別の人間に入れ替わっていても見抜く自信はないかもしれない、とどこかで思っていたが、相手の目にはっきりと見覚えがあった。

この何もかもお見通しのうえで、こちらをいちいち試してくるような眼差し――、つまりは、まったくいけ好かない感触は間違いなく、梵天の知る女のものだった。これまでに二度、榎土《えのきど》三兄弟の前に前触れなく現れたかと思うと、好き放題に要求を並べ、三人を混乱させる一方で、裏では巧妙に糸を操り、自分の思いどおりに梵天たちをこの得体の知れない場所まで招き寄せた張本人――、その相手がほんの五メートル先に立っている。

降り積もった「なぜ？」がいっせいに騒ぎ始める。榎土三兄弟の助力がなくとも、女は誰よりも先にこの場所にひとりで到着できたわけで、それならば梵天たちがはるか日本から引っ張り出された理由は何だったのか。二日前、地下施設を出たところで「九カ月も待った」と言って梵天たちを朝食に誘ったのは、その場でわざわざ「ヒトコブラクダ層を探して」と依頼してきたのは、あのオアシスで静かに暮らすハサンじいさんの住みかをやかましく訪れたのは――、何よりも、海兵隊の面々が強いられた犠牲は何のためだったのか。

「おいッ」

思わず一歩、足を踏み出した。

「こんなところまで呼び寄せておいて、何がようこそだ。どうして、キンメリッジたちをあんな目に遭わせた？　やりたくもない作戦を遂行して、やっとここまでたどり着いたんだぞ。全部、あんた――、いや、お前のためだろうがッ」

女はしばし無言で梵天の顔を見つめていたが、

「なるほど、そういうこと」

と不意に頭上を仰いだ。釣られて梵天も見上げたが、雲ひとつない快晴の空が広がるのみである。

「もう、あなたたちの世界に神はいない、ということね」

と視線を戻した女は、なぜか薄い笑みを浮かべていた。

「誰もがそこで一度、跪《ひざまず》いたものだけど、あなたたちには伝わらない――」

ふうと息を吐き、それまでの地面と水平に右腕を差し出し、甲を梵天たちに向けるように手首を折り曲げていた格好をやめ、静かに腕を下ろした。

そのポーズはひょっとして何かのサインだったのか、と気づいたときには、

「あなたが担いでいるのは――、昨日、ここに飛んできたもの？」

と女の視線はすでに梵地の背中のドローンへと向けられていた。

「ああ、ドローンだ」

ドローン、と女は小さく復唱した。

「それは、あなたたちが作ったもの？」

「違う、これは海兵隊のものだ」

海兵隊、とまたもや復唱する。

「何を力にして動いているの？」

「バッテリーだ」

バッテリー、といちいち梵天の言葉を繰り返す女に、

「でも、お前の手下が槍で落としたから、もうほとんど動かないぞ」

と抗議の意味をこめて、破損したプラスチックのカバーを指差す。

「それを使って、あなたたちは遠く離れていても、この場所で起きていることを見たり、聞いたりできる」

まさかドローンが何か知らぬはずがないだろうに、なぜかわかりきったことを確認する相手に、

「そうだ、あのとき、ドローンに向かってお前が言ったんだ。待ちくたびれただの、イナンナのしるしを持ってこいだの――」

とともすれば噴き上がりそうになる怒りを抑え、梵天は言葉を発した。

「そう、待ちくたびれた」

女は唐突に白い歯を見せ、声を発さずに笑った。

「どれだけ、私があなたたちを待っていたか、わかる？」

両目のまわりをつないで彩られる黒い隈取りの下で、見せつけるように並ぶ白い歯が、不気味なくらい鮮やかなコントラストを生み出していた。

「これだけ、待っていた」

女は左手を持ち上げ、長い指を順に伸ばし、「四」と指の数で示した。

「四日か？」

いいえ、と盛りに盛った頭ごと首を横に振った。

「そうだよな。お前と朝食を食べてから、まだ二日しか経っていないもんな」

「四千年」

「何？」

「あなたたちがくる日を、私はこの場所で四千年以上、待っていた」

女はくるりと踵を返した。

ちょうど女の真後ろの位置にあったために、物置サイズの神殿と同化したような風景になって気づかなかったが、女の背後にはレンガで組み上げたイスが黒い床面から生えるように置かれていた。

青い毛皮のコートの裾から女のアキレス腱がのぞき、さらには足の裏がこちらを向くのを見て、ようやく相手が裸足であることを知った。その足裏はまったく汚れていなかった。

それでも盛りつけた髪形のおかげで、ゆうに身長は百八十センチを超えているだろう。女はゆったりとした動作でイスに腰を下ろした。レンガでこしらえた肘掛けに腕を置き、ロングコートの内側で足を組む。裸足の爪先がぶらりとコートの青い裾からのぞき、当然のように足首を覆うリング状の装身具が四、五本まとめて黄金の光を放った。

「さあ、イナンナのしもべたち。イナンナのしるしを渡しなさい」

すっと背筋を伸ばした姿勢から、あごの先をわずかに持ち上げ、まるで女王か女神気取りの優雅さで女が手を差し出したとき、どこか物足りなさに似た、何か欠けたものを目の前の光景に感じた。

そうだ。これまで二度の登場の際、常に立派なたてがみを誇っていたライオンの姿がどこにも見当たらない。

ヒトヒトサンナナ、午前十一時三十七分

「何を言ってるの――？　この人」

「俺にも、よくわかりません」

「彼女とはおとといの朝、会ったばかりよね。何で四千年になるの？　本当にあなたの訳、あってる？」

「俺は訳しているわけではなく、ただ聞こえているものを反復しているだけなので――」

ともに腹這いの姿勢でアガデを望みながら、梵人は足元のスピーカーを指差したが、銀亀三尉はいかにも不満そうに「フン」と鼻を鳴らし、手元に引き寄せた紙箱から銃弾を取り出した。

「デカいですね」

梵人がこれまで小銃訓練で目にした銃弾の仲間とは思えぬほど、ケースに同梱されていたスナイパーライフルの銃弾は巨大で、おそらく長さは十センチ以上あるだろう。頑丈そうにコーティングされた、金属の表面が鈍く光る一発を手に、三尉はボルトを引き、空いたスペースへ滑りこませると同時にぐいと押しこみ装填した。

あまりに滑らかな一連の動きに、

「本当に撃ったのは、グアムでの一回きりですか」

と率直な疑念をぶつけると、

「だって、同じだもの」

と三尉はスコープをのぞきこみ答えた。

「同じ？」

「競技用ライフル射撃でも、こんなふうに薬莢《やっきょう》のついた弾を一発ずつ装填して撃つの。もちろん、似て非なるものではあるけど、仕組みはいっしょ。撃ったら薬莢が飛び出して、ちゃんと火薬の匂いがするし」

「エアガンじゃないのですか？」

「それは十メートル・エアライフルという種目。私がやっていたのは、五十メートル・ライフル。五十メートルに距離が延びると、扱う銃は装薬銃になる。知ってる？ 射撃はオリンピックの第一回大会からの正式種目で、今も陸上競技に次ぐ参加国数が多い競技だって――」

全然、知りませんでした、と正直に返す梵人の前で、三尉は弾を箱から取り出し、ボルトハンドルをつかんでぐいと引っ張っては横から弾を入れ、ボルトを戻す、の動作を繰り返した。

「五発、装填」

三尉のつぶやきに重なるように、スピーカーから梵天の声が聞こえてきた。

「梵人二士、お願い」

はい、とうなずいて、長兄の言葉をそのまま復唱する。

「イナンナのしるし、というのは、この青ちくわのことか――？」

梵人の耳にはすんなり入ってくる女の言葉も、やはりと言うべきか、なぜなのかと言うべきか、上官には完全に異国の言語による会話として聞こえるらしい。それどころか、兄たち同士のやり取りすら、誰かに同時通訳されたかのように、耳慣れぬ言語に化けてスピーカーから流れているのだという。ゆえに最上層に兄たちが到着して女と話し始めてからというもの、スピーカーから発せられるすべてを梵人が復唱し、三尉に伝えている。

「その『青ちくわ』という言葉を、私は知らない」

女の発言であっても、声色を変えることなく、棒読みの調子で梵人は繰り返す。そこからしばらくの沈黙は、梵天があの青い円筒印章の実物を取り出す時間だったのだろうか、

「そう、それね」

といかにも安心したような女の声が聞こえてきた。

「ここに持ってきてくれるかしら」

「その前に、俺たちに話すことがあるだろう」

「話す?」

「そうだ、はじめから何もかもだ。俺たちは何の理由も告げられないまま、お前の言いなりになって、日本からこんな場所まで連れてこられたんだぞ」

「日本というのは、あなたたちがいた場所のこと?」

「ふざけるなッ。お前が馬鹿デカいリムジンに乗って、いきなり現れたんだろうが。そうだ、今日はいつものライオンはいないのか?」

「ライオン? あなた、ライオンを見たの?」

「お前、大丈夫か？　おとついの朝、ライオンの背中に座っていただろ」

「おとつい……。そう、ドゥムジも来ているのね」

そこで銀亀三尉が「今、何が来ているって？」と声を挟んだ。

「ドゥムジです」

「だから、私にはその言葉はわからないって」

「俺にもわからないです。『ドゥムジ』ってそのまま聞こえました」

サングラス越しに目が合ったが、あまり納得していない様子でうなずき、

「続けて、梵人二士」

と三尉はスナイパーライフルに備えつけられたスコープをのぞきこんだ。

「ねえ、天」

次兄の呼びかける声が聞こえたところから、復唱を再開する。

「彼女――、何だか、妙じゃない？」

「はじめて会ったときから、妙じゃないときなんかなかったぞ。日本からずっと、あの格好だからな」

「そうじゃなくて、僕たちがこれまで話してきた相手とは別人のような――。梵人もひょっとしたら、ジッグラトにいるのは双子なのかも、と言っていたし」

急に飛び出した自分の名前に、一瞬、梵人は声を止めてしまう。

「双子？　それはないな。間違いなく、あの女だよ。見た目だけじゃない。お前だって感じるはずだ。何でもかんでも先を読んで、俺たちを搦め捕ってくるような、息苦しい雰囲気がそのまま

だ。あの何歳なのかよくわからない話し方だって、双子でもあそこまで似るなんてことがあり得るか？　何より、あいつの目だ。俺ははっきりと覚えている。あの青い目と、俺は二日前に話した」

「銀亀三尉も、ドローンに映った彼女のアクセサリーの種類やサイズが、朝食のときに見たものと完全にいっしょだと言っていたね」

「なら、そういうことだろう」

「ねえ、少しの間、僕に任せてくれるかな。彼女に質問したいことがあるんだ」

しばしの間をおいて、「ああ」と梵天が答えると、

「あの、ちょっと、いいですか」

という何とも間抜けな出だしとともに、

「ここって——、どこですか？　街の名前を教えてください」

と代わって梵地が質問を投げかけた。

「ここは、アガデ」

「それはアッカドの都があったアガデですか？」

「アッカド——、ずいぶん、あなたは物知りね。そう、そのアガデ」

「僕が訊きたいのは、いつの時代のアガデなのか、です。アッカド王朝時代のジッグラトは、まだこのかたちに到達していません。小高い丘の上に神殿という組み合わせで、その規模もずっと小さかったはず。この場所みたいに、三層の基壇を備えるジッグラトが登場するのは、アッカド王朝が滅び、次にメソポタミアの覇権を握ったウル第三王朝の時代からです。しかも、ウルに残

っている有名な三層のジッグラトよりも、こっちのほうがずっと大きい。つまり、これほど大規模なジッグラトは、ウル第三王朝の時代になってからの流行の影響を受けているということで——」

「おい、梵地。そういう蘊蓄話はあとだ」

いったんの梵天の制止がありがたかった。耳に入ってくる単語を繰り返すことにせいいっぱいで、まったく内容を頭で理解できない。しかし、梵地は「もう少し、我慢して」と長兄の声を遮り、

「ウル・ナンムという人の名前は、知っていますか」

と質問を続行した。

「ええ、もちろん」

それからはまるでクイズ大会のように、「シュルギは?」「アマル・シンは?」「シュ・シンは?」と人名なのか地名なのか、矢継ぎ早に問いを放ち、対して女が「知っているわよ」と答える——、そのパターンをしばし繰り返したのち、

「イッビ・シンは?」

という質問ではじめて、

「知らないわね」

という否定の答えが聞こえてきた。なるほど、とつぶやき、

「では、マルドゥクはどうですか」

とまだ梵地は続ける。

「マルドゥク？　誰かしら」

「神の名前です」

「そんな神はいないわ」

「では、ハンムラビは？　これは王の名前です」

「聞いたことがない」

わかってきたよ、という次兄の声に、やっと歴史問答も終了かと思いきや、さらにそこから一段ギアを上げた調子になって、イシンだ、ラルサだ、エラムだ、ウルクだ、ブラヌンだ、イディギナだ、と復唱するだけでひと苦労の単語を延々と並べ始めた。

「もういいわよ、梵人二士。何を訊いているのか、さっぱりわからないし」

ただ機械的に復唱するしかない梵人を気の毒に思ったのか、ついに三尉も通訳中断を言い渡した。

「まともな会話に戻ったら、再開してちょうだい。その間に、五秒だった？　あなたの必殺技の手を借りたいんだけど」

三秒です、と訂正してから、急ぎペットボトルの水を口に含み、

「何なりと」

と唇の端を拭った。

「スナイパーライフルを撃つには、準備としてスコープの調整が必要なの。この銃も、零点規正はしてあるだろうけど、射手の癖に合わせて調整しているから、別の人間が撃ったときに微妙なズレが生じてしまう。スコープ内ではほんのわずかな角度のズレが、何百メートル先では簡単に

一メートル以上の差になるから」

はあ、と生返事をする梵人に、三尉はスコープの筒部分に取りつけられた丸いダイヤルを指差した。

「調整の方法は、実際に撃つしかない。狙った場所とどれだけズレて着弾するか確認して、このダイヤルで調整する——、はず」

「はず？　ライフル射撃で使わないのですか？」

「光学スコープは使わない。裸眼で挑む競技だから」

三尉は腹這いの状態のまま伏射の姿勢を取った。迷うことなく左足を伸ばし、右足のみを曲げるポジションを取るところが、経験者の貫禄を感じさせる。

「ここで撃つのはマズいですよ。連中に気づかれてしまう」

砂丘のへりから、梵人も慎重に頭をのぞかせた。

ロケットランチャーの着弾地点には、今もシュメール・ゾンビの奴らが三十人近くたむろしている。うなり声をあげる者はひとりもおらず、ただ静かに穴のまわりに留まっている。それ以外の連中は、空振りに終わったスクランブルの結果に落ちこむかのように、痩せきったシルエットをさらし、とぼとぼと街への家路についている。帰宅組先頭の位置は、梵人たちとアガデのちょうど中間といったあたりで、連中が街に帰還するにはまだ時間がかかりそうだ。ジッグラトにいる兄たちにとっては良いニュースだが、梵人たちにとっては、もしもここで派手に銃声を響かせた場合、連中が一分以内にこの場所へ殺到する状況に変わりないことを意味した。

「だから、あなたの必殺技を使うわけ」

要領を得ず、やはり「はあ」と返すことしかできない梵人に、

「今、穴の左側で、ゆらゆらと揺れている兵士がいるでしょ。長い槍を持っている彼――」

とスコープをのぞきながら三尉は静かにスナイパーライフルの安全装置を外した。ちょっと待ってください、と慌てて梵天も双眼鏡を構える。

「槍を右肩に置いて、ぽかんと空を見上げている奴ですか？」

そう、それ、と返事が聞こえた瞬間、兜をかぶる兵士の頭ががくんと揺れ、全身が煙となって消える像が、棒立ちしているシュメール・ゾンビと重なるようにレンズの向こうに見えた。

「撃っちゃ、駄目ですッ」

反射的に双眼鏡を離すと、三尉は引き金に当てた指をゆっくりと離すところだった。

「大丈夫、撃たないから」

とスコープをのぞいたまま、安全装置を元に戻した。

「彼の頭に当たった？」

「はい、見事、煙になって消えました」

そこでようやく三尉はスコープから顔を離し、ふうと息を吐き出した。

「本気で狙った――。相手は人なのに」

「人は撃たれて煙にならないですよ」

梵人の声には応えず、

「大きな調整はしなくても、大丈夫みたい」

とスナイパーライフルから身体を離し、斜面下のスピーカーに指を向けた。

「あっちは？　まだ、梵地二十の質問タイムは続いてる？」

ちょうどそこへ、いい加減痺れを切らしたのだろう、

「おい、何が少しの間だ。いつまで続けるつもりだ」

と梵天が割って入る声が聞こえてきた。

終わりそうです、と梵人は通訳作業を再開する。

「ありがとう、天。だいたいわかったよ」

「わかった？　何が」

「この場所が『いつか』ってことだよ。つまり、彼女が知っている言葉と、知らない言葉の間に境界があるんだ。たとえば……、ジュラ紀の恐竜は、ティラノサウルスを見たことがないでしょ？」

「そりゃ、そうだ。ティラノサウルスは白亜紀後期に登場だからな。ジュラ紀後期に生息した同じ肉食恐竜のアロサウルスからすれば、ティラノサウルスはざっと八千万年後の、未来も未来に生きる恐竜になる」

「そんな感じだよ。ウル第三王朝の中で線引きできる場所を探っていたんだ」

「何の中で線引きだって？」

そろそろ終わりにするから、とひとつ咳払いし、

「名前を――、あなたの名前を教えてもらえますか」

と梵地が訊ねたとき、これまで一度もライオン・マダムに面と向かって名前を確かめたことがなかったことに、梵人は気づいた。

「招待は届いているわよね？　そこにも書いたはずよ。私の名前は、エレシュキガル」

いかにも自信たっぷりの響きで、女は名乗った。

「では、僕たちをこの場所に送りこんだのは？」

「もちろん、イナンナ」

「あなたとイナンナの関係は？」

「イナンナは愛すべき私の父——アンの娘」

「つまり、イナンナはあなたの妹」

そのとおり、と女はうなずいた。

「あなたは、僕たちにこれまで会ったことはありますか？」

「言ったばかりでしょう、あなたたちを四千年も待っていたって」

「そこ、です」

と梵地は語気を強めた。

「僕たちは混乱していたんです。なぜ、この場所を探すように言ったイナンナが、僕たちよりも先に到着しているのか？　その混乱の源は、あなたとイナンナがまったく同じ格好をしていたからです。単刀直入に訊きますが——、なぜですか？」

「私と同じ格好？　イナンナが？」

「はい。その青いラピスラズリのコートから、髪形から、耳飾りの左右の大きさが違うところまで——、何もかも」

「その理由は簡単ね。こうして、あなたたちが私を見つけやすいように、最初から私の姿であなたたちの前に現れた。おかげであなたが背負っているもので、すぐに私を見つけられた」

よどみなく返された、わかるようでまるでわからない答えに対し、

「これで、最後の質問です」

と伝えたのち、しばしの沈黙がスピーカーから流れた。

「あなたは――、何者ですか？」

なぜなのか、次兄がひどく緊張していることを、その声に潜むかすかな硬さから、梵人は素早く嗅ぎ取った。

「本気で、それを訊いているのかしら？」

「四千年後は、ずいぶん世界が変わっています」

「そのようね。そこに立ち、おそれることなく私に怒りをぶつけてくるあなたたちを見ても、それは明らかなこと――」

どこか自嘲めいた笑いが聞こえたのち、「いいでしょう」と女は急に深みをこめた声色に変わり、

「私はこのアガデを司り、あなたたち人間を千年にわたり導いてきた、神の一族にして冥界の女王――、その名をエレシュキガル」

と自信に満ちた調子で一気に続けた。

どちらからともなく、梵人と三尉は顔を見合わせた。

「どういうこと？　彼女、自分を神様だって言ってる？」

梵人の心の声そのままに、三尉がつぶやいた。

ヒトヒトゴーマル、午前十一時五十分

まるで歌うかのような調子で女が自己紹介するのについ聞き入ってしまったところへ、いきなり肩をぽんと叩かれ、

「訊きたいことは全部訊いたから、天に返すよ」

と言われたものだから、虚を衝かれた梵天はしばし弟の顔をまじまじと見返した。

あとは任せたとばかりにペットボトルの水を飲み始めた弟に、

「何だ、今のは。何の話をしていた？」

とありったけのクエスチョンマークをこめて訊ねる。

「もちろん、僕たちが帰るための話だよ。でも、その前に相手が何者なのか知らないと。天と彼女が話している間、何だか違和感があったんだ。ひょっとして彼女——、僕たちを知らないんじゃないかって。だから、どうして自分がそう感じたのか確かめようとした」

その意図は漠然とは伝わっていたが、全体図をまったく把握できないゆえに、「で」と仏頂面のまま、その先を促した。

「つまり、僕たちが会ったことがあるライオン・マダムと、目の前にいる女性は、別人てことだよ。僕たちは彼女と、この場所ではじめての対面を果たしている」

「何が、つまりだ。端折らないで、その途中を説明しろ」

わかった、とうなずき、梵地は女には聞こえないよう配慮したのか、声を抑えながら、

「これが、この場所に対する、僕の結論――」

と下ろしたペットボトルをぶらりと回し、自分の周囲に弧を描いた。

「この街は今から四千年前、ウル第三王朝のある時期のタイミングでパッキングされたまま、現在まで保存されている。いや、保存じゃない。遮断――、だね。外界から完全に取り残された状態で時間だけが経過し、結果、彼女とあのシュメール・ゾンビだけが生き残った。彼女の名前はエレシュキガル。外見はそっくり同じでも、僕たちが知るライオン・マダムじゃない。ライオン・マダムの名前はイナンナ。二人はシュメール神話でもっとも有名な姉妹神だよ。ドゥムジというのはイナンナの夫で、こちらも結構有名な農業神だね」

少しだけ高い位置にある弟の顔を、しばらくぽかんと眺めた。なぜ今のやり取りから、そんな結論が導かれるのか、さっぱりわからなかった。

「待て待て。目の前の現実と、何千年もむかしに流行った神話を、当たり前のように混同して語るな。じゃあ、お前は……、あの女が本物のシュメールとやらの神様だって言うのか?」

「このジッグラトの出来栄えから見て、ここがアッカド王朝の都として築かれてから、ざっと三百年後、ウル第三王朝時代のアガデである可能性はとても高い。木材は朽ちてしまっているけど、他のメソポタミア遺跡のようなレンガの風化はほとんど見られない。それどころか、これまで僕たちがお邪魔した民家には、器や壺が割れもせずに残っていた。道端で壁に立てかけられたままの壺も見かけたよね。調査の手はもちろん、そもそも人が侵入していない証拠だよ。これほどの規模のメソポタミアの都市で、かつ未発見のものといったら、真っ先に挙げられるのはアガデだ。いや、アガデしかないと言っていい。でも、その場合、大きな問題が出てくる。この場所が本当にイラクのどこかに実在するなら、これほど見事な都市遺跡が誰にも発見されず、今日まで放置され続けたことになる。自然の影響もいっさい受けていない。通りで見かけた先端の細い壺も、壁に立てかけられたまま倒れていなかった。つまり、この場所では砂嵐さえ発生しないということだよ。でも、そんなの、あり得ない」

「だから、地下で四千年前の状態のまま、パッキングされているという結論に落ち着くのか？　もっと、あり得ない話だぞ」

「あり得ないことばかりのなかで、僕なりに理詰めで考えた結果だよ」

まっすぐ向けられた視線から逃れるように、梵天は雲ひとつない、太陽の光が燦々《さんさん》と降り注ぐにもかかわらず、熱というものを感じ取れない砂漠の空を見上げた。

「もしもだ――。もしも、この場所が本当に地下に存在する巨大な空間だとしよう。何千年もの間、誰も足を踏み入れたことがない場所だとしよう。それでも、さすがにあの女がずっと生き続けていたという線はないぞ。風もない、水もない、虫すらいない、あのゾンビ野郎しかいない死の国だぞ」

「まさに招待状がわりの粘土板に書かれていた、冥界《キガル》そのものだよ。一度足を踏み入れたら出ることができない乾ききった世界――、その世界の神ならば、ここで生き続けることもできるかもしれない。冥界を統《す》べる女神、エレシュキガルなら」

空から視線を戻し、首の後ろをさすりながら、「おい、梵地」と梵天は苦虫を嚙みつぶしたような顔で呼びかけた。

「わかるよ、もちろん――、天が認められない気持ちは。でも、彼女の答えに矛盾はなかった。

彼女、ウル第三王朝が崩壊する、その少し前あたりまでの歴史知識なら持っている。でも、それ以降は知らない。的を絞られないよう、途中からランダムに時代を入れ替えて質問をぶつけたんだ。当てずっぽうで返しているとは思えない、正確な線引きが彼女の答えにはあった。『目には目を歯には歯を』の法典のフレーズで有名なハンムラビ王さえ、彼女は知らなかった。ちなみにハンムラビは、ウル第三王朝が滅びてから二百年後くらいにメソポタミアを再統一する人物だよ」

どうやったら弟の目を覚まさせることができるのか。梵天が言葉に詰まっている隙に、

「だから、天の出番なんだ。彼女とやり取りする途中から、何だか本当に、相手がシュメール神話の神そのものなんじゃないか、と思えてきて——。変に緊張してしまったというか」

と改めてバトンの引き継ぎを求めてきた。

「まったく——、感動ね」

そこへ唐突に、女の声が響いた。

「ずっと出来損ないと言われていたあなたたちが、私に憚ることなく口を利き、それどころか、私の存在そのものをとうに忘れてしまっている——。時間こそ、真の神ということかしら」

口元にかすかに笑みを浮かべながらも、およそ感動しているようには聞こえない、皮肉たっぷりの調子で、

「今度は、私から質問させて」

と女は肘掛けに置いた右手を持ち上げ、梵天の手元に指を向けた。

「あなたたちが持っている、その透明なものは？　中に入っているのは、水かしら。それは、自

分たちで作ったもの?」

本気なのか冗談なのか、判断がつかない問いかけに対し、一瞬、梵地と視線を交わしたのち、

「これはペットボトルだ。俺たちが作ったものじゃない。店に売っている。水を買ったら、いっしょについてくる」

と梵天はペットボトルを掲げながら真面目に答えた。

「あなたたちの着ているものは? それも買うことで手に入れるの? その光沢はどうやって出すのかしら」

互いに身に纏うのは、海兵隊から借りた砂漠迷彩が施されたレインコートである。光沢というのはナイロン生地の淡い反射を指しているのだろうか。どうやって? としばし自問したのち、

「これは化学繊維だから、石油を原料にしてだな――」と説明しようとして、急に我に返った。

「お前、本気で訊いているのか?」

「もちろん。はじめて見るものばかりで、興味が湧くのは当然でしょう。そんなものを作るようになるとはあなたたち、ずいぶん賢くなったのね」

梵天はしばらく女の顔を観察したが、そこに隠された感情を読み取らせるような隙はまったく見当たらない。

「俺たちに――、証拠を見せてくれないか」

「証拠?」

「お前がエレシュキガルだかで、これまで俺たちが会ってきたイナンナとは別人だという証拠だ。見た目は完全に瓜二つで、その細かい髪飾りまで完全にいっしょ――、だったかもしれない。そ

れなのに別の人間だと言われて、ああ、そうですか、って納得できるはずがないだろ」

「別の人間、じゃない。別の神ね」

「わかった、神でいい。好きにしろ。俺はお前とイナンナが、なぜ見た目がまったく同じなのか、その理由が知りたいだけだ。俺たちは、あの女にさんざんからかわれて、あしらわれて、それでも、やっとのことでこの場所までたどり着いたんだ」

「本当は、私がイナンナ本人で、演技をしているだけかもしれない、今もあなたたちをからかっているかもしれない、そう言いたいのかしら」

女はわずかに目を細め、青いロングコートの内側でゆっくりと足を組み替えた。

「このうえない侮辱ね。私を誰だと思っている？　私は冥界を司る神、エレシュキガル。なぜ、イナンナの勝手な小細工について、私が弁明する必要が？　私はこのアガデの支配者、冥界を司る唯一の神。それで十分でしょう」

「なら、どうしてこんなところに、四千年だったか？　そんなにも長い間、ひとりでくすぶっているんだ？　神様ってのは、何でもできてしまうから、神じゃないのか」

「神にも、叶わないことがある。だから、私はイナンナに助けを求めた」

「四千年もの間、何を食べて暮らしていたんだよ」

「見てわかるとおり、ここに食べ物はない。そもそも、私はものを食べる必要がない」

さすが神様と言うべきなのか。いや、無茶苦茶である。

「じゃあ、あのゾンビ連中は？」

「ゾンビ連中？」

「街を巡回していた、ここにもうじゃうじゃいた兵士の格好をした連中のことだ」

「ああ、我がしもべね」

そう言えば、ドローンに向かって「我がしもべが、エレシュキガルのしもべが、あなたたちを待っている」と女が告げていたことを思い出す。

「彼らは、私の人形。食べるべきものなどない」

「あいつらも食べないで済むのか？　でも、食べずに生き続けられる奴なんて、いるわけないだろ」

女は薄らと笑みを浮かべたまま、何も答えない。何も食べないから、あそこまで度が過ぎた痩せっぷりなのか、と膝頭がくっきりと浮き上がった連中のか細い足のシルエットを思い浮かべるが、「そんなわけないだろ」と相手のペースに巻きこまれぬよう、頭を強く振る。その拍子に、確かめなければならない大切なことを思い出した。なぜ、キンメリッジたちがあんな目に遭わなければいけなかったのか、ということだ。

「お前は俺たちを招待した。それなのに、招待状を持ってきたあいつら——、お前のしもべは俺たちを襲ってきた。お前は確か、ドローンに向けて、あいつらに気をつけろと警告したよな。なぜ、俺たちに助けを求めておいて、俺たちを襲う？　四人だ——、俺たちの仲間が四人も、お前のしもべのせいでやられた。俺たちも昨日、死にかけたんだ」

言葉を発する途中で、右手につかむペットボトルがぱきりと軋《きし》んだ音を立てた。少しでもキンメリッジの顔を思い起こしたら、感情が爆発してしまいそうな予感があった。だから、なるべく声を抑え、黒い隈取りに覆われた女の青い目だけを捉えながら、乾いた空気が水気を奪っていく唇を舐めた。

女は視線をそらさず、梵天の顔を見つめている。

「あなたたちは死なない」

「何？」

「我がしもべたちは、このエレシュキガルを命の限り守るために生み出された存在。間違った野心を持ちアガデに侵入する者、私を脅かそうとする者、それらに出会うとき、容赦なくその槍と刀を振るう。そのことをあらかじめ伝えただけ。私はイナンナのしもべをここへ招待した。ならば、我がしもべたちは必ず従う。あなたたちを生きてこの場所に連れてくる」

「ふざけるなッ」

考えるよりも先に声が爆発した。昨夜、闇のなかで、目と鼻の先を刀が通過していったときの風のうなりを思い出す。ほんの少し距離を過《あやま》てば、いくらでも致命傷になり得たはずだ。いや、代わりにペットボトルが破断しなければ、この場所に梵天も梵地も立っていなかっただろう。

「しもべたちが誘い出され、ここに誰もいなくなってしまったのは、あなたたちの仕業？　ずいぶんと用心したものね。私は心からイナンナのしもべを歓迎する。それは、我がしもべにとっても同じこと。昨夜も火を焚いて迎える準備をしたのに、あなたたちは現れなかった」

「お前、どこまで本気で言っているんだ？　俺たちが素直にこの場所を目指して歩いてきたら、連中がお辞儀して迎えてくれた、っていうわけか？」

返事を待つまでもなかった。キンメリッジがこの場にいないことがすべての答えである。

「お前がどう考えているのか知らんが、あいつら、まったくお前の命令になんか従うつもりはないぞ。言っただろ、四人だ。四人もの仲間が犠牲になった」

真実を伝えたつもりだが、相手はいっさい動じる様子もなく、依然、じっと梵天の顔を見つめている。

「あなたたちは、どこまで教えられているの？」

「教えられている？」

「ええ、イナンナから」

「ここに来る理由なら、何も教えられていないぞ。だから、お前にこうして訊いているんだ」

「あなたたちが、イナンナのしもべということは？」

「ああ、使いっ走りを勝手に命じられ、心の底から迷惑している」

「ただの人間に、私たちの言葉を理解することはできない。こうして私の言葉を理解できることがすなわち、神の力を授けられた神のしもべという証。そのことを教えられているのかしら？」

刹那、朝食の場や、ドローン映像の女の言葉を榎土三兄弟が難なく聞き取った一方で――、いや、聞き取るも何も日本語だったにもかかわらず、隣にいる銀亀三尉がまったく理解できなかった奇妙なシーンが蘇る。

「お前は今――、何か特別な言葉でしゃべっているというのか？」

「あなたたちは、自分が極めて名誉ある、最上の恩恵に浴することができる人間であると知るべきね。神の言葉を聞く力を与えられているのだから」

あなた、と女は青いコートの袖から金の腕輪を見せつけながら、ゆったりと梵天を指差した。

「もうひとつの力をかなり使いこなしている。それもイナンナから授けられたもの？」

「授けられたって……、何を？」

「自分から離れて、泳ぐ力。そこを泳いでいたとき、私はあなたを手で招いた」

一瞬遅れて、三秒を使って偵察したときのことを言っていると理解した。やはり、視認されていたのだ。

「あなたも、泳ぐことができるの？　それとも、別の何かを彼女に授けられた？　きっと、その力はここに来るための役に立ったはず」

と次は梵地に指の先を向ける。

相変わらず、言葉の意味はわからない。それでも、何か得体の知れないものに身体を押し包まれていくような感覚に、訳もなく不安がこみ上げてくる。相手のペースに乗せられてはいけないと心が警告を発するが、これまで手玉に取られてきたときと同じ、じわじわと逃げ道を塞がれていくような感覚。いや、この女は、自分たちが会ってきた女とは別人なのだから、同じであっても同じではないのか——？

混乱しそうになる頭を落ち着かせるため、ペットボトルの水をごくりと飲んだ。ここに梵人がいたならば、と痛切に感じた。梵人なら、このまま完全に相手のペースに持っていかれる前に、いい加減な変化球を返して、相手のペースを乱そうと抵抗するだろうが、残念ながら梵天はその柔軟さを持ち合わせていない。

「なぜ——、お前は俺が浮いている姿が見える？」

と愚直に狼狽を言葉に乗せて返すばかりである。

「あなたたち、まるで何もイナンナから教えられずにここまで来たのね。なぜ、見えるのか？

神の前で神の力を使ったのだから当然でしょう。彼女は戦いが好きだった。物見の力として、それを人間に授けていた」

そのとき、何の前触れもなく、小学校時代の探検クラブ顧問から投げかけられた言葉が頭の内側でこだました。

「お前は将来、恐竜の化石を見つけるかもしれないな。何しろ、神の手を持ってるから」

これまで二十七年間の人生のなかで、莫大な時間を「三秒」について割き、この力は何なのかと考え続けてきた梵天だったが、他人に与えられたもの、という発想は抱いたことがなかった。

どうやらこの女は「三秒」がイナンナ、すなわちライオン・マダムに由来するものと言いたいらしい。神の手を授けるのは神という理屈なのか。

検討するまでもなく、間違った主張である。なぜなら、ライオン・マダムに出会う二十年以上前から、すでに淡く発現しつつあった力だからだ。しかし、何なのだろう。この背中からぞわぞわと這い上がってくる、不穏な気配は。

「あの――」

と精神的劣勢に追いこまれつつある兄の様子を察知したのか、代わって梵地が声を発した。

「僕たちの仲間が、あなたのしもべに嚙まれて、いきなり砂煙のようなものになってしまったのは、なぜですか？」

言葉遣いが先ほどまでに比べ、やけに丁寧になっているが、まだ梵天が確かめられずにいた重大な事実についてストレートに切りこむ問いかけだった。

「これは少し言いにくいのですけど……、あなたのしもべに水をかけたら、その、爆発してしまって、頭を撃ったら、砂煙になって消えてしまって――、あれは、なぜですか？」

言ってみれば、自分の手下を殺害したことを告げられたわけだが、女はいっさい表情を変えることなく、「それはあなたたちの武器だったのね」とむしろ口の端に薄い笑みを浮かべ、二人が持つペットボトルを指差した。

「あなたたちは死なない」

先ほども聞いた台詞を、女はまた繰り返した。どういうことですか、と梵地が硬い声で問い返す。

「我がしもべは、この大地の粘土から私の手によって作られた存在。滅びたときには、ふたたび砂に返る。襲われた人間もまた、ともに砂に返る。水は乾ききったしもべたちが、もっとも恐れるもの――」

何を訊いてもまともな返事を決して聞けない相手と承知していたはずが、あまりにあさっての方向から飛んできた話に、梵天も梵地も呆気に取られ、すぐには声が出ない。

「あなたが作った……、彼らを？　あの、シュメールの兵士を？」

ようやく、梵地がつっかえながら口を開く。

「四千年の間、人間は食べ物も水もないまま生き続けることができる？　我がしもべは、粘土から生み出された勇敢な人形《ひとがた》。すべての朝、すべての夜、すべてのときにおいて、このアガデを守り続けてきた」

二列縦隊を維持しながら暗闇をひた走る、連中の「チャ、チャ、チャ」という鎧の音が、無意識のうちに耳の底から湧き上がってくる。まったく感情がうかがえない目をただ前方に向け、痩せこけた頬を晒しながら、彼らは無人の廃墟の巡回を無限に続けていたというのか。

「我がしもべは頭を砕かれたときに、大地に戻る――。そのとおり。それはイナンナから聞いたのかしら？　でも、あなたたちは大切なことを聞かされていない。あなたたちは決して死なない。それを知って、イナンナは自らのしもべをこの冥界に送りこんだ」

足首の金の輪っかがロングコートの裾に隠れ、女を覆う全身の青が立ち上がった。やわらかそうな毛皮が、いや、ラピスラズリの糸とやらが太陽の光を受け、一瞬、膨らんだかのように鮮やかな青を放つ。

「さあ、イナンナのしもべよ」

異国の風貌をした女はどこまでも優雅な動きで、右の手のひらを梵天に向かって差し出した。青い袖が肘まで落ち、露わになる褐色の肌にまとわりつくように、腕輪が金の光をまき散らす。

「あなたが持つイナンナのしるしを、私に届けなさい。四千年間、このときを待ち続けていた」

一度、相手に見せたのち、ふたたび胸元にしまいこんだ青ちくわの硬い感触を、梵天はレインコート越しに確かめた。

「これを渡したら、俺たちは戻れるのか？」

いいえ、と女は首を横に振った。

「戻るのではなく、進むの」

「進む？」

「あなたたちが生きるのは、ここから四千年先の世界。イナンナのしるしが、そこへ進むための助けとなり、私を導く」

「お前のことじゃなくて、俺たちがどうなるかを訊いているんだ。いいか？　俺たちは元の世界に戻りたくて、こんなレンガ山のてっぺんまで命懸けで登ってきたんだ」

「しるしを得て、私はイナンナの待つ、あなたたちが望む世界へと進む。もちろん、あなたたちもいっしょ」

と自信たっぷりに女はうなずくが、梵天にはまったくその自信の根拠が伝わらない。それでも、首の後ろの紐に手をかけ、指でたどりながら、胸元から円筒印章を取り出した。

「あの……、どうして、イナンナは自身でここに来ることなく、代わりに僕たちを送ったのでしょうか？　事情もロクにわかっていない僕たちが選ばれた理由が、僕たちは今も、わかっていません」

ペットボトルを股に挟みながら、梵天が紐を頭から外すのに苦戦する間に、梵地が問いかける。

ああ、と女は吐息のような声を発し、差し出した手をゆるりと後方へと向けた。

「あなたたちも、空の長紐を見たでしょう」

「空の長紐……？　それって、いきなり空中から垂れているやつですか？」

ここから視認できるはずもないが、女の手が向けられた先、ジッグラトから西を望む空のどこかに、今もロープが唐突に垂れ下がっているはずである。

「ほかの神々はすでに砂漠を離れ、私が最後にこの地に残った。時間がなかった。私はアガデを砂漠の底へと導き、冥界とした。私は私を守るため、私を滅ぼそうとする者から逃れるため、周囲の時間を止め、ここにひとり残った。そして、私は生きながらえた。その代わり、神々すら私の存在を確かめることはできなくなった」

「つまり、ここは地下ってことなのか？」

ようやく頭から紐を外し、青ちくわの滑らかな表面と彫りこみの感触を指の腹で確かめながら、梵天が訊ねる。

女は姿勢を戻し、肯定の意味なのか真上に視線を持ち上げた。

「どうして、地下なのに空が見えるんだ？」

「光のない、永遠の暗闇のなかで生き続けたい？　たとえ助けはこないとわかっていても、一日の始まりに太陽くらい見たいもの。あの空に、長紐が現れた日——、七十四年と二百八日前の朝、扉が開いた」

「扉？」

「長紐の先に、小さな子どもがぶら下がっていた。その子どもがふたたび空へと消えるほんのわずかな間、空に扉が開いた。私はイナンナを呼んだ。イナンナは私の存在を知り、あなたたちをこの冥界へ送りこんだ」

思わず梵地と顔を見合わせる。ハサンじいさんの出来事を言っているのだろうか。まさにそのとき、少年だったハサンじいさんはロープにぶら下がりながら、「ヒトコブラクダ層」を彼方の絶壁に認めたのか。

「今、七十四年と何日前とか言ったよな——。その間、誰も助けにこなかったのか？」

「ええ、誰も」

「いくらなんでも悠長すぎないか？　四千年も姉がひとりで地下で待っていたのなら、もう少し急いで助けに向かうだろ。七十四年も、お前の妹は何をしていたんだ？」

そこまで深刻な姉妹間の事情があるにもかかわらず、片割れがエセＣＥＯのふりをしたり、松茸狩りに興じたり、何よりも、どこの馬の骨とも知れぬ三つ子につきまとっていたのは、何のためだったのか。それまでの四千年間、どこで何をしていたのか。いや、その前になぜ死なないのか。

「あなたたちは、託された」

「託された？」

「私は私の命を守るため、四方を時の壁に覆われた冥界を築いた。神々はこの地に降り立つことはできず、もしも足を踏み入れたときは容赦のない滅びが神々を襲う。冥界へ入ることを許されるのは、神のしるしを持ち、神の力を持つ者――、すなわち神のしもべのみ」

さあ、イナンナのしもべよ――と呼びかけ、女は梵天と梵地の間から伸びるラインをたどるように歩を進め、互いに手を伸ばせば触れ合うことができる距離で停止した。

「空からあなたたちが降りてくるのを見たとき、待ち続けた日が訪れたことを知った。あなたたちを招待すべく、私は長紐の方角へ、我がしもべを送った」

その結果が、あの最悪の衝突だったわけだが、女はどこまでもマイペースに、へその前のあたりに両の手のひらを差し出し、

「ここに、イナンナのしるしを」

と優雅にうなずいて見せた。

梵地の顔を横目で捉える。

弟は片方の手を頬にあて、真剣な表情で何事かを考えている。梵天にはほとんど呪文のように

聞こえる、無用に難解な女の言葉も、弟には別の意味を授けているのかもしれないと、

「わかったことがあれば、教えてくれ。つまり、どういうことなんだ」

と差し出された神と称する女の手のひらを見つめながら、早口で促した。

つまり、と梵地は口を開いた。

「僕たちはイナンナから託されたんだよ。エレシュキガルにその円筒印章を渡すために、このアガデに派遣された」

「どうして、俺たちだったんだ。なぜ、あの女が自分で届けない」

「キンメリッジが言っていたよね。通信ができない、直径約三十キロの範囲があるって――」

ペットボトルを傾け、キンメリッジが砂地に円を描く姿が、タンクトップからのぞく奴の汗ばんだ首筋とともに、ありありと脳裏に蘇る。

「フセイン・エリア」

自然と口を衝いて出た言葉に、「それ」と梵地がうなずく。

「フセイン・エリアの中心、その地下にアガデはある――、そうキンメリッジは言った。もしかしたら、フセイン・エリアそのものが、冥界の効果なのかも。『足を踏み入れたときは容赦のない滅びが神々を襲う』と彼女は言ったよね。だとしたら、イナンナはエリアの内側に入ることができない。イナンナが近づける限界は、エリアの外側のあの地下施設まで。だから、僕たちをフセイン・エリアの内側に住むハサン老人のところへ向かわせた。彼だけが知る冥界の入口の場所を確かめるために。彼こそが、七十四年前にあのロープから冥界をのぞいた、『ヒトコブラクダ層』を目撃した唯一の人間だったから。あのオアシスで、僕はハサン老人の言葉を理解した。プ

リンスバック少佐から求められるままに、彼が『ヒトコブラクダ層』を見た場所、冥界への入口を聞き出した。それが僕の役割だった——。そう、ここまでが、ステップ1」

と梵地は人差し指で「1」を示して見せた。

「次は、天の出番。あの涸れた黒いオアシスの底で、その青い円筒印章、『イナンナのしるし』を持って、地面を探る。それが冥界に侵入する方法だと、イナンナは知っていたんだよ。だから、海兵隊には半年前からパラシュート降下の訓練を課した。僕たちがイラクに来るタイミングに合わせてね。天は見事、冥界の門を突破した——。これが、ステップ2」

と次に親指を立て、「2」を作る。

「そして、最後のステップ3——、僕たちが無事アガデにたどり着き、『イナンナのしるし』をエレシュキガルに渡す。これにてミッション・コンプリート。つまり、僕たちは託されたんだ」

中指を加え「3」にしてから、梵地はお互いの胸のあたりを三本揃えて交互に指し示した。

「結果として、三秒の力を持つ僕たちだから、この場所までたどり着くことができた。それは事実だよ。でも、どうして僕たちが選ばれたのかは、わからない。無事に帰って、イナンナ本人に訊ねるしかないね」

改めて、梵天は正面に視線を向けた。

梵地と言葉を交わす間、女はひと言も発しなかった。四千年も待ち続けたのなら、この数分など時間として数えるまでもないと言わんばかりに、女王の如き佇まいで微動だにせず、漆黒の地面に足を肩幅に広げ、悠々と構えている。

握っていた右拳を広げた。

四千年も待ち続ける必要があるとは到底思えない、ただの青ちくわが手のひらに転がっていた。

「梵地」

と弟の顔を確かめる。

もはや、女に渡すほか選択肢はないことを、目線を交わすだけで互いに理解した。

そうだ、まだ返事を聞かなければならない相手がいると、

「梵人、聞こえているか？　これからエレシュキガルに青ちくわを渡すぞ。いいな？」

と梵地の背中のドローンに向かって呼びかけた。

数秒の間を空けて、しゅいいんとプロペラが勢いよく空回りした。

梵地が小さくうなずくのに合わせ、梵天はもう一度拳を握り、正面に差し出した。

女の全身を覆う青いロングコートの表面が光を受け止め、その一本一本までくっきりと浮き上がっていた。眼窩を覆う隈取りの黒が、皮膚のしわに入りこんで細かい脈を描いている。その内側で、青い瞳が静かに梵天を見据えていた。

梵天が拳を女の手のひらの上に移動するのに合わせ、女ははじめて白い歯を見せて笑った。

そのとき、突如、がくんと女の頭がまるで後ろから小突かれたかのように揺れた。

同時に金色に輝く何かが、ちょうど梵天と梵地の間を抜け、派手な音を立てて黒い床面に衝突し、跳ね返る。

何が起きたのか、理解できなかった。

声にならぬ梵地の悲鳴を聞きながら、梵天は目の前の鮮やかな青が一瞬で消え去り、そこに暗い人影のようなものが浮かんだのち、砂煙となって散っていくのを息を止めて見送った。

「て、天——、これ」

梵地との狭い隙間を狙いすましたかのように通り抜けたものを首をねじって確かめると、そこにシュメール・ゾンビが持っていたものと同じ、穂先が青銅製の槍が転がっていた。

そのときになってようやく、槍が女の頭を貫いたことに気がついた。さらには、女がゾンビ連中と同じように砂になってしまったことも。

「な、何が、どうな——」

正面に顔を戻すと、それまで女が座っていた、地面に据えつけられたレンガ造りのイスの向こう側に槍が一本、立っていた。

二メートル近くありそうな高い背もたれの陰になり、槍の下方が隠れている。ただ金色の槍先だけが、太陽の光を燦々と反射させながら左右に揺れ、その下に持ち手がいることを知らせていた。

無意識のうちにペットボトルを身体の前に構える。

「だ、誰だッ」

背もたれの向こう側から、「チャ」という聞き覚えのある鎧の音とともに人影がぬっと現れた。

空を指していた槍先がふらりと傾き、

「しゅっ」

と風を裂いて向かってきた。

それはあまりに速く、梵天の目にはただ金色の残像が通り抜けただけに映った。

何かにぶつかる鈍い音と、奇妙なうめき声が隣から聞こえた。

反射的に視線を向けた先で、梵地がねじれるような動きとともに、黒に塗りたくられた床面に崩れ落ちるのが見えた。

「梵地ッ。お、おい、梵地ッ」

のどの奥からこみ上げる悲鳴とともに、覆い被さるように弟の身体に駆け寄る。

床面にこめかみあたりを置いたその顔は蒼白で、すでに目は閉じられている。少しだけ開いた口から息が発せられているかどうか確かめようとしたとき、身体の下になった左肩のあたりから、黒い床面をさらに黒く染めるようにゆっくりと血が広がっていくのが見えた。

ヒトニーマルヨン、午後十二時四分

スナイパーライフルの前から上体を起こして梵人の肩まで腕を伸ばし、

「な、何があったの？　ねえ、梵人二士ッ」

とぐらぐらと乱暴に揺さぶってくる銀亀三尉に何も返すことができないのは、梵人自身もジッグラト頂上で起きている出来事を把握できないからである。

スピーカーからは、次兄の名を連呼する梵天の声が聞こえてくるが、なぜ連呼しているのか、その理由がわからない。

右足が痛むのを我慢して身体を前に進め、砂丘のへりからわずかに顔を突き出し、双眼鏡を構える。

ジッグラトとはざっと三千メートルは離れているため、いくら乾燥して視界がクリアという好条件があったとしても、物置のような小さな建物が頂上部分にちょこんと載っているのが見えるほかは、梵人の位置からは何も視認できない。

改めてスピーカーからの情報に耳を澄ますも、

「この叫んでいる声は梵天二士？　何て言っているの？　何が起きているの？」

と今度は左の太ももを揺さぶられ、集中を妨げられてしまう。

顔を引っこめ、後退したところへ、

「梵人二士ッ」

とさらに勢いよく迫ってくる上官に対し、

「ちょっと、黙ってください」

と思わず手を伸ばし、その口を塞いだ。

前のめりに上体を近づけてきた三尉の鼻を、カウンターのようなかたちでぐいと持ち上げてしまい、「ふげ」と妙な声が聞こえた。

す、すみません、と慌てて手を離す。三尉は鼻を押さえながら、

「ごめんなさい。私が落ち着かないといけないのに」

と低い声とともに首を横に振った。

「俺も状況がわかりません。天ニイの声だけが聞こえてきて、それもただ地ニイを呼ぶだけで――」

「彼女は？」

「女の声も、さっきから聞こえません」

梵天が「梵地ッ」と叫ぶ少し前のタイミングで何かしら異変が発生していることは伝わっていたが、二人の兄の驚く声が届くばかりで内容がつかめない。それでも、「だ、誰だッ」という梵天の叫びから、新たな登場人物が現れたことまでは推測できた。それから「ゴン」という鈍い音が響いたのち、次兄の声がぴたりとやんだ。以後、スピーカーから響くのは、ほとんどパニックに近い、これまで聞いたことのない梵天の声ばかりである。

「梵人二士、これ、借りる」

三尉が腕を伸ばし、砂地の上に放られたドローンのコントローラーを拾い、スティックを何度も前に押し倒した。

「梵人か？」

梵天の声が応答する。

会話のなかに登場する名前だけは三尉も聞き取れるようで、素早く「ＹＥＳ」の代わりにスティックを一度倒す。

「梵地が……、梵地がやられた。いきなり、槍が飛んできて、どのくらいの怪我かわからない。女もやられた。槍で頭を貫かれて、砂になった――」

あまりの急展開に梵人が言葉に詰まっていると、すぐさま「今、梵地って聞こえたけど」と三尉に腕を小突かれた。

ペットボトルの水をいったん口に含んだのち、すぐに復唱した。

同じく一瞬の絶句を経て、三尉は弾かれるようにスナイパーライフルの前に戻った。伏射の姿勢を取り、スコープをのぞきこむ。梵人も砂丘のへりから双眼鏡を構え直すが、やはりジッグラト頂上に人影は見当たらない。

「梵人二士、ジッグラトのてっぺんに誰か見える?」

「何も視認できません」

「梵地二士は誰に襲われたって?」

「わかりません、ゾンビ連中が戻ってきたのかも」

「でも、彼らがいないことを確認してから、二人は頂上へ進んだはずよね」

一気に緊張感の増した三尉の声を浴びながら、双眼鏡の焦点をアガデの手前に引き戻す。街からいっせいに湧き出してきたときの勢いは完全に消滅し、今はただ気怠げに帰還するシュメール・ゾンビの連中の背中が見える。だらだらと続く行進の先頭の位置は、まだアガデの周壁まで一キロといったところ、もしもジッグラトに現れた兵士がいたのなら、それはそもそも街から出ていなかったということか。だが、兄たちに加え、女までもが襲われたというのはどういうわけだ。己がこの地下空間を支配する神であり、「我がしもべ」がいかに忠実に自分の命令を遂行するかについて得々と語るのを、先ほどまでスピーカー越しにたっぷりと聞かされたばかりなのに。

「梵地、おい、梵地ッ。目を開けろ、俺の声が聞こえるかッ」

梵天のかすれた声が聞こえたのち、ドローンを次兄の身体から外しているのか、ごとんごとんという鈍い音がスピーカーから流れる。

「今のは何て? 梵地二士の怪我の程度は?」

「まだ、わかりません……、でも、大丈夫なはずです」

長兄が「目を開けろ」「聞こえるか」と呼びかけるその意味を敢えて考えず、梵人は即答した。

「梵地二士に攻撃を加えた相手が、彼女にも致命傷を与えたってこと？　相手の人数は？　梵天二士は無事なの？」

矢継ぎ早に質問が繰り出されるが、スピーカーからの声はぷつりと途絶え、槍がいきなり飛んできたということ以外、梵人も状況を把握できない。

「彼らのほうには、変化はないみたいね」

ぞろぞろと連なるシュメール・ゾンビの行進の最後尾、ロケットランチャーの着弾地点には今も四人が残っている。二人は空を見上げ、ひとりは穴をのぞき、ひとりはただふらふらと揺れ続け、ボスの緊急事態に反応する様子は見られない。

「彼ら本当に、『しもべ』なの？」

「え？」

「今になって思い返してみたら、ドローンでジッグラトに近づいたとき、彼女はまだ話の途中だった。それなのに、いきなりドローンを壊された。彼女は神様でしょ？　指示もないのに、しもべが勝手にそんなことする？　まるで彼女が話すのを邪魔したみたい」

じゃない？　とスコープをのぞいたまま放たれた問いかけに対し、梵人も思い当たる節があった。いかにボスが歓迎ムードをアピールしようとも、肝心の現場スタッフに客人を丁重に迎える気などさらさらなかったことを、誰よりも梵人自身が知っている。シュメール・ゾンビの連中と直接対峙したとき、残像として現れたのは、連中が梵人の首筋を狙って齧りつき、そのまま砂へ返そうとする執拗な殺意のイメージだった。兄たちとの会話のなかで、女は「あなたたちは死なない」とやたらと強調していたが、もしも連中に噛まれたら死んでいた。梵天が「あいつら、まったくお前の命令になんか従うつもりはないぞ」と指摘したとおり、神のコントロールとやらが利いていなかったことは明らかだった。

ならば、あの女はいったい何者だ？

自らの決断で「アガデを砂漠の底に沈め、冥界とした」とうそぶいていたが、誇大妄想癖ほとばしる、ただの青色好きエセ教祖なのか。あのジッグラトは新興宗教の本拠地につきものの、びっくり建造物か。だが、梵地が指摘したとおり、あの街が作りものなどではなく、本物の生きたメソポタミアの遺跡であることは間違いなさそうだ。四千年前の街をそのまま保存できるこの地下空間が、何らかの特別な仕組みで成り立っているのなら、そこにはじめからスタンバイしていたあの女もまた、特別な存在である——、のか？

「ひょっとして、彼女もシュメール・ゾンビの仲間……だった？」

するりと耳に滑りこんできた上官のつぶやきに思わず双眼鏡を下ろし、首をねじった。

同じくスコープから顔をずらした三尉とサングラス越しに視線が合う。

「頭を攻撃されて砂になるのなら、彼らと同じ弱点ということよね」

「あの女がいくらどうかしていても、ゾンビ連中よりは、ずっと人間ぽかったですけど」

「それを言うなら、ずっと神ぽかった、ね」

ねぇ、梵人二士、と三尉が声を低くして呼びかける。

「彼女がいなくなっても、私たち——、帰れるの？」

それは、と梵人が言葉に詰まったとき、スピーカーから、ひどく聞き取りにくい、ざらついた感触の声が流れてきた。

眉間にしわを寄せて、耳をそばだてた梵人に「何？」とさっそく銀亀三尉が確認を求めてくる。

「かみはとわ――、れの――」

また同じ声が聞こえた。

梵人が唇の前に人差し指を当てると、三尉も開きかけた口をそのままのかたちで止め、理解できないであろうにスピーカーの音に耳を傾ける。

「チャ――、チャ」

声と交差して、かすかに聞こえた軽い響きに覚えがあった。ゾンビ連中とやり合ったとき、奴らの鎧から聞こえた音だ。

「かみ――とわに、われ――もの」

どうも同じフレーズを繰り返しているだけのようだが、発音が平板すぎるのか聞き取ることができない。

それでも、何度目かの復唱のとき、

「かみは、とわに、われわれの、もの」

と唐突に全文を理解した。

呪文のように反復される同じフレーズの合間に、

「近づくなッ」

という梵天の怒号が重なる。

「何で――、何で、梵地をッ。俺たちを歓迎する、ってあの女は言ったぞ。だいたい、あいつはお前たちの神様じゃないのか?」

やめろ、来るなッ、と梵天が咆えるように叫ぶ。

「かみは、とわに、われわれの、もの」

「お前……、どうして鎧の下に、それを着ているんだ?」

何かに気づいたのか、突然、梵天の声が乱れ、激しく動揺する様子が伝わってくる。

「かみは、とわに、われわれの、もの」

相手が徐々にドローンに近づいているのだろう、より明瞭にマイクが声を拾い、まるで目の前に相手がにじり寄ってくるかのような生々しさに、梵人も身体を硬くする。

「かみは、とわに、われわれの、もの」

ふと、どこかで聞いた響きだと思ったとき、

「嘘──、だろ?」

と呆然とする長兄の顔が目に見えるような、かすれたつぶやきがスピーカーから漏れた。

いったい誰と相対しているのか? 梵人の疑念に答えるように、震えを帯びた梵天の声が耳を撲《う》った。

「お前、キンメリッジ……、だよな?」

ギョッとして、スピーカーを振り返った。

「ねえ、キンメリッジって言った気がしたけど。名前だけは、私も聞き取れる」

素早く三尉が反応するが、すぐには復唱することができず、梵人は視線を泳がせながらも、スピーカーに顔を向け続けた。

「おい、キンメリッジ。俺だ、梵天だ。わかるか？　こっちは梵地だ」

「かみは、とわに、われわれの、もの」

「お前は、あいつらに嚙まれて砂になったはず――、だよな？　今まで、どこに隠れていた？　階段を上る前に、俺は調べた。このてっぺんには、あの女しかいなかった。どこから――」

「梵人二士、何て言っているのッ」

声を押し殺しながらの上官の叱責にも、梵人はスピーカーから視線を離すことができない。

「それ以上、近づくな、キンメリッジ――。まず、その刀を、下ろせ。俺はお前の敵じゃない。忘れたのか？　この場所まで、助け合っていっしょにたどり着いた仲間だ。昨日のことだぞ。思い出せ、キンメリッジッ」

「梵人二士ッ」

どういうことなのか、わからない。だが、たった今、梵天の目の前にキンメリッジがいる。昨夜、ドローンのマイク越しに、息が詰まるようなその最後のシーンを聞かされたばかりの海兵隊員が実は無事で、生還したということなのか？

さらには、突然の復活とともに女の頭を槍で貫き、砂に返してしまったのか？　ならば次兄を攻撃したのは？　長兄の声から察するに、相手はひとりの様子だ。その場合、梵地を襲ったのは、キンメリッジという答えになってしまう。

「頼む、キンメリッジ。刀を下ろしてくれ。俺は――、お前を撃ちたくない」

梵人は息を吞んだ。長兄はキンメリッジに向けて銃を構えている。

「お、俺たちを襲ってどうなる？　女までいなくなって、どうやって地上の世界に戻るんだ？

お前はその方法を知っているのか？　誰も帰り方を知らないから、俺たちは命懸けでジッグラトを目指したんじゃないのか？」

「かみは、とわに、われわれの、もの」

何の感情の変化もうかがえないその声を掻き消すように「やめろッ」という悲鳴が轟いた。何かを叩きつけた「カンッ」という甲高い金属音がそれに続く。梵人の脳裏に、相手の振り上げた刀が空を切り、地面に触れた剣先が跳ね返される絵が遅れて浮かんだ。

「梵人二士、さっきから梵天二士は何て言ってるのか、伝えなさいッ」

苛立ちも露わに迫ってくる三尉の声を無視して、双眼鏡をアガデに向けて構え直した。

見えた——。

ジッグラト頂上に物置のような四角い建物、その右手に小さな点が一瞬動くのを確認した。

梵天の頭だ——。

梵人たちのいる場所、アガデの西側から望むとき、兄たちが上ってきた大階段はジッグラトの反対側に当たる。ゆえに女とやり取りする兄たちの姿は、ちょうど物置の陰に隠れ、これまで視認できなかった。

「かみは、とわに、われわれの、もの」

「キンメリッジ、俺だッ。梵天だッ」

念仏のように繰り返される無機質な声とともに、梵天の懇願の声も遠ざかっていく。ドローンから梵天たちが離れているということだ。その動きに応じて、梵天の上半身が少しずつせり上がってくる。

突然、右足に激痛が走った。

「教えなさいッ、梵人二士」

痛みに顔をしかめながら振り返ると、何ということか三尉が腕を伸ばし、梵人の右の膝裏をつかんでいた。双眼鏡とスピーカーに目と耳の意識をすべて持っていかれ、急所を押されるまで、まったく三秒が発動しなかった。

「梵天二士はどういう状況？　梵地二士の怪我はッ？」

サングラスをかけているため直接その目をのぞくことはできないが、我慢の限界とばかりに、文字どおり歯を剝いて睨みつけている。

「今すぐ、梵天二士の言葉を伝えなさいッ。すべて、ひと言残らず」

さあッ、とふたたび膝裏に置いた手に力を加え始めた。

「い、痛いです、痛い」

頰の筋肉をめいっぱい吊り上げ、唇をねじ曲げながら、それでも梵人は口を開こうとしなかった。キンメリッジが梵天を追い詰めている、それに対し長兄が銃口を向けている。この状況を言葉にして説明したくなかった。同時に、先ほどから「何かがおかしい」と頭の中で信号が鳴っている。お前は重大な何かを見落としている——、そう訴えかける予感。

一瞬だけ痛みを忘れて、ジッグラトに顔を向けると、

「ぼ、梵人二士、こっちを向きなさいッ。私の言葉が聞こえているんでしょ？」

とさらに怒りを募らせた声が鼓膜を震わせた。

あれ？　何かが頭の内側でこつんと当たった感触に視線を戻す。

「銀亀さんは、天ニイが言っていることが、わからない――、わけですよね？」

「今さら何を言ってるの？　わからないから、さっきから何度も――」

「かみは、とわに、われわれの、もの、も？」

「かみが、何？」

変わらず、銀亀三尉はスピーカーからの梵天の言葉を聞き取れずにいる。梵天が「キンメリッジ」と呼ぶ相手の声も同様に理解ができない。

これは、何を意味するのか。

依然として、長兄が、女が言うところの「神の言葉」とやらを使い、相手もまた同じ言葉を口にしている――、ということだ。

だが、キンメリッジは「神のしもべ」ではない。

ライオン・マダムの言葉を彼は聞き取れないと主張していたし、ドローンに向かって女が語りかけた言葉も、他の海兵隊員たちや銀亀三尉と同様にさっぱりだったはずだ。

昨夜、ジッグラトでドローンを回収したとき、キンメリッジからの最初の通信を受けたのは三尉だった。当然、彼女はその声を聞き取った。その後、ドローンを引き継いだ梵天と梵地の会話も然り。それが突然、通訳が必要になったのは二人がジッグラト頂上に到達して、あの女が会話に加わってからである。もしも昨夜、唐突な梵地の告白の場にキンメリッジが同席したなら、三尉は三人の会話を何の支障もなく聞き遂げたはずだ。

「梵人二士ッ」

ついに痺れを切らしたのか、膝裏に置く指に三たび力がこもったとき、

「――ください」

と痛みに押され、口が勝手に言葉を放った。

「え？」

「撃って、ください」

弾き出された結論に梵人自身が驚いてしまい、声が引っかかる。

「ちょっと待って。どういう状況なの？　それを先に説明しなさいッ」

「時間が、時間がないです。このままだと、天ニイがやられてしまう」

「やられてしまうって、誰に？」

キンメリッジの名前を出したら、さらに話が混乱する確信があった。

「シュメール・ゾンビ」

と端的に真実だけを伝えた。

「ひとり、ジッグラトの頂上に残っています。そいつが、地ニイと女を襲って、今は天ニイに――」

と続けようとしたとき、

「パンッ」

といきなりスピーカーから破裂音が響いた。

両者、びくりと身体を震わせて振り返る。

「発砲音？」

三尉がこわばった声を放ったのち、かなりの時間が経ったように感じられたが、実際は七、八秒後くらいだろう。かすかに弾けるような音がアガデの方角から届いた。

「止まれッ、キンメリッジ。俺はお前を撃ちたくないッ」

梵天が撃ったのだ。

だが、直接は狙っていない。その証拠に「かみは、とわに、われわれの、もの」とつぶやく声が変わりなく聞こえてくる。ギリギリの状況が、この瞬間も続いているということだ。

「銀亀さん、撃つ準備を」

乾いた唇が前歯に引っかかるのを感じながら、ジッグラトの頂上を腕を伸ばして指差した。

女が退場したにもかかわらず、海兵隊員が本来使うはずのない言葉を操っていることを、現場にいる梵天は知らない。三尉とともにスピーカー越しに声を聞く梵人だけがそれを認識できる。つまり、この瞬間、状況を正確に把握しているのは梵人しかいないのだ。

「待って、梵人二士。今、やっぱりキンメリッジって聞こえた気が――」

「待ってる場合じゃないッ」

声を抑えることは忘れていないが、思わず気色ばんだ梵人を前に、三尉が息を呑むのが伝わった。

「発砲したのは天ニイです。でも、天ニイは相手を撃てない。このままだと、天ニイと地ニイが死んでしまう。二人を助けてください。お願いしますッ」

気づけば腕を伸ばし、膝裏に置かれた三尉の手首をつかんでいた。

梵人二士、と三尉はいったん言いよどむ素振りを見せたが、

「撃つといっても、私はあくまで威嚇射撃の意味で言ったの。せいぜい、逃げる時間を稼げたら

いい、くらいの話。相手を狙って撃つなんてできない」

と揺れる声とともに首を横に振った。

「俺の三秒があります」

「無理よ」

「信じてください、俺には本当に力が――」

「そうじゃないの」

梵人を遮り、「聞いて」と三尉は手首をつかまれたまま、砂地に二脚を突き立て、アガデに銃口を向けているスナイパーライフルに視線を落とした。

「弾にも速さがある。ライフル銃の弾速は音速よりも遅い。今、銃声が聞こえたわよね。スピーカーから聞こえたあとに、実際の音が届くまでの時差は？　八秒くらいだった？　つまり、梵天二士のいるジッグラト頂上からこの場所まで音速で八秒かかる。なら、このスナイパーライフルから発射された弾が梵天二士のいる場所に届くには、音速よりも遅いから九秒、ひょっとしたら十秒が必要になる」

「十秒？」

そんなに、と口から漏らしたきり梵人は絶句した。

「記事を読んだことがあるの。三千メートル超えの射撃を成功させたカナダ軍兵士の話――。私がこれまでやってきたライフル射撃競技とは、何もかもが違っていた。射手に求められるのは、単純に的を狙う技術だけじゃない。温度、湿度、風向き、弾道学の知識、ときに地球の自転スピードまで考えて発射コースを定める。そのための、高度な専門知識と計算能力が必要になる。何よりも経験が求められる。私はこの銃を撃ったことがない。銃のクセ、レンズのクセ、何もわかっていない。そもそも、スナイパーライフルは千メートル程度の射程を想定しているはず。五百メートルの射撃は成功した――、のかもしれないけど三千メートル先までちゃんと弾が届くのかどうかもまだわからない」

決して嫌みを言っているわけではなく、冷静に事実を伝えている上官に返すべき言葉を見つけられなかった。

まだ手首をつかんだままの梵人の甲に、静かに指を添え、

「ごめんなさい、梵人二士。あなたの三秒は役に立たない」

と端的に告げた。

腹這いの姿勢のまま、ほとんど額が砂に接するくらいまで頭《こうべ》を垂れ、梵人は三尉の手首から力なく手を離した。はじめて上官が「三秒」とはっきり口にして、その存在を認めてくれたにもかかわらず、胸に這い上がってくるのは何と虚しく、みじめな感情だろうか。

二人の間に漂った沈黙の合間を縫うように、

「キンメリッジ――、駄目だ。俺はお前を撃てない。撃つ資格なんかない」

とかすれた梵天の声が響いた。

違う、天ニイッ。と声の限りにスピーカーに向かって叫び返してやりたかった。そいつはキンメリッジじゃない。ただのゾンビ野郎だ――。

「もうひとつ――。もしも、この銃を撃ったら、彼らに、シュメール・ゾンビたちに気づかれる。この場所にある武器はスナイパーライフルだけ。彼らがここを襲うまでどれくらい？　私がボッ

クスの場所に武器を取りに戻る時間はない。それに、あなたはその足で動けない」

声の表情を変えることなく、三尉は淡々と言葉を連ねた。

「あなたは私に『撃て』と言った。それは『どう動くかわからない相手の頭を、発射して十秒後にジッグラト頂上で撃ち抜け』と言っているのと同じ。標的に命中する確率は万に一つもない。ただし、彼らに気づかれる確率は百パーセント。それでも、撃つ？」

唇を嚙みしめすぎたせいで、唾を呑みこんだとき、口の中に血の味が漂っていた。

砂丘のへりから顔をのぞかせると、アガデ方面からの発砲音を捉えたのだろう。ロケットランチャーの着弾地点のシュメール・ゾンビは揃って、壁から全体の三分の二ほどを突き出しているジッグラトの方角を見上げていた。

もしも、この場で銃を撃ったなら、瞬時に気づかれ、奴らが突っこんでくる。猶予は一分、いや五十秒か。この無様な足を引っさげ、三尉を守りながら四人を相手にする。たとえ、四人をやり過ごしても、今度はアガデに帰還途中の二百人が次々と殺到するだろう。

「かみは、とわに、われわれの、もの」

「キンメリッジッ。俺たちは争うためにここにいるんじゃない」

スピーカーから届く、必死の訴えがキリキリとえぐるように胸に食いこんでくる。

もはや通訳を求めずとも、長兄の声の調子から切迫した状況は伝わっているだろうが、「梵人二士」と三尉はどこまでも穏やかに呼びかけた。

「撃つことだけなら、できる。もしも、あなたが撃てと言うなら、私は引き金を引く」

答えを出すことができぬまま、梵人は双眼鏡を構えた。

ジッグラトのてっぺんに、点のような人影が見えた。

小さな、小さな背中だった。

銃を撃たないという意思表示なのか、両手を挙げているように見える。

兄は今、必死に生きる道を探している。

梵地を、梵人を、銀亀三尉を、さらにはキンメリッジさえをも元の世界に戻すために戦っている。いつだって、そうだった。梵天はひとりですべてを背負い、二人の弟を導いてきた。その偉大な長兄に対し、まだ梵人は何ひとつ報いていない。

そこへ突然、「グァッ」という梵天の鈍いうめきと、

「や、やめろ、キンメリッジッ」

という叫び声が聞こえた。

一気に切迫した空気に突き動かされるように、「銀亀さんッ」と振り返った。

「相手が見えたら、撃ってください。天ニイを救うことができるのは、俺たちだけです」

と一気に言葉を吐き出した。

「撃ったらすぐに、俺を置いて逃げてください。ここは俺が何とかします」

「それ、最悪」

と心底忌々しげな口調で三尉はつぶやいた。

すでに三尉は伏射の姿勢に戻り、スコープをのぞきこみながら、ダイヤルの調整を始めていた。ライフルの銃床の部分に頬を押しつけているため、その表情は見えないが、口元が歪む様が目に浮かぶようだった。

「今ので、決めた。私はあなたたちの上官よ。最後まで責任を取ってあなたたちを守り、宿営地に帰すことが任務。その任務を最後までまっとうします」

伏射の体勢を保ったまま、ズボンのポケットに手を伸ばし、小さな透明な四角形を取り出した。昨夜、暗闇のカップに三尉が放り投げた、梵地が「こんなのまで入っているなんて、アメリカ軍らしい」と感心していた、レーションに同梱された粒ガムの袋だった。

「射撃の試合のときは必ずガムを噛むの。なぜか、成績が上がる」

「じ、じゃあ――」

かりりと糖衣を嚙み砕く音を小さく響かせてから、

「万に一つを当てるから」

と右手の人差し指で安全装置を持ち上げた。

「撃つわよ」

そう、短く宣言した。

ヒトニーヒトマル、午後十二時十分

キンメリッジの革鎧に、一度はピストルの照準を定めたが、「クソッ」と唾を飛ばし虚空に向け叫んだ。

無理だ。

キンメリッジの背後には、黒い床に倒れた梵地の背中が見える。槍の飛来と同時に、胸のあたりを押さえ倒れたため、一瞬、血の気が引いたが、傷を確認したところ、やられたのは胸部ではなく二の腕だった。鋭利な穂先はレインコート、さらにその下の戦闘服を切り裂いていた。思いのほか出血が激しく、梵天は背中のバックパックからナイフを取り出し、梵地の身体とドローンを縛りつけるロープを切り離した。ハンカチを傷口に巻きつけ、さらにロープを切り、腕の付け根を縛って応急処置を施す。

梵地のために与えられた時間はそこまでだった。いや、むしろそれだけの猶予があっただけ幸いだった。

女が腰かけていたレンガ造りのイスの裏側からふらりと現れたシュメール・ゾンビは、槍を放ったのち、なぜかその場に立ち尽くしていた。右手に刀を提げながら、ぶつぶつとつぶやき、ときどき小さく身体を震わせる。まるで思うように身体が動かないことを訝しむように、梵天たちに注意を払うことなく、足踏みしたり、首を回したり、刀を持たぬ左手をしきりにひねったりした。

永遠にそのままでいてくれと祈りながら梵地の処置をひとまず終え、そっと相手の様子をうかがったとき、不意に気がついた。

兵士はこれまでのシュメール・ゾンビと同じく、たまねぎのような形をした兜と、革の鎧を身につけていた。だが、腰巻きの下からのぞく褐色の太ももや膝頭、すねの肉づきが、見慣れた爪楊枝の如く痩せ細ったシルエットとは異なり、いかにも頑丈そうな筋肉を纏っていた。さらには、鎧の下や肩口からのぞく布地には、なぜか砂漠色の迷彩が施されている。

そのときになってようやく、梵天は兵士の顔を確かめた。たった今、店から卸してきたばかりのような、ぴかぴかに輝く兜の内側から、これまでシュメール・ゾンビの連中に一度も認めたことがなかった黒々とした髪の毛が、それもウェービーな長髪がはみ出していた。

「嘘――、だろ？」

兜の内側に知っている顔を発見したとき、勝手にのどが声を発した。

よもやの再会であっても、駆け寄ろうとは思わなかった。

たとえ、あの長い睫毛をひさし代わりにして、彫りの深い眼窩から馴染みある視線を梵天に向けていようとも、たった今、女の頭を砕き、弟に槍を投げつけた相手である。当たりどころが悪ければ即死してもおかしくない、危険すぎる攻撃だった。しかも、その危険は何ら終わっていない。だらりと垂れさがった彼の右手には、今なお不穏な光を宿す刀が握られている。

「かみは、とわに、われわれの、もの」

はじめてそこに梵天がいたことに気づいたかのように、裸足の足裏をぺた、ぺた、と鳴らし、ゆっくりと近づいてくる。

「お前、キンメリッジ……、だよな？」

その後、いくら名前を呼ぼうと、何を訴えようと、明快な反応は得られなかった。いつも口元に漂っていたあの皮肉交じりで、かつユーモラスな表情はどこにも見つけられず、「かみは、とわに、われわれの、もの」をただ念仏のように唱えるばかり。顔色はおそろしく悪い。意識を失ったままの梵地から注意をそらそうと、梵天がじりじりと場所の移動を開始しても、もはや弟には何の関心も示さずについてくる。

身体の動きはぎこちなくとも、油断すべきではなかった。突然、キンメリッジは刀を頭上まで掲げ、振り下ろしてきた。じゅうぶん距離を取っていたつもりが、思いのほか伸びた刃の先が目の前を通り過ぎ、「やめろッ」という梵天の叫びを打ち消すように、「カンッ」と黒い床面に勢いよく打ちつけられたのち一瞬の火花を散らした。

次の狙いが自分に定められたことは明白だった。

しかし、梵天の手元には何もない。盾に使えそうなバックパックは梵地の横に、ナイフもロープを切ったまま置き去りにしてしまった。何かないかと周囲を見回したとき、己の太ももを締めつけているホルスターの存在を今ごろ思い出した。

まさか使うことなどあるまい、と決めつけていた銃を抜いた。

何度も呼びかけ、警告した。

だが、表情ひとつ変えることなく、ぺた、ぺた、と緊張感のない足音とともに近づいてくるキンメリッジについに発砲した。もちろん、あさっての方角へ銃口を向けての威嚇射撃だったが、海兵隊員はわずかに足を止めた程度で、ふたたび何ごともなかったかのように、剝き出しの引き締まった太ももを交互に動かし始める。

キンメリッジとは距離を保ちつつ、昨夜の篝火に使ったのであろう、木の燃えかすが残るレンガ台の横まで後退した。

そこで、はじめて梵天は振り返った。

三メートル先にもう一基のレンガ台。その向こうには、大階段から臨む街の風景とはまったく異なる、ただ一面の砂漠が広がっていた。なだらかなれど、ときどきくせのある曲線を描いて連なる砂丘のどこかに、今も梵人と三尉がミッションの成功を祈り、待機しているはずだ。

顔を戻し、キンメリッジの背後でぐたりと地面に伏せたまま動かない梵地の背中を視界の隅に捉えながら、梵天は唇を噛んだ。

改めて、自分のせいだった、と血の味が滲むくらい唇に歯を食いこませた。

これまでさんざん偉そうなことばかり並べ、弟たちを守るのだと兄貴面してきた結果がこれである。梵地は倒れ、梵人ははるか砂漠の彼方、今や三兄弟はバラバラだ。梵地は自分の裏切りのせいで榎土三兄弟をこんな危地に呼びこんだと謝ったが、違う、俺だ、と梵天はいよいよ唇に強く歯を立てる。俺が恐竜の化石を手に入れたいという欲に負けたことがきっかけで、弟たちを貴金属泥棒に引きこみ、それが今へとつながっている。越えてはいけない一線だった。越えた報いを受けるのは、己ひとりでよかった。それなのに、弟たちだけではなく、銀亀三尉や海兵隊の連中までも巻きこみ、この惨状を招いてしまった――。

「すまない」

と心のなかで梵地と梵人に謝った。三尉や砂と化した海兵隊員たちにも謝った。

「かみは、とわに、われわれの、もの」

「キンメリッジ――、駄目だ。俺はお前を撃てない。撃つ資格なんかない」

銃の構えを解き、両手を挙げた。

昨夜、この目ではっきりと連中に襲われ、砂煙となって消えていくキンメリッジを見た。文字どおり命を賭けてドローンを奪還し、通信を復活させたのである。では、なぜキンメリッジがここに立っているのか――、梵天にはわからない。それでも、元の世界へ帰るために、ともに戦った友であることに変わりはない。その海兵隊員の未来をふたたび閉ざす決断を、自ら下すなんて真似は絶対にできなかった。

「かみは、とわに、われわれの、もの」

両手を挙げ、武装を解いたことを伝える梵天のポーズに、何ら反応を示すことなく、それよりも自身の身体の動きが徐々にスムーズになっているのを確かめるように、キンメリッジはその場で軽くジャンプしたり、首をぐるりと回したり、兜と同じく真新しい青銅の輝き、つまりは鋳造したての十円玉のような澄んだ反射をその刃から放つ刀を、右から左へと曲芸のように渡し始めた。

「キンメリッジッ。俺たちは争うためにここにいるんじゃない」

ひとつ目のレンガ台の脇からふたつ目へと、梵天はさらに後退する。

ジッグラト最上層は大階段と物置神殿を結ぶラインを中心として、ライン上にレンガ椅子、左右に篝火用のレンガ台が二基ずつ築かれている。ちょうど梵天が左手ふたつ目のレンガ台の横に立ったとき、キンメリッジの前にひとつ目のレンガ台があった。互いの距離は三メートル。いったん左手に持ち替えた刀を、またひょいと投げるようにして右手に戻し、キンメリッジはなぜか空いた左手をレンガ台に突っこんだ。

ただ置かれていただけのものなのか、それとも接着する力がすでに薄れていたのか、燃えかすを囲むレンガの列からすっと一片のレンガを抜き取った。

親指と人差し指でつまむようにして胸の前まで持ち上げ、それまで何度も繰り返していた左手をひねる動きを一回、二回と見せた。

いきなり、レンガが飛んできた。

避ける間もなかった。

とてつもないスピードとともに茶色の残像が迫るのがかろうじて見えただけで、気づいたときには、「ガッ」と鈍い音を立て、梵天の右手のピストルが弾き飛ばされていた。

ついでにピストルを握る指を容赦なくレンガは直撃し、あまりの痛みに「グァッ」という荒いうめきが吐き出される。

激痛が走る右手を左手で押さえつけ、思わず身体をくの字に折り曲げた梵天の視野に、音もなくキンメリッジの裸足が侵入してくるのが見えた。

咄嗟に、後ろへ跳んだ。

間一髪のタイミングで、一気に間合いを詰めてきた海兵隊員の振り下ろした刀が空を、ちょうど梵天の頭があった場所を切り裂いていった。

「や、やめろ、キンメリッジッ」

梵天の叫びもむなしく、キンメリッジは刀を突きつけるように正面に構える。

手がぬれている感覚に一瞬だけ視線を下げる。右手を押さえる左手を開くと血まみれだった。

だが、もちろん構う暇なく後退する。

ふと背中のあたりに落ち着きのない気配を感じ、振り返った。

地面が見えなかった。

反射的に足元をのぞくと、ジッグラトのへりからブーツのかかとが二センチもはみ出していた。

あと0・1秒、気づくのが遅かったら、下方の第二層のテラスまでまっさかさまだった。

慌てて身体の向きを変えようとしたとき、

「すぅだぁあああん」

という空気を淡く震わせたのち、こだまとなって空にかき消えていく不思議な音を聞いた。

それから二秒後、

「ズッ」

と何かが撃ちこまれる音が梵天の左手、同じくジッグラトのへりにたたずむ神殿の壁面から聞こえた。

これまで目の前の出来事にはいっさい反応を示さなかったキンメリッジが、神殿に顔を向ける。それきり、まるで電池が切れたかのようにぴたりと静止したキンメリッジだが、その目玉だけはせわしなく異変の源を探っていた。

不意に、キンメリッジが動きを止めているにもかかわらず、何かが視界の隅で蠢《うごめ》く感覚に、梵天は引きずられるように視線をさまよわせた。真っ先に梵地を確認したが、依然、床に倒れたままの弟に動きはなく、こちらに向けた背中や力なく伸びた足の角度に変化はない。

弟から注意を移そうとしたとき、唐突にフォーカスが定まった。

ドローンだった。

梵地から外したのち床面に放置したドローンのプロペラが、無音の風景のなかで回っている。これまでの返事や激励を伝えるための、短く「しゅいいん」と回す使い方ではなく、何かを訴えようとしているかのように懸命に空回りし続けていた。

じんじんと熱さをともなって響く右手の痛みを、左手で強く握りしめることで誤魔化しながら、必死に頭を働かせる。

何かに気づけ――、そう梵人は言っているのではないか。

何かとは、何だ？

突然、砂漠に鳴り渡った残響。

神殿の裏に「ズッ」と撃ちこまれた音。

撃ちこまれた——。

脳味噌の半分が何が起きたのかすでに理解している一方で、残りの半分が「そんなことできるはずがない」と否定するという、二つの意識が同時進行する奇妙な感覚のなかで梵天は振り返った。

眺めのすべてが砂漠に占められていた。距離感が出鱈目になり、手を伸ばしたらそのまま砂丘に触れるのではないか、という一瞬の錯覚に惑わされたとき、なぜか、弟の声を聞いた気がした。

「しゃがめ、天ニイッ」

もちろん、そんなものが本当に聞こえるはずがなかった。梵人は三千メートル離れた場所にいる。だが、もしも梵天の想像と理解が正しければ、ドローンのプロペラを回して、梵人が求めている行動はこれしかない——。

正面に顔を戻し、梵天はその場に崩れるようにひざまずき、ほとんど土下座に近い体勢を取って伏せた。

その動きに気づいたキンメリッジが顔を戻す。

「かみは、とわに、われわれの、もの」

思い出したかのようにつぶやいたのち、口元の筋肉のトレーニングでもしているのか、唇をすぼめたり、口角を上げたり、頬を膨らませたりしていたが、

「おまえ」

と突然、呼びかけてきた。

「かみは、われわれの、もの。このアガデで、われわれと、ともに、いきる。だれにも、わたさない。どこにも、いかせ、ない。かみは、われわれが、まもる。われわれと、とわに、いきる。おまえ、され。おまえ、され。おまえ、され」

張りをともなわない不安定な声遣いであっても、そこに深く、暗い怒りがこもっていることを、揺れる調子からはっきりと感じ取ることができた。

「おまえ、され」

キンメリッジは高々と右手の刀を持ち上げた。

雲ひとつない空からジッグラトを燦々と照らす太陽の光を集め、兜が、刀が盛大に輝きをまき散らす。

くわっと口を大きく広げ、キンメリッジは一歩を踏み出した。

「すだぁあああん」

あの音がまたもや背後から響いた。

振り下ろされた刀が放つ太陽の残像に、強く目をつぶった梵天の頭上を、「しゅっ」と空気を裂いて何かが通り抜けた。

ヒトニーヒトゴー、午後十二時十五分

スコープの調整ダイヤルに指をかけていた銀亀三尉が、

「見えた」

と鋭い声を放った。

同時に梵人もジッグラト頂上に二人目の人影を認めた。ただし、キンメリッジかどうかまではわからない。

「駄目ね」

上官の舌打ちの意味は容易に推察できた。梵天のほぼ正面の位置に相手がいるために、身体が重なり合って狙うことができないのだ。

だが、時間がない。

いつの間にか、双眼鏡には長兄の足元まで全身がくっきりと映し出されている。それはつまり、最上層のへりの部分まで追い詰められている、ということではないのか。

「梵人二士、耳を塞いで」

唐突に、三秒が働いた。三秒に音はともなわない。ただ残像が見えるだけだが、衝撃で視界が一瞬、揺れる未来。それが何によるものか考える前に、梵人は両手を耳に押し当てた。

えぐるように重く、鋭い銃声と同時に、残像どおりの衝撃が訪れた。

三尉が撃ったのだ。

「目標、物置みたいな建物」

残響が空気を震わせ遠ざかるのを感じながら、すぐさま双眼鏡を構え直し、レンズを向けた。

これまでの上官の話を疑っていたわけではなかった。

ただ、実感することができなかったのだ。

銃声から十秒近くが経ったあたりだろう。

ジッグラト頂上に建つ、まさに物置のような大きさの四角形の壁面に、音もなくひと筋の土煙が立った。

「着弾」

間髪をいれず三尉の声が響く。

本当に十秒かかるのだという驚きとともに、

「え、でも、——」

と戸惑いの声が漏れる。着弾点は梵天の位置から左方、五メートル近く離れた場所である。

「今のは準備の一発」

当たり前でしょ、と険のある上官の声に対し、いつもの梵人なら余計なことを返してしまうところだが、さすがに口を閉じたまま続きを待つ。

「この銃の弾がジッグラトまで届くかどうか、確かめたの。いちばん、大切なことよ。次に弾道——、この場所には風がないから、左右方向への弾道のぶれは起こらない、重力の影響だけ考慮したらいい」

「重力……ですか」

「知ってる? 三千メートル先の標的を狙うとき、標的の何メートル上に向かって撃つか」

「わかりません」

「三メートルよ。それが十秒かけて放物線を描き、標的の場所に落ちてくる」

ということは今、三尉はあの建物の三メートル上、完全に空しか見えない一点を狙い、引き金を引いたのか。

「そう、私が読んだ記事には書いてあったけど、予想よりずっと低い場所に当たった。もう少し照準を上げないと」

ガムを嚙み続けているのだろう、「梵人二士、彼らの、動きは?」と言葉を区切りながら三尉が訊ねた。

ジッグラト頂上への着弾を確認したときからすでに、梵人の双眼鏡はシュメール・ゾンビの連中と梵天との間をせわしなく行き来している。

隠しようもないほど、大きな銃声が轟き渡ったのだ。バレないはずがなかった。ロケットランチャーの着弾地点付近にいた四人は、すでにこちらに向かって走り始めている。だが、本気のダッシュではない。距離はおよそ四百メートル。連中の場所からは砂丘が重なり合うなかで正確な場所を絞りきれないようで、顔を左右に振りながら音の源を探っている。後方に続く列も音に気づいて足を止める者は半分くらい、さらに引き返してきたのは、ほんの数人といったところだろう。

双眼鏡を離し、振り返った。スコープをのぞいたまま、微動だにせずに伏射の姿勢を維持する三尉に、「次の一発で完全に気づかれ、四十秒ほどで四人が急襲する」と正確な見立てを伝えて何になるだろう。

「まだ、大丈夫です」

鋭い上官である。梵人の言葉の裏を読み取ったかもしれないが、ただ「了解」とだけ応答した。いつの間にか、その耳にはトイレットペーパーあたりを丸めたのか、白い耳栓が詰まっている。

「駄目ね」

苛立ちがそのまま漏れ出たような舌打ちに、ガムを噛む音が混じり合う。

「梵天二士と相手がずっと重なったままよ。これじゃ、撃てない」

焦りが募るのを吐き出すように、三尉は大きく深呼吸したのち、ボルトを引いた。薬莢が音もなく弾き出され、砂地にぽろりと落下する。

「何か方法はない？　ジッグラトの梵天二士は、今の着弾に気づいている。物置のほうをチラッと見たから。でも、一度も振り返っていない。私たちが撃ったと理解していないのよ。もしも、私たちの存在に気づいたら、梵天二士なら、何か行動を起こしてくれるかもしれない――。ねえ、あなたのその力は何か役に立たないの？　こういうときのために、あなたたち三人には、揃って特別な力が備わっているんじゃないの？」

スコープからいっときも目を離さず放たれた言葉は、銃声をともなわずとも、針の鋭さをもって梵人を貫いた。

何も返すことができぬまま、逃げるように双眼鏡をジッグラトに向けた。

三尉の言うとおり、本当に特別な力ならば、発揮すべきは今だろう。互いのピンチを助け合ってこその「特別」な力だ。だが、今の梵人は立つことさえままならぬ、本物の役立たずだ。スピーカーからの通信が途絶えてしまえば、梵天や梵地の状況すらつかめない。

「クソッ」

くやしさを押し殺すことさえ空々しかった。己の無力さを噛みしめながら、兄たちの名前を心で呼び続けていたら、いきなり、梵天が振り返った。

まさか認識できるはずはないが、双眼鏡をのぞく梵人と一瞬、視線が合った気がした。

「しゃがめ、天ニイッ」

信じられないことが起きた。

ねじった身体を戻した梵天は、まるで梵人の声が届いたかのように、すとんとその場に腰を落とし、姿が見えなくなるくらい姿勢を低くしたのである。

それまで長兄の上半身が隠していた部分があらわになり、その正面に立つ相手の胸から上部がはっきりと視界に映った。

はッ、と息を吐き出す音が聞こえた。

「すごいわね――、あなたたち」

呆れたような三尉の低い声が耳に届くと同時に、衝撃で視界が揺れる三秒の残像を察知した。

「十秒、じっとしてなさいよ」

と念を送るようにつぶやいてから、

「撃つわよ」

と告げた。

あれは兜だろうか、刀だろうか、晴れ渡った空から降り注ぐ太陽の光をめいっぱい反射させ、梵天の正面に仁王立ちしている相手はこの上なく確かな目印を自ら発していた。

双眼鏡を下ろし、耳を塞いだ。

「すたあぁん」

腹の底を鋭く貫くような短い炸裂音ののち、放たれた銃弾が空気を切り裂く残響が空を走る。

すぐさま後退しようとして、太ももの下に何か固いものを感じた。手を伸ばして確かめると、ドローンのコントローラーだった。気づかぬうちに太ももの下敷きになっていたらしい。ちょうどスティック部分の上に足を置いていたため、ひょっとしたら勝手に押し倒し、プロペラを作動させていたかもしれないが、今は必要ないとばかりに脇に放り投げ、腹這いで斜面を降りた。

弾丸の行方は追わなかった。

放置されていたペットボトルをつかみ、真横の位置で伏射の姿勢を取っている三尉の横顔を見つめた。

「わッ、うわッ、何だッ」

背後のスピーカーから、ひさしぶりの梵天の甲高い声が発せられた。

三尉がスコープから、ゆっくりと顔を離す。

たとえサングラスをしていても、呆然とした表情が漂うのを、頬の筋肉と口元のあたりから感じ取ることができた。

「ぼ、梵人ッ。す、す、砂だ――。いきなり、砂になった。どういうことだ？　嘘だろ？　こいつもゾンビだったのか？」

当人は混乱の極致にあるのだろうが、どこか間抜けに響く声をバックに、三尉は引き金から右手を離した。

そのまま、梵人に向かって伸ばした。

躊躇なくその手を――、急ぎすぎたため、指先だけを三本ほどまとめてつかんだ。

「今のは、ちゃんと聞こえた、梵天二士の声」

それはつまり、ジッグラトの頂上に「神の言葉」を話す者がいなくなったということだ。

「当ててやった」

「最高です、銀亀さん」

もっと深く、彼女の手を握った。上官の手はとても小さく、やわらかく、汗にべっとりとぬれ、緊張のせいで血が巡らなかったのだろう、ひどく冷たく、かつ震えていた。とてつもない重圧をはねのけ、三千メートルのショットを成功させた、本物の「神の手」だった。

「来るかな」

上官の口元には、早くも緊張感が戻っていた。

「来ます、あと二十秒」

と正確な推測を告げ、互いに手を離した。

三尉は身体を起こし、砂も払わず、そのまま膝撃ちの姿勢を取った。

ペットボトルを右手に構え、梵人は左手を三尉の肩に置いた。息を止め、「肩、借ります」と勢いで一気に立ち上がった。

「大丈夫なの、梵人二士？」

「立っているだけなら、問題ないです」

正面に顔を向けると、砂丘のへり前方に広がる下り斜面の風景が一気に開けた。梵人たちが陣取る砂丘てっぺんを目がけ、予想どおり、シュメール・ゾンビの連中が四人、刀と槍を振り回し、まさに飛ぶ勢いで向かってくる。

その距離、百メートル。

到着推定時間は十秒。

スコープの筒の曲面に合わせ、弧を描くように、なめらかな動きでレバーを操作したのち、三尉はボルトを引いた。先ほど撃ち終えた薬莢がひとつ、排出される。

「行くわよ」

一発目が放たれた。

先頭で走っていた兵士の頭ががくんと後ろにのけぞり、次の瞬間、黒い影を残し、砂煙と化した。

音もなくボルトを引き、素早く排莢、轟音とともに放つ。

二人目が砂になる。

射撃中、三尉はほとんど動かない。右膝は地面に、曲げた左膝の上に左肘を置く姿勢で、常に銃を安定させている。スポーツ射撃の世界で慣れ親しんだ姿勢なのかもしれないが、それでも、とてつもない落ち着きだった。ただし、口だけは常に動き続けている。ガムを嚙んでいるのだ。

「三人目、十時の方向ッ」

発射後の反動は大きく、どうしても一瞬、体勢が崩れるため、次の標的を事前に確認する暇がない。代わって梵人が三尉の目となって兵士の位置を伝えた。

すぐさま銃口の向きを決め、左手から上ってくる三人目を砂煙に変えた。

その後ろに四人目がいる。先行する三人が次々と消滅しても、リアクションは皆無だった。お仲間がどうなろうと、ただ梵人たちだけを目指し、身体の細さとは到底比例しない脚力を発揮して砂丘を駆け上ってくる。

「あれ?」

ボルトを引き、一瞬の静止時間があったのち、

「弾切れ」

と三尉がつぶやいた。

はじめに五発を装填して、二発をジッグラトに放ち、残り三発で三人を砂にした。撃ちこむべき弾は、もう残っていない。

すでに五メートル前方まで、シュメール・ゾンビは砂を蹴る音を不気味に響かせ、「チャ、チャ、チャ」と鎧を鳴らして近づいている。

前傾姿勢で刀を構え、さらに加速のついた勢いとともに突っこんでくるその迫力に、三尉がのどの奥で息が空回りしたような悲鳴を上げた。

「銀亀さん、伏せてッ」

スナイパーライフルを抱えたまま、三尉は素早く腹這いになった。

「ここだ、シュメール・ゾンビ野郎ッ」

梵人は両手を左右に広げ、声の限りに呼びこんだ。

これだけの長距離全力疾走を果たしたのに、まったく息が乱れた様子の見えないたまねぎ兜兵士と正面で目があった。血色の悪い、いや、血色がない、げっそりと頬がこけた顔から、らんらんと目玉だけを光らせて、たっぷりの殺意を梵人に向けている。

「ほらよ」

と梵人はペットボトルをひょいと放った。

頭上に飛んできたペットボトルを、くわッと口を開け、兵士は見事に一刀両断した。

すでに三秒後、何が起きるか承知していたが、この目で直接確認するため、あえて梵人は顔を伏せずに待つことにした。

破裂したペットボトルの水を浴びた兵士は砂丘のへりの手前で急停止し、「ググググァ」と奇妙な声を漏らしたのち、いきなり爆発した。

音を伴わない爆風と砂の襲来を正面からもろに受け止めた。

「本当に、爆発しやがった」

乾ききった口の中から何とか唾を絞り出し、ペッ、ペッ、と砂を飛ばした。

こちらも同じく頭から砂をかぶった三尉が、サングラスの表面を指で拭いながら立ち上がる。

「ナイス、梵人二士。今のペットボトル爆弾、使えるわね」

「でも、最後の一個です」

真っ二つに切り裂かれたペットボトルは砂地に転がり、わずかに残った水は染みとなって即座に大地に吸いこまれた。

「今から、私がペットボトルを取りに戻る」

「その時間はないです」

梵人が差し出した指の行方を追って、三尉は振り返った。

砂塵をいっせいに巻き上げ、すでに兵士たちの移動が始まっていた。

今の発砲で侵入者のすべてが明らかとなった。梵人たちのいる砂丘を目指し、その兜に、刀に、槍に、好き勝手に太陽の光を反射させながら、誰もが全速力で砂漠を駆けてくる。

その数、ざっと二百。

「うぅおおおぅ、うぅおおおおぅ」

という怒りの咆哮が、さざ波のように伝わってくる。

「銀亀さん、先に逃げてください」

三尉は無言でシュメール・ゾンビたちから顔をそらし、梵人の背後にあるスピーカーの方向へと足を進めた。

ひょっとして、梵人の進言を素直に聞いてくれたのかと思いきや、地面に置かれた銃弾ケースの前にしゃがみこみ、取り出した新たな五発をボルトハンドルを引いた溝へ次々と滑りこませた。

「今の言葉、二度と口にしないで」

ぴしゃりと言い放ったのち、

「次、聞いたら、あなたを撃つから」

とサングラスを持ち上げ、大きな目玉をぎょろりと向けた。射撃に集中したためか、白目の部分がすっかり充血し、眉間のしわと合わせて、まるで不動明王のような迫力を放っていた。

「で、でも、あれだけの人数に攻められたら――」

彼女の提案どおり、ペットボトルを取りに戻らせたらよかった、と今さら後悔しても遅かった。

「信じなさいよ」

ボルトをぐいと押しこみ装塡を完了し、三尉は銃を抱えて立ち上がった。

「え？」

「信じるの、あなたの天ニイを」

三尉は一瞬だけ視線をジッグラトに向けると、位置を定めて腰を下ろした。手元に銃弾ケースを置いたのち、足を後方に伸ばして腹這いに、右膝だけ曲げるスタイルの伏射姿勢を取る。

「私は、あなたたちの力を信じる」

梵人に小さくうなずいて見せたのち、スコープをのぞきこんだ。

十秒後、スナイパーライフルがふたたび火を噴いた。

ヒトニーヒトキュウ、午後十二時十九分

目の前で起きた出来事を、理解することができなかった。

いや、正確には「ひょっとしたら、起きるかもしれない」と頭のどこかに予感めいたものがスタンバイしていたが、いざ目の前で展開されたとき、やはり理解できなかった。

混乱した頭を鎮めたのは、背後から続けて聞こえてきた三発の銃声だった。

「梵地ッ」

現実に引き戻されるなり、床に倒れている弟のもとに駆け寄った。

梵地の肩に手をかけ、乱暴に揺らす。

蒼い顔を晒し、ぐったりとしているその耳元で「梵地、梵地ッ」と執拗に呼びかけると、かすかに唇が動き、

「天?」

とゆっくりと目を開けた。

「お、俺だ。梵天だ。大丈夫か？」

「僕、どうなったの」

ハッとした表情を浮かべると同時に、いきなり上体を起こそうとして、「いててて」と腕を押さえる。

「ひょっとして――、怪我してる？」

「覚えていないのか？」

「何かが、いきなり胸にぶつかったところまで……、そうだ、槍だ。槍が胸に刺さった」

「胸じゃない、腕をやられたんだ」

「でも、胸の下のへんに――」

訝しそうにレインコートを見下ろした梵地だったが、

「そうか」

と急にレインコートのすそから無事な右腕を差し入れ、「あたた」と身体を傾けた拍子に左腕が痛むのか、顔をしかめながら何やら砂漠色の四角い物体を取り出した。

「粘土板だよ」

梵地は蒼白い顔ながら、どこか得意げに、見覚えのある女神からの招待状を掲げた。

「それを腹に入れていたのか？」

「天が大階段に向かう前に、バックパックの中身を詰め替えただろ？　あのとき、見向きもされずに放り出されたから、拾っておいたんだよね」

「まさか、資料になるとか、そんなことを考えたんじゃないだろうな」

「天ならわかるでしょ、二度と手に入らないものだよ、これは」

度を越した執着、もしくは執念とでも言うべきメソポタミアへの肩入れ具合に、すぐには言葉が出ない梵天の前で、「ほら」と梵地が粘土板の真ん中あたりを指差した。

「さすが焼成だね。割れずに傷だけですんだ」

梵天には出鱈目な筋の集合にしか見えない、弟が解説するところの楔形文字の一部が大きく削れている。ならば、と梵地のレインコートに目を凝らすと、確かにへその左上に二センチほどの穴が開いていた。

「まず粘土板に命中して、横に槍がそれてくれたんだよ」

そう言えば梵地に槍が直撃したとき、鈍い衝突音が聞こえたことを思い出す。

「粘土板に命を救われるなんて、何だか愛情をかたちにして返してもらった気分だ」

ひとまずこちらは大丈夫だとホッとしたところへ、またもや、はるか彼方から届く、かすかな銃声の余韻が空を渡っていった。

「何、今の？」

すぐさま梵地が反応する。

弟の隣に寝かされたままのドローンに訊ねかけようとして、すでに止まっているプロペラに言葉を呑みこんだ。

問いかけるまでもなかった。

三千メートル離れた場所から、キンメリッジの頭を撃ち抜く——。それができるのは梵人か銀亀三尉しかいない。その結果、アガデの外に誘《おび》き出した連中に居場所が知られたのだ。この瞬間も、梵天を助けた代償として、梵人と銀亀三尉は戦っている。

「そ、そうだ、彼女は？　エレシュキガルは？　僕を襲ったのは誰だったの？　相手はどこへ？」

畳みかけるような梵地の問いかけに、今ここでキンメリッジのことを話す気にはなれず、

「女は砂になって消えた。お前を襲ったシュメール・ゾンビはもういない」

と結論だけを告げた。

「天がひとりでやっつけたの？」

「まあ――、そのへんだ」

そこでようやく兄の負傷に気づいたようで、「どうしたの、それ」と梵地がギョッとした声を上げる。

「ちょっと、怪我した」

ちょっとじゃないよね、と梵地がバックパックの側面のポケットからバンダナを取り出し、梵天の血まみれの右手に添えた。

「シュメール・ゾンビにやられたの？」

たまねぎ兜をかぶったキンメリッジの土気色の顔を思い出しながら、梵天は無言でうなずいた。しかし、すぐさま「違う」と思った。キンメリッジがゾンビのはずがない。キンメリッジはキンメリッジだ。たとえ外見が同じであっても、あの兜をかぶった兵士から、キンメリッジという人間の気配はかけらも感じ取れなかった。ならば――、あれはいったい何だったのか？

「あのゾンビ、どこに隠れていたんだろう？　しつこいくらいチェックしてから、僕たち、ここに上ったよね」

「フロアは上から全部見渡して、神殿も確認した。間違いなく、ここにはあの女しかいなかった」

「神殿の内側も見たの？」

「見るも何も、二畳くらいの広さのただの物置だぞ。いや、物すら置かれていなかった」

「え？　何もないの？」

「皿があるだけだったな」

と浮遊しながら、一瞬だけのぞいたときの記憶を掘り起こして答える。

「皿？」

「円形のデカい皿が床の真ん中に置かれているだけで、それ以外は何もない。人が隠れる場所もない。突然、降って湧いたように奴は現れたんだ」

右手に巻きつけたバンダナを梵地が強く結んだ。「ぬ」と梵天は腹のあたりで声を発し、顔を歪めたところへ、すだぁああん、すだぁああん、とまたもや連続で空が鳴った。

「この銃声って――、梵人たちだよね」

「そうだ、俺たちのために誘き寄せたシュメール・ゾンビと戦っている」

地面に置かれたペットボトルの水で血まみれの左手を洗い、梵天は立ち上がった。

「隠れている場所がバレたってこと？　どうして？」

「今は説明している時間がない」

弟の痛んでいない右腕に手をかけ、「三、二、一」のかけ声で一気に身体を引き上げた。

「歩けるか?」

「うん、僕なら平気」

二人並んで正面を向くと、武器もまた砂に変わってしまうのか、女の頭を貫いた槍、梵地を襲った槍はともに消え失せ、ただ高い背もたれのレンガ椅子だけが黒一色に彩られた床面にたたずんでいる。

「僕たち……、これから、どこに行けばいいんだろ」

梵地がかすれた声でつぶやいた。

また一発、銃声の響きがジッグラトまで届く。

答えを探し出せないまま、梵天は手にしたペットボトルを口元で傾け、乱暴に水をのどに流しこんだ。

「こっちよ」

そこへ、いきなり声が聞こえてきたものだから、含んだ水を一気に吹き出した。

まさか、と呟きこみながら声のありかに顔を向けると、椅子の背後から長い背もたれに指がかかり、ゆっくりと人影が現れた。

真っ青なコートに全身を包み、やはり髪形は盛りに盛りつけ、背もたれに触れた手から黄金色の腕輪を輝かせながら、悠然とした足取りで女が登場した。

「お、お前――」

その先が出てこない梵天の声を引き取るように、

「戻ってきたわ。あなたのおかげで」

と女は艶然と笑みを浮かべ、梵天を指差した。

「で、でも——、砂になったはず」

「そう、だから、戻ってきたの」

「お前も、ゾンビなのか？　いや、その——、砂か？　粘土か？　そのへんから作られた人形なのか？」

「そうとも言えるわね。私も我がしもべと同じく、粘土から作られた身体をここに従えている」

黒い隈取りを施された青い瞳の前で自分の腕を掲げ、女はまるで出来栄えを確かめるように、コートの袖から剝き出しになった褐色の肌を眺めた。

「間に合ってよかった。もしも、あなたたちを失ったら、イナンナのしるしも同じく失われてしまう」

「失ったら？　お前、さんざん、『あなたたちは死なない』って言っていただろうがッ」

「大神官よ」

と腕を下ろし、女は無表情な面差しで、はめこんだレンガを組み合わせて幾何学模様が描かれている、いかにも固そうな背もたれの表面を撫でつけた。

「それは、あなたに仕える神官たちのうち、最高位に就く者ということですか」

何かを先回りして理解したのか、梵地が質問を投げかけた。

そのとおり、とまるで生徒に答える教師のように女はうなずいた。

「私は大神官にこのアガデを任せた。この四千年の間、我がしもべたちのことはすべて彼が差配していた。ここにふたたび戻る前に、私は大神官に問い質した。そして、大神官は認めた。私がこの地から去らないように、我がしもべたちに誤った言葉を与えていたことを。たとえイナンナのしもべであっても、このエレシュキガルを脅かす者として滅ぼすよう、我がしもべたちに命じていたことを。イナンナのしもべたちよ――、改めてあなたたちに伝えよう。私はあなたたちを心から歓迎する」

おそろしく空虚に響く言葉に対し、返事をする気も起きなかった。「そんなこと、どうでもいい」と抗議するかのように、三発の銃声が淡くこだました。

「俺たちの仲間が危ない。俺たちを元の世界に帰すんだ。今すぐにだッ」

梵天はズボンのポケットに収めていた円筒印章を取り出し、紐の部分を握りしめ、ぶら下がった青ちくわを突きつけた。

梵天たちの前で、女ははじめて見せる表情を作った。すなわち、隈取りの内側で青い瞳がほとんど隠れるくらい目を細め、声を出さずに笑った。

「今すぐに連中を引き返させろ。忠実なお前のしもべたちなんだろ？　今も俺たちの仲間が、あのゾンビ連中の攻撃を受けているんだッ」

「我がしもべの耳に、この場所から新たな言葉を伝えることはできない。一度、命じられてアガデを出立したなら、滅ぶまで己の責務を続けるだけ」

「じ、じゃあ、梵人や三尉は――」

「あなたたちは死なない」

何度目だろうか。このふざけた言葉を聞かされるのは。

梵天の怒りが爆発しそうになる寸前で機先を制するように、

「話はあとにしましょう。ついて来なさい」

と言い捨て、女はくるりと踵を返した。

どこまでもゆったりとした足取りで、物置神殿に向かって歩き始める。

銃声が一発、二発——、と続く。それは梵天の助けを求める、梵人と銀亀三尉からの必死の救難信号だった。議論の余地はなかった。女を追って二人はレンガ椅子の横を、左右に分かれて抜けた。

神殿へと向かう女はかすかに足を引きずっているように見えた。盛りつけた髪を加えると百八十センチを超える長身ゆえに、ロングコートで隠されていてもぎこちなさが目立つ。

「お前、大丈夫か？　その足——」

と思わず梵天が声をかけると、女はちらりと一瞥をくれてから、

「まだ、私とこの身体は馴染んでいない。この世に私が上ってきてから、十分な時間が経っていないということ。あなたが滅ぼした大神官もそう——。アガデを冥界とした日から、人形《ひとがた》を用いる必要のない、粘土のしもべのみを私はこの世に置いた。人形ある身体を携え、この世まで上ることができるのは神である私にのみ許される行為。されど大神官は禁を破り、新しい人形を得たことをさいわいに、この世まで上ってきた。彼が用いた人形は、おそらく滅ぼされ、大地へと返された、あなたたちの仲間。あなたの知る姿を借りて、大神官は現れたはず——」

相変わらず理解できぬ言葉ばかりだが、ひょっとしたら先ほどのキンメリッジについての説明を受けたのかもしれなかった。あのキンメリッジの中身は大神官とやらだと、このアガデの神様

は言いたいのではないか。だが、詳しく訊き出す間もなく、

「あなたたちも、中へ」

と先に女が神殿の入口をくぐった。

神殿というが、建物自体の幅は二メートルほど、入口に扉はなく、わざわざ入らずとも、狭い内部をすべて見渡せる大きさである。先に首だけ突っこみ、内側をぐるりとのぞきこんだ梵地が、

「本当だ、ご神体がない……」

とどこか困ったような声でつぶやいた。

「ご神体？」

「神殿というのは、あくまで学者による予想なんだ。ジッグラト自体、その用途目的が何なのか、実は今もはっきりとした答えは出ていない。何せ、最上層まで残っているジッグラトが存在しないからね。本に載っている復元図はあくまでも想像――、つまり、化石から逆算した恐竜図鑑のイメージ画と同じだよ。それでも、はじめは丘の上に築かれていた神殿が発達して、やがてこの形になったことは間違いないから、そこからジッグラト最上層には神殿があるはず、神殿があるのならご神体があるはず――、という推測につながるわけ」

入りなさい――、女の催促に梵天から足を踏み入れる。広さわずか二畳程度の空間に内装は存在せず、唯一あるものといったら三秒で偵察したときに確認した足元の大皿だけ。壁には小窓すらなく、殺風景にもほどがある造りである。この小さな建物が神殿で、さらにこのための土台としてジッグラトを築いたという説明が、梵天にはまったくピンとこない。神殿というなら、最低限の厳《おごそ》かさや華やかさや大きさがあって然るべきだろう。どこからどう見ても、ここは物置小屋

である。

入口から見て、右手の壁面を背に女は立っているため、梵天と梵地は自然、左手へ、大皿を中央に挟んで女と対峙するかたちで並んだ。梵地と隣り合うと、肩が壁面に触れてしまうくらい薄暗くて狭い。

薄暗い？

天井を見上げたら、そこに屋根があった。アガデに侵入してはじめて見た屋根だった。木材を梁に使うことなく、レンガだけでドームのような膨らみのある天井をこしらえている。

「ここは……、神殿ですか？」

と声をひそめ、梵地が訊ねた。

「この場所は、エレシュキガルの認めた者だけが足を踏み入れることができる、アガデでもっとも重要な場所」

「でも、何もありません。ここでは何を祀っているのですか？」

「ここは祀る場所ではない。生み出す場所――」

「さっさと、俺たちを元の世界に戻せッ。こんなところで、何をするつもりだ。あるのは皿だけだぞ？」

殺気立った梵天の声がわんと響いても、女は表情ひとつ変えることなく、

「イナンナのしるしを」

と両腕をゆっくりと肩の高さまで持ち上げた。

すぐさま梵天は左の手のひらを広げ、人差し指第一関節ほどの大きさの青ちくわを差し出し

た。

だが、女は受け取らない。地面と水平の位置まで持ち上げた手のひらを真下の大皿に向けたまま、静止している。

「おいッ、どうするんだ、これ――」

梵天の苛立った声に反応するように、手首を飾る黄金の腕輪が鈍い光を放った。すっと女の手が伸び、梵天の腕をレインコートの袖の上からつかんだ。

ぎくりとして腕を引いたが、異様にその力は強い。突如、岩になったかのような強度と硬度が女の身体に宿り、動かそうにもびくともしない。

「イナンナのしもべよ、このしるしを証《あかし》へと変えよ。そのとき、我がエレシュキガルの家はふたたびの力を得て、イナンナのもとへ進むであろう」

梵天の顔を見据え、何を勝手に納得しているのか知らないが、女は静かにうなずいて見せた。

不意に、ほのかではあるが、神殿内部の明るさが増した気がした。

「天、光ってる」

梵地の声に天井を見上げたが、レンガのドーム屋根が見えるばかりである。

「違う、下だよ。皿」

皿？　女に手首近くをつかまれたまま見下ろすと、足元の大皿がほんのりと光を纏っていた。まるで夜光塗料を施された時計の針が、暗闇で存在を伝えるような淡い主張を放っている。太陽の光は神殿内に直接届かない。皿自体が発光しているのだ。

のぞきこむ梵天の視線の先で、今度は皿の中央部分が青く光り始めた。何かが浮き上がってくるように見える。断面が正方形の青い羊羹《ようかん》のようなものが、うっすらと光を帯びながら、皿の中央からにゅうと伸びてくる錯覚に一瞬囚われたが、すぐさま間違いに気がついた。錯覚じゃない。本当に青い柱が飛び出している。

相変わらず女に腕を固定されながら、じりじりと伸びる青い羊羹柱を見つめた。大皿と同じ控えめな発光度合いを保ちながら、その柱は円筒印章を載せた梵天の左手の真下で伸長をぴたりと止めた。

「な、何だ、これは？　どこから出てきた？」

「もちろん、我がエレシュキガルの家から」

「家？」

「人形《ひとがた》を元に、粘土から生み出された、このかりそめの身体に対し、真の身体は我がエレシュキガルの家にある。この場所は我がエレシュキガルの家とこの世を結ぶ扉であり、窓。大神官もまた、真の身体は我がエレシュキガルの家にある。新たな人形を得て、この場所から生み出され、あなたたちに滅ぼされた」

何を言っているんだ？　という梵天のとことん冷たい視線に動じることもなく、

「私がこの身体をまだ十全に扱えないように、イナンナのしるしを証とするには、あと少しの時間が必要」

とどこまでもマイペースに女は言葉を連ねた。

「これはどういう手品だ？　どうして皿からこんなものが出てくる？」

「私に訊ねるよりも、自分の目で確かめてみたらどうかしら」

「確かめる？」

「あなたの持つ、イナンナの力を使えば簡単」

と女は青い瞳の動きで下方を示した。どうやら、三秒を使って潜れ、と伝えたいらしい。

「ただの土くれだろ？　何度もすり抜けたから、知ってるぞ」

「それはこの真下？」

「いや、俺がすり抜けたのは、壁の近くのあたりだ」

ねえ天、のぞいてみたら？　と急に耳元で梵地がささやいた。

「何？」

「この皿――、材質は何だと思う？　鉄かな？」

弟の言葉に釣られ、足元の大皿を改めて見下ろすに、直径は一メートル二十センチほど、黒の床面に埋めこむように置かれ、その円周をレンガがぐるりと囲んでいる。どこかミニチュアの土俵のような眺めでもある。この大皿の幅がそのまま物置神殿の奥行きとなり、そこに梵天と梵地が肩を並べているため窮屈なことこのうえない。

「鉄よりも――、俺にはステンレスに近いように見えるぞ」

「ウル第三王朝はまだ青銅器時代だからね。鉄の皿を作る技術はない。ステンレスなんてもってのほかだよ」

「何で作られていようと、こんなふうに光ったり、羊羹柱が飛び出したりしないだろ」

「羊羹柱？　ああ……、僕は灰皿スタンドみたいだな、って思った」

確かに高さといい、断面の正方形のサイズといい、喫煙コーナーの真ん中にぽつんと置かれた灰皿スタンドに似ている。

所詮、三秒の話だった。

聞いてもわからない説明を繰り返されるより、さっさとこの目で仕組みを確かめたほうが早い。

「おい、いい加減、手を離せ」

と腕を引いたが、やはり女はびくともしないので、そのまま眉間のあたりに集中の焦点を定めた。

ふわりと意識が身体から離れる。

足元の皿をすり抜け、地中に潜りこんだ。

黒い床面の下はこれまで偵察のたびに壁の向こう側を潜り抜けたときと同じく、ただの土くれだったが、

「え」

と声にならぬ声が漏れた。

青い羊羹柱が大皿を貫くようにして、地中に続いている。淡い発光はそのままに一本の細い管となって下方へ、地中深くへと直線を描いている。これまで化石探しのため、何度も土中をのぞいてきた梵天だが、光が存在しない場所で勝手に光るものなど当然、見たことがなかった。

「イナンナのしもべよ――。我がエレシュキガルの家にあなたを歓迎しよう。冥界を司る深淵まで、そのまま向かうがよい」

突然、真横から女の声が発せられた。

ギョッとして視線を向けるが、暗い土くれの空間が続くだけで、もちろん女の姿など見当たら

ない。

妙だった。

身体が返らない。

とうに三秒は経過したはずだが、依然、己の意識は土中に留まったままである。

「イナンナのしもべよ——、その神の力を用いて、我が声のする先へ降りるがよい」

今度は下方から、呼びかけるように聞こえてきた。

梵天は沈降した。

三秒をとうに過ぎていることは明らかだが、地下へと連なる青いラインを追って、まるで無音の空間を降りていく深海ダイバーのように底へ、底へと向かう。

徐々にぼんやりとではあるが、進む先に何かが見えてきた。

「嘘……だろ」

建物だった。

全体を視界に捉えきれないほどの、馬鹿デカい建物が土中に唐突に埋まっていた。

その外壁に青い直線は吸収されている。

くすんだ色合いの建物の外壁を通り抜け、梵天は中へと突き進んだ。

いきなり、部屋があった。

教室ほどの広さの空間だ。ただし、青い羊羹柱の源はここだと言わんばかりに、天井、壁、床すべてが青一色に覆われていた。その鮮やかな質感に見覚えがあった。部屋じゅうが、あの女が身に纏う色に彩られている。

ものが存在しない。窓や扉もない。人もいない。呆気に取られているうちに部屋を抜け、さらに下方へと進んだ。

床をすり抜けた先に現れたのは、打って変わって光のない真っ暗な部屋だった。光があろうとなかろうと、なぜか視認ができる梵天が左右を見渡すに、三十メートル近い幅がある、かなり広い部屋だ。ただし、天井がやけに低い。せいぜい二メートルほどではないか。何だ、ここは？と視線を正面に、すなわち床面に向けた途端、いきなり焦点が合った。

「おわッ」

上半身は裸、腰巻きだけを纏った、スキンヘッドの男たちが並んでいた。全員、褐色の肌の持ち主だった。若いのもいれば、老いたのもいて、背の高いのもいれば、低いのもいる。とにかく、誰もが天井に顔を向けている。改めて見回したら、部屋の床すべてが男だった。生きているのか、死んでいるのかわからないが、整然と前後左右に並び、揃って半裸姿で目を閉じている。建設現場事務所の仮眠室に似た風景であるが、規模が違う。この光のない空間に、ひょっとしたら百人近くもの男が詰めこまれているかもしれないのだ。

「おいッ、大丈夫か」

声をぶつけたところで相手に届くはずもなかった。下降を続ける梵天の前に、眠る男たちが静かに近づいてくる。

梵天の正面には、でっぷりと太った四十過ぎくらいの中年男がこちらに顔を向け目を閉じていた。胸まであごヒゲを伸ばし、上半身裸の首まわりには他の男たちと異なり、ごてごてとした飾りを纏っている。

「大神官よ」

女の声にギョッとして止まろうとしたとき気がついた。

自分の動きを操ることができない。

「安心なさい。あなたたちが現れたことで、彼の役目は終わった。私が眠るよう命じたから、旅を終えるまで彼が起きることはない」

いよいよ中年男の顔が近づいてくる。

「わ、や、やめろッ」

どれだけ悲鳴を上げても止まることができなかった。穏やかな顔で眠る男の褐色の胸のあたりにめりこみ、音もなく相手の身体をすり抜けた。

さらに階下へと沈み、視界が開けると同時にふたたびの青が広がった。

同じ青でも、最初の部屋とは様子が異なっていた。体育館のような巨大な空間をゆっくりと落下していく。天井と四方の壁面は、真っ黒な材質で覆われている。ただ、床だけが青い。

液体だ。

動きはまったくないため一見ツヤのある一枚の床面だが、なぜかそれが液体の表面だと確信することができた。

ここはタンクか、それともプールなのか。まるで巨大なペンキ缶の中身をのぞきこむような、ぬめりのある鮮やかな青が――、やはり、女が纏うコートを思い出させる発色で、床いっぱいに充満している。

とうのむかしに、三秒は経過していた。

ひょっとしたら一分に近づいているかもしれない。相変わらず身体のコントロールは利かず、それでも意識は途切れぬまま青い液体の表面へと接近していく。透過性はまったくない。いわば青い石油のような液体の表面に突っこんだときだった。

「イナンナのしもべよ——、用意は整った」

はるか上方から、声が響いた。

目の前に、女が立っていた。

見慣れた全身の青に、派手に盛りつけた髪形、頭のあちこちにまぶされた金の飾りつけ、黒い隈取りの奥で青い瞳がじっと梵天を捉えている。

「天——、大丈夫？」

袖を引っ張られる感覚に顔を向けると、心配そうな弟の視線にぶつかった。

「俺は、どのくらい動かなかった？」

「一分近く」

やはりそうだったか、と梵天は依然、腕をつかんだままの女に険しい視線を向けた。

「何だ、今のは」

「あなたの力では、我がエレシュキガルの家までたどり着けないから、私が少しの力を貸してあげた」

「家って……、あれが、お前の家なのか？」

「この丘は、我がエレシュキガルの家を守るため築かれたもの。ほかの街もまた然り。はじめに神々が家を置いた。やがて人が育ち、街が生まれ、神々の家を守るため、それぞれの丘が築かれた——」

そこで不意に女は梵天の腕から手を離し、

「さあ、イナンナのしもべよ、そのしるしを証《あかし》へと変えなさい」

と羊羹柱の断面を、左右の手のひらで包むようにして示した。

「しるしをあかしへ？」

「青い台の上で、転がせってことじゃないかな？　転がすことで、円筒印章は証となるわけだから」

「転がして何になるんだ」

「それは……」

「おいッ、これを転がせば——、俺たちは帰れるんだろうな」

「イナンナからの力を得ることで、我がエレシュキガルの家は、ふたたび神の息吹を蘇らせる。そして、私たちは時を合わせるために進む」

この女とのやり取りにも慣れてきたのか、意味はわからずとも、否定しているわけではなさそうだ、とうっすらと感じ取れるものがあった。

紐をたぐり寄せ、ぶら下がっていた円筒印章を手のうちに収めた。改めて人差し指と親指との間につまんでも、この小さな青ちくわのどこに「イナンナの力」とやらが宿っているのか、その気配すら感じることができなかった。

すだぁあん、すだぁああん、すだぁああん——。

銃声がかすかにレンガ壁をすり抜けて届く。遅れて、さらに二発。

「やろう、天」

という梵地の声に続き、

「イナンナのしるしを証へと変えられるのは、イナンナのしもべのみ。我がエレシュキガルの家に力を、そして神の息吹を生む源を与えよ。このときが訪れる日を、エレシュキガルとそのしもべたちは四千年の間、待ち続けていた」

と女は迎え入れるように両腕を左右に広げた。

榎土三兄弟がこの場所に送りこまれた理由を、これまでもっとも簡潔なかたちで告げられた気がした。もはや梵天には残された時間も、選択肢もなかった。円筒印章をつまんだ手を、梵地がたとえるところの、灰皿スタンドの四角形の断面に近づけた。真上からすこし外れた角度からのぞきこんだとき、断面が液体であることに気がついた。たった今、地中で目撃したばかりの、タンクのような空間に張られた青の液体と同じ質感で、表面が満たされている。

慎重に青ちくわを触れさせた。

うっすらと波紋が広がったにもかかわらず、青ちくわは沈みこむことなく、逆に硬い平面に当たった感触が返ってきた。

アガデに突入する前、梵地が泥に押しつけて使い方を披露したとおりに、ゆっくりと青ちくわを転がした。

青同士が重なり合うように円筒印章が走る。

発光する断面上に、絆創膏ほどの幅の黒い帯が現れた。梵天が印章を転がす範囲だけ暗転したかのように黒に染まるのだ。ただし、円筒印章の表面に彫られた線画の部分だけは、触れていないということなのか、青を保っている。アガデ侵入前に、粘土の上に梵地が転がしたときと違って、黒を背景に青く発光するおかげで、そこに描かれたものをはっきりと認めることができた。

女が左側を向いて座っている。女の背後には二本の柱が立ち、その足元にはライオンだ。女は空を見ているのか、顔の角度は水平よりも少し高い場所を捉えている。青ちくわの線画のない部分に彫りこまれていた点は、黒をバックに光の粒となって現れた。

女が口を挟まないので、羊羹柱の断面の端から端まで青ちくわを転がした。黒い帯が連なり、座る女とライオンの像が何度も登場する。光の粒がまぶされる。その解釈に梵地は賛同してくれなかったが、まさに女とライオンを包むように、夜空の星々が青い光を放っていた。

端まで転がし終えたところで、「もう、いいか?」と訊ねると女は黙ってうなずいた。

「これは、何を表している絵なんだ?」

「彼女が、イナンナが星々に散った仲間の神々を見守る姿ね。このなかのひとつが私ということかしら」

左右に広げた両腕を女が下ろすのを合図に、梵天も青ちくわを台から離した。

「イナンナのしもべよ――、今、しるしは確かに証となった」

女の言葉に応えるように、青い断面にスタンプされた黒い帯が揺れ始めた。いや、よく見ると、ゆっくりと溶けている。水の表面にトイレットペーパーを浮かべたかのように、黒い帯が歪み、端のほうからふやけ、背景の青に吸収されていくのだ。

ほんの十秒かそこらで、梵天が転がしたスタンプは跡形もなく消えてしまった。さらには羊羹柱自体が短くなっていく。登場したときの様子を巻き戻すかのように縮み始め、皿の底まで沈んだところで見えなくなってしまった。

ほのかに発光していた大皿も光量を落としていく。

やがて、元の薄暗さが舞い戻ったとき、

「ジン――」

と気のせいだろうか、足元よりもずっと底のほうから、かすかに震えたような感触が伝わってきた。

「行きましょう」

ふわりと青のコートを翻し、女は神殿を出た。慌てて、梵天と梵地も後に従う。

女はレンガ椅子を正面に左手へ、ジッグラトの北面に向かって歩き始めた。

梵天はすぐさま西面へ回り、神殿の脇から砂漠を見渡した。砂塵が舞い上がり、もやのように膨らんだものが真っ先に目に入った。風がないため、左右に靡《なび》くことなくそこに留まる砂煙は一本のラインとなって砂漠を貫き、砂丘を目指している。言うまでもなく、梵人たちが隠れている場所だ。この瞬間も、シュメール・ゾンビと梵人たちが戦っている。砂煙がまだ砂丘に到達していないことが救いだった。とはいえ、両者の距離はわずかだ。もしもあの砂煙が砂丘に到達したなら、時間切れということだ。

風がないのに風のうなりのような響きがかすかに届いた。おそらく連中が発する声だろう。そこへ「すだぁああん」という銃声が一発、二発、三発。

「何も起きないぞ？　さっきの羊羹柱は何だったんだッ」

真後ろに立っていた梵地がびくりと身体を震わせるほど、強い声とともに梵天は振り返った。

女は北面のへりに立ち、しもべたちの戦いにはまったく興味がない様子で、アガデの北側に広がる砂漠を眺めていたが、梵天の怒号に顔を向け、

「ここに、来なさい」

とどこまでも優雅な仕草で腕を持ち上げ、梵天を招いた。

「あなたたちが心配する必要はない。もう――、始まっている」

「始まっている？　適当なことを言うなッ」

と怒鳴りつけながら近づく梵天に対し、

「あれを、ご覧なさい」

と女は招いた手をそのまま正面の砂漠へと向けて、指差した。

「溶け始めている」

溶ける？　と女の示す先に顔を向けたとき、これまで梵天が目にしてきた眺めと違っていることに気がついた。

砂漠を縦断するようにして、大きなうねりのラインが、その部分だけ濃淡を変えて、アガデを起点に北側へと連なっている。それは梵人たちがいるアガデ西面の風景とは異なり、まるで巨大な蛇が通りすぎた跡のようにも見えた。

「何だ、あのうねうねしたのは」

「川の跡だよ。とんでもない大きさの川だね」

そのスケールに圧倒されたのか、隣に立つ梵地がうめくように答える。

「そうか、俺たち水門から街に入ったんだよな」

かつてはこの乾ききった土地にも水が運ばれ、街を通り抜けていたという事実が、実際に巨大な川の跡を目にしてもしっくりとこない。過去の水底のありかを伝える色むらは、一本の流れが素直に連続するのではなく、好き勝手に分岐し、集合し、ぶ厚い束となりながら、まさに「一筋縄」ではいかない眺めを描き出していた。

複雑な蛇行の跡を目で追うと、やがて唐突な終わりが訪れる。アガデを中心とした「フセイン・エリア」をぐるりと囲む、高さ二百メートルそこらの絶壁が、川の流れをぶった切るように立ち塞がっているのだ。

だが、ピントが合わないレンズを間に挟んだかのようにぼやけて見える。梵天たちが「ヒトコブラクダ層」を目撃した絶壁と同じく、砂岩で形成されているであろう地層のグラデーションが徐々に薄まり、まるで蜃気楼のようにゆらゆらと揺れている。

「四千年前――、彼らは、我々を滅ぼすべくこの地に現れた。彼らの憎しみの前に、神々は抗う力を持たず、次々と旅立った。我がエレシュキガルの家は、神の息吹を得るための力を失い、滅びのときは迫っていた。彼らが送りこむ、滅びの呪いから逃れるため、私は時間《とき》の壁を築き、このアガデを砂漠の底へ沈め冥界《キガル》とした。イナンナのしもべたちよ――、我がエレシュキガルの家はここにイナンナの力を得て、父と母と仲間が待つ場所へ旅立つ。見よ、四千年を経て、彼らがアガデを滅ぼすために送りこんだものが現れようとしている」

どこまでも平板な語り口であるが、女の言葉の底には、これまでにない、何かにじっと耐え続け待ち続けていたことを伝える、疼《うず》きのような切実さが感じられた。だが、長いひとり言を聞くためにここに立っているわけではなかった。今は梵人と銀亀三尉を救うことが一刻を争う大事である。

「すだぁあん、すだぁあああん」

と二発の銃声がかすかにこだましながら消えていく。

「エレシュキガル」

はじめて女の名前を呼んだ。

「頼む、俺たちの仲間を助けてくれ」

「ふたたび神の息吹を得て、我がエレシュキガルの家は旅立ちの用意を整えた。イナンナのしもべよ、エレシュキガルはここに最大の感謝の気持ちを伝えよう」

黒い隈取りの真ん中でやけにやさしげな女の青い瞳にぶつかったとき、女の身体にふっと影が差した。

「お、おいッ」

と梵天から声が漏れたときには、一瞬だけ人の形を保ったのち、女の身体は煙と化していた。

「あ、あいつ——、どこへ、行った?」

女の姿を追って左右を、背後を見回すが誰もいない。跡形もなく女は消え失せてしまった。

「て、天、あれッ——、あれを見てよ」

いきなり目の前に、梵地の長い腕がぬっと伸びてきた。

「壁が、消えてる」

腕をたどって指差す先へ顔を向けるが、弟の言葉を咀嚼するために数秒が必要だった。

「消えてる——」

それに気づいた梵天もまた、同じ言葉を発していた。

つい先ほどまで彼方にそびえていた、刀で横一文字に切り取ったように、同じ高さで連続していたはずの絶壁がすっかり消滅している。代わって幕が取り払われたかのように奥行きが生まれ、だだっ広い砂漠が地の果てまで続く風景が忽然と出現した。

「何だろ……、あれ」

またもや何かに気づいた梵地が、指の向きはそのままに訝しげな声を上げた。

「川の跡をずっとたどった先だよ――」

梵地の指の動きを追って、絶壁が消えて新たに登場した大河の痕跡の続き――、大蛇がのたくって通り過ぎたかのような色むらを目で追うと、地平線のあたりに奇妙なものを見つけた。

空気が乾燥しているため、砂漠と澄みきった青空との境界はくっきりと分かれている。しかし、その間に割りこむように黒い染みが地平線と重なり合うように見えた。

「何だろうね……、あの黒いの」

「こっちに近づいている、か?」

「かも……、しれない」

間違いなかった。黒い染みは地平線上を左右方向に広がりながら、着実に大きくなっている。

さらに奇妙なのは、地表の様子を鏡映しにしたかのように、これまで青空が支配していたところへ、急に黒雲が湧き上がってきたことだ。まるで砂漠に滲んだ黒い染みが空にまで伝播したようで、上下の様子を交互に確かめる間にも、ともに明らかに膨張し、その範囲を拡大している。

「彼らが送りこむ、滅びの呪いから逃れるため、私は時間《とき》の壁を築き、このアガデを砂漠の底へ沈め冥界とした――」

不意に、意味のつかめなかった女の言葉が耳の底で蘇った。さらには、

「溶け始めている」

と砂漠を指差しての女のつぶやき。

あの女が「滅びの呪い」とやらから逃れるためこの地下空間を築き、周囲をブロックしたのなら、壁が溶けて消えたとき、外でスタンバイしていたものは――、どうなる？

アガデに放りこまれてから、手を替え品を替えさんざん味わわされてきた嫌な予感が、ここにきてとびきり質《たち》の悪いやつを引き連れ、のど元までこみ上げてくるのを感じた。頬の筋肉をめいっぱい緊張させながら、梵天は今や地平線からくっきりと姿を現し、猛烈な勢いで空と砂漠の二方面を浸食していく、不気味な黒い影に目を凝らした。

「まさか、あれって――」

と梵天が声を上げたとき、「ドン」と足元から大きく突き上げる衝撃とともに、突然、ジッグラトが激しく揺れ始めた。

ヒトニーニーナナ、午後十二時二十七分

ボルトハンドルを引く。

薬莢が飛び出す。

撃つ。

ボルトハンドルを引く。

薬莢が飛び出す。

撃つ。

銀亀三尉の銃の扱いには音がない。それくらいに滑らかにボルトハンドルを引き、薬莢をぽとりと砂に落としたのち、ハンドルを戻し引き金を引く。もっとも、その静けさは迫力ある銃声の余韻に掻き消されてのことかもしれないし、ロケットランチャー発射のときに使ったトイレットペーパー耳栓が梵人の耳に復活しているせいかもしれない。

三尉は伏射の姿勢を保ち、梵人はその隣で双眼鏡を手に立っている。

もはや二人の間に会話らしき会話はなく、梵人が発する声に反応し、三尉がガムを嚙みながら、数センチ銃口の向きをずらす。もしくは数ミリを調整する。

四人のシュメール・ゾンビの突撃を防いだのち、三尉の長距離射撃が始まった。

まず八百メートル離れた兵士の頭を一発で仕留めた。

集中の感覚が持続しているようで、それから三発連続で併走していた連中を砂に返した。いともたやすくやり遂げる三尉だったが、双眼鏡から目を離したとき、米粒よりも小さいサイズの兵士たちの姿に、それがとてつもない難易度を誇る射撃であることをまざまざと思い知らされた。

いったん息をついて、また一発を放つ。轟音とともに双眼鏡が捉える視界の真ん中で、三段跳びの助走のように軽快なリズムで駆けていた兵士の頭ががくんとのけぞり、一瞬だけ黒い影を纏ったのち淡く煙と消えた。

五発を撃ち終え、すぐさま三尉はスナイパーライフルの右側に置いた銃弾ケースから新たな五発を抜き取り、ボルトハンドルを引き、開放した溝に詰めていく。一気にハンドルを押しこみ装塡を終えると、一秒も無駄にすることなく、ふたたびスコープをのぞきこんだ。

侵入者の存在に気づいたシュメール・ゾンビの連中がいっせいに踵を返し、全速力で砂地を蹴っている証だろう。砂煙が立ち上り、先頭集団の背後は重なり合うもやに隠れ、いったいどのくらいの人数が従っているのか確かめることができない。

それでも、梵人たちが果たすべきミッションは単純だった。

もっとも大きな標的、すなわち先頭から順に排除していく。

背後のスピーカーから、砂になったはずの女の声がなぜかふたたび聞こえてきても、その内容に耳を傾けている余裕はなかった。三尉も、怪我はしているようだが梵天と梵地の無事が確認されたとき、よろこびの声を短く上げたきり、その後はスナイパーライフルとの対話に没入している。

長距離射撃を八発連続で成功させたのち、九発目にして三尉ははじめて標的を外した。十発目は命中し連中を砂煙に変えたが、次の射撃も失敗。

「ブレてきた——。情けないわよね、このくらいで」

ガムを嚙む間を挟みながら、くやしそうに三尉がつぶやいたが、はじめて触れたスナイパーライフルで三千メートル超えのショットを成功させるという、おそらく熟練の狙撃手であっても「あり得ない」と驚くであろうミラクルを成し遂げたのだ。そこからさらなる集中を持続させながらの射撃である。消耗もすさまじいはずで、何の手伝いもできない木偶の坊が、ミスショットを責めることなどできなかった。これまでが異常だったのだ。

残り二発を命中させ、次の弾ごめを完了したのち、

「ごめんなさい、十秒だけ」

と三尉は空を見上げ深呼吸した。

この間にも、連中は距離を詰めてくる。五百メートル離れたロケットランチャーの着弾点付近まで到達した者はまだいないが、十秒間に百メートル詰められてしまう――、と不安を口にしそうになるのを梵人はぐっと呑みこむ。

そのとき、不意に蘇る記憶があった。

今や懐かしい石走《いわばしり》での新隊員教育期間、小銃の実弾射撃訓練をしたときのことだ。的に着弾する位置を三秒で先に確認したのち、照準を修正して射撃に挑んだら、すべてど真ん中に弾が命中してしまった――。

なぜ今、この記憶が？　そう、訝しんだのも一瞬、

「銀亀さん」

と気づいたときには、声を上ずらせながら上官の名を呼んでいた。しかし、頭に浮かんだばかりのイメージの断片を集めて伝えるのが難しく、「銀亀さんが撃って、いや、撃つ前に俺が三秒で確かめて、それを銀亀さんに――」と手間取っていたら、「黙って」と遮られ、

「つまり、当たるか外れるかがわかるだけじゃなくて、どれくらい修正したら当たるかまで、あなたが教えてくれるってこと？」

とまさに梵人が言いたいことを簡潔にまとめてくれた。

「そう、それです」

三尉はちらりと振り返った。サングラスは額に上げっ放しになっているため、剝き出しになった大きな目玉をぎょろりと向けたのち、

「最強の後出しじゃんけんね。あなた、オリンピックに出たら、絶対に金メダルじゃない」

と皮肉めいた笑みを送り、スコープに戻った。

「いいわね、その作戦。やりましょう」

チクリと胸に突き刺さる言葉だったが、今はこだわっている余裕はなかった。

「最前列の四人、左から狙う」

とうとうロケットランチャーの着弾地点を突破した先頭集団に、梵人は双眼鏡の焦点を合わせる。

すぐさま、三秒が訪れた。

発砲の衝撃で視界がぐらりと揺れ、さらにレンズ中央に捉えた兵士の胸元に何かが命中し、背後に吹っ飛ぶ残像が視界に重なる。

「外れました。もう少し、上です」

「もう少しって？　正確に」

「左右は調整せず、上方に二十センチ」

了解、というくぐもった声が聞こえた。

ほんの数ミリの銃口の調整が果たされたのだろう。またもや三秒による残像が視界に現れ、今度は兵士が砂煙と化す未来が確かに見えた。

「そこですッ」

声と同時にスナイパーライフルが轟音を放った。発射の衝撃で銀亀三尉の周囲から薄い砂煙が湧き上がり、放たれた銃弾は過つことなく兵士を砂に戻した。

すごい、と吐息のようなつぶやきが聞こえた。

「軍隊の狙撃手は、常にスポッターと呼ばれる観測手と二人ひと組で行動するの。梵人二士、あなたは観測手じゃなくて――、予測手ね」

それからは、一発たりとも外さなかった。

二人はまさに一心同体のチームとなって、三秒後の未来を元手にすべての弾を命中させた。五人連続で、連中を血祭りならぬ、「砂」祭りに上げたのち、新たな銃弾を補充。次の五人を消滅させる。

しかし、じりじりと彼らは迫ってくる。ハナから多勢に無勢の戦い、たった一丁の銃で二百人を相手にしているのだ。

いつか、そのタイミングが来ることはわかっていた。

それでも、お互い決して言葉にはせず、目の前のシュメール・ゾンビに対しすべての意識を集中させた。やがて、感覚が研ぎ澄まされ過ぎたせいか、まるで時間が停止したかのような錯覚に陥りかけた梵人だったが、魔法が解けるときは訪れた。

「弾切れ――」

最後の一発を撃ち終え、三尉は低い声とともに肩に当てていたスナイパーライフルの銃床を外した。膝をつき、「よっこらしょ」と立ち上がった。

「何人、倒した?」

「ジッグラトのひとりを足して三十七人です」

銃弾ケースに入っていた四十発から、ジッグラト頂上の物置に撃った一発と、外した二発を引いた数が戦いの記録だった。

「はじめて手にした銃を撃って、いきなり三千メートルも離れた標的に当てた人間なんて、きっといないわよ」

「ギネスブックに載りますね」

「隊長にバレたら、除隊どころじゃ済まない。法令違反にも問われそう」

「あの、銀亀三尉」

「俺を置いて逃げて、はナシだから。私はここから動かない」

何でもお見通しの上官にあえなく先回りされる。

「あなた、ずっと立っていて、つらくないの？」

「そろそろ、つらいです」

「肩、貸すわよ」

三尉は梵人の右側に回ると、腰を当てるようにして、「ほら、足の力抜いて」と梵人の右腕を自身の肩へと回した。

それなりに身長差があるため、あまり上手に肩を借りることができなかったが、ようやく棒とテープで固定しただけの右足の緊張を解くことができて、ふうと梵人は大きく息を吐く。

「ごめんね、その頰の傷」

梵人の顔を至近距離から見上げた三尉が、不意に謝ってきた。何のことかと一瞬戸惑ったが、地下施設の部屋で怒り狂う三尉に引っかかれた話かと思い出す。

「うぉおおおぅ、うぉおおおぅ、うぉおおおぅ」

怒り狂ったシュメール・ゾンビたちの咆哮が音の波となって押し寄せてくる。

三尉が梵人の背中に手を回し、戦闘服を肉ごとぎゅうとつかんだ。

さすがに四十人近く撃ち倒され、何かがおかしいと感じたのか、連中の進軍のスピードはぐっと落ちた。それでも攻撃がこれ以上はないことを察したら、すぐさま全速力の突撃が復活するはずだ。連中との距離は二百メートル。どちらにしろあと一分もかからず、この砂丘に殺到するだろう。

梵人はジッグラトに視線を向けた。背後のスピーカーからは何の音も聞こえてこない。

「天ニイ、地ニイ、時間切れだ」

と心のなかでつぶやいた。

「ドン」

突然、足元からの縦方向の衝撃、さらには地鳴りをともなう横方向の揺れが襲い、危うくバランスを失い倒れそうになる梵人を三尉が戦闘服の布地と腕を引っ張り支えた。

「な、何これ、地震？」

さらに揺れは激しくなり、支えきれなくなった三尉もろとも梵人は砂地に転倒した。すぐさま匍匐前進で砂丘のへりまで進む。てっぺんから顔をのぞかせて真っ先にシュメール・ゾンビたちの様子を確かめたら、全員が立ち止まっていた。さすがのバランス感覚と言うべきか、よろける者さえいないが、なぜか後方を――、アガデの北側を誰もが同じ格好で振り返っている。呪いの合唱のようなあのうなり声も、ぴたりと止まった。

「彼ら、何を見てるの？」

同じく腹這いの姿勢で隣に現れた三尉とともに連中の視線の先を探るが、何ら異状を見つけられない梵人の耳に、

「嘘――、消えてる」

というかすれた声が滑りこんできた。

「まわりのあれ、ここをぐるりと囲んでいたあれ――」

明らかに狼狽した様子で三尉が指差す方向に目を凝らした。

「あ」

唐突に、上官の言わんとするところを理解した。彼方にそびえ立つ絶壁がどこにも見当たらない。どれほど首を左右にねじっても、これまで寿司桶のようにアガデの周囲に連なっていた眺めが根こそぎ消滅し、地平線までひたすら砂漠が続く、宿営地でさんざん見慣れた風景にいつの間にか変わっている。

「双眼鏡、貸して」

差し出された手に、首にかけていた紐を外し、急ぎ渡す。三尉は迷うことなく双眼鏡のレンズをシュメール・ゾンビの連中が揃って視線を送る先――、つまりアガデの北側へと向けた。すでに何かを見つけたのか、揺れがいよいよ激しくなっても、三尉は微動だにせず口元を固く結び双眼鏡をのぞきこんでいる。

同じくアガデの北側をチェックしても、砂漠にしては濃淡のあるグラデーションが地面を彩る

ほか注意を引くものはない。一方、シュメール・ゾンビの進軍は完全にストップし、依然、首をねじり後方を眺める姿勢をキープしている。

「黒いのが、見える」

「黒いの、ですか？」

双眼鏡を下ろし、「見たら、わかる」と三尉はひどく険しい表情で、

「あっちの方向、川の跡が見えるでしょ、その先――」

と見るべきポイントを伝えた。

砂漠にうねうねと描かれた濃淡は川の跡か、とようやく気づきながら双眼鏡を構えた。指示どおり、絶壁に代わって登場した地平線までレンズを向けたとき、梵人の目がそれを捉えた。

まさに「黒いの」としか言いようのないものが扇のように広がっていた。さらに、地表の動きと合わせて黒雲が立ちこめ、北の空を覆い始めている。雲の下で線のように細い雷が落ちるのを五本まで見届けたのち、焦点を引き戻して思わず「え」と声が漏れた。「黒いの」が一気にその面積を拡大し、先ほどまで見えていた川の跡の北端を塗り潰していた。考えられないスピードに、慌てて先頭のあたりにレンズを向ける。白っぽいものがちらちらと現れては消え、ときどき跳ね上がっているのが見えた。

しぶきだ。

その瞬間、梵人の頭のなかに一本の線が引かれた。川の跡をたどって突き進んでくる、しぶきを上げる黒い何か。

「洪水――」

もはや双眼鏡を下ろしても、はっきりと視認することができた。地平線から溢れ出した黒い海は、わずか数分で何倍もの横幅へと膨張し、猛烈な勢いで砂漠を浸食している。

「見て、彼らが戻ってるッ」

三尉の声に完全にシュメール・ゾンビの存在を忘れていたことを思い出し、慌てて顔を向けた。

梵人たちのいる砂丘を目指していたはずの砂塵のもやが移動を開始していた。あれほど怖いものなしだったはずの連中が、我先にアガデに向かって避難を始めている。

そのとき、視界の隅で何かが光った。

何という速度か、黒雲が早くもアガデ上空に達しようとしていた。思わず目を伏せるほどの強烈な稲光が黒雲から放たれた。

「どぅおおおぉぉん」

約十秒後、空気をびりびりと震わせて、腹に響くほどの雷鳴が轟いた。

それからは間隔をほとんど空けずに届く落雷の音にまぎれて、

「梵人二士、あ、あれッ」

と三尉が指差した先に、梵人は信じられないものを見た。

梵人たちの場所からは確認できない死角からアガデに迫っていたのだろう。洪水の先頭が外壁に衝突したようで、真上に跳ね上がった巨大な黒い波が宙で砕け散ったのち、アガデに降りかかる様を、梵人は口を開けて眺めた。

約十秒後、砂漠全体を震わせる衝突の音が遅れて届いた。

それから梵人が目撃したものは、まさしくアガデの崩壊だった。

砂場に築いた城が、ホースで送りこんだ水にへたりこむように流される姿そのままに、真正面から大洪水の勢いを受け止めたアガデの外壁はその役目を果たすことなく、黒い濁流の前に次々と屈服していった。

すでにシュメール・ゾンビたちの姿は見当たらない。全員がアガデに退避したようだが、その選択は正しかったのか。梵人たちの正面にそびえていた西側の外壁は、狙いすましたかのような落雷の攻撃を受け、ところどころに大きな穴を開けていた。北側から回りこむように流れてきた濁流があっという間に街を取り囲み、そこにはすさまじい圧が加わっているのだろう。一カ所、また一カ所と折れ曲がるようにして壁が崩れ落ちていった。分断された壁は次々と流れに呑みこまれ、もはや梵人たちの場所からはアガデは黒い湖に浮かぶ孤島と化していた。

その島の中心としてそびえるのがジッグラトだった。アガデ上空にとぐろを巻いて留まる黒雲の真下で、絶え間ない雷光に照らされながら踏ん張っている。

「天ニイッ、地ニイッ」

届かないとわかっていても、声の限り叫ばずにはいられなかった。

地面の揺れはいよいよ激しくなっている。砂地に手をついても、危険を感じるほどの常軌を逸した大地の震動が伝わってきたとき、

「ツン――」

という地鳴りや遠方からの雷鳴を一瞬で掻き消してしまう、強烈に甲高い音が鼓膜を圧した。

なぜかふわりと浮いた感覚に包まれ、つかんでいたはずの砂地の感触が指から消えると同時に、梵人の視界はすとんと黒に暗転した。

ヒトニーヨンロク、午後十二時四十六分

「アガデの呪いだよ……、これは」

激しい揺れに立っていることができず、梵地と頭を突き合わせるように床面に這いつくばる梵天の耳に、うめくようなつぶやきが聞こえてきた。

「呪い？」

これだよ、と梵地は四つん這いの姿勢でレインコートのなかに手を差し入れ、またもや腹の隠し場所から粘土板を取り出した。

「ここ」

床面に粘土板を置き、揺れる文面に目を凝らし、

「空を割り、山を砕く、巨大な憎しみが連れてきた、すべてをなぎ倒す憎しみの嵐を前に、すべてを呑みこむ恨みの洪水を前に、エレシュキガルは呪われしアガデをキガルへと導く――」

眉間に極めつきの深いしわを寄せながら、梵天は正面に顔を向けた。

「きっと、あれから逃れるために、彼女はこの冥界を作り上げたんだ」

あれが何を指すか、言うまでもなかった。

陸から、空から、砂漠を挟みこむように黒一色が揺れる視界を覆い尽くそうとしている。今や、梵天の目は大河の痕跡を塗り潰し、さらに貪欲に大地を侵攻していく洪水のしぶきをはっきりと捉えていた。

それが、ただの洪水ではないことは明らかだった。何よりもそのスピードである。つい数分前に地平線に染みのように現れたものが、今やアガデの北側をすべて圧するほどまで広がっている。空を覆う黒雲に至っては、もはや梵天が知る天気の常識とはかけ離れた動きを見せた。まるで意志を持つかのように、アガデを目指して洪水以上の速度で近づいてくる。

揺れはいよいよ激しさを増し、洪水の接近がもたらすものなのか地鳴りまで加わり、梵天と梵地は動くに動けないまま、女の去ったジッグラト頂上に釘づけになっている。背後で何かが倒れる鈍い音に振り返ると、篝火用のレンガ台が二基続けて、根元から折れて横倒しになるのが見えた。

「て、天、僕たち――、このまま、ここにいても、いいの、かな」

どこかに避難したくても、目に入る建物といったら物置神殿だけである。だが、レンガで組んだだけの建物は危ない、と視線を向けた矢先、派手な音を放ち、神殿が倒壊した。ドーム型の天井が真っ先に落ち、その衝撃を受けきれず、壁面のレンガが積み木のようにがらがらと分解され、崩れ落ちる。

突然、空が光った。

衝撃波をともなう、すさまじい落雷の音が響き渡る。続いて梵天がよく知る、ビルの解体現場で大きな建物が倒れたときに似た重低音が訪れた。

耳を両手で塞ぎつつ顔を向けたら、何ということか、アガデを囲む北壁の一部がまるまる消滅していた。

不意に、梵天の頬を風が撫でた。

冥界と呼ばれるこの地下空間に迷いこんで以来、はじめて感じる風の存在だった。

だが、それはやさしさを伝えるものではなく、迫りくる危険を警告する不穏な湿り気を帯びていた。

空を見上げるとすでに黒雲がアガデ上空を制圧していた。我が物顔で空を覆い尽くす黒雲はやがて太陽すらも隠し、雨を降らせ始めた。

頭から押さえつけるような強い風が吹き下ろし、まさか本来の目的を果たすとは思わなかった梵天のレインコートを横殴りの雨が叩く。そこへ雷も加わり、空が光るたびに、鼓膜を破らんばかりの雷鳴が空気を震わせ轟いた。

生まれてはじめて雷光が横方向に走るのを見た。もはや頭を抱えるようにして地面に伏せ続けるしかない梵天の身体を一瞬浮かせるほどの勢いで、「どぅおおおぉぉん」という重い衝撃音が鳴り響いた。

今度は何だと正面に向けた梵天の目に、黒い空に向かって、さらに漆黒に染まった何かが大きく伸びていくのが映った。

勢いを失ったところで砕け散り、アガデの街に降りかかるのを見てようやく、それが外壁を乗り越えてきた洪水の第一波だと気がついた。

今や雨で水浸しの床面の上を、梵地とともに這って進む。

「お、落ちるなよ、梵地」

「天も、気をつけて」

慎重にへりまで進み、レインコート越しに互いの腰のベルトをつかみながら、街の様子をのぞきこんだ。

すでに洪水は街への侵入を果たし、サイコロのような民家を触れる先から吹き飛ばし、容赦なく呑みこんでいった。雷が開けた外壁の穴から、ダムの放流水の勢いそのままに真っ黒な濁流が雪崩《なだ》れこむ。あれほどのぶ厚さを誇っていた外壁を、激流はいとも簡単に削っていった。いくら立派な眺めであっても、所詮は鉄筋一本通っていない、シンプルなレンガの積み重ねである。濁流に触れた部分はあえなく砕け散り、残された上部はその自重に耐えきれず、氷山が崩れるようにがらがらと水面に落ちていった。

信じられないことだが、頭上の黒雲は明確な意図とともに、落雷を攻撃に変えていた。大洪水を迎え入れる先兵の役割を雷が果たしている。その証拠に、見るも無惨な歯欠けの状態と化した北壁の攻略はもう終えたとばかりに、雷の標的は東西の壁へと移った。

間断なく続く稲光のせいで、まぶたを閉じても光が舞い、開けたら開けたでめまいが襲ってくる。どれほど耳を強く押さえても、バリバリと空を裂くように響く雷鳴に、聴覚までおかしくなりそうだった。

「おいッ、聞いているか、エレシュキガルッ」

夜のように暗い空に向かって、梵天は声が嗄《か》れようと構わず叫んだ。

「俺たちはお前にイナンナのしるしを渡した。お前も約束を守れ、俺たちを元の世界に戻せッ」

どれほど喚こうと、それが隣の梵地に届いているかどうかすら定かではなかった。真横から吹きつける雨と突風が、放つそばから声をさらっていく。口の中に溜まった水を吐き捨て、

「返事しろよ、クソエレシュキガルッ」

と床に拳を打ちつけた。

街を見下ろすと、黒い血液が血管を満たすかのように、四方から侵入した濁流が路地を順に黒く染め、細胞を破壊するかのように建物を押し潰していった。まさにアガデという身体が、呪いを受けて蝕まれ、滅ぼされていく姿そのものだった。

やがて、すべての建物は水底に沈み、ジッグラトだけが取り残されるだろう。だが、無用に巨大なこの台座もただのレンガ山に過ぎない。梵天が三秒で確かめた、ジッグラト表面をコーティングするレンガの厚みは、あの外壁の十分の一程度だ。もしも一カ所でも破壊され、中に詰まった土砂が露わになったなら、そのときは砂場に築いた砂の城に水を流しこむが如く、呆気ないほど簡単に崩れてしまうのではないか。

「下がろうッ、天」

と梵地がほとんど腹這いの姿勢になって、梵天のレインコートを引っ張った。後退りながら西面に顔を向けると、どしゃぶりの雨の向こうに砂丘が見えた。洪水は梵人たちの場所まで達していないようだが、シュメール・ゾンビたちの襲撃はどうなったのか。このやかましさでは銃声を聞き取ることなどできやしない。顔を流れ落ちる雨を何度も手で拭いながら確かめるに、砂漠から立ちこめていたもやは見当たらないようだ。それはすでに、勝敗が決してしまったということなのか?

「梵人ッ、銀亀三尉ッ」

と思わず名前を叫んだとき、ほんの数秒前まで手をついていたへりの部分が突然、ごっそりと崩れ落ちた。

「危ないッ」

と梵地がぐいと引っ張り、二人して仰向けに転がる。そこへ真下から連続して突き上げる衝撃が加わり、視界も姿勢も定まらないなかで、

「ツン――」

という腹まで響く雷鳴が掻き消されるほどの、甲高い音が梵天を包んだ。尻が一瞬だけ浮いたような感覚と同時に、眼前の荒れ狂う嵐の風景からまず音が消え、次いで光と色が消えたとき、

「待たせたわね――、イナンナのしもべたち。我がエレシュキガルの家は今、神の息吹を得て、進む」

という女の声が耳元でささやいた。

梵天はまぶたを開けた。

薄汚れた雲が見える。

指に触れた感覚から、目で確かめずとも砂漠に寝転がっていることがわかった。

強い風が砂埃を巻き上げ、梵天は咳きこみながら身体を起こした。

思わず右手で身体を支えたにもかかわらず、何の痛みも訪れないことに気づき、砂地に置いた右手を見下ろした。

梵地に巻かれたバンダナが消えている。それどころか怪我そのものが、手の甲のどの部分にも見当たらない。

怪我をしたのは左手だったたか？　ともう片方の手を顔の前に持ってこようとしたとき、己の身

体が濡れていないことに気がついた。顔に触れ、頭に触れ、そのことを確かめていると、背後から「ぐあぁ」というげっぷのような音が聞こえてきた。

「ぼん――」

梵地か、梵人か、どちらかの名前を呼ぶつもりだったが、途中でそれを忘れてしまった。

振り返った先に、ラクダが座っていた。

背中に鞍とそれを覆う青い布をセッティングされたラクダが、脚を畳むようにして腰を下ろしている。

頭から尻尾まで二メートル半はありそうな立派なラクダだった。

長い首をもたげた姿勢でラクダは眠たげな眼《まなこ》を梵天に向け、口を開けた。もう少しで入れ歯が外れてしまいそうな老人のように、口腔内から上下の歯が妙な具合に浮き出ている。

「ぐぅあああああぁ」

おっさんのげっぷが往生際悪く続くような、のどかであっても、どこか聞き心地の悪い鳴き声だった。それから上下の歯を器用に左右方向へ交互にずらしながら、ラクダは砂地に寝かせた意外に長い尻尾を奥から手前、手前から奥へ、ぺたん、ぺたんと遊ばせた。

第十二章　ヒトコブラクダ

　四つん這いの姿勢であっても、砂地に顔は触れずに、揺れに対し踏ん張っていたはずが、目を開けたとき、左頬を砂に押しつけた状態で梵人《ぼんど》はうつ伏せに倒れていた。

「銀亀《ぎんがめ》さん？」

　顔を上げて左右を見回すが、上官の姿が見当たらない。そもそも、自分の倒れている場所に見覚えがない。砂丘のてっぺんのへりからいつの間に移動したのか、砂丘と砂丘の谷間に寝転がっている。空の薬莢が周囲に散らばったスナイパーライフルも見当たらなければ、パソコンを置いたボックスやスピーカーも跡形もなく消えている。

　慌てて立ち上がり、ぐるりと視線を三百六十度回転させたとき、唐突に気がついた。

「立ってるよな、俺」

　反射的に右膝に手を当てた。さらにすねへと進むが、まったく痛みを感じない。ズボンの裾を持ち上げてみた。キンメリッジが処置してくれた固定用の棒が、それを止めるテーピングごと消えていた。ジャンプしてみた。太ももを高く持ち上げてダッシュもしてみた。どういうわけかわからないが、やはり痛みは訪れない。

いったい何が起きたのか、ひょっとして俺は死んでしまったんじゃないか、と急に不安がこみ上げてきて、

「おーい、天ニイ、地ニイ」

とことさら声を張って呼びかけながら、梵人は砂丘を上った。

砂丘の表面から砂が舞い上がり、細かい粒が己の顔にぶつかってくるのを感じてようやく、風が吹いていることに気がついた。頭上を仰ぐと薄暗い雲に覆われている。アガデを覆っていた黒雲に比べればずっと穏やかな色合いだが、これはあの禍々しい雲のなれの果てなのだろうかと見上げていたら、風に煽られた砂埃が目に入り思わず顔を伏せた。

不意に、人の声のようなものを聞いた気がした。

依然、風の勢いは強い。空耳かもしれないと目の痛みが治まってから、梵人は顔を上げた。

俺は本当に死んでしまったのかも——。

本気で、そう思った。

なぜなら、十五メートルほど前方、砂丘を上ったへりの部分に大男が立ち、梵人に向かって手を振っているからである。

口まわりをみっしりと覆うもじゃもじゃのヒゲに二メートル近い巨体、砂漠迷彩の戦闘服にヘルメット——、間違いなくマーストリヒトだった。

シュメール・ゾンビに噛まれて砂になったと聞いていたが、実は生きていたのか。いや、死んでいる者同士としてここで再会したのか。混乱する梵人の視界にさらに二人の海兵隊員が加わった。

ノールとオルネクだ。

向こうも梵人を見つけて驚いたようで、小隊長の隣に二人並び、同じく手を挙げ、こっちに来いと招き寄せている。

日本人とアメリカ人がいっしょにあの世に送られたとき、どういう扱いになるのか。三途の川というのはいかにも日本人向けのロケーションだから、マーストリヒトならそこでフライフィッシングでも始めそうである、などと間の抜けたことを考えながら、梵人は右足の感触を確かめ、砂地を一歩一歩上った。

マーストリヒトの歓迎は手荒だった。いきなり拳を振り上げるので、殴ってくるのかと一瞬身構えたが、それを梵人の背中に回し、ぶ厚い胸板に押しつけるように抱きしめてきた。

乱暴に身体を揺らされながら、妙だなと思った。

三秒が働かない。

マーストリヒトの熱い抱擁を予期できなかったばかりではなく、ノールか、オルネクか——、この場に至っても名前と顔が一致しないどちらかが、マーストリヒトから解放されたのち、背後から肩を組んできても何も予測できなかった。相手を意識している状態での、己の身体の延長線上に起こる出来事なら、決まって三秒が発動するはずなのに、後ろから来た海兵隊員に「おっ」と軽く驚いてしまった。

だが、そんなことよりも優先して解明すべき大きな疑問があった。

「どうやって、ユーたちは生還したのか？」

拙い英語を繰り出してやり取りしても、海兵隊員は揃って肩をすくめ、「わからない」のポーズを取るばかり。三人ともシュメール・ゾンビの連中に噛まれたことまでは覚えているが、そこで記憶は中断し、目が覚めたら梵人と同じく砂地に倒れていたのだという。

キンメリッジはどうなった？　とマーストリヒトから訊ねられ、誤魔化しても仕方がないと、正直に同じくゾンビにやられたと告げた。じろりと梵人を睨みつけた大男のぶ厚い胸板が大きく膨らんだのち、長々と鼻から息が吐き出された。怒りだすだろうか、と様子をうかがったが、さすがアメリカ人と言うべきか、「なら、俺たちと同じように、そこらへんにいるだろう」とあっけらかんと眼下の砂漠を手で示した。どうやら不満の理由は、ついでに梵人が伝えた「自分たち日本人はゾンビ連中の襲撃をしのぎ、無事だった」という部分にあるらしい。完全武装の海兵隊チームが全滅した一方で、新兵三人と広報担当という組み合わせの自衛隊チームが生き残ったことに対し、小隊長として感じるところが多々ある様子である。

もっとも、あの大洪水と雷が襲来する前から、梵天《ぼんてん》と梵地《ぼんち》の安否は不明であるし、銀亀三尉とも無事再会できるかどうかわからない。

そもそも、ここはあの世かもしれないのだ——。

全員死亡疑惑を海兵隊員には披露できぬまま、梵人は一行とともに砂丘を下りた。

砂を飛ばす強い風に、ひさしのように手を額に当てながら、梵人は斜面を勢いのまま駆け下り、正面に続く勾配のある、ところどころが崖のように切り立った砂丘を上った。

どれほど力を入れても右足の状態は万全である。むしろ、絶好調といっていいくらい踏ん張りが利く。ああ、これはいよいよあの世にご滞在か、と砂丘を一番乗りで上りきった梵人の視界にとどめの一撃が訪れた。

ラクダが一頭、立っていた。

目の前にそびえる、この場所よりもひとまわり大きな、砂丘と呼ぶより、そのごつごつとした外見からも丘陵と呼ぶほうがしっくりくる地形のてっぺん、距離にして百五十メートル前方にラクダが何をするでもなく長い四本の脚を伸ばし立っていた。

あれは鞍だろうか。背中が青い布のようなものに覆われている。冥土のお迎えにもやはり地域色があって、ここではラクダがその役目なのかと眺めていると、遅れて砂丘を上ってきた海兵隊員たちも「ワオ」と口々に驚きの声を上げた。

男たちの視線に応えるかのように、

「ぐぅああああああぁ」

という、おっさんのげっぷにも似た、だみ声が聞こえてきた。

声に合わせて首がかすかに揺れているので、ラクダが発したものだろう。どこか山羊と豚の鳴き声を掛け合わせたような、のどかな鳴き方である。

その声に誘われるように、四人はラクダが待つ丘陵を目指した。途中、ノールだかオルネクだかが梵人に声をかけ、腕時計を見せながら何かを訴えてきたが、早口な英語である上に専門的な単語を連ねるばかりで梵人にはちんぷんかんぷんだった。「GPS」という単語だけは聞き取れたが、向こうも早々にあきらめたようで、マーストリヒトとの会話に戻ってしまった。

谷間を通過し、ふたたび上り斜面が始まる。ラクダの姿はいったん見えなくなったが、ときどき思い出したかのように鳴き声が空を渡っていった。頂上に近づいたところで、マーストリヒトが声をかけてきた。先頭を代われというジェスチャーとともに、小隊長は太もものホルスターからピストルを抜き取る。マーストリヒトの大きな手のひらに収まると、ピストルがただのおもちゃに見えた。腰を屈め、マーストリヒトは丘陵頂上の様子を慎重に確認した。「クリア」の合図が出てから、梵人も顔だけを突き出し左右を見回した。隣の砂丘から見たときとまったく同じ姿勢を保ち、ときどき吹き上がる砂煙のなかで、ラクダがぽつんと立っていた。やはり背中の青い布地の下には、鞍が置かれているようである。つまり、誰かそれをセッティングした人間がいるということだ。

「ぐぅあ、ぐぅあぁぁ、ぐぅあぁぁぁぁぁぁ」

ひときわ長く、ラクダが鳴いた。

意外と長い、太い房のような尻尾の動きを目で追っていた梵人の視界に突然、別の動きが重なって見えた。反射的にピストルの銃口を向けるマーストリヒトの腕を、梵人は慌てて押さえた。

「銀亀さんッ」

反対側斜面から上ってきたのだろう、首から上だけを突き出してギョッとした表情を見せた銀亀三尉だったが、梵人が両手を振る姿を認めると、遠目にも目玉がひときわ大きくなったのち、最後の斜面をよじ登り、頂上に立った。

「梵人二士ッ」

とラクダの向こう側から駆けてこようとしたが、梵人の隣でマーストリヒトがぬうと巨体を披露すると、またもやギョッとした顔で目玉を剝き、動きを止めた。さらにノール、オルネクと並んで登場すると、じりじりと後退りし始めた。

「ギンガメ？」

そこへ、いきなり別の声が乱入してきた。マーストリヒトのものではなく、ずっと右手からであったため、三尉はその場で本当に飛び上がったのち顔を向けた。

全員の視線が注がれた先から、しなやかな身のこなしで男が斜面を上りきり、全身を現した。

「キンメリッジッ」

「キムッ」

三尉と梵人の声が響いたときには、マーストリヒトが大股で走り始めていた。ノールとオルネクも小隊長のあとを追って跳ねるような足取りで続く。

ヘルメットの脇からウェービーな前髪を垂らし、こちらもピストルを構えていたキンメリッジがホルスターに銃を戻した。ラクダの横を通り抜け猛然と駆け寄ってくる、海兵隊員の仲間たちの名前を朗らかに呼ぶ。どれも聞き覚えのないもので、ひょっとしたら、梵天が指摘した地層がらみのコードネームではない、普段の呼び方だったのかもしれない。

梵人の存在に気がついたキンメリッジが、ひょいと手を挙げた。そのまま、くるりと振り返り、斜面をのぞきこんだかと思うと、「上がってこい」とばかりに手で招いた。

まさか、という期待に心臓の鼓動が跳ね上がる。

へりから手が伸び、そこからぬっと梵天の坊主頭が現れた。さらに、梵地の身体がひょろひょろと伸びてくる。

気づいたときには梵人も駆けだしていた。

「天ニイッ、地ニイッ」

「ぼ、梵人ッ」

末弟の存在に気づいた二人も、慌てふためきながら斜面を上り、揃って奇声を発する。

これほど膝のことを考えずに地面を蹴ったのは、大怪我をする前、高校生のとき以来かもしれなかった。それくらい痛みの記憶が根っこのほうから消えていた。やっぱり俺は死んでいるのかも、と頭の片隅に思い浮かべつつ、同じく突っこんでくるという言葉がぴったり合う兄たちのもとへ、梵人も全速力で向かった。

人間たちの騒ぎにいっさい関心を払わず、悠然とたたずんでいるラクダの横で三人は抱き合った。梵人は「どうして」「どうやって」を連呼し、梵天は「ラクダが」「女が」を連呼し、梵地は「アガデが消えた」を連呼した。

お互いの身体を叩き合い、怪我がないことを報告し合った。梵人が、ないどころか膝の怪我が治っているようだと伝えると、梵天もそう言えばと、己の手の怪我について報告し、手当てをしたという梵地が「本当だ」と長兄の右手を見て驚いていた。そういう梵地も、腕に受けた槍の傷がきれいさっぱり消えたらしい。

ねえ、と呼びかけられ、榎土《えのきど》三兄弟はいっせいに顔を向けた。

「私も、そこに入れてくれない？」

銀亀三尉が腕を組み、鼻じわを寄せながら目を剝いていた。さらに次の文句を垂れられる前に梵人が手を伸ばし、上官の腕を引き寄せた。「きゃッ」と声を上げて、三人の輪に三尉が加わる。

「そうだ、天ニイ――。これは先に言っておかないと。銀亀さんのおかげで、天ニイは助かったんだ」

どういうこと？　と訝しむ梵地の横で、すぐさま何を指しているのかを察したのだろう、

「やっぱり、あの距離を――？」

と半信半疑の声を上げる梵天に、梵人はスナイパーライフルを構える真似をして、

「三千メートル・ショットだ」

と「すだぁん」と撃った。

「三千メートルじゃない」

と三尉が依然、不機嫌そうな声色をキープしながら口を開いた。

「高低差があったから、同じ三千メートルでも、ジッグラトの頂上で当てるには、より遠くを狙った弾道を描く必要があって――」

え？　あの砂丘から狙ったの？　ジッグラトを？　と驚愕の表情を見せる梵地に、「あれは本当にすごかった」と梵人は我がことのように胸を張りうなずいた。

同じく目を見開いていた梵天が、ようやく衝撃を消化したようで、しかし、どうその衝撃を伝えるべきか言葉が見つからないのか、何度も声を出そうとしては、引っこめるを繰り返し、結局深々と頭を下げた。

「ありがとうございました」

と心の奥底から汲み上げた声色で伝えた。

「当たり前でしょ。私はあなたたちの上官なんだから。あなたたちを守る。その責任を果たしただけ――」

長兄の坊主頭を見下ろしながら放たれた、相変わらず無愛想な声が最後のあたりで急に震え始めた。

「よかった……」

口元を手で覆うようにして、三尉は顔を伏せた。

「私、本当はもう駄目だと、何度も思ったけど、あなたたちが最後まであきらめなかったから――、ありがとう。みんなが無事で本当によかった」

よかった、とかすれた声を繰り返す上官の見えぬ顔から何かが落ちていく。砂地に小さな染みが二つできた。

梵地と視線が合ったら、次兄も目を真っ赤に染めている。面を上げた梵天は腰に手を置き、今度は空を仰いでしきりに瞬きした。

「誰かハンカチとか、持ってないのかよ」

二人の兄を見比べながら、梵人も素早く己の目尻を拭った。「あ、僕が」とすぐさま梵地が戦闘服のポケットから折り畳んだ布を取り出す。

「聞いてよ、梵人。不思議なんだ、このバンダナ。アガデに出発する前、レインコートを上に着たら取り出しにくいから、一度、バックパックに移したんだよね。それを天の怪我した右手に巻いて使ったのに、なぜかこのポケットに戻っていてさ。天の怪我も治っているし、バンダナも全然、汚れていないし、何でだろう？　僕と天が着ていたレインコートもどこかに行っちゃって。それだけじゃない。戦闘服に空いた穴も見当たらないし、お腹に入れていた粘土板まで消えて――」

そんなこと、どうでもいいって、と梵人はぞんざいにバンダナをつかみ取ると、うつむいたままの三尉の顔の下に持っていった。

「ありがとう、梵地二士」

と梵人ではなく持ち主に、三尉は感謝の気持ちを伝える。

「ぐぁ、ぐぅうああぁぁ」

依然、棒立ちの姿勢を保っていたラクダから、緊張感のない鳴き声が放たれた。

「このラクダに導かれたんだ」

空から顔を戻した梵天が、赤く充血した目を、尻尾を気ままに揺らすラクダの尻に向けた。

「え？」

「目が覚めたら、俺の後ろにラクダが座っていた。俺の意識が戻るのを待っていたみたいに立ち上がって、歩きだすんだ。ついてこい、と呼びかけるようにうるさく鳴くから、あとを追ったら、その先に梵地がいた。それから、キンメリッジだ」

梵天は振り返り、海兵隊員同士で肩を叩き合っているキンメリッジを指差した。

「キンメリッジはどうやって生き返ったんだ？　何か言っていたか？　俺のほうの三人は、ゾンビ連中に襲われたところまでは記憶にあるが、目が覚めたらこの砂漠だったってさ」

「同じだ。昨夜のジッグラトで襲われたところまでしか覚えていないとさ」

撃たれたことに関してはどうなのか、詳しく知りたかったが、銀亀三尉はまだジッグラトの標的がキンメリッジだったことを知らない。この場では黙っておいたほうがよさそうだと、

「この鞍は？　天ニイがつけたわけじゃないだろ？」

とラクダの背中にセッティングされた鞍に話を移す。

「それは最初から背中にあったな」

「どうして、ラクダがここにいたんだ？　俺たちはあそこの砂丘から、こいつを見つけたんだ」

「俺たちを置いて、いきなり走りだしたんだ。ひょっとしたら、お前や三尉に会えるかもと思って追ってきた」

「速いんだよ、ヒトコブラクダって。二十世紀に入っても、西アジアではヒトコブラクダを騎馬隊のように使っていたけど、この大きさとあのスピードで突っこんでこられたら、誰だって逃げるよ。斜面もずんずん上っていくしね」

「じゃあ、このラクダのおかげで、俺たちは再会できたってわけか」

「私も鳴き声が聞こえてきて、何だろうと思って斜面を上ってきたら、いきなりラクダが現れて——、その向こうに梵人二士がいて、マーストリヒトまでいたから、幽霊かもってびっくりした」

　とようやく面を上げた三尉が、鼻を小さくすすりながら笑う。

「そのことに関しては、俺は今もちょっと疑っています」

「彼らが幽霊だってこと？」

「彼らだけじゃないかも、です」

「私たちも幽霊かもしれないって言いたいの？」

「ええ、まあ」

「梵人二士、あなたたね。せっかくこうして再会できたのに——」

三尉がバンダナを鼻の下から離し、ふたたび不機嫌そうな目を取り戻したとき、

「それはないぞ、梵人」

と梵天の冷静な声が割って入った。

「何で、わかるんだよ」

「電波が通っている」

「電波?」

「キンメリッジが教えてくれた。あいつの時計はGPS機能つきなんだ。アガデでは動かなかったが、ここでは座標が表示されるらしい」

あ、と梵人は思わず声を上げた。若い海兵隊員はそのことを教えようと、「GPS」がどうのと話しかけてきたのだと、今ごろになって理解した。

幽霊説が否定されるならば、なぜ一度は砂になってしまった海兵隊員たちが復活しているのか、という疑問が改めて湧いてくるが、

「ギンガメ、ボンド」

という声に振り返った先に立つ海兵隊員を見た瞬間、吹っ飛んでしまった。

口元にいつもの皮肉っぽい笑みを乗せ、キンメリッジは拳を突き出した。それに梵人も拳を合わせ、それから互いの背中を叩き合う。

「お帰りなさい、キム」

三尉がいったん折り畳んだバンダナをまた鼻に当てる。キンメリッジは笑いながら三尉を招き入れ、梵人を含めて三人、改めて控えめに抱き合った。

「お前、本当に身体は大丈夫なのか?」

と梵人が背中や腕を小突きながら訊ねると、

「ああ、Z《ズィー》じゃない」

とキンメリッジは長い睫毛を上下させてウィンクした。

隣ではマーストリヒトが梵天、梵地と順に荒々しい抱擁をお見舞いしている。

「ぐぅあああぁ、ぐぅああああぁ」

ラクダが空に向かって大きくいなないた。いい加減、人間たちをやかましく感じたのか、歯を左右に噛み合わせながら、ゆったりとした歩調で動き始めた。

「確かに、呼んでいるみたいに聞こえるかも」

とラクダに視線を向ける途中で、あれ？　と三尉が訝しげな声を発した。

「梵人二士――、消えてる」

「消えてる？　何がですか？」

「頰のところの傷、ここにあったやつ」

三尉が指差すあたりに触れて、ああ、引っかかれたやつかと思い出した。確かに頰に触れても、どこにもかさぶたがない。さらにあごまわりまで撫でたところで気がついた。宿営地から拉致された日の朝以来、剃っていないヒゲがどういうわけか、全体的に短くなっている。

「やっぱり幽霊なのかな、俺」

とぼやく梵人を相手にすることなく、三尉は、

「ねえ、キム。電波を拾えるってことは、通信状況も回復しているんじゃない？」

とさっそく新しい相談を持ちかけていた。

「ぐぅあああぁ、ぐぅうあ」

ラクダは立ち止まることなく前方へ――、梵人たちのルート、銀亀三尉のルート、梵天たちのルート、それぞれの登場ポイントとは異なる、まだ誰もその先を確認していない方向へ、アンバランスなほど長い足を交差させ進んでいく。

「向こうは、どうなっているんだろ」

と梵地がラクダを追ってふらりと走りだした。

だが、ひょこひょことした足取りでラクダの隣に追いついたあたりで急に足を止めた。

それっきり、まったく動かなくなってしまった次兄に、どうした？　と梵天が声をかける。

「き、来てよ、大変だ」

と上ずった声とともに梵地が振り返った。

長い腕を回し、とにかくここに来いと知らせるジェスチャーに、残りの面々も引き寄せられるように移動を始める。

「何が見えるんだよ。いいニュースか？　悪いニュースか？」

梵人の声に応えることなく梵地はラクダを追って下り斜面に向かい、姿が見えなくなってしまった。

そう言えば、この丘には風も吹くし、もじゃもじゃとした生きているのか枯れているのかわからない植物も地面にへばりついている。少なくとも生き物の痕跡すら存在しなかった冥界ではなさそうだ、と足元の様子を確かめながら梵人が歩いていると、立ち止まった銀亀三尉に気づかず、後ろからぶつかってしまった。

「す、すみません」

と慌てて謝るが、三尉はよろけながらも視線は前方に釘づけのまま、梵人に反応する素振りすら見せない。

そこでようやく、梵人も正面に顔を向けた。

いったい自分が何を見ているのか、脳味噌が追いつくために数秒が必要だった。

砂漠の真ん中に、ぽつんとオアシスが待ち受けていた。

崖を下りた場所から、ざっと二百メートル先。巨大な水場の周囲には低木が集合し、絵はがきのようにナツメヤシの木が一本、直立している。空を覆う薄汚れた雲のせいで、水面は暗い彩りに染まっているが、それでも水辺に集合する純粋な緑に、ひさしぶりに目にするそのくっきりとした生命の存在に、耳の後ろのあたりからカアッと熱が立ち上ってくるのを感じた。さらに、ナツメヤシと隣り合う四角いサイコロのような建物を目にしたとき、熱は一気に全身へと伝播した。

建物の入口には、見覚えのある日よけテントが張られていた。それはすでに丘陵の斜面の半分ほどを下りきったラクダの背中を覆う布地と同じ、深い青に染められていた。

遅れて隣に立った梵天が「あれって、まさか」とかすれた声で指差す。あれだよ、まさかだよ、と梵人は腹の底からこみあげる笑いをのど元まで迎えながら、長兄の肩に手を置いた。

「ハサンじいさんの家だ。俺たち、帰ってきたぞ」

*

兵士たちの帰還を砂漠全体に伝えるかのように、オアシスを目指し一目散に進むラクダが、こ

れまでいちばんのボリュームと長さでもって、

「ぐぅあああぁ、ぐぅああああああぁ、ぐぅああああああぁ」

とげっぷ調の鳴き声を盛大に響かせた。

それが合図だった。

どっと歓声が沸き起こり、海兵隊員たちがいっせいに下り斜面に向かう。

「行きましょう」

と三尉が上気した顔で振り返った。

梵天は尻のポケットから水色の国連キャップを取り出し、坊主頭を押しこんだ。アガデ突入の際、バックパックに入れたきり、そのバックパック自体を失ったにもかかわらず、なぜか尻のポケットに復活していたキャップである。

「待てよ、地ニイッ」

と大声で呼びかけ、さっそく飛ぶような勢いで斜面を駆け下りていく梵人の後ろ姿を、

「彼、本当に膝は大丈夫なの?」

と呆れた声で三尉が見送る。

ところどころ急な勾配の場所は思いきりよくジャンプしつつ、三尉はするすると下りていく。梵天はその手助けどころか、「そっちに回ったほうが楽」とアドバイスをもらう始末で、完全に三尉に先導されるかたちで斜面を下りた。

「ねえ、梵天二士。あのラクダ、どう思う?」

「どう……ですか?」

「ハサンのおじいさんのラクダかな?」

ああ、と梵天は声を漏らした。そう言えば、梵人とともに水辺で休む一頭を間近に見たことを今ごろになって思い出す。わずか二日前の出来事なのに、はるか遠いむかしの記憶に風化してしまったのを感じながら、

「俺と梵人があのオアシスでラクダに会ったとき、確かに青い敷物と鞍が置いてありました。放し飼いだったから、好き勝手に出歩けるのかも――」

と慎重に崖となった箇所の足場を確かめる。

「じゃあ、どうして、あのラクダは鞍をつけた状態で、あなたの目が覚めるのをそばで待っていたの?」

そんなラクダの気持ちなど答えようがない。気ままに散歩していただけかもしれない。だが、それなら背中にわざわざ鞍を用意していたのは妙である。

「ひょっとして、娘の帰還じゃないかしら?」

「娘?」

「私たち、見たわよね。空から垂れ下がったロープの真下に埋もれていたラクダの骨を。あのラクダが背負っている鞍、私たちが砂の中から拾ったやつじゃない? あの青い布も」

ようやく相手が言わんとしていることを理解し、梵天はここぞと決めた場所にジャンプで下りる動きを止めた。二日前、オアシスの家で老人が骨張った手を床に落とし、それをもう片方の手のひらで受け止め、「落ちた。娘は死んだ」とつぶやいたシーンが脳裏に蘇る。

「ラクダが生き返って、あそこを歩いているってことですか?」

「ひょっとしたら、だけど」

「でも、ロープの下に埋まっていた鞍は壊れてボロボロだったし、ラクダも骨になっていましたよ」

三尉は振り返って目玉をぎょろりと向け、

「それを言うなら、彼らは砂になったでしょ」

と挑むような口調で返した。

言うまでもなく、海兵隊員たちのことだろう。

改めて斜面のでっぱりに置いた己の右手を見下ろす。キンメリッジに扮したシュメール・ゾンビの投げつけたレンガを受け、肉がえぐられるほど、ひどい傷を受けたにもかかわらず、きれいな甲に戻っている。痛みもいっさい感じ取れない。

賛成も反対も、どちらの言葉も見つけられぬ梵天に、三尉がそれ以上議論をふっかけることはなかった。なぜなら、答え合わせの時間が向こうからやってきたからである。

「ぐぅあ、ぐぅあああああぁ」

斜面を下りてからもスピードを落とすことなく、オアシスを目指すラクダが首をくねらせ空に鳴き声を放った。

それが届いたのか、そのままアガデの街並みにはめこんでも何の違和感もないサイコロのような家から、淡いベージュ色の衣装を纏った老人が出てくるのが見えた。

「ハサンのおじいさんだ」

とすぐさま視認した三尉が前方を指差す。

日よけテントの横に突っ立ち、いななきを繰り返しながら近づいてくるラクダを眺めていたハサン老人だったが、ある瞬間に何かに気がついた。両手を跳ね上げるように持ち上げ、頭を抱えるような仕草ののち、奇声を上げて、テントから飛び出してくる。

「急ぎましょう」

三尉がするすると斜面を駆け下り、オアシスへと走る。梵天もそれを追うが、平地になってからめいっぱいスピードを上げても、三尉のほうがずっと速かった。

息を切らして梵天がオアシスに到着したとき、ハサン老人は、器用に後ろ脚を畳みすでに腰を下ろしたラクダの首を撫でながら、早口で梵地に向かって何かを訴えていた。海兵隊員たちは日よけテントの下に積んだままの物資の封を開け、そこに入っていたタバコをうまそうに吸っている。

梵天と目が合うと、梵地が困ったような顔で

「娘が帰ってきた、と言っているんだ。七十四年前に落ちて死んだ家畜のラクダに間違いない、とね。ほら、ここの刺繡。これ、ハサンのお母さんが縫ったものなんだって」

とラクダの鞍を覆う青い敷布の端を指差したところには、金色の糸でふちを縫いつける独特なステッチが施されている。

「覚えてるかな、ジッグラトでエレシュキガルが『あの空に、長紐が現れた日――、七十四年と二百八日前の朝、扉が開いた』と言っていたこと。ハサンが口にした年数とぴたり一致している」

そこへ海兵隊員から渡されたペットボトルを携えた銀亀三尉が現れると、ハサン老人は顔をく

しゃくしゃにほころばせ、「目が大きい」というポーズを何度もして見せた。それからも熱心に話しかけてくる老人に笑顔を返しながら、「おじいさんは何て？」と三尉が訊ねる。

「すぐに戻ってきてくれてうれしい」

と梵地がやはりどこか困惑した表情で通訳した。

「正確には、出発してから、日が暮れないうちに戻ってきてくれてうれしい――、です」

日が暮れないうち？　と三尉は目をぐいと見開いてから、梵地を見返した。

「もう二日、経っているけど」

「僕にも同じことを言うんです。お前たちに娘の話をしたら、たった三時間で娘が帰ってきた――、と」

怪訝な表情を眉間にキープしつつ、三尉は梵天と梵地にペットボトルを手渡す、そこへ梵人が

「トイレに行ってた。お、水だ、水だ」と戻ってきた。

「天ニイ、このラクダだけど、俺たちが見たやつとは違うぞ。あっちの水辺に、一頭いた。二日前とまったく同じ場所に、同じ格好で座っているんだ。こいつら、動かないのか？　毛色もこっちのほうが白くて、何だか上品な雰囲気があるな」

目の前であごをもごもごと動かすラクダに向かって、ぞんざいに言葉を投げつけながら、梵天が半分まで一気に飲み干したペットボトルを受け取り、すぐさま空にしてしまった。

「ラクダがまったく同じ場所？」

まさか――、と三尉は急に左手の袖をめくって、自分の腕時計に顔を近づけた。

「あなたたち、時計を見せて」

上官が新たな何かに気づいたのか、順に榎土三兄弟の腕時計をのぞいていく。三兄弟ともに時差調整がしやすいアナログ時計を腕に巻いている。

「みんな、日にちは二日過ぎてるわよね」

全員の時計の日付と時刻が一致していることを確認したのち、「ちょっと、待ってて」と言い残し、海兵隊員たちのもとへと向かってしまった。

まだ興奮が醒めやらぬ様子のハサンが、今度は梵天をターゲットにしておしゃべりを再開する。グリーンの戦闘服の襟元から少しだけ顔を出していた青ちくわに、老人は骨張った指で触れ、次に自分の首元の青ちくわを指差し、目を潤ませながら何かを訴えている。

「神の奇跡だって言ってる。イナンナの力のおかげで、娘が戻ってきたって」

「梵地、じいさんに訊いてくれ。どうやって、あそこに行くことができたのかって」

すぐさま梵天の言わんとすることを理解した梵地が、アラビア語で語りかける。「あん？」と口を開けた表情のまま動かないハサンの前で、ラクダを指差したり、地面を足で踏んだり、さらにはロープからぶら下がるポーズまで見せ、何とか質問の中身を伝えることに成功した。ハサンは大きくうなずき、相変わらず眠たげな眼差しのまま、歯を左右にスライドさせ続けるラクダの頭に手を乗せた。

たとえ短いセンテンスの連続であっても、のどの奥をおろおろと震わせる独特な発音は変わらず、どこか歌うような響きとともに老人はときどき目をつぶり、はるかむかしの情景が蘇るのか、空を見上げぽつりぽつりと言葉を連ねた。

老人の語りが終わると、それを待っていたかのように、ラクダがのっそりと立ち上がった。改

めて見上げるその身体の大きさに、榎土三兄弟は自然と後退る。老人はもう一度、梵天の青ちくわに触れ、

「イナンナ、イナンナ」

としわだらけの口元を大きく開け、嗄れた笑い声を上げた。「ぐぅああ」とラクダが軽いげっぷのような鳴き声を上げる。その首をぽんぽんと叩き、ハサンは短いかけ声を発しながら、水場のほうへと向かった。そのあとをゆっくりとした足取りでラクダがついていく。ゆるりとした衣装を纏っていても、はっきりとわかる痩せ細った背中を目で追いながら、

「あの日、私は西の部族と商いをした。帰り道、黒い泉の前を通り過ぎた。そのとき、娘が言った。この下に神がいる――」

と梵地が老人の言葉の通訳を始めた途端、

「娘が言った？」

と思わず梵天は口を挟んでしまった。

「それ、ラクダのことだよな？」

「そう、ハサンは言ってた。子どものときに、ラクダに乗って、商いに出かけたんだろうね」

「ラクダはしゃべらないぞ」

「ラクダだけじゃなくて、ハサンはいろいろな声が聞こえたらしい。動物の声や、風の声、砂漠の声、ときどき悲しそうな女の声も聞こえたって――」

「女の声？」

「いつも地面の下から聞こえたそうだよ。夜になると、イナンナ、イナンナと呼ぶんだって」

「まさか、あのエレシュキガルが呼んでいた声だって言うつもりじゃないだろうな?」

「彼はこの砂漠にひとりで住んでいたのに、イナンナという名前を知っていた。お膝元のイラク人ですら、シュメール神話のことを詳しく知る人は少ないのに。信憑性はあるよね」

梵地はいったんペットボトルの水を口に含んでから、

「私はロープを繋ぎ、娘とともに黒い泉に入った。この下に神がいる、と娘がささやく場所に進み、泉の底からの声を聞こうとした」

と老人の朗々とした声色を真似しながら続きを伝えた。

「私は泉に下りた。突然、泉の底が抜けた。私は空からロープをつかんでいた。目の前には、山のように大きく、雲のように広がるヒトコブラクダ。私の娘はまっさかさま。私はロープを登って、帰ってきた――。後半部分は、前に聞いたものとだいたい同じかな。黒い泉というのは、ビチュメンのことだろうね。七十四年前は涸れていなかったんだ」

「結局、どういうことだ?　子どもだったハサンは偶然、あの場所から落ちたのか?」

それまで腕を組んで黙って話を聞いていた梵人が、

「そうじゃない――。ハサンじいさんが天ニイと似た能力を持っていた、ってことだろ?」

と急に話に割って入ってきた。

「何?」

「天ニイはあの場所で地面を三秒でのぞいただろ?　それが結果、地下への扉を開ける鍵になった。同じだよ。じいさんもあの場所で地面の声を聞こうとした。どちらも、地面の向こうの様子を確かめようとしたんだ。あとで訊いてみな。きっと、じいさんも七十四年前か?　そのとき、あの青い円筒印章を持っていたはずだ。だから、ライオン女はきっちり指定してきたんだよ。あの場所で、円筒印章を持って、天ニイが地面をのぞくこと――。それが地下の冥界に進入する方法だと、勇敢なハサン少年の冒険のおかげで、あの女は知っていたんだ」

いつも適当なことばかり並べる末弟であるが、今回ばかりは妙に説得力のある並べ方に感じられ、梵天がふうむと出方を探っていると、

「覚えてる、天？　エレシュキガルはジッグラトで『冥界へ入ることを許されるのは、神のしるしを持ち、神の力を持つ者――、すなわち神のしもべのみ』と言っていた。ひょっとしたら、ハサンは偶然、条件を満たしてしまったのかもしれない」

と梵地もまるで賛同するかのように当てずっぽうを重ねてくる。

「ハサンも『神の力』を持つ者と言いたいのか？」

「正確には持っていた者だね。今はもう、何の声も聞こえないらしいよ」

「あのじいさん、ずっとここでひとりで生きてきたんだろ？　そりゃ、何か特別な力でもないと難しいだろ。動物の声が聞こえたら、狩りだって楽だろうな」

と梵人が輪をかけて好き勝手なことを言い始めたところへ、

「あなたたち――、これを見て」

と銀亀三尉が戻ってきた。ひどく深刻そうな顔で三兄弟を見回すその手には、一本の腕時計が握られている。

「これはオルネクのGPS時計。あの地下施設を出てから、フセイン・エリアの内側では電波はずっと受信できない状態にあった。もちろん、地下の冥界にいたときも。でも、GPSが作動す

るとキムが言っていたから、正確な時間を受信してもらったの――、ほら」

と三尉は男たちの前に腕時計を突き出した。

梵人が自分の腕時計と見比べ、「俺のよりも二十分ばかり早い」とつぶやくと、

「時間よりも、日付のほう」

と三尉は小さな液晶画面の隅を指差した。

いっせいに三兄弟が、顔を近づける。

「間違ってますよ、これ」

と最初に声を上げたのは梵天だった。数値やバーがひしめく液晶画面のなかに見つけた日付は、二日前を表示していた。

「間違っているのは、私たちの時計。その都度リセットしてから三回、受信テストを繰り返した。結果はどれもいっしょ。それが今の正確な日付と時間よ」

「それなら……、俺たちがあそこで過ごした二日はどこへ？」

と梵天は率直な疑問をぶつけた。

「ハサンおじいさんは、私たちに娘の話を披露して三時間で娘が帰ってきた、と言っているのよね？　二日前、この家からトラックであの黒いビチュメンの跡まで一時間かかった。到着からパラシュート降下まで一時間。私たちがバラバラに目が覚めてから、お互い再会して、ここに戻ってくるまでは一時間。合わせて三時間――、計算は合うわよね」

しばらく沈黙の時間が流れたのち、「つまり」と梵地が慎重な口ぶりで声を発した。

「僕たちは確かに冥界に行き、帰ってきた。それは僕たちの時計に記録されている。でも、冥界

で過ごした時間は、この地上ではカウントされていない、ということですか？」

そういうこと、と三尉がうなずく。

「そうか、俺たちは四千年前だかの世界にいたから、そこで二日過ごそうと、千年過ごそうと、結局こっち側に帰ってきたら、天ニイが地面をのぞいた瞬間からリスタートするってわけか？だから、時間が戻ったら、海兵隊の連中は元気に復活して、俺の膝の怪我も、天ニイの手の怪我も、地ニイの腕の怪我もバンダナも――、冥界に出発する前の状態に全部戻った、というわけか？」

とまたもや梵人が無用に説得力のある仮説を披露する。

「バンダナだけじゃないよ。アガデの街で見つけた、小さな粘土板や土器のかけらをいろいろポケットに集めていたんだ。それも全部消えていた。大ショックだよ。あの街に行ったという証拠が何もないってことだから」

他人には伝わらぬ無念さを滲ませる梵地の隣で、梵天はジッグラトで何度もあの女が口にした「あなたたちは死なない」というセリフを思い返した。あれは、たとえあの場所で死んだとしても、海兵隊員たちのようにやり直しが利く、必ず復活できる、という意味だったのか――。

「そうだ、時間が戻った証拠なら、ここにあるぞ。俺たち、ヒゲが短くなってる。ほら、天ニイも、地ニイも。ん？　でも、その理屈だと、銀亀さんから引っかかれた俺の傷が治っているのは何でだ？　あれは地下施設でやられたよな――」

と梵人が頬に手を持っていったとき、日よけテントの下にいる海兵隊員たちから突然、声が沸き起こった。

何事かと視線を向けると、誰もが同じ方向を指差している。マーストリヒトが真っ先にテントから飛び出し、オアシスの外に向かって大きく手を振った。

まるで、二日前の再現をしているかのようだった。

オアシスを囲む砂丘のひとつからトラックが現れ、ごとごとと揺れながら斜面を下りてくる。百メートルほど離れた場所でトラックは停止し、運転席から現れた砂漠迷彩の戦闘服を着た兵士のもとにマーストリヒトが巨体を揺らし、駆けていく。

「あのトラック――、私たちをここから運んだやつよ。ほら、幌の破れているところがいっしょ」

と相変わらずの観察眼を発揮する三尉の背後から、

「時間のこと、ギンガメ、正しかった」

とキンメリッジが現れ、

「俺たちを運んだ、トラック。帰ってきた」

と砂漠色に塗装された軍用トラックを指差した。

「ひょっとして、あのトラック――、私たちをビチュメンの場所に運んだ、その帰りってこと?」

YESとうなずき、

「俺たちのほうが、早かった」

とキンメリッジはいたずらっ子のようにニヤリと笑った。

遠目にも、運転席から降りた兵士がマーストリヒトを見て、戸惑っている様子が伝わってくる。

同僚と別れてから一時間かけて戻ってきた先に、全員が待ち構えていたのだ。驚かないはずがない。

前方で、マーストリヒトがこちらに向かって大きく手招きするのが見えた。

「ボンテン、ボンチ、ボンド、ギンガメ」

全員の名前を呼んでから、「行こう」とキンメリッジはトラックに向かって歩き始めた。

だが、数歩進んだところで振り返り、

「行こう、じゃない」

と首を横に振って、言い換えた。

「俺たち、帰ろう」

これまで、さんざん回り道を強いてきた海兵隊員の言葉であっても、今度ばかりは嘘ではなかった。

ハサン老人のオアシスをトラックで出発した二時間後、銀亀三尉と榎土三兄弟は自衛隊の宿営地に帰還した。

＊

梵人はカレーを食べている。

何なのかこの現実感のなさは、とスプーンを口に運びながら左右を見回すその先には、テーブルに座り黙々とカレーに向かう同僚の隊員たち――、当然ながらそこには襲いくるシュメール・

ゾンビの姿も、彼方にそびえるジッグラトの偉容も見当たらず、よほど日常からかけ離れ、現実感のかけらもない二日間を過ごしたのは梵人のほうであるにもかかわらず、この平和な風景にひどく落ち着かないものを感じてしまう。

だが、食堂のテーブルに置かれた、今週の自衛隊川柳が紹介されたスタンドを眺め、その相も変わらぬのどかな内容を心で読み上げるうちに、じわじわと実感がこみ上げてきた。

俺は帰ってきたのだ――。

オアシスの水場から姿を現したハサンじいさんに、荷台に乗りこんだ全員が手を振り、トラックは出発した。その後、堰き止められていた流れが一気に開放されたかのように、唐突に事態は進行した。電波が復活したことで、すでにトラックの通信機材を使った交信でも行われたのだろう。地下施設に戻るなり、海兵隊員たちとロクに別れのあいさつも交わせぬまま、ヘリポートに待機していたヘリコプターに自衛隊チームの四人は乗りこんだ。ヘリコプターはすぐさま離陸し、一時間後に到着した先は、梵地曰く彼がときどき通訳の任務で顔を出す街の国連の事務所だった。そこには自衛隊のコーキ（高機動車）が待ち構えていた。ヘリコプターから降りた榎土三兄弟は誰とも言葉を交わすことなく、現地職員らしき男にコーキまで先導され、その荷台に乗車。ここでも前後をラブ（ＬＡＶ・軽装甲機動車）に挟まれ、国連の事務所を出発した車列は、三十分ほどで宿営地のゲートを潜った。

隊本部の前でコーキは停止した。荷台から降りた榎土三兄弟を出迎える人影はなく、

「私たち、昨日はバグダッドまで移動して、そこで新聞の取材を受けてから今、帰ったことになってる」

とコーキの助手席に乗っていた銀亀三尉が耳打ちしてくれた。

「状況がわかるまで、余計なことは何も言わないようにしましょう」

と三尉に釘を刺されたのち、三兄弟は解散した。すなわちヒトロクマルサン、十六時三分。梵天は施設小隊へ、梵地は本部付隊へ、梵人は警備小隊へ、それぞれの所属へ帰隊した。

「榎土二士、ただいま戻りました」

と報告する梵人に小隊長は、

「おう、おつかれ。取材でバグダッドまで行ったんだって？　お前、変なことしゃべってないだろうな」

と適度にねぎらいの言葉をかけたのち、「今日はもういいから、休め」と告げて、さっさと屋外の任務に出かけてしまった。

プレハブ二階建ての隊本部の一階にある、警備小隊の詰所には他の隊員もいたが、誰ひとりとして自衛隊員が拉致されたとか、行方不明になったとか、実際に起きた出来事について騒いでいる様子はなかった。イラクの地図があちこちに貼られた詰所の壁には、日めくりカレンダーが飾られている。二日前の日付がでかでかと印字してあるのを見て、ようやく梵人は理解した。二日間の冥界滞在がカウントされない場合、榎土三兄弟が宿営地を出発してから、まだ二十四時間も経過していない計算になる。警備シフトの都合で二、三日、顔を合わせない同僚なんていくらでもいるわけで、たった一日の梵人の不在に反応する者がいないのは、当然といえば当然だった。

腹が減っていたので、詰所を出た足で食堂に向かった。献立はカレーだった。曜日感覚を保つため、宿営地の食堂メニューは「毎週金曜日はカレー」と決まっている。榎土三兄弟が隊長室に呼ばれたのは木曜日だった。そして、目の前にあるのはカレーだ。どれほど理屈を重ねるよりも、鼻腔に入りこんでくるルーの香りは雄弁に現実を教えてくれていた。

三分でカレーを食べ終え、売店でアイスでも買うか、と席を立ったとき、「おお、榎土、ここにいた」と先輩の隊員が後ろからいきなり声をかけてきた。

「隊長が呼んでるぞ。すぐに向かえ。隊長室だ」

駆け足で食堂を飛び出し、十分前に退出したばかりの隊本部に戻った。

「榎土二士、入りますッ」

と二階の隊長室の前で発すると、「おう」という野太い声が返ってきた。

失礼します、と水色の国連キャップを脱いでからドアを開けると、書類をめくっていた隊長が顔を上げた。これまで見たことがない黒縁メガネをかけた姿で梵人をじろりと睨みつけ、

「お前は――、榎土の」

と何かを思い出している様子なので、

「警備小隊、榎土梵人。榎土三兄弟の三番目ですッ」

と自己紹介すると、何やら納得した様子で、メガネを外しイスから立ち上がった。

「お前、暇か?」

はッ、と梵人がすぐには返事ができずにいると、

「このあと、任務があるのか、って意味だ」

と隊長は国連キャップを頭にかぶった。

「いいえ、何もありません」

「じゃあ、これを持て」

書類が雑多に並ぶ机の端に置いてあった茶色の野球グローブをつかみ、それを梵人に投げて渡した。机の引き出しを開け、自分用ということか、黒いグローブを拾い上げ脇に挟む。

「いつ、ここに戻ってきた」

「三十分ほど前です」

そうか、とうなずき、隊長は壁の時計を見上げた。まだ、明るいよな、とつぶやいたのは、部屋に窓がないためである。窓の部分はすべてホワイトボードで塞がれ、細かい書きこみで溢れている。ついてこい、と隊長は梵人の前を通ってドアに向かった。鼻の下のヒゲと同じく、隊長の身体は分厚かった。柔道かレスリング経験者なのだろう、耳が潰れているのを見送ってから、梵人も部屋を出た。

そのまま隊長は廊下の突き当たりにあるドアを開け、外階段を使って一階に下りた。ほぼ毎日、隊本部の詰所に顔を出す梵人も、まだ一度も回ったことのない裏手のほうへ、隊長は外股でずんずんと進んでいく。砂漠用の塗装を施され、側面には大きく「UN」の文字が躍る車両がずらりと並ぶ駐車エリアに出ると、

「榎土、向こうに行け。あのコーキの前あたりだ」

と隊長がすでにグローブをはめた左手で前方を示した。はいッ、と梵人は走って、隊長と二十メートルほど距離を取る。

「キャッチボール、できるか？」

「できると思いますッ」

行くぞ、と隊長はボールの縫い目を確かめてから、ゆったりとしたフォームでボールを投げた。

車両が二列になって駐車された、その間のスペースを使って、隊長とのキャッチボールが始まった。

「ときどき、お前のところの小隊長と、ここでやってるんだ」

とドスの利いた声とともに、隊長は重いボールを放ってくる。なぜ自分は隊長と二人きりでキャッチボールをしているのか、と整理できない気持ちをもてあそびつつ、梵人も相手のグローブ目がけて球を返す。

「結構、いい球投げるな」

「ありがとうございますッ」

互いに十球ほどを投げたところで、西の空が急に赤く染まり始めた。

肩が温まってきたのか、しゅるるるという音を響かせ、よりスピードを増してボールが飛びこんでくる。いったい、どういうつもりで隊長は自分を呼んだのか。そもそも、隊長はカフェで部下たちが拉致されたことを承知しているのか。ヘリコプターでどこともしれぬ場所に運ばれたことを把握しているのか。確かに、新聞の取材とだけ伝えられ、帰りの予定時刻も聞かされずに、梵人たちは宿営地をあとにした。だが、あの時点でバグダッドへの派遣が予定されていたとは到底、思えない。実際に梵人たちが向かったのは、街のカフェだった。店の奥に入ったきり出てこない、出てくるはずのない梵人たちに対し、外で待機していた隊員たちはどのような命令を受けて撤収したのか。地下施設での朝食会で、ライオン・マダムは新聞取材の件を含め、すべてを手配したのは自分であり、隊長よりも、もっと、もっと上のほうにいるボスに話をつけた、と豪語した。ならば、目の前の隊長は何をどこまで理解しているのか——。

「榎士二士」

梵人の心の動きを見透かしたかのように、急に深みを増した声色で、隊長が名前を呼んだ。

「ひとつだけ、お前に質問する」

「はい」

「問題は——、なかったか?」

ボールがうなりを上げてやってきた。

グローブごと流されるような強い手応えとともにキャッチする。

隊長は仁王立ちの姿勢で、じっと梵人を見つめている。

ボールをグローブの中で転がし、わけもなく縫い目に指を這わせた。前方からの見えぬ圧を感じながら、消えてしまった二日間を、いや、宿営地を出発してからの三日間を思い返す。すべてが問題のかたまりだった。だが、海兵隊員含め、誰ひとり欠けることなく無事に帰ってきた。

ゆっくりと振りかぶり、

「何も、問題ありませんでした」

とこれまでいちばんの強さでボールを投げ返した。

西日が強くなってきた。晴れた空は夕焼けに染まるというよりも、沈みゆく太陽の光が乾いた空気を直接照らし、澄みきった夕暮れの風景へと移り変わっていく。茜色に彩られた砂地に、隊長と梵人の長い影が音もなく伸びていった。

「銀亀三尉とは、ずっといっしょだったのか?」

「はい、いっしょでした」

「彼女はどうだった」

隊長から返ってきた、重さを増したボールをグローブに受け止める音が、自然とスナイパーライフルの射撃の響きとシンクロした。

「どんな状況になっても――、最後まで、俺たちのことを信じてくれました。最高の、上官です」

隊長はまぶしそうに目を細めた。本当に西日が視界に入ったからか、それとも別の理由か、しばらく無言で梵人を見つめ、空いている手で鼻の下のヒゲを撫でつけた。

「おい、榎土」

「はい」

「銀亀に、ほれるなよ」

はじめて梵人はコントロールに失敗し、「すみませんッ」と声を上げるが、隊長が咄嗟に腕を伸ばし、見事にキャッチする。

「ほかに、何か確認しておきたいことはあるか」

確認したいこと――。己の心に訊ねてみるが、状況がわかるまで余計なことは口にするな、という三尉の言葉が今は正しいように感じた。ふと、夜の気配が濃くなってきた東の空に顔を向けると、隊本部のプレハブ越しに国旗が――、三本のポールが並び、日本の国旗を挟むように、同じ敷地に駐留するバングラデシュとインドの国旗が風にゆるやかに翻っているのが見えた。

「あのバングラデシュの国旗――」

「何？」

「前から気になっていたのですが、入口ゲートの看板に描かれているバングラデシュの国旗が、日の丸と似ているようで、でも、真ん中の赤い丸が少しだけ横にズレているように見えて仕方がなくて——、あれ、間違っていませんか？」

それが確認か、と隊長は苦笑しながら、「間違っていない」と首を横に振った。

「バングラデシュの国旗はもともと、赤丸が真ん中に置かれていない。ああやってポールに掲揚して風に吹かれたとき、真ん中にあるように見せるため、わざとポール側に赤丸を寄せたデザインになっているんだ」

思いもよらぬ答えに梵人がぽかんとしていると、隊長も調子を狂わされたのか、放ったボールが大きくそれた。

「すまん、榎土」

慌ててグローブを伸ばすが、キャッチできない。ぽでっと砂地に着地する鈍い音を残してボールが転がっていく。

「そろそろ暗くなってきたことだし、帰るか——」

ボールに追いつき振り返ると、隊長はすでに隊本部に向かって歩き始めていた。

グローブから手を抜き、ボールを受け続けじんじんと熱くなっている手のひらを見つめた。はっきりとわかったことがある。何度かあった隊長の暴投気味のボールに対し、一度も先回りして捕球体勢に入ることができなかった。今のボールもそうだ。食堂でも後ろから声をかけてきた先輩隊員に対し、素直に驚いてしまった。

砂漠で目覚めてからの自分の大きな変化について、そろそろ梵人は認めざるを得なかった。

どうやら俺は、「三秒」を失ってしまったらしい——。


それから四カ月後の四月中旬。

半年間の駐屯地での任務を完了し、第一次イラク派遣支援活動隊は二次隊と交代。榎土三兄弟は無事、帰国した。

終章　2024.11.5　PM1:36

背中にリュック、その脇にハンマーをくくりつけ、つるはしはストック代わりに上下を逆さに持って梵天《ぼんてん》がプレハブ小屋に戻ると、屋外に運び出したテーブルの上にノートパソコンを置き、梵地《ぼんち》が難しい顔で画面に向かって話しかけていた。アラビア語らしき言葉を口にしたかと思うと、次は英語、ときどき日本語も交じるという忙しさで、ちらりとパソコンの画面をのぞくと、分割された枠に三人が映し出され、どうやら会議中のようだ。

テーブルの足元にリュックとつるはしを下ろし、工務店の名前が印字されたヘルメットを脱いだ。テーブルの半分は梵天用のスペースで、そこに地質図が広げられている。細かくブロックごとに区切られた地質図はところどころが塗り潰され、梵天はマジックを手に取ると、ブロックのひとつの内側に斜線を引いた。この三日間、くまなく地中を三秒で探り、「調査済み」、すなわち空振りのエリアがまたひとつ増えたことをその斜線は伝えていた。

自衛隊を退職してからの約半年間、雨の日も風の日も山に通い、白亜紀の地層が露出する場所を重点的にチェックしてきたが、土中に埋まっているのは海に生息した生き物の化石ばかり。そもそも、かつて海の底だった場所ゆえ当然の結果と言えるが、ティラノサウルスどころか、陸上生物の化石すら見つからないのが現状だ。

それでも、梵天が焦ることはなかった。

ひとつは海の化石を掘り出す作業が、純粋に楽しかったからである。重量のある巨大アンモナイトはオブジェのようにプレハブ小屋の壁に立てかけ、小振りな異常巻きアンモナイトは家に持ち帰り、その繊細な造形に沿って削り出すクリーニングに夜中も没頭した。意外や梵地が、細かい手元の技術と根気が必要なこの作業に対し、才能を発揮した。考古学の発掘現場で小さな土器片を回収し、修復していた際の腕前が活かされるようで、ノジュールと呼ばれる化石本体を包む石をタガネとハンマーを使って、梵天よりはるかに器用に素早く削っていった。くっきりと姿を現した、洗濯機の排水ホースがねじれたような外見の異常巻きアンモナイトに対し、

「クトゥルフ神話みたいだね」

とよくわからないたとえを持ち出してくる梵地だったが、それらを通信販売することを発案し、あれよあれよという間に月に三十万を超える利益を家計にもたらした。

もうひとつ、梵天の焦りが少ない理由は、梵天の山から北へ二十キロの場所で発見された恐竜化石の存在があるからだ。梵天たちの帰国に合わせるように、雪解けとともに発掘作業が再開され、結局頭骨が発見されることはなかったが、新たに大腿骨が掘り起こされた。大腿骨が見つかれば、太さと長さから、その骨が支えた恐竜の重さとサイズがわかる。すでに発見された骨とともに精度を高めた復元図が作成され、新種のハドロサウルス科の化石であると正式に発表された。なかでも改めて注目されたのは、背骨の化石から大型肉食恐竜の歯形が、しかもティラノサウルスの仲間である獣脚類の噛み跡が見つかったことだ。当然ながら、復元図には草食恐竜の背中に

上からかぶりつくティラノサウルスらしき獣脚類の姿がセットで登場している。この新種のハドロサウルス科の化石は、梵天の山と同じく白亜紀のむかし──、六千六百万年前は海の底だった地層、同じ層群から発見された。あちらと条件はいっしょ、梵天があきらめる理由はどこにもなかった。

地質図に斜線を引き終え、テーブルを挟み、梵地の正面のイスに腰を下ろした。水筒のほうじ茶を飲みながら、十万四千坪の面積を誇る「梵天山」をカバーする地質図をのぞきこむ。「調査済み」の斜線を引いたエリアはまだ山全体の十分の一ほど。しかも、チェックしやすいなだらかな斜面から取りかかっているため、険しい谷や崖の部分も巡ってくまなく確認するには、ひょっとしたら十年近くかかるかもしれないが、梵天は気を長く持って取り組むつもりだ。何しろ、国内では一生に一度でも遭遇したら、それだけで特大のダイヤモンドを発見したに等しい価値を持つ恐竜化石だ。貴金属泥棒で得た梵天の取り分はとうに使い切ってしまったが、イラク滞在の半年間、海外派遣されたことに対する特別手当が支給されたおかげで思いのほか貯金も増えた。田舎暮らしゆえに支出も少なく、そこへアンモナイト販売の利益も加わって、当分はこの生活を続けていけそうだ。

目下、梵天の悩みは、勢いで買った中古のブルドーザーとショベルカーの使い道である。購入以来、ゲート周辺の整地作業に使っただけで、二台の重機はシートに覆われ、今もゲート近くの一角で出番もなく眠り続けたままだ。売っちゃったら？　と梵地はストレートに勧めてくるが、ひょっとしたら明日、大発見があるかもしれない。そのときは一気に発掘現場までの道を通すために重機が必要になる。さらに土中には岩盤も多く、人力では歯が立たぬため、やはりマシンの力を借りなくてはならない。取らぬ狸の皮算用だよと梵地は笑うが、何事も決断の早い性格であっても、こと恐竜がらみになると途端に踏ん切りがつかなくなる梵天だった。

「終わったよ」

と梵地がぱたんとテーブルの上のノートパソコンを閉じた。

あまり首尾よく運んだというわけではなさそうで、ふうとため息をつき、髪に押しこんだ指でごしごしと頭を掻く。梵天の髪形は自衛隊時代とほとんど変わらぬ坊主頭だが、梵地は今やすっかり長髪だ。といっても、まだ伸ばして半年程度ゆえに、たかが知れている長さではあるが。

梵地も梵天と同じタイミングで自衛隊を辞めた。その後は、王子の帰国を待ち焦がれていた梵地ガールズからの熱い呼び出しの声に靡くことなく、梵天の家に居候しながら化石のクリーニング助手を務める毎日ではあるが、もちろん彼には彼の本業がある。

イラクであれだけの目に遭っても、いや、遭ったからこそか、帰国後もメソポタミアへの情熱が冷めることはなかった。むしろ、いっそうの渇きとなって、ふたたびあの地に戻るための作戦を練っている。具体的には、イラクでの発掘チームを結成すべく悪戦苦闘中だ。イラク国内での発掘には、当然イラク政府の許可がいる。メソポタミアの有名どころの遺跡は、古くから英国チーム、ドイツチーム、アメリカチーム、さらにはイタリアチーム、フランスチームと縄張りががっちりと決まっていて、そこに割りこむのは容易なことではないらしい。新たに許可を得るには、詳細な発掘プランが申請時に必要となるわけだが、問題は発掘すべき地点がわからないということだ。

「そりゃ、宿営地には少しでも早く帰りたかったけど、いくら何でも、あれは急ぎすぎだよ。地下施設に戻ったら、キンメリッジやマーストリヒトと話す暇くらいあると思っていた。だから、トラックの荷台で通訳を買って出たのに、あんなすぐにヘリコプターに乗ることになるなんて――」

とぼやく梵地の言い分も、わからないではない。

ハサンのオアシスから地下施設に戻る途中、ジッグラトで何が起きたのかを知りたがる梵人《ぼんど》や銀亀《ぎんがめ》三尉に向かって、梵天が現地の出来事を説明し始めたところ、当然、海兵隊員たちからも内容を聞かせろという声が上がった。キンメリッジが同時通訳を担うには荷が重く、結局、梵地が海兵隊員に向け英語通訳を担当することになった。ハサンのオアシスから地下施設までの移動は、まさに驚天動地のジッグラト物語を梵天が披露するだけで終わり、そのせいで梵地は海兵隊員たちから、「フセイン・エリア」についての正確な地理情報を聞きだす時間とチャンスを失ってしまった。トラックが地下施設に到着した三分後には、自衛隊チームを乗せたヘリコプターは早々に空に飛び立っていた。上空から地形を確認しようにも、ヘリコプターには窓がなかった。同乗者も海兵隊員ではなくイラク国軍の兵士のみで、どれほど梵地がアラビア語で話しかけても、国連の事務所の敷地に着陸するまで頑なに口を閉ざし続けた。

「国連の事務所からヘリコプターで一時間の距離」

それが唯一、梵地が得ることができた、地下施設についての地理情報である。今も時間さえあれば、梵地はグーグルマップで地下施設とハサンのオアシスを探している。

「あのアガデを襲った大洪水は、本来、四千年前に起こるべきはずのもので、それをエレシュキガルは冥界を築くことで防いだ。でも、彼女が冥界を脱出するにあたり、封印を解いたから、時間はふたたび流れ始め、あの大洪水がやってきた。じゃあ、アガデは今どこに？　僕は、大洪水によって埋もれた他のメソポタミア遺跡と同じく、砂漠の地下深くで眠っていると考えている」と梵地は主張する。それならば、これまで大学、大学院で考古学をみっちり勉強し、トルコやヨルダンでの発掘にも参加しているのだから、日本の大学と組んで探せばよいと梵天は思うのだが、教授と対立して大学院を飛び出してしまった梵地曰く、「とても狭い世界だからね。あの教授に睨まれたら、国内での活躍はもう無理」なのだそうだ。

そこで梵地は、イラク人主体のチームを組み、そのメンバーにアガデの場所を探してもらう、という現地プロジェクトを立ち上げるプランを考えついた。以前から、イラク国内の遺跡であるにもかかわらず、外国人が主導権を握り、その学術的成果を独占する発掘のやり方そのものに疑問を感じていたらしい。イラク人が発掘作業の主体となり、発掘した内容はイラク人が優先的、長期的に研究できる仕組みを作りたい、と梵地は言う。アメリカで活動するイラク出身の考古学者の賛同も得て、話し合いの場を持つことができたが、すべてはアガデという幻の都の場所がわかってこそ、現地のイラク人たちを説得できる確かな情報があってこそ始まる話だ。たとえここに、実際にアガデの街を走りまわり、ジッグラト頂上にも立ち、幻の都の正確な街割りを図面上に再現できる男がいたとしても、証拠がなければ、それらは単なる想像の産物に過ぎない。肝心の場所がわからないことには、人も動かず、ことはうまく運ばないようだ。

髪の間に突っこんでいた指を抜き、自分の水筒のほうじ茶を飲んで少し気持ちを落ち着けた梵地が、

「何か、見つかった？」

と顔を向ける。梵天は足元のリュックから二枚貝が複数集まった部分が露出している岩のかたまりを取り出し、テーブルに置いた。

「わお、すごいね」

とのぞきこむ弟に梵天は、かつての海の底に同じ重さの貝が流れに乗って集積した結果、六千万年以上が経過しても当時の状態を保ち、こうしてかたまりになって掘り起こされた、という雄大なストーリーを語り始める。最初はへえと感心しながら聞いていた梵地だが、途中で飽きがきたのか、

「もうすぐ、ヒトヨンマルマルだね」

と腕時計をのぞいた。自衛隊時代の名残で、時間の読み方の癖がまだ抜けないのだ。

「昼飯は梵人が買ってきてくれるのか？」

「そう言っていたけど、ちょっと遅いね。お腹が空いちゃったよ」

空はすっきりと晴れ渡り、十一月の穏やかな日差しが降り注ぐ。まさに紅葉真っ盛りの梵天山であるが、どれほど色づいた木々がプレハブ小屋の周囲を美しく彩ろうとも、梵天の関心は相変わらず地面の下に集中し、梵地の関心もはるか彼方の砂漠の底にある。結局、似た者同士なのだ。

「あいつに会うのは、お盆以来になるのか？」

「そうなるね。この前、昇進して士長になったらしいよ」

イラク滞在中に榎土《えのきど》三兄弟は揃って二士から一士に昇進し、「榎土一士」として帰国を果たしたが、そのまま自衛隊に残ることを選択した梵人は、一士からさらにもう一階級昇進し、「榎土士長」になったということだ。

「梵人のやつ、全国大会を目指しているんだろ?」

「体育学校の合宿に特別に参加することができて、そこで元日本代表のコーチから声をかけられたらしいね」

「でも、練習から負けっ放しだったと、先月、電話したときに言っていたぞ。十年以上のブランクがあるわけだし、三秒を使えないのは厳しいだろ」

「まあ、でも、彼にとってはいいことなんじゃない?」

弱くなってしまって何がいいんだ、と梵天が返そうとしたとき、ゲートにつながる林道から、クセのあるバイクのエンジン音が聞こえてきた。

ほどなく黒いアメリカンバイクが、腹まで響くマフラーの音をまき散らしながら登場した。

「お、来たな」

「相変わらず、やかましいね」

スピードを落として近づいてきたバイクは、停まってからもこれ見よがしにエンジンをふかしたのち、ようやく静かになった。

「遅くなってすまない、天ニイ、地ニイ」

黒い革ジャンにサングラスという出で立ちで、梵人は同じく黒い革手袋をはめた右手を「よう」とヘルメットの横で振った。

「道が混んでいたのか? 今日は平日だよな」

「いや、ひとりで来るつもりで計算していたから、スピード落としたぶん、遅くなったんだ」

ひとりで来るつもり? と梵天が怪訝な顔をしたとき、梵人の後ろからふらふらと、ジャンパーにジーンズという格好の小柄な人影が降り立った。

ヘルメットのシールドを持ち上げたそこに、やたら驚いているように見える目玉がのぞいた瞬間、

「銀亀三尉ッ」

と梵天と梵地が同時に声を上げ、イスから立ち上がった。

「たまたま休みが合ったんだ。誘ってみたら、ぜひ天ニイ、地ニイに会いたい、って言うから乗せてきた」

とサングラスを胸ポケットに差しこみ、末弟はニヤリと笑った。

よほど後部座席で蓄積したダメージが大きかったのか、「ちょっと待って」とばかりに手のひらを梵天と梵地に向け、三尉は膝に手をつき、しばらく息を整えていたが、

「あれでスピードを加減していたって言うの？　冗談でしょ？」

とヘルメットを脱ぎ、改めて大きく開いた目玉をぎょろりと向けた。

「二度と、あなたの後ろには乗らないから」

「え？　帰りはどうするんですか」

「電車で帰る」

「電車だと、たぶん今から駅に向かわないと、今日じゅうに帰るのは無理ですよ」

三尉はいまいましそうにヘルメットを梵人に押しつけ、「お腹空いたでしょ」と背中のバックパックをテーブルに置いた。

「ひさしぶりね、梵天二士、梵地二士」

と感慨深そうに二人を見上げるも、

「そうか、二人とも一士に昇進したし、いや、そもそも隊員じゃないのよね」

と笑った。

「これからは、ただの梵天、梵地でお願いします」

なあ、と梵天が梵地の脇腹を小突くと、「おひさしぶりです」と丁寧に頭を下げてから、「その方向で」と梵地もうなずいた。

「でも、あなたたちのほうが年上だから、呼び捨てにするのも変な感じがするのよね」

「俺のことは今日会ったときから、ずっと梵人って呼び捨てですけど」

「あなたは、いいでしょ。榎土士長と呼ぶのはもっと変な感じだから」

と面倒そうに梵人を睨みつけたのち、「わかった。梵天、梵地でいきましょう」と三尉はバックパックからファーストフードの紙袋を次々と取り出し宣言した。

「銀亀さんは、いつ帰国したのですか?」

という梵地の問いかけに、

「三週間前。三次隊と交代で帰ってきた。ちょうど一年間、イラクにいたことになるわね。やっと最近になって、砂漠にいる感覚が抜けてきた気がする」

と答える三尉の顔は夏の灼熱のイラクを経験したということだろう、梵天の記憶よりもずっと日焼けしている。

「梵人から聞いたけど、帰国してすぐに辞めてしまったの?」

小学校、中学校のとき以来だろうか、いや、ひょっとしたら女性がシンプルに梵人と呼ぶ声を

聞くのははじめてかもしれない、と妙な感慨を覚えつつ、

「帰国して二週間で、梵地といっしょに辞めました。一日でも早く、この山に戻りたかったので」

と梵天はテーブルの地質図を片づける。

「僕もメソポタミアに一日でも早く戻りたくて——。もっとも、僕のほうはそう簡単にはいかないですけど」

とノートパソコンを自分のカバンに戻し、梵地は苦笑する。

「じゃあ、向こうからあなたたちへの働きかけは、その後も何もなかった、ってことね」

「銀亀さんのほうは？」

「イラクにいるときも、こっちに帰ってきてからも、ひたすら仕事。ここに来る途中に確認したけど、彼のところにも何のアプローチもないって」

と三尉は、「ちょっとトイレ」と小走りでプレハブ小屋の裏手に向かった末弟の背中を指差した。八月に会ったときも、ずいぶん絞った身体になっていたが、今は骨格のたくましさと肉づきのバランスがちょうどよい、見るからにアスリートぽい後ろ姿に変貌している。

「海兵隊の連中とは連絡は取っているんですか？」

「まさか、誰ひとり本当の名前もわからないのに？」

そりゃ、そうか、と梵天は紙袋から飲み物を取り出し、テーブルに並べていく。

実のところ、こうして梵天が銀亀三尉とまともに口を利くのは、去年十二月の「失われた二日間」以来のことだった。施設小隊でのせわしない日常を過ごす限り、広報担当の三尉や通訳の梵

地に宿営地内で出会う機会はほとんどなく、たまに休みのタイミングが合ったときに、弟たちから三尉の話を聞くくらいだった。一方、弟たちは隊本部で三尉と顔を合わせることも多く、互いに周囲に異状を感じた場合はすぐに伝え合う、という約束を交わしていた。

しかし、その後、駐屯地で過ごす梵天たちに、女からのそれとわかるコンタクトはなかった。ハサンのオアシスから地下施設に到着したときも、女の姿はどこにも見当たらず、あのアガデの崩壊ののちエレシュキガルはどうなったのか、結局イナンナの目的は何だったのか、果たしてそれは達成されたのか——。梵天たちは何ら真相を教えられぬまま、「二次隊以降の隊員が宿営地で過ごすための、最低限の住環境を整える」という半年間にわたる一次隊の任務をまっとうし、イラクから帰国したのである。

日本に到着後、梵天と梵地はすぐさま上官に辞意を伝えた。

「イラク派遣を経験した若手のホープが、入隊一年であっさりと辞めてしまうのは困る」

というまっとうな理由による慰留はあったが、結局はスムーズに退職が叶った。それはつまり、これ以上、榎土三兄弟が揃って自衛隊に所属する必要はないと女が認めた——、そう梵天たちは判断した。

唯一、女の気配を感じたのは、梵天たちがイラクに派遣されている間に、銀座の貴金属泥棒の一件に動きがあったことくらいだろうか。梵天たちが侵入した宝石屋が倒産し、夜逃げしてしまったのである。長年の不正な販売実態が明らかになり、事件は保険金狙いの自作自演だったのではないか、という話が、榎土三兄弟が帰国したときには勝手に広まっていた。梵人がボディガードを務めていた中国人マフィアの連中も忽然と姿を消し、

「本土でトラブルがあって全員で戻ったらしいぜ。もう、日本にはこないよ」

とどこからか情報を仕込んできた梵人が教えてくれた。

地下施設であの女と朝食をともにしてから、来月でもう一年になる。過去に対する執着が希薄な梵天であっても、さすがにアガデの記憶は何度も思い返す。それでも、新しい生活に馴染むうちに、少しずつ過去の輪郭はぼやけ、彩色の鮮やかさも失われつつあった。

「ここ、いい場所ね。やっぱり、四季があるって大事」

と三尉が周囲を見回し、木々を色とりどりに染め上げる風景に目を細める。ああ、そう言えば、と鈍い男二人がはじめて紅葉に気がついたという顔を向けると、

「梵天二士——、いえ、梵天のその服って」

と工務店勤務時代の作業着を着ていることに気づいた三尉が、

「そこ、やっぱり恐竜の歯が入っているの？」

といかにもおかしいのをこらえる表情で胸ポケットを指差した。

工務店の名前の刺繍が入った胸ポケットから、当然のように梵天はティラノサウルスの歯を取り出した。一見、黒ずんだ動物の角に似た、長さ七センチほどの化石は、冥界から帰還しても戦闘服の胸ポケットに消えることなく収まっていた梵天の宝物である。

どうぞと手渡すと、三尉はおっかなびっくりといった様子で手のひらで受け取った。

「はじめて恐竜の化石に触るかも。へえ、本当に歯のかたちをしている。何、これ？　側面にギザギザのラインがある」

さすがの三尉の観察力に、梵天がうれしそうにそれは鋸歯《きよし》と言って、肉食恐竜にしかない特徴

なんです、まさにステーキナイフの刃のギザギザの役割を果たしていて、それに対し草食恐竜は――、とさっそく講義を始めようとするのを、

「梵人から聞きました。銀亀さんも、梵人といっしょに体育学校に入るための選考にチャレンジするって」

と梵地が先手を打ち、話の流れを変えた。そうと気づかぬ三尉は「そうなの」と素直に話に乗り、

「もう一度、射撃競技でオリンピックを本気で目指してみようと思って。選考に受かるかどうかは、まだわからないけど」

とはにかんだ笑みを浮かべた。

自衛隊には体育学校という、オリンピック選手を多数輩出する、自衛官アスリートを本気で強化する組織がある。充実した設備のもと、極めて質の高い訓練を受けることができるが、毎年、新たなメンバーとして自衛隊員から選ばれるのは二十名ほど。銀亀三尉が狙う「射撃」班に入校できるのは、そのうちたったの二名、非常に狭き門を突破しなければならない。梵人が全国大会にエントリーするのも、そこでいい成績を残すと入校の選考の際、有利になるからだそうだ。

「銀亀さんは、梵人の三秒が使えなくなったことを知っていますか?」

「らしいわね、あなたたちもなの?」

「僕と天は、変わらずに使えます」

これが天の今日の戦果です、と梵地はテーブルの端に置かれた二枚貝の化石を指差す。

「すごい――。そうか、地面をのぞくだけで、掘る前に見つけられるわけね」

三尉はしげしげと二枚貝がいくつも集まっている部分をのぞきこみ、

「でも、何で彼だけ、あの変な力がなくなってしまったの？」

と顔を上げた。

「わからないです。でも、その代わり、膝の古傷が完治したようで、いえ、完治というよりも、そもそも怪我自体がなかった状態になったらしくて」

なぜかしら、と首を傾《かし》げる三尉だったが、

「でも、それでよかったんじゃない？」

とあっけらかんとうなずいて見せた。

梵地とそっくりな言葉に、思わず「どうしてですか？」と梵天は問い返す。

「だって、今のままだとおもしろくないじゃない。あんな力があれば、来週オリンピックがあったとしても、彼、優勝しちゃうわよ。でも、そんなのって楽しい？」

はあ、とあまりしっくりとこない様子の梵天に、

「あなたたち、イラクで言っていたわよね。イナンナがはじめて現れたときに、協力したら願いを叶えてあげると約束したって。何だっけ？　梵天が恐竜、梵地がメソポタミア――、梵人が本物の戦い？　彼から力がなくなったと聞いたとき、その約束の話を思い出した。確かにアガデで『本物の戦い』を経験したかもしれないけど、実は彼女が言っていたのは、今のことじゃないかって」

と目玉をぎょろりと剝いて、三尉は言葉を続ける。

「あの変な力のおかげで、怪我する前の彼はいつも無敵、試合でも負けたことがなかったんでし

よ？　確かに、シュメール・ゾンビが相手なら命がけの戦いになるけど、ルールの決まった人間相手の競技なら、それは戦いでも何でもなくて、ただの後出しジャンケンよ。最近の彼、トレーニングに励みながら、本気の試合をこなしている。勝つこともあれば、負けることもある。でも、誰にも負けなかったときよりも、今のほうがずっと楽しいと言っていた。あの変な力がなくなったおかげで、毎日、本物の戦いに身を置けるから。ほら、願いは叶えられたと思わない？」

思いもよらない解釈に、なるほど、そういうものか、と梵天が腕を組んでうなっていると、

「梵地の約束は、叶えられたわよね。アガデをさんざん歩き回ったうえに、ジッグラトにまで上ったんだから」

と三尉が手にしたティラノサウルスの歯の先端を一度、梵地に向ける。帰国してからの現状について何か言いたそうな表情ではあったが、梵地は「あれは間違いなく、本物のメソポタミアでした」とひとまずうなずく。

「ということは——、まだなのは梵天だけ？」

と三尉は梵天にティラノサウルスの歯を差し出した。

「これが約束の品ってこと？　でも、それだと前払いになっちゃうわよね。彼女とは、どういう約束だったの？」

ええと、それは、と思い出すふりをしながら化石を受け取る梵天だったが、もちろん忘れるはずがなかった。あの女の言葉は、一言一句違《たが》わずに覚えている。

「あなたには、お目当ての恐竜に会わせてあげる——、だったかな」

「お目当ての恐竜って、ティラノサウルスのことよね？　その歯以外の化石にも会えるってこ

と？　ほかの二人ははっきりとしたかたちになって実現したのに、梵天のは何だか……、曖昧ね」

ここで「そうなんです」とうなずくことは、女の言葉の実現に今も心のどこかで期待をかけていると白状しているようで、梵天はすんでのところで言葉を呑みこむ。

「自衛隊を辞めてから、ずっとここで探しているんでしょ。見つかりそう？　梵人が言っていたけど、さっきの歯の化石がこの山から出たという確かな証拠なんかなくて、ただイナンナの言葉を無根拠に信用しているだけだ――、って。それ、本当？」

もっとも触れてほしくない部分を容赦なく突いてくる元上官の指摘に、梵天はどこか泣き笑いのような表情を浮かべながら、化石を胸ポケットにしまいこんだ。それでも北方二十キロの場所で発掘された新種の化石について、その背骨に残された痕跡について説明しようと口を開きかけたとき、

「おい、天ニイ――。あっちのアンモナイト、全部天ニイが掘り出したのか？　一メートルを超えるやつも並んでいたぞ」

とプレハブ小屋に収納していたパイプ椅子を両手に提げ、梵人が戻ってきた。ひとつを三尉の前に置き、自分のぶんは梵天の隣にセッティングして腰を下ろす。

「あんなにすごいものがごろごろあるのなら、別にティラノサウルスなんか見つからなくても、いいんじゃないのか？」

と好き勝手なことを並べる梵人の前に、「何がいいんだ」と憤然とファーストフードの紙袋を置き、梵天はふと正面のゲートに顔を向けた。

「とにかく、食べましょう。四人で食べるのは、アガデ以来ね」

と三尉が両手を叩き、

「それって四千年ぶりということになるのかな。だって、あそこはウル第三王朝の時代だったから」

と梵地がうれしそうに反応していたが、すでにそれらの声は梵天の耳には届いていない。

呆然と前方を見つめ、

「嘘だろ」

と無意識のうちに放たれた梵天のつぶやきに、紙袋を開ける手を止めた残りの三人が面を上げ、その視線に導かれるように振り返った。

全員の注目を一手に引き受け、林道の向こうからリムジンが一台、ゆっくりとこちらへ向かってくるのが見えた。

舗装もされていない砂利の道を進むには、どう見ても場違いな黒いリムジンがゲートを通過して近づいてくる。

「何だよ、ここで小便したら、あの車が登場するまじないでもあるのかよ」

梵人が立ち上がるのに合わせ、梵地もイスから尻を上げる。三兄弟の間に一瞬で共有された緊張の気配を嗅ぎ取った三尉が、「何なの？」と目を剝く。

梵天たちが囲むテーブルから十メートルほど離れた場所、前回とまったく同じ位置にリムジンは停まった。ただし前回と異なる点は、リムジン一台に高級車二台の組み合わせだった隊列が、今回はリムジン一台だけに減っていることだろう。

全員が固唾《かたず》を呑んで見つめる先で、助手席のドアが開き、いかにも高級そうな黒いスーツを身に纏った男が現れた。

妙に軽やかな、クセのある身のこなしに、なぜか見覚えがある気がした。男は周囲の紅葉の様子を、まるでそれを生まれてはじめて見るかのようにじっくりと観察したのち、梵人のバイクに気づき、「お」と小さく反応してから、ようやく梵天たちに顔を向けた。

「キンメリッジッ」

男三人と女ひとりの完璧な四重奏が、あたりに響き渡った。

「ボンテン、ボンチ、ボンド、ギンガメ」

伸びた髪は後ろにひとくくりに、ウェービーな前髪を少しだけ垂らし、懐かしい声色とともにひとりずつ名前を呼びかけながら、キンメリッジは軽くウィンクした。

＊

全員がリムジンへいっせいに足を踏み出そうとするのを、「待て」と手で制し、キンメリッジはそのまま後部座席のドア前に移動した。

窓ガラスを軽くノックすると、少しだけスモークフィルムが貼られた窓が下がる。そこへ何事か声をかけ、応答があったのか、一度うなずいてから、ドアのレバーに手を伸ばした。

ドアを全開にしたのち、キンメリッジは大股で一歩下がった。

何が現れるのか、リムジンを林道に見たときから、その答えをとうに知っているにもかかわらず、胸の鼓動が急激に高まる。

瞬きをせずに見つめる梵天の視線の先で、ゆったりとした動きとともに鮮やかな青が車から現れた。

女がそこに立ったとき、それまで好き勝手に色をちりばめていた紅葉の風景が、さらなる競争相手の出現を受け、いっせいに騒ぎ立てる音を聞いたような気がした。

「見つかった？」

去年の三月、この場所に登場したときとまったく同じセリフとともに梵天たちを正面に捉え、女はわずかに白い歯を見せて笑った。

「恐竜の骨は見つかった？　ミスター・ボンテン」

腕を持ち上げ、己の青いロングコートの胸のあたりに持っていき、とんとんと指先で叩いてから、梵天を指差した。腕を伸ばした拍子に、袖から現れた腕輪が黄金の光を反射する。一瞬だけ、周囲から紅葉の景色が消え、ジッグラトの頂上で女と対峙したときの感覚が、生々しく蘇った。

これ見よがしに前回と同じ動作を繰り返し、女が指で伝えようとしているのは、言うまでもなく、梵天の作業着の胸ポケットにしまいこんだティラノサウルスの歯だろう。

「この化石は本当にこの山に埋まっていたものなのか？」

これまで何千回と自問を重ね、結局、あの女に直接訊ねるしかないという答えにたどり着く、お決まりのコースを飽きるほど繰り返してきたにもかかわらず、いざ本人が登場したとき、情けないくらい声が出なかった。

「発掘の準備はなかなか整わないみたいね、ミスター・ボンチ」

立ち姿だけの印象なら二十代のそれなのに、表情から滲み出る貫禄ある雰囲気は三十代以上のもので、声の質は四十代の深みを備えているという年齢不詳な組み合わせとともに女が指先を次へ向けると、梵地のひょろひょろとした長身がびくりと震えた。

「あなたは——、調子は上々のようね。ミスター・ボンド。戦いの毎日は楽しいかしら？」

と最後に梵人を指差し、「ずいぶん、戦士らしい体つきになってきた」と女は目を細めるも、

「何しに来たんだ？　いちいち、かっこつけてないで、用があるならさっさと言えよ。だいたい、何でキンメリッジがそこにいるんだ。海兵隊を辞めて付き人になったのか？」

とどこまでもぞんざいな調子で梵人はキンメリッジを指で差し返した。

「スカウト、された」

ＳＰのように女の斜め後方に控えるキンメリッジが咳払いしたのち答えた。

「スカウト？」

「お前たちと基地で、別れた。それから、少佐に、会った。会った瞬間、思いきり少佐、殴った。だからクビに、なった」

と冗談なのか、本気なのかわからぬ調子で、胸の前で拳をくるくると回す。

「海兵隊をクビになって、その女に声をかけられたってことか？」

「彼女、じゃない」

「じゃ、誰にだよ」

「彼、だ」

「彼？」

キンメリッジは胸の前の拳からすっと人差し指を立て、リムジンの開け放したドアの内側へ向けた。

それを合図にしたかのように、リムジンから、また新たな一色が飛び出した。

音もなく地面に降り立ち、周囲のにおいをしばらく確かめたのち、こちらをじろりと睨みつけた。

ライオンだった。

十メートルの距離を取っていても、女のまわりをぐるりと一周しただけで、その迫力に気圧された三尉と梵地がテーブルを素早く回りこみ、猛獣とテーブルを挟むように、それぞれ梵天と梵人の隣に立つ。

「まだ、あなたたちには正式に紹介していなかったかしら。これはドゥムジ――、私の愛すべき夫」

と女は足にすり寄ってきたライオンのたてがみに指を這わせ、

「彼の言うとおり、ドゥムジの判断で雇うことにした。とても優秀で、私も満足している」

と振り返り、キンメリッジと視線を交わす。

「おいおい、ライオンがしゃべるのか？　ウチで働かないか、って？」

「もちろん、この姿ではしゃべらない。人のかたちを得たときだけ。私が顔を出すことができないときは、代わりにドゥムジが人間の姿となって動いている。でも、それ以外のときはこの格好ね。彼はむかしからライオンが好きなの」

その声に応えるように、ライオンはくわっと牙を剝き口を開けたかと思うと、意外と厚みのある、長い舌でべろりと口のまわりを舐め、素早く引っこめた。

「あなたたちもアガデで見たでしょう。もうひとりの私がいた。私たちは、見た目を自在に変えられる。あなたたちがあの子を見つけやすいように、彼女の姿を再現して――、いえ、違うわね、あの子が気に入って、そのかたちを取り入れた人間と同じ格好で、私はあなたたちの前に現れた。ミスター・ボンチ。きっと、あなたなら名前を知っているメソポタミアの王の妃が、この姿のモデル」

梵人の隣で直立の姿勢で女の話を聞いていた梵地の身体が、ふたたびびくりと震える。

「じゃあ、お前の本物の格好はどんなだ？　遠慮しないでいいから、俺たちに見せてくれよ」

「私がモデルとしたのは、勇敢な戦士の女ね。槍の扱いが、どんな男よりも秀でていた」

「そういう意味じゃない。化ける前の本体って言うのか？　もともとの姿のことを訊いているんだ」

「その質問は、先がないからやめましょう」

「先がない？　何だ、そりゃ」

「私たちの本当の姿を見せると、あなたたちは必ず不幸になる。今さら、犠牲を増やす必要もないでしょう」

「つまり、お前たちは人間じゃないってことか？　そりゃ、人間はライオンには変身しないよな」

梵人の問いかけに女は答えない。代わりにライオンが腰を上げ、ゆったりとした動きで近づいてきた。

梵天たちまで五メートルの位置でライオンは足を止めた。見事な隈取りに彩られた目をこちらに向け、もうそれ以上訊ねるな、とばかりにうなった。それだけでも空気を低く震わせ、腹にずしんと響く、人の恐怖心を駆り立てるにじゅうぶんな迫力があった。

たっぷり梵天たちを睨みつけてから、ライオンは静かに伏せの姿勢を取った。そこへ女が長いコートの裾を翻し近づいてくる。全身をラピスラズリの糸とやらでこしらえたという青一色のコートで覆い、盛りに盛った髪にはまばゆいばかりの金の飾りつけがきらめく。耳からは大きな輪っかの飾りが垂れ下がり、コイルのように何重にも連なる首輪に、左右の腕輪、すべてが当然のように金に輝いていた。褐色の肌と目のまわりを黒く塗りたくるアイメイクの取り合わせは、異国の気配を特に濃厚に伝えていて、ライオンとツーショットで紅葉をバックに並ばれると、いったいここはどこの国なのかと混乱してくる。

「だいたい、キンメリッジに付き人なんかできるのか？　今だって、お前が何を言ってるのか聞き取れないわけだろ？　アガデにいた女といっしょで、お前も神の言葉とやらをしゃべっているんだよな」

そう言えば、という内容を梵人がぶつけると、

「今は、ボスの言うこと、聞き取れる」

とキンメリッジが女の背中を手で示した。

「ギンガメも、聞き取れる、はず」

え？　そうなんですか、と梵地が驚いた顔を向けると、当の三尉は眉間にしわを寄せながら、

「彼女、さっきから、日本語を話しているわけじゃ……、ないの？」

と慎重な口ぶりで声を発した。一年前の朝食会場でも、アガデでも、女の話す言葉が理解できないとさんざん主張していただけに、彼女自身も変化に対する戸惑いをもてあましているようである。

その答えに、キンメリッジはニヤリと笑い、

「ギンガメ、俺には、英語で聞こえる」

と自分の耳を指差した。

「それは、冥界《キガル》から地上へと帰った者に、あの子が――、冥界の女王がお礼のつもりで授けた力。彼女が言うところの、『神の言葉を理解するための、神の力』ね。一度は滅んだ彼と彼の仲間の身体を戻すのは、あの子も相当な手間がかかったみたいだけど――。おかげで、私たちは彼を雇うことができた。もっとも、私はミスター・ボンチを雇うほうがいいと思ったけど、あなたはやりたいことがたくさんあるようね」

彼と彼の仲間の身体を戻す、のくだりは、シュメール・ゾンビの襲撃を受け、全滅したはずの海兵隊の連中が復活したことに触れたのだろう。次から次へと、とんでもない情報を披露しながら女はライオンの前に回ると、伏せの姿勢を守っている獣の背中に、当たり前のように腰を下ろし、コートの内側で足を組んだ。

「彼の言った少佐との話、あれも本当ね」

と指だけで背後のキンメリッジを差し、自身の組んだ膝頭の上に肘を置いた。その姿はジッグラトのてっぺんで背もたれの高いイスに腰かけるエレシュキガルそのままで、唯一異なる点と言えば、アガデの女が裸足だったのに対し、目の前の女は革を編んだサンダルを履いていることだ

ろう。

「あの少佐は、急ぎすぎた。私の指示を待たず、手柄を独り占めしようと、あなたたちを冥界に送りこんだ。今となっては、言い訳にしか聞こえないでしょうけど、私とドゥムジは三日間の予定を組んでいた。一日目は、まず冥界への入口を確定する。あなたたちが泉から帰るのを、私とドゥムジは基地で首を長くして待っていた。あの泉の男を砂漠に見つけてから二十四年――、ようやく彼の言葉を聞き取れる人間が現れたのだから当然でしょう。そもそも、あの基地で待機していた兵士は全員、あなたたちをアガデに送りこむための護衛よ。必要な機材や装備も一年かけて、すべて運び入れた。二日目は、あなたたちをジッグラトまで届けるための予行演習。私たちの作戦では、冥界での滞在時間は四十分。冥界に降下してから三十分以内に、あなたたちのうちひとりをジッグラトに届け、そこから十分以内に私の円筒印章を使用し、エレシュキガルの船の機能を修復する。船というのは、ミスター・ボンテン――、あなたがジッグラトの底に見たものね」

女は言葉を止めると、梵天に短く目配せした。船？　何の話だ？　と梵人が訝しげな視線を向けてくるのに対し、梵天は頰の筋肉をこわばらせる。ジッグラトの内部深くに潜りこみ、たどり着いた、冥界の女王が『我がエレシュキガルの家』と呼んだ得体の知れぬ建物について、梵天は誰にも――、二人の弟にさえもまだ話していない。それは梵天自身が見たものを説明できないうえに、ひょっとしたら、あれは極度に混乱した状況で脳味噌が勝手に生み出した夢のようなものかも、と己の記憶そのものを信用できなかったからである。

「人間はいとも簡単に欲に転ぶ生き物で――、何よりも、この世にもう神はいないということを、私は忘れていた。少佐はかつて人間世界のすべてを司った神よりも、己の属する小さな組織の都合を優先した。あの泉の老人の信用を得るためと偽って、私の円筒印章を持ち出し、それどころか冥界への入口の場所を確かめるためのトラックには、侵入のための武器や機材を勝手に積みこんでいた。それからのことは、あなたたちの知るとおり――」

そこで深く嘆息する仕草を見せる女に対し、

「おい、嘘くさい芝居はやめろよ。お前からすれば結果は万々歳だろう。いちいち準備する前に、ことが済んでしまったんだ。俺たちと朝飯を食った半日後には、すべてが解決していた。むしろ、ラッキーなくらいだろ?」

と相変わらず遠慮のない言葉を、梵人が真正面からぶつける。

「確かにそのとおりね、ミスター・ボンド。でも、すべてが失敗に帰す可能性も高かった。あの円筒印章が、彼女の手元に届かなかったら、あなたたちは帰還できなかった。四千年前の世界に留め置かれ、最悪の結末を迎えることも、じゅうぶんにあり得た。あなたたちが冥界《キガル》から無事生還し、ここに全員が立っていることはほとんど奇跡なのよ」

女の尻に敷かれているライオンが、まるでそれに同意するように低くうなり声を上げてから、スフィンクスのように前に二本突き出した太い前脚を舐め始めた。

「でも――、何だって、あの少佐はいきなり抜け駆けしたんだ?　どちらにしろ、あと二日、待てば同じ結果だろ?　そもそも、あの基地の連中は全員少佐の部下なのに、誰と競争しての抜け駆けだ?」

「俺と少佐、違う組織の人間。俺は、本当は、海兵隊じゃない」

とキンメリッジが女の背後で答えた。

「あなた、ＣＩＡでしょ」

鋭く割りこんできた銀亀三尉の指摘に、キンメリッジは唇の端にうっすらと笑みを浮かべたまま、

「ハサンの家で少佐、今からアガデに向かう、俺の上官からの命令、と嘘ついた。トラックに準備が全部、あった。だから、信じた。命令どおり、お前たちとパラシュートで、降りた。でも、アガデの情報、何もない。作戦、何もない。お前たちを、アガデに連れていく――、それだけ。少佐はとても簡単、と言った。でも、全然、簡単じゃなかった。俺は一度、死んだ。少佐の部下も、みんな一度、死んだ。手柄を全部、自分のものにしようとした少佐を、ほかの三人は、殴れない。本当の、上官だから。だから、俺が、みんなのぶん殴った。でも、殴ったの、一回だけ」

と人差し指を一本立てた。

あまりにストレートな告白をぶつけられ、一同は言葉を失う。あれほど特殊な空間に放りこまれたにもかかわらず、作戦が何もなかったという事実に、今さらながら梵天の背中に冷たいものが走った。少佐がキンメリッジに託したメモには、日本人に任せておけ、あとは現場の判断で、という曖昧でお粗末な指示があったが、あれがすべてだったのだ。二台目のドローンが破壊されたとき、キンメリッジが本気で怒っていたのは、聞いた状況と現実がまるで違っていたからだろう。女が帰還できたのは奇跡と口にしたのは、決して大げさではなかったのだ。

キム、と三尉が静かに呼びかけた。

「殴ってくれて、ありがとう。私も今ごろになって、あのケツアゴ少佐に腹が立ってきた」

どういたしまして、とばかりにキンメリッジは軽く目礼してから、

「でも、今のほうが、給料、ずっといい」

と白い歯を見せて笑った。

その後、少佐はどうなったのか訊ねる梵人に、

「もちろん、彼には相応の報いを受けてもらった」

と冷たい調子で女は告げた。

「報いって何だよ。サソリにでも変身させて、砂漠に放ったのか?」

と冗談ぽく返した梵人に対し、女は「近いわね」とどこまでも真面目な表情でうなずいた。

気がつけば、口の中がカラカラに渇いていた。手元の水筒のほうじ茶を飲み干してから、

「お前の名前は――、イナンナか?」

と梵天は女の前でようやく言葉を発した。

まだ、この女の名前を直接、聞いていなかった。

「そのとおり、私の名前はイナンナ。アンの娘であり、ドゥムジの妻であり、エレシュキガルの姉妹」

「お前も、その――、メソポタミアの神様なのか?」

「私はかつてのウルクの神。あなたたちが文字も持たず、金属すらまともに扱えぬ古き時代に、メソポタミアの地に船で降り立った」

「どうやって、砂漠に船で降りるんだ?」

「私たちの船は、空を渡って、どこへでも行ける」

「それって……、いつの話だ?」

「六千年ほど、むかしの話ね。以来、私たちはあなたたちに干渉せず――、正確には、あなたたちの存在を無視してきた。千年が経った頃だったかしら。あなたたちが急速に社会性を持ち始めるのを見て、私たちは方針を変えた。それまではあなたたちの目には映らない、あなたたちの世界とは触れ合わない存在だった私たちが、人間のかたちを借りて、人間の前に姿を現し、対話を始めた。私たちが、あなたたちの世界の枠組みのなかで、神という役割を与えられるまで、さほど時間はかからなかった。やがて、私たちはそれぞれの街を司る神となった」

ライオンは大人しく前脚を舐め続け、女はその背中に腰かけ、どうかしている内容をどこまでも淡々と、まるで梵天が掘り出したアンモナイトの特徴を梵地に教えるような調子で述べたてた。

「つまり――」

女の言葉を引き取り、梵天は一度、唾を呑みこみ、息を整えた。

こんな馬鹿馬鹿しい質問をするのは、一生のうちで一度きりだろうな、という確信があった。

「お前たちは、宇宙人なのか?」

女はゆったりとした動作で、コートの内側で脚を組み替えた。引き締まった褐色の足首の先でサンダルが弧を描く。ライオンが脚先を舐める動きを止め、風の音を聞くように頭を持ち上げた。目のまわりを黒く縁取ったアイメイクの内側で、女はガラスのように澄んだ青い瞳を光らせ梵天たちを見つめていたが、たっぷり一分は間を取ったのち静かに口を開いた。

「そういうことになるかしら、ミスター・ボンテン」

*

私たちの話を、しましょう。

ライオンの背に腰かけ、どこまでも優雅な口ぶりを崩すことなく、女はむかし語りを始めた。その「むかし」とは、ざっと六千年以上前のことを指し――、彼女の一族がメソポタミアの地に船に乗ってやってきたときから、物語は始まる。

連中の船は星の海を渡ってきたそうだ。梵天がアガデのジッグラトの地下に見た奇妙な建造物がまさにその船であり、地上に降り立ったのちはときに掘削機として、ときに精製工場として、ときに貯蔵庫として機能したのだという。

イナンナの一族は、メソポタミアの各地に散開し、それぞれの仕事に励んだ。資源を採掘すること――、それが連中の仕事であり、生業《なりわい》だった。ジッグラト下の建造物内で目撃した、貯蔵庫のような空間の底を満たす青い液体こそが、一族が目的とする資源だった。原油を精製し石油へと変えるのに似た工程を経て作られるというその資源を表す言葉は、ただの一音「メ」とだけ発音し、これに対応する単語を梵天たちは持たない。なぜなら、すべて根こそぎ地下から持ち去られ、人間の知る世界には、はじめから存在しない物質だからである。

六千年前、人間を完全に「無視」することからスタートした連中のコミュニケーション方針が一転、「交流」に変更されたのは、ひとえに人間が賢くなってきたからだ。要は自分たちの仕事の手伝いをさせた。と言っても力仕事ではなく、優秀な知能を持った人間を選び、船内に呼びこみ頭脳労働に従事させた。何を任せたのかは知らぬが、「メ」を得るために百年近くかかる工程が、おかげで八十年ほどに短縮されたらしい。

やがて連中は人間たちから神と崇められるようになった。資源を掘るために置かれた連中の船のまわりに街が発展し、時代が進むにつれ、船を覆い尽くすかたちでジッグラトが築かれた。神の役割を担うようになっても、連中は人間とはつかず離れずの関係を保ち続けた。身の丈に合わぬ知恵を無用に伝えることもなければ、技術を特別に授けることもなく、人間同士の争いに介入することもなかった。ただし、人間たちに集合日を守らせるために必要だった、曜日の概念だけは教えこんだ。それを聞いた梵地は、

「メソポタミア神話では、そもそも神々が自分たちの仕事の代わりをやらせるために、働き手として粘土から人間を作り出したんだ。ひょっとしたら、その源にある話を聞いたのかも」

としきりに興奮し、一方で梵天は、イラクの駐屯地で全隊員が楽しみにしていた、「曜日感覚を保つために、毎週金曜日はカレー」という自衛隊ルールの源にこの女がいたのかと思い、妙な気分に陥った。「シュメールの人々には、どのような言葉で話しかけていたのですか?」と興奮を引きずりながら梵地が訊ねると、

「もちろん、彼らが使う言葉で――、今ここで、あなたたちと交わしている言葉と基本のかたちは同じじね」

と女は答えた。

「じ、じゃあ――、僕たちは今、あなたとシュメール語で会話しているということですか?」

「これまでもずっとその言葉を使い、あなたたちと話している」

その返事がよほど衝撃的だったようで、上気した顔でふらついた梵地を、三尉が「ちょっと、大丈夫？」と腕を支える。

「ほら、私が言ったとおりでしょ。あなたたち、あの朝食の席で得体の知れない言葉で彼女と話していたって。シュメール語だったの？　そんなのわかりっこないじゃない」

と三尉は抗議の声を上げたのち、「でも、どうして……？」と黙りこんでしまった。続きを想像するのは容易だった。次は、なぜ自分が聞き取れるのか？　なぜ梵天たちがその言葉を話していたのか？　ひょっとしたら、自分も話せるのか？　という疑問にたどり着く。もちろん、梵天に説明できることはないが、それよりも先に確かめておきたいことがあった。

「エレシュキガルは、どうなったんだ？」

女の青い瞳を正面に見据え、梵天は訊ねた。

「もちろん、無事よ。今ごろ、我が父と母のもとへ向かう船の中で、ゆっくりと眠っている。あの子から頼まれていたお礼を、改めてあなたたちに伝える。あなたたちの勇敢な働きをあの子は心から感謝しているし、私やドゥムジも同じ気持ち――」

ちょっといいか、と横から急に梵人が割りこんできて、

「何で、あの子って呼ぶんだ？　あのアガデにいた女は、お前の姉だろ？」

と確かに梵天も引っかかっていた部分について、単刀直入に質問をぶつけた。

「私にとって妹であり、姉でもあるから――。私たちは、あなたたちと同じなの」

「同じ？」

「私たちは三つ子だった。私たち一族のルールでは、最後に産み出された者が姉になる。人間の

ルールでは、先に産み出された者から姉となる。あの子は人間から神の扱いを受けるようになって、自分のほうが姉だと言い始めた。神も郷に入れば郷に従うべき、とか言っていたかしら」

「何で、最後に生まれたのに姉になるんだ？　どういう理屈だよ」

「私たちは母胎の奥にいる者から先に生を享《う》けたと考える。最後に生を享けた妹は、母胎から外に出るときは先頭になる。私たちのルールなら、ミスター・ボンドが長男で、ミスター・ボンテンは三男ね」

どう返していいものかわからず、榎土三兄弟が揃って黙りこんでしまったところへ、女のむかし語りが再開された。

「私たちがメソポタミアの地に降り立ち、二千年が経ったあたりのことだった――」

神々の平穏な日常に、突然の脅威が訪れた。

資源を巡り、紛争が勃発したのである。

極めて好戦的な勢力がメソポタミアに降り立ち、即刻退去するよう、連中に対し求めてきた。

「お前たちを粘土にする」

それが相手の脅迫の文句だった。つまりは、跡形なく消し去るという意味である。

神々は逃げることを決断した。

わずか数時間という急な期限が設けられ、神々は続々と天の船に乗り、退去した。

脱出に失敗した神々もいた。

容赦なく、滅ぼされた。

アガデのエレシュキガルも脱出に失敗した。船が動かなかったのだ。

アガデを滅ぼす脅威が訪れる寸前に、エレシュキガルは自らをアガデごと地下に封印した。

出発まで残されたわずかな時間にイナンナは妹の救出を試みたが、新たに生み出された結界に阻まれ、その内部に入ることができなかった。エレシュキガルが船の中に貯蔵した「メ」の力を使い、神々を滅ぼそうとする相手の侵入を拒絶すると同時に、仲間の神々をも遮断する――、イナンナ曰く、資源の力に依存することで、長い寿命や高い知性を獲得した者たちにのみ有効な仕組みを発動させたのだという。

「あの子は層を穿ち、それを冥界とした」

地上には結界を、さらにその地下に周辺の時間そのものを止めた空間を築くという、二重の障壁を設けることで、エレシュキガルは滅びの脅威から己の身を守った。

この緊急避難用の地下シェルターを、連中は「層」と呼ぶ。アガデの周囲にぐるりとそびえ立っていた、高さが完璧に均等な、あの断層に由来するのだろう。外部からの侵入はもちろん、内部からの通信すらままならない、絶対的な防御機能を持つ「層」に閉じこもることを決断したエレシュキガルは、シュメール・ゾンビたちに運ばせた招待状に自ら、

「神々のしもべを、今のときまで、永遠に、この地、冥界にて待つ」

と記した。水もない、草木も生えぬ死の世界である「層」を「冥界」と呼び、その地を統べる女王として、孤独に君臨する運命を受け入れたのである。

イナンナは父母と仲間を追って、天の船で旅立った。その際、エレシュキガルの言う「神の力」を授けた「イナンナのしもべ」を自任する者たちを、かつてアガデがあった土地へ――、街は消え失せ、ひたすら砂漠が広がるだけの荒野へ送った。決して妹を見捨てたのではない、とい

う証を残したかったのだという。たとえ、エレシュキガル本人に伝わることはなくても。

「『イナンナの冥界下り』だ……」

梵地がふたたびうめき声を上げた。何でも「イナンナが執拗に冥界に向かおうとするも、エレシュキガルの強い拒絶に遭う」という不仲な姉妹の間柄を伝える、メソポタミア神話のなかでもっとも有名なエピソードがあるそうで、結界を前に撤退するしかなかったイナンナと、アガデに送られた「イナンナのしもべ」の記憶が下敷きになっているのでは——、と興奮しながら口走っていたが、もちろん真偽のほどを確かめる術はない。

それから、長い歳月が流れた。

地上に生きる誰もが、エレシュキガルの存在を忘れた。

されど、神の一族が立ち去ったのち、ざっと四千年が経過したある日のこと、ひとりの少年が突然、空から落ちてきた。

幼きハサンである。

エレシュキガルは己が築いた冥界と地上との間に、いつか脱出する日のための出入口を置いた。しかし、肝心の彼女の船は動かず、手を差し伸べることができる神々は、地上に張られた結界の内側に入れない。人間は結界の影響を受けずに自由に往来し、生活することができるが、もしも偶然、冥界の扉を発見し、さらに開けることに成功したとしても、その者を待ち受けるのは、数秒後に落下死する過酷な運命である。エレシュキガルは完全に袋小路に己を閉じこめてしまった
——はずだった。

だが、空の一点から現れた少年は死ななかった。

たまさか、冥界からの脱出口とつながる地上部分にビチュメンが広がっていたため、溺れることがないようにと用意したロープが、まさしく命綱となったのだ。

イナンナは推測を口にしない。ただ、事実だけを述べる。「神のしるし」を持った子どもが、「神の力」を使い、冥界への進入を果たした――、とだけ彼女は語ったが、もしも、そこに老人から直接聞いた話を肉づけするならば、

「部族との商いの帰り道、ビチュメンの前を通り過ぎたとき、ハサン少年が乗るヒトコブラクダが『この下に神がいる』とささやいた。以前から、地下より響く女の声を耳にしていた少年は、ビチュメンにラクダを乗り入れ、その声を聞こうとした。少年は『神のしるし』である、青い円筒印章を携えていた。地底の声を聞くという、本人もそれと意識していない『神の力』を使ったとき、冥界へ降りるための二つの条件が成立した」

あたりになるだろうか。

イナンナによると、かつて「神の力」を与えられ、かつ「神のしるし」を首から下げた人間だけが、連中の船内での作業を許可されたという。いにしえの神域への入場条件を、少年はクリアしてしまったのだ。

突然、足元が消え、周囲の景色が一変したことに少年は仰天しただろう。それでも、咄嗟にロープをつかんだことが、結果的に少年の命のみならず、その後、エレシュキガルの命を救うことにつながった。

冥界の空に宙ぶらりんになりながら、少年は命からがらロープを伝って地上へ戻った。彼が冥界から帰還するまでの間、地上との境目に穴が開いた。そのチャンスを逃さず、冥界の女王は

「石」を飛ばした。「石」とは何なのか、説明はなかったが、自ら築いた冥界の壁を突破する方法を持たないエレシュキガルにとって、ハサン少年が開けた穴は最初で最後の賭けだった。果たして、エレシュキガルの放った「石」は冥界を抜け、地上の結界も突破する。それから、ようやく信号を発した。はるか離れた星の海にて、それをキャッチしたイナンナは、妹が依然、地下で生存している事実を知り、すぐさま引き返すことを決断した。

「四千年も経って連絡が届いたって、お前はいったい何歳なんだよ」

顔をしかめながら梵人が発した問いに対し、イナンナは天の船が特別な航路を進んでいたため、彼女にとってはエレシュキガルと別れてから二百年の時間しか経っていないときに知らせを受け取った。エレシュキガルも四千年のうちほとんどは眠っていたはずで、少年が進入したときを含めて数年程度しか起きて活動していないのではないか、と答えたが、自身が何歳であるかは最後まで教えようとしなかった。

「あの子も、人間の子どもがひとりで冥界に乗りこんでくるとは、想像しなかったと言っていた」

エレシュキガルから送られてきた信号には、船の機能回復のために必要な情報と、ロープにぶら下がる少年の映像が含まれていた。

ロープにしがみつきながら、地表へと落下するラクダの名前らしきものを絶叫する少年。自力でロープを上り始めるが、彼方に浮かぶヒトコブラクダそっくりの紋様に気づくと、ふたたび先ほどと同じ名前らしきものを連呼し、号泣しながらも必死で身体を持ち上げ、ロープの始点にたどり着く――。

「冥界からの脱出口が、地上のどの地点につながっているのか、それを知るための唯一の手がかりが、この人間の子どもだった。彼を捜し出し、情報を得ることが、あの子を救出するための第一歩になった」

少しずつ、もやがかかっていた部分が見えてくる。梵地があのオアシスを訪れるまで、誰もハサン老人とコミュニケーションを取ることができなかった。それなのに、なぜ彼がヒトコブラクダを見たという情報を入手できたのか？　順序が逆ではないか、と銀亀三尉も指摘していたが、そもそもハサン老人経由ではなく、エレシュキガル経由で回ってきた情報だったのだ。

「あのハサン老人は結局、何者なんだ？」

と梵天は気づかぬうちに腕を組み、眉間にしわを寄せて訊ねた。偶然に偶然が重なり、冥界への入口を発見してしまった男。いきなり宙づり状態で空に放り出され、パニックになりながら「山のように大きなヒトコブラクダ」を彼方に目撃してしまった男。それゆえにイナンナは以後、エレシュキガルが築いた「層」という名の地下シェルターを、人間たちと共同作戦を立てる際には、符丁として「ヒトコブラクダ層」と呼ぶようになる。これらすべての出来事の源には彼がいるのだ。

「何者でもない、ただの泉の男であり、砂漠の民よ」

「お前がアガデに向かわせた一族の子孫じゃないのか？」

「確かにあの男は、四千年前に私がしもべたちに授けた円筒印章を持っていた。冥界の扉を開く『神の力』も、かつては身につけていた。ただし、それが私の力に由来するものかどうか、今となっては調べる方法はない」

相変わらず推測をいっさい挟まないため、やけに突き放したように聞こえる女の言葉に対し、

「僕は……、ハサンが四千年前にアガデの跡に送られた『イナンナのしもべ』の子孫だと思うよ」

と梵地が控えめに声を上げた。

「きっと、砂漠の真ん中で、周囲に同化せず、頑なに自分たちだけのコミュニティを守り続けていたんだよ。ハサンの家で会った、ジャケットを着たイラク人が言っていたよね。言語学者たちは、ハサンの話す言葉を孤立した一部族の間にだけ伝わる言語だと判断したって。あの様子じゃ、ハサンは砂漠に残された一族の最後のひとりかもしれない。その彼が、祖先の誰もが成し得なかった冥界への入口を発見したんだ。もっとも、彼にとっては、貴重な家畜を一頭失って、両親にこっぴどく叱られた、とびきりの災難に出遭った記憶なのかもしれないけど――」

梵地の言葉に、痩せ細った首に青い円筒印章を下げ、「イナンナのしもべよ」と呼びかけてくる老人のしわがれ声が蘇った。彼は「イナンナ」を知っていた。四千年前、イナンナが蒔いた種は、はじまりの記憶を脈々と受け継ぎながら、心のどこかに本来の使命を――、エレシュキガルをさがすという使命を刻み続けていたのではないか。地面の下から「イナンナ、イナンナ」と呼ぶ悲しげな女の声を聞いたハサン少年が冥界への扉を開けたのは、偶然の連鎖の末の出来事だったとしても、やはり四千年越しの必然だったのではないか。

＊

二億年という長大な時間にわたり、多様な進化を経て、生命のバトンをつなぎ続けた恐竜に対し梵天が抱く畏敬の念――、それに似た感情がこみ上げ、じわじわと胸が熱くなってくる。しかし、同時に「ん？」と新たな疑問が頭に浮かんだ。

「ハサンじいさんが話していた言葉が孤立していたって言ったよな。それって、じいさんの一族がずっとシュメール語を使い続けていたということじゃないのか？　なら、どうして、お前が聞き取れなかったんだ？」

もしも、老人が話す言葉がシュメール語なら、同じ言語を操る人間がこの世に存在しない以上、誰もが返り討ちに遭うのもうなずける。しかし、この女ならば難なく理解できるはずだ。

「なまりよ」

「なまり？」

女は黒い隈取りの内側で眉間にうっすらとしわを寄せ、はじめて見せる渋そうな表情とともに首を横に振った。上方向に盛りに盛った髪の飾りつけが静かに揺れ、金の光を細かく乱反射する。

「あの泉の男のなまりがひどすぎて、私もドゥムジもまったく聞き取ることができなかった。なまりというよりも、四千年分の変化と言うべきかしら。私が知る言葉とは似ても似つかぬものになっていた」

何だ、そりゃ、という理由だが、よくよく考えたら、縄文時代の人間とこの場で出会ったとして、お互い言葉が通じるかといえば、万に一つも意思疎通などできまい。意味が一致する単語がもしも一個でも見つかれば、それだけでミラクルである。

「梵地、縄文時代って何年前だ？」

いきなり何の質問かと戸惑いつつ、「次に来る弥生時代との境目は曖昧だけど、ざっと二千三百年くらい前までかな」と弟がさらりと答える。四千年前の人間と言葉が通じるなんて、ミラクルの度合いもさらに倍になるということだ。

「いつから、お前はハサンじいさんにコンタクトを取っていたんだ？」

女はしばらく梵天の顔を見つめていたが、ライオンの頭頂部に視線を落とし、たてがみに埋めるように手のひらをそっと置いた。

「私の船が戻ってきたのは、二十五年前――」

エレシュキガルからの救難信号を受け取ったイナンナは、すぐさま特別な航路とやらを通ってメソポタミアの地に帰還した。ハサン老人が冥界の入口を発見したのは七十五年前だから、戻ってくるために五十年を要した計算になる。

円筒印章を手がかりに砂漠を捜索し、半世紀前に冥界をのぞいた子どもを発見できたところまではよかったが、その後、女はハサンにさんざん手こずらされることになる。

「ただの泉の男」であるはずのか弱き老人に対し、かつての神がひどく冷淡に見えるのも、二十年以上も厄介者として居座られた結果と見るならば、少しは共感すべきところがあるのかもしれない。何せ、ハサンは女が近づけない結界の中に住んでいる。さらには、己の言葉を聞き取らぬ相手には何も語ろうとしない。彼のしゃべる音声を録音したものを聞いても、神でさえちんぷんかんぷんである。ハサンを拉致して、結界の外に連れ出したところで意味がないのだ。

イナンナ曰く、もしもハサンに冥界への扉を開いた「神の力」が残っていたら、互いに言葉を理解できただろうが、老人を発見したとき、すでに力は消失していた。

このままハサンから情報が引き出せず、彼に寿命が訪れてしまったときは、永遠に冥界への入口は行方不明になってしまう。イナンナは人間の力を借りることを決断した。すなわち、言語学者による分析からハサンの言葉を解明しようとした。当時、イラクで絶対的な独裁体制を敷いていた大統領に、女は協力を要請する。なにかしらの技術供与と引き替えに、大統領は全面的な支援を約束し、即座に実行に移した。結界の手前に巨大な地下施設を建造し、冥界へ乗りこむ日に備えた前線基地とした。言うまでもなく、拉致された梵天たちがヘリコプターで運ばれた場所である。

「フセイン・エリア」

結界の範囲の表現に、その名を使われることになった大統領は、著名な言語学者を世界じゅうから呼び寄せた。女も、ハサンの言葉がシュメール語の系統である可能性を学者たちに伝えたが、四千年分の変化が加わり、しかもそれを使う人間が世の中にたったひとりしかいない、という高いハードルを前に、言語を解読する作業は遅々として進まなかった。短気な大統領は爆弾を使って地下に直接侵入しようと試みたこともあったが、すべて徒労に終わった。

ハサンとの対話は何ら実りを得ぬまま、試みが始まって四年後にイラク戦争が勃発。国内は極度の混乱状態へと陥り、言語学者をイラクに安全に招くことができなくなってしまう。さらに三年後、大統領は処刑される。

イラク戦争終結後、国内の治安はさらなる急激な悪化の一途をたどり、イラクのみならず、周辺の国々を巻きこんだ、長く悲惨な混乱の時代に突入する。イラク国内の政治情勢がようやく安定する兆しを見せ始め、イナンナが新たなパートナー探しを再開したときにはすでに、ハサンと最初のコンタクトを取ってから二十年が経過していた。依然、イラクで長期的かつ単独のパートナーを見つけるのは難しく、イナンナは方針を変え、国外にいる二組に、新たにコンタクトを取ることを決める。

ひとつは海兵隊を率いる、イラクの天敵と言ってよい国の大統領だった。イラク戦争を間近で見たイナンナが、冥界に突入する際の精鋭部隊として海兵隊を指名したのだ。人間世界のバランスを崩さぬ程度の、進歩的な通信技術を教えることと引き替えに、大統領はイナンナと協力関係を結ぶ。しかし、目の前にぶら下げられた餌の圧倒的な魅力を前に、大統領麾下《きか》の複数の組織が主導権争いに動き、結果、現場でのプリンスバック少佐の抜け駆けを招いてしまった。なお、基地で見かけたイラク人兵士たちは、イラク戦争勃発後の混乱期も、ハサンを見失わないよう、イラク国「フセイン・エリア」の監視役としてあの基地で勤め続けていた面々らしい。身分はイラク国軍軍所属でも、実際はイナンナの私兵として「フセイン・エリア」周辺をその勢力下に置き、海兵隊員たちを極秘に招き入れた。

「そして、もうひと組があなたたち――、ミスター・ボンテン、ボンチ、ボンド」

世界でもっとも力を持つ大統領の次に名前を呼ばれ、思わず身体をびくりと震わせた梵天の耳に、これまでどうやっても解くことができなかった「なぜ?」に対する答えが、あふれんばかりの勢いで押し寄せてきた。

なぜ、榎土三兄弟が自衛隊に入る羽目になったのか?

それは海兵隊との共同作戦が予定される以上、梵天たちに最低限の訓練を積ませる必要があったからだ。さらには、一般の日本人がイラクに入国する条件は非常に厳しいが国連の平和維持活動に参加するという名目なら、三兄弟をスムーズにイラクに送りこめる。もちろん、自衛隊のイラク派遣が決定されることを、女はとうに把握していた。女の目論見どおり、新隊員教育を終えたばかりのルーキーであるにもかかわらず、榎土三兄弟は揃って中央即応連隊に配属。イラク行きを熱望する精鋭たちを差し置き、一次隊のメンバーとしてイラクへ旅立つことになる。

なぜ、榎土三兄弟の配属先を自由に操作できたかを今さら確かめても仕方がなく、代わりに、

「俺たちは、お前から逃げきることはできたのか？」

と梵天は質問の方向を変えてみた。

「ミスター・ボンテンが二十歳のときから、私とドゥムジはあなたたち三つ子を監視していた。そのことに気づいていたなら、私たちの目から隠れることもできたかもしれないわね。でも、銀座の一件で何ら隠れることができていなかったあなたたちには、難しい話」

なぜ、銀座の貴金属泥棒が女に筒抜けだったのか？　それどころか、フィリピンパブの女性たちのパスポートを取り返す、という初動時から把握されていた理由を今になって伝えられ、梵天はそれ以上、訊ねる気持ちを失った。

イラク到着後、榎土三兄弟に起きた出来事は説明するまでもない。

「ハサンから冥界の情報を聞きだし、イナンナの妹を救出する」

それが榎土三兄弟に課された砂漠でのミッションだった。

もはや言語学者に頼る必要などなかった。どんな言語でも聞き取れる梵地を投入すれば、ハサン老人から、ヒトコブラクダを目撃した場所、すなわち冥界への入口の位置を聞き出してくれる。お次は、梵天が円筒印章を携え、冥界への先導役を担う。梵人には、何かあったときのボディガ

ードとしての対応を求めた。要は泥棒稼業に励んでいたときの役割分担を、イラクでも期待されたわけだ。

冥界に突入するための海兵隊の準備は万端で、彼らのエスコートのもと榎土三兄弟のひとりがエレシュキガルに接触。船の機能を回復させるための、「イナンナのしるし」を手渡す。梵天がジッグラト頂上の物置神殿で、大皿から伸びてきた青羊羹に円筒印章を転がした行為、あれは「エレシュキガルの家」を再起動させるための、プログラムのようなものを流しこむ作業だったらしい。かくして、晴れて復活した「エレシュキガルの家」ともども、作戦に参加した人間たちは四千年後の「今」に安全に帰還する——。

これらすべてが机上の空論、絵に描いた餅に終わったことは、言うまでもなかった。

そもそも、計画には銀亀三尉の存在が含まれていない。もしも、三尉が自ら志願して榎土三兄弟に同行しなければ、ジッグラト頂上で梵天と梵地は斬殺されたか、砂になっていた。エレシュキガルの前で円筒印章を転がす人間は消え、ミッションは完全に失敗していただろう。

一方の救出される側の対応にも、問題がありすぎた。冥界の兵士たちは、イナンナのしもべを歓迎するどころか、敵意も剝き出しに襲いかかってきた。海兵隊は全滅。挙げ句の果てに、エレシュキガルは大神官によって頭を槍で貫かれた。イナンナは事前にシュメール・ゾンビたちの存在を海兵隊に伝えていたようだが、あそこまで好戦的な連中がわんさと待ち構えていることを把握していたのかどうか。

「俺たちが帰ってこられたのって……、本当に奇跡だったんだな」

腹の底から絞り出したような梵人のつぶやきが、その場にいた全員の気持ちを代弁していた。

「僕たちが去ったあと……、エレシュキガルのいない冥界は、アガデはどうなったのですか？」

と遠慮がちに梵地が隣から質問を繰り出す。

「本来あるべきかたちに戻ったと言えるかしら。もちろん、あなたたちが残したものはすでに取り払った。いつか、発掘されたとき、あなたたちの荷物が発見されたらおかしいでしょ？」

「そ、それって――、つまり、アガデは遺跡として地下に残されているということですか？」

急にうわずった声に変化した梵地に対し、女は「そうなるわね」と淡々とうなずいた。

期せずして知りたかった答えを得たからだろう。明らかに顔を上気させている梵地に代わり、梵人が問いかける。

「お前たちを襲った連中は、それからどうなったんだ？」

「百年程度で、この地を去った」

すでにイナンナの一族が資源を掘り尽くしていたため、新たに得るものはなく、すぐさま次の土地を求め移動した――、と女が途方もない話を披露する最中もライオンは前脚を舐める仕事に余念がない様子だった。木立の合間を抜けたゆるやかな風が、その豊かなたてがみを揺らすのを眺めながら、梵天はひとつ深呼吸した。この女と顔を合わせる機会はもう二度とない、と予感するものがあった。ならば、今が質問をぶつける最後のチャンスになる。

「お前に訊きたいことが――、三つある」

何かしら、と女は組んでいる脚をゆったりとした動きでほどき、青い瞳を梵天に向けた。

「ひとつ――、俺が見た『エレシュキガルの家』のなかに寝転んでいた、大勢の人間。あれは何だ？」

どう見ても今の時代の人間には見えない男たちが、ずらりと死体のように並べられた、あの風景はいったい何だったのか？　この一年、ときどき記憶を掘り起こしては気味の悪い思いをぶり返していたのである。

「あの男たちは、みんな死んでいたのか？」

「いいえ、長い眠りについているだけ。彼らはアガデの書記と神官たち。あの時代、人間が日常で用いる語彙はとても少なかった。私たちが彼らの言葉に少しの複雑性を加えただけでも、理解できる人間は極めてわずか。王でさえも私たちの言葉を理解できるのは、百年にひとり現れたらいいほうだったかしら。あなたが見たのは、私たちの言葉を理解できた限られた者たち」

「そんなことを訊いているんじゃない。どうして、お前たちの船で眠らされているのか、その理由を教えろ」

「彼らが希望したから」

「希望したって……、あんな薄暗い部屋に閉じこめられて、眠らされることをか？」

「これからも変わらず神とともに生きることを望み、神とともに次の目的地へ向かうことを選んだの。私たちは『メ』を求めて、船で移動を続ける一族。私も父も母も仲間たちも、それぞれが司る街から、しもべたちとともに旅立った。あなたが見た人間たちは、アガデであの子に仕えていた『エレシュキガルのしもべ』ね」

そんな忠誠心篤い連中ばかりなら、なぜボスの言うことをまったく聞こうとしない大神官みたいな輩が登場するのか。ジッグラトの頂上で、キンメリッジの姿を借りた大神官は、神は永遠に自分たちのものであり、誰にも渡さない、とたどたどしい言葉で何度も主張していた。本当にあの大勢の寝ていた男たち全員が、神との同行を希望したのか、はなはだ疑わしかったが、四千年前の人間の決断に今さら梵天がとやかく言えることなどなかった。

イナンナによると、あの大神官もボスと同じく、ときどき眠りから目覚め、務めを果たしたのだという。では、すでに他の神々とともに旅立った人間たちはその後どうなったのかと訊くと、

「彼らは次の場所で、使命をまっとうした」

とだけ告げ、それ以上を教えようとしなかった。

ちょっと、いいかな、と隣からの声に視線を向けると、先ほどの紅潮した表情から一転、やけに蒼い梵地の顔にぶつかった。

「何だ、またシュメールうんぬんの話と結びつけるものでも見つけたか？」

図星だったようで、梵地はこくりとうなずいてから、

「僕のほうからも、質問いいですか？」

とイナンナに向き直った。

どうぞ、と女は悠然とうなずく。

「文字を読み書きできる人間は、あなたたちが出発したあとに、どれくらい街に残りましたか？」

質問の意図がつかめないのか、しばらく梵地の顔に視線を置いたのち、

「神々の仕事を理解することができる人間を、私たちは千年の時間をかけて育て上げた。彼らは『神のしもべ』として、私たちの船に乗りこんだ。残った者は読み書きができたとしても、そう――、子どもか赤ん坊程度ね。これは能力としての話」

と答えると、梵地のひょろりと長い首に浮かぶのど仏が、ごくりと動いた。

それからも梵地はウル、ウルク、キシュ、ラガシュ、ニップルと矢継ぎ早にカタカナの名前らしきものを挙げて、何かを確かめていたが、

「ああ……」

と急にテーブルに両手をつき、うめき声を上げた。

「どうしたんだ?」

「ひょっとしたら、シュメール人が歴史から消滅した理由がわかってしまったかも――」

今のやり取りから、なぜそんな大げさな話につながるのか、まったく理解できなかったが、梵地は蒼白い頬のままテーブルの一点を睨み続けている。

「彼らは文字を書き、記録を残す技術を失ってしまったんだよ。今、彼女から聞き出したのは、神々がそのしもべを乗せて旅立った都市の名前だよ。シュメールの主要な都市はすべて含まれていた。どの都市でも、当時は読み書きができる人間は極めて限られていた。その技能を独占していた最高レベルの知識層である神官や書記たちが、神々といっしょに根こそぎ連れ去られたんだ。ねえ天、ジッグラトでのエレシュキガルの話を覚えている? 彼女の知識はウル第三王朝の末期のあたりで止まっていた。今、確かめた話とも一致している。神々が旅立つタイミングと、シュメール人が歴史から消え去る時期はほぼ同じなんだ。つまり、シュメール人は文字を失い、それが原因となって滅びたんだよ」

ひょっとしたらアガデ以来、ひさしぶりに聞くかもしれない力のこもった声で、梵地は次から次へと、もはや止まらないといった様子で言葉を連ねる。

「もちろん、神々が地上から去っても、シュメール人は大勢、砂漠を貫く大河のほとりで生き続けただろうね。でも、ウル第三王朝を最後に、シュメール人がふたたび自分たちの国を立ち上げることはなかった。過去の記録を読めなければ、自分たちが何者かもわからない。新たな記録の紡ぎ手もいない。彼らは共同体の記憶という最大の財産を、神々に奪われたんだ。文字を失い、過去を失った彼らは、別の言語を操る民族の下で少しずつ同化し、歴史の表舞台から静かに退場した――」

どれほど梵地が熱弁を繰り広げても、悲しいかな、熱の質ならじゅうぶん伝わるが、弁の質についてはさっぱりわからない。梵人や銀亀三尉も同じく神妙な表情で聞き入るばかりで、つまりはノーコメントであるのに対し、それまでなりを潜めていたライオンが突然、重厚なうなり声を上げ、まるで「そのとおり」と肯定するように、見事な隈取りに彩られた目をこちらに向け、くわっと大口を開けた。

「ふへへ」

と梵人が急にこみ上げるような笑いを漏らした。何がおかしい、と梵天が睨みつけると、いやさ、と梵人は鼻の頭に指をこすりつけてから、

「そこの女に訊けば、宇宙の謎がわかるかもしれないんだぜ。だって、宇宙人なんだろ？　それなのに、天ニイも地ニイも、過去にしか興味がないところが、すごいなと思って」

とその指先を地面に向けた。土の下の化石、遺跡にしか興味がないことを言っているのだろう。ぐうの音も出ない指摘に、思わず梵天は梵地と顔を見合わせる。

おかげで緊張が解け、ふたつ目の質問を口にする覚悟が定まった。

おそらく梵地も梵人も、女の話を聞きながら、幾度となくこの疑問が心に去来したはずだ。でも、誰もそれを口にしなかった。きっと、怖かったのだ。「なぜ？」に対する答えを聞くことが。

「ふたつ目の質問だ」

口の中がまたもやカラカラに渇いていることに気づき、梵天はテーブルに並べられた、ファーストフードの飲み物のカップを手に取った。氷が溶けてすっかり薄まった味を口に含み、ごくりと飲み干す。

「どうして――、俺たちには力があるんだ？」

アガデのジッグラトの頂上で女に指摘されてから、ずっと心に抱き続けていた疑問だった。

「エレシュキガルは俺たちには神の力があると言った。それはイナンナの力だとな。俺が自分の力に気づいたのは中学生のときだ。お前は俺たちが二十歳のときからチェックしていると言った。なぜ、力のことを知っていた？　俺たちはイラクとは何の関係もない、日本の田舎に住むただの三つ子だった。それなのに、なぜイナンナの力なんてものを持っている？　なぜ、俺は一文字だって知らないシュメール語とやらを話しているんだ？」

文字どおり、尻の下に敷いているライオンの背中を撫でつけていた指の動きを止め、女が面を上げた。

「そのことね」

まっすぐ梵天に顔を向け、女は上体の姿勢を正した。それから、ゆっくりと立ち上がった。風を受けて、コートを覆う青いラピスラズリの糸とやらが、しなやかな光を帯びる。

「今日、ここに来たいちばんの理由は、それについて、あなたたちに謝るため」

「謝る？　俺たちの知らない間に、力を植えつけたことをか？」

「いいえ、そうじゃない。あなたたちのご両親のこと」

「俺たちの親？」

まったく予想していなかった方向から話が飛び出してきたことに、梵天の眉間に深いしわが寄る。

「冥界からのエレシュキガルの知らせを受け取った私とドゥムジは、仲間からいちばん速い船を譲られ、引き返した。はじめて乗る船だった。私たちはその操作を誤り、船はメソポタミアを大きく離れ、まったく別の場所に着陸した。それが二十五年前。あなたたちが三歳のときの話」

しわを刻む表情はそのままに、梵天の顔から血の気が引いていった。榎土三兄弟が三歳のとき、両親が関わる話といったら、ひとつしかない。

「まさか……」

「あなたたちが住む家の上に、私たちの天の船は不時着した。あなたたちがご両親を失った原因。それは私たちにある」

＊

のどの内側の皮膚が互いに貼りついてしまったかのように、声が出なかった。ぞわぞわとした痺れのようなものが全身を走り、感覚が遠くなったり近くなったりするなかで、トーンの変わらない女の声だけが響く。

「あなたの両親だけじゃない。あなたたち三人もそのとき一度、死んだ」

誰も返事をしない。風すらも人間たちに遠慮してなりを潜めたような、おそろしく深い沈黙がその場に訪れた。

「あなたたち三人が持つのは、ただの『神の力』じゃない。あなたたちくらい強い力を人間に与える方法は、ひとつしかない。生まれたときに『メ』の力を加える――、それだけ。一度命を失い、ふたたび生を享けたときに加えることも、これと同じかたちになる。私たちが乗る天の船が降り立ったことで、あなたたち一家全員が命を失った。私とドゥムジはすぐに蘇生を試みた。ただ、私たちの船に積まれた『メ』の量は限られていた。あなたたちの両親二人を生き返らせるか、あなたたち三人を生き返らせるか。決断までに許される時間は長くなかった。私とドゥムジは、あなたたち三人を選んだ。『メ』の力を用いて蘇生した幼い子どもたちには、とても強い力が宿った。それが答えよ、ミスター・ボンテン」

女からひとときも目を離さず、梵天は手元のカップの飲み物をのどに流しこんだ。まったく、味を感じることができなかった。

「俺たちは――、隕石が原因だと聞いたぞ。隕石が落ちるのを見た目撃情報もあったはずだ」

「まわりの人間の記憶を変えることなんて簡単。でも、隕石そのものは見つかっていない」

そのとおりだった。隕石が落ちて死傷者が出たことは、全国ニュースにもなったそうだが、隕石自体は見つからなかった。

「私たち一族がこの地で営みを続けた時代、人間の命を、その生死を操作することは、固く禁止されていた。しかも、勝手な判断で貴重な『メ』を利用し、それを人間の蘇生に用いるなど、決して許されない行為」

「な、なら、どうして、俺たちを助けたんだ？　お前たちにとっては、俺たちなんかどうでもいい、ただの人間だろ？」

「私も、あなたたちと同じ三つ子だったから」

　女は榎土三兄弟を順に目で追い、ふっと視線を落とした。長い睫毛が隈取りをはみ出して、頬に淡い影を引く。

「私とエレシュキガルの間に、もうひとり、妹がいた。彼女は遠いむかし、争いに巻きこまれて死んだ。妹を救えなかった父と母の悲しみは、それから百年以上、一日も途絶えることなく続いた。父母のためにも、私は残された妹の命を救わなければならなかった。それなのに、私はあの子を助ける前に、人間の三つ子を殺《あや》めた。同じ三つ子として、あなたたちを死なせるわけにはいかなかった――」

　太陽が雲に隠れたようで、紅葉の彩りはいっせいに鮮やかさを失い、女の金の飾りつけも暗い影に覆われる。ライオンが音もなく腰を上げ、女の足元にぴたりと身体を寄せると、女は手のひらをそのたてがみに沈めるように置いた。

「お前は一度、死んだ」などといきなり告げられ、ピンとくるはずがなかった。その代わり、不意に思い出したのは、自分には動く両親の記憶がない、ということだった。それどころか、三歳までの記憶が何ひとつ残っていない。単に忘れやすい性格だからと割り切っていたら、ある日、梵地と梵人も同じく三歳までの記憶や、父母の思い出がまったくないと判明した。事故のせいなのかな、と呑気に語り合っていたことを思い返しながら、身体を通り抜けていく女の声を聞いた。

「イラクの地での争いがいよいよ大きくなり、私たちの計画を変更せざるを得なくなったとき、あなたたちの存在を思い出した。授けた力がその後、どのように作用するかは、それぞれの人間次第。二十歳になったあたりで、力は確実なかたちを纏う。私とドゥムジは、あなたたちを調査した。まるでその日を迎えることが約束されていたかのように、あなたたちには私たちが望む力が備わっていた。結局、私たちはあなたたち三つ子を、どこまでも利用した。あなたたちの助けがなければ、妹の救出は果たせなかった」

目のまわりを黒く彩ったその真ん中から、異様に澄んだ青い瞳がじっと梵天を捉えていた。女は言葉に感情を乗せず、ただ事実のみを淡々と語る。まるで遠い異国の出来事を聞いているようだが、すべては自分自身、榎土三兄弟の物語なのだ。

何なのだろう、この気持ちは。

これまで両親の死因は事故死と聞いていたが実はそれはひき逃げで、犯人が二十五年経って、のこのこと目の前に現れたようなものなのだろうか。あまりの展開の激しさに、理解が追いつかない。それでも激しく動揺していることは確かで、飲み物のカップを持つ手にどれだけ意識を向けても細かく震えてしまう。

「俺たちに、謝るために来たと言ったよな……。それのどこが、謝っているんだ」

ようやく、発することができた声は情けないくらいに揺れていた。

女は振り返り、キンメリッジを目で呼んだ。それまで気配を消し背後に控えていたスーツ姿の元海兵隊員が、女の横に進み出る。女はロングコートのポケットに手を突っこみ、何かを取り出すと、それを頭上に掲げた。

真っ青にコーティングされた銃だった。

「お、おい――、何のつもりだ」

女は腕を下ろし、ピストルほどのサイズの銃をキンメリッジに差し出した。

「これは私たちを滅ぼすための武器。エレシュキガルの救出を成し遂げ、一年をかけてすべての後始末を終えた。あの砂漠の基地はもう存在しない。あの場所で起きた出来事は、未来永劫、誰も語ることはない。あの泉の男には、これからも月に一度、彼が安らかな死を迎えるまで、食料やタバコを届け続ける。残るは私とドゥムジだけ。あなたたちの裁きを受けるために、私たちはこの地にやってきた」

「裁き?」

「これをあなたたちに授ける」

ピストルらしきものを受け取ったキンメリッジは梵天たちの前まで進み、それをテーブルの上に置いた。

全員の視線が集中する。

ピストルに似ているが、ところどころが違う。引き金もある。銃口らしき先端もある。しかし、筒の先に穴が開いていない。安全装置もない。銃の表面には継ぎ目がいっさい見当たらず、光沢のある青一色に覆われている。

「何だ、これは」

梵天は低い声で訊ねた。

「あなたたちの父と母を殺めたことに対して、裁きを受けるための武器」

「その姿は借り物だって、自分で言ったばかりだろ。どうせお前の本体とやらは別の場所にあって、これで撃たれたとしても、すぐに復活するんだろ？　エレシュキガルがそうだったぞ。頭を槍で貫かれても、何事もなかったかのように、また俺たちの前に現れた」

「その武器は、私たちの中の『メ』を砕き、永遠の死をもたらすもの。引き金を引けば、私たちは完全に滅びる」

銃から視線を持ち上げたら、テーブルの向こう側に立つキンメリッジと目が合った。

「親が二人、殺された——。俺なら、撃つ」

ぼそりとつぶやいて、キンメリッジは背中を向け、元の場所に戻っていった。

不意に、去年の盆に墓参りに行ったときの絵が蘇った。母の墓石に刻まれた「享年二十七歳」という文字。父の享年にはまだ達していないが、今年、梵天たちは二十八歳になった。榎土三兄弟は、すでに母の知ることのなかった時間を過ごしている。まだまだ、長く生きたかっただろうと思う。三つ子がどんなふうに成長するか、見届けたかっただろうと思う。もっとずっと、父と過ごしたかっただろうと思う。平穏な日常が突然破壊され、すべてを奪われた母の無念——、いや、きっと無念を感じる間もなく、全員が一瞬で生きる時間を止められたのだ。かつて神だった女と、ライオンによって。

もしも、この連中がいなければ、父と母はどんな人生を送っていたのか。自分たちはどれほど違った人生を送っていたのか。父と母の顔の記憶が常に頭のなかにあるとは、どんな感じなのか。振り返るべき量があまりに膨大で、何から考えるべきかわからなくなってくる。それでも気づいたとき、梵天の頬を涙が流れていた。

三兄弟で暮らす生活がどれほど厳しかろうと、梵天は一度も泣いたことがなかった。それが次から次へと、おかしいくらいに涙があふれてくる。

梵天はテーブルに腕を伸ばした。

青いピストルもどきを右手に収め、正面に構え、左手を添えた。グリップの感触は少しひんやりとして、驚くくらいに軽かった。

「そのまま先端を私たちに向け、引き金を引けば、それで済む。私とドゥムジは同時に滅び、存在そのものを永遠に失う。これは私たちにとって、名誉ある死。私たちの一族は、誰よりも高潔であることを望む。仲間は誰もあなたたちを恨まない」

とどこまでも静かに女は伝えた。その背後に立つキンメリッジは、じっと成り行きを見守っている。ライオンは微動だにせず、女の太もものあたりに頬を寄せ、梵天を見つめていた。

「梵地、梵人」

銃を構えたまま、作業着の肩で乱暴に目尻を拭い、弟たちの顔を確かめた。二人とも頬に涙の跡を残していた。やはり、無用なくらいに気が合う三つ子だった。

「いいか?」

互いの目の奥に同じ気持ちを見つけてから、正面に向き直った。銃に照準はなかったが、外しようのない距離に立つ女に筒先を定め、「撃つぞ」と引き金に指をかけた。

「待って」

それまで榎土三兄弟と女との間に交わされた会話に、いっさい割りこむことなく、完全な聞き手に徹していた銀亀三尉がはじめて声を発した。

「撃っては駄目、梵天」

「これは俺たちの決断です。銀亀さんは、関係ない」

「あなたたちの気持ちはよくわかる。いいえ、違う。私になんか、一生理解できないくらい――、複雑で、悲しい感情が渦巻いているのだと思う。でも、考えてちょうだい、梵天。あなたたちがやろうとしていることは、『目には目を歯には歯を』よ。それって、そう――、あなたが愛する、メソポタミア生まれの有名なフレーズよね、梵地？　思い出してほしいの。なぜ、私たちがイラクまで派遣されたのか。何を鎮めるために、今も私たちの仲間が、世界じゅうの軍隊が、あの場所で任務に就いているのか。自分たちの大切な人を殺された人々は武器を取り、また相手を殺す。それが何度も何度も繰り返されて、戦争が終わった後も、あの取り返しがつかない大きな争いが続いた。その悲しみを癒すために、私たちはイラクに送られ、与えられた任務をまっとうした。あなたたちは知っているはず。怒りを解き放った先に訪れる混乱と虚無が、人間に何をもたらすか。その傷が癒されるまでに、どれほどの時間が必要か――、その目で確かめてきたはず。それなのに、あなたたちはその怒りを解き放つの？　それは正しいこと？　ねえ、梵人？」

これまで溜めこんでいたものを一気に吐き出すような、銀亀三尉のしなりを帯びた強い声が容赦なく耳を叩く。

榎土三兄弟は誰もそれに応えない。

梵天も銃を突きつけたまま、イナンナとライオンから視線を離さない。

「確かに、この人たちは人間じゃないかもしれない。それでも――、あなたたちは、誰のことも撃っては駄目」

返事の代わりに片目を閉じ、梵天は細い糸を吐き出すように、肺から静かに息を抜いた。ピストルもどきの筒先を、青いラピスラズリのコートに覆われた女の胸のあたりにぴたりと定め、引き金に指先を戻す。

「それに、私は今回のことで、まだごほうびをもらっていない」

急に飛びこんできた「ごほうび」という場違いな言葉に、思わず梵天は視線を動かしてしまった。梵人を挟んでその隣に立つ三尉の目とぶつかる。日焼けした顔から、やはり何かに驚いているような目玉が梵天をまっすぐに見上げていた。

「もしも、あのとき、私がスナイパーライフルでの長距離射撃を成功させなかったら？」

と突然、三尉は一年前の出来事を持ち出してきた。

「そうよね。あなたたちは全員、ここにはいなかったはず。上官として当たり前のことをしただけだけど、私はあなたたちの命の恩人よ。それだけじゃない。エレシュキガル救出についてだって、あなたたちと同じくらいの貢献を果たしている。なのに、私はまだ何ももらっていない。彼女に協力した見返りに、あなたたちは何をもらう約束だった？　梵天はお目当ての恐竜を、梵地は本物のメソポタミアを、梵人は本物の戦い――？　じゃあ、私は？　私だって死にそうな目に遭ったのに、何ももらえないわけ？　どうでもいいけど、このファーストフード、全部、私のおごりだから」

なぜこのタイミングでそんな話を、と困惑しつつ、

「三尉も――、あの女に要求したいことがある、ということですか？」

と三尉の視線から目をそらさず梵天は訊ねる。

「違う。彼女じゃなくて、あなたたちからもらいたいものがある」

「俺たちから？」

「私に、預けて」

預ける？　と訝しげに眉間にしわを寄せた梵天に、

「あなたたちの怒りを、私に預けてほしい」

ととびきりの強い光をその眼差しに添え、三尉は訴えた。

「だから、撃たないで、梵天」

ついに三尉の視線を受け止めきれず、逃げるように正面に顔を戻した。女とライオンは彫像のように静止したまま、結論が下されるときを待っている。まったく読めない表情を保つイナンナの隣で、ライオンはぶ厚い舌先を回転させるようにして素早く己の鼻を二度、舐めてから、何事もなかったかのように口の中にしまいこんだ。斜め後方に控えるキンメリッジと目が合った。

「困ったな」とその八の字眉が、言葉よりも雄弁に彼の心の内を語っていた。

何かがすでに決まってしまったような気がしながら、梵天は銃を構えていた腕を下ろした。

「どうする？」

赤く充血した目を瞬《しばたた》かせ、「まあ……、天ニイが銀亀さんに預けるというなら、俺はそれでもいいかな」と梵人は照れ隠しのようにフンと鼻を鳴らした。

梵天はテーブルの上に、青いピストルもどきを置いた。

「梵地、お前はどうだ？」

今日いちばんの蒼白い表情で女を見つめていた梵地はふっと視線を落とした。

思わぬ素早さで、梵地はテーブルの青いピストルもどきを手に取り、それを女に向けた。

「や、やめろ、梵地ッ」

うわあああぁッ、と言葉にならぬ叫び声を口元から爆発させ、梵地は細く長い指を引き金にかけた。

次の瞬間、目の前に突然の雷が発生したかのような大音響が炸裂した。アガデのジッグラト頂上で雷が四方から迫ってきたときの恐怖が蘇り、梵天は咄嗟に頭を腕で守り、テーブルの下に屈みこむ。

ビリビリと空気を裂くような長い余韻が鳴り渡るなかに、

「地ニイ……」

という梵人の呼びかけが聞こえた。いつの間にか、強くつぶっていたまぶたを開けると、目の前に脚があった。視線を持ち上げると、空にピストルもどきの筒先を向け、呆然と突っ立つ梵地が見えた。

弾かれるように身体を起こし、テーブルの向こうに視線を移した。先ほどから、まったく変わらぬ体勢で女とライオンが並んでいた。キンメリッジはさすがに地面に伏せていたが、何も起きていないことに気づくと素早く立ち上がり、何より先に高級そうなスーツの汚れを払い始めた。

「父さんと母さんの命を奪った相手にまんまと丸めこまれて、自分の欲のままに僕は、天と梵人をだまして、二人を命の危険にさらしてしまった。キンメリッジや銀亀さんが、あの場所に連れていかれたきっかけも、僕にあるといえばある。つくづく、自分のことが嫌になるし、この人たちのことも……、憎いよ。でも、復讐はしない。僕たちは榎土三兄弟だ。あなたたち一族なんかよりもはるかに誇り高い、宇宙一、誇り高き三つ子だ」

ふうと長い息を吐き出してから、梵地は女に向かって、青いピストルもどきを投げつけた。

＊

梵天が無言でその肩を叩き、梵人が「宇宙一は大きく出すぎだろ、銀河一くらいでよかったんじゃないか」と肘で梵地の脇腹を小突く正面で、

「帰りましょう」

と静かに女が告げた。キンメリッジがすぐさまリムジンに向かい、後部座席のドアを開け放つ。ライオンが軽快なステップでそのあとを追い、一度、首をねじって梵天たちを睨みつけ、「ガォッ」と短く咆えてから腰を落とし、飛び上がるようにして車内に消えた。

木の葉の上に転がったままのピストルもどきを拾い上げ、コートのポケットに戻すと、女はゆったりとした足取りでリムジンへと進んだ。

開いたドアのへりに手を置き、振り返った。

「ミスター・ボンテン、三つ目の質問はいいのかしら」

もちろん、最後の質問がまだ残っていることは承知していたが、まさか差し迫った命のやり取りを終えたあとでは、意地でも口にできる内容ではなかった。

硬い表情のまま立ち尽くす梵天の隣で、「訊きなよ、天」と梵地がささやいた。「今、訊かないと絶対に後悔するぜ」と梵人もあとに続く。それでも口を固く閉じている梵天に、梵人はこれ見

よがしにため息をつき、

「天ニイが訊かないなら、俺が代わりに訊いてやるよ」

おい、イナンナ、と呼びかけた。

「お前が天ニイに――、いや、違うか、女社長のフリをして地ニイに渡したティラノサウルスの化石。あれは、どこで拾ったものだ？　どうせ、ネットオークションか何かで手に入れたんだろ？　いや、その前に、天ニイへのプレゼントはないのか？　お目当ての恐竜に会わせてあげるってやつ――。まさか、命がけでお前の妹を助けた人間へのお礼が、ネットオークションで買ったもので前払いなんてことはないよな」

思わず梵天がひやりとするほどの無遠慮さで、まさに梵天が言いたいことを全部、ぶつけてくれた。

女はリムジンのドアにかけていた手を離し、ふたたびこちらに向き直った。ちょうど雲に隠れていた太陽が顔を出したようで、女の周囲が光に包みこまれる。紅葉が燃え上がる木々の真ん中で、女の首輪が、腕輪が、髪飾りが、耳飾りが、音もなくいっせいに金の輝きを放ち始めた。

やけに神々しい雰囲気とともに、

「あの歯は、この場所で拾ったもの」

と女は厳かに断言した。

「ど、どこで拾ったんだ？」

先ほどまでの意地はどこへやら、考えるよりも先に言葉が梵天の口から飛び出す。

「まだ、のぞいていないのね」

とつぶやいて、女は口元に笑みを浮かべながら、青いコートの袖から褐色の腕をすうと伸ばし、

「ミスター・ボンテン」

と指差した。

唾をごくりと呑みこみ、次の言葉を待った。

しかし、なかなか女は声を発さない。

女は腕を下ろした。そのまま背中を向け、さっさと車に乗りこもうとするので、

「お、おいッ、イナンナッ」

と梵天はほとんど叫び声に近い勢いで呼びかけた。

女は上半身だけをねじり、振り返った。

己の青いコートの胸あたりに手を当て、

「お目当ての恐竜に出会えるといいわね」

と告げると、素早い身のこなしで車内に消えた。

間髪をいれず、キンメリッジがドアを閉める。

「ま、待て、キンメリッジ。まだだ、俺の話が終わっていないッ」

キンメリッジは、わざとらしいくらい八の字眉を作りながら、

「俺のボス、帰る、と言った」

と梵天の抗議に取り合うことなく、助手席のドアを開けた。

リムジンのエンジンがかかる。

「ギンガメのスピーチ、とてもクールだった」

と三尉に向かって親指を立てた。

「また、会おう、ボンテン、ボンチ、ボンド」

最後に長い睫毛を上下させるウィンクで締めると、助手席に消えた。

ドアが閉まると同時に、ゆっくりとリムジンが出発する。

「どういうことだ？　のぞいていないって何のこと——。待て、イナンナッ」

梵天の呼びかけにも黒いスモークフィルムが貼られた後部座席の窓が開くことはなく、長いリムジンの胴体が梵天たちの前を通り過ぎていく。そのままゲートを潜り、林道の一本道を遠ざかっていく車のシルエットを、梵天は呆然と見送るしかなかった。

神は、去った。

エンジン音が届かなくなっても、しばらくの間、誰も言葉を発さなかった。

最初に口を開いたのはやはり梵人で、「腹が減ったな」というつぶやきに、止まっていた時間が解かれたかのように、梵天を除く三人が昼食の準備を再開した。

「よかったなあ、天ニイ。その歯はネットオークション産じゃなかったんだ。この山のどこかに落ちていることはわかったから、あとは地面をのぞき続けたらいつかは見つかるって。まさか、あの女王みたいな話し方で嘘はつかないだろ」

改めて四人は着席し、すっかり冷めたハンバーガーを手に取った。食欲は湧かず、無理矢理齧りつき、機械的に梵天があごを動かしていたら、

「天、ここにケチャップ、垂れてる」

と正面の梵地が指を差してきた。視線を落とすと、ちょうど工務店の名前の刺繍が施されたあ

たりが赤く汚れている。舌打ちして、紙ナプキンで拭き取ると、胸ポケットの内側から、硬い感触がその存在をアピールしてきた。

胸ポケットに指を突っこみ、ティラノサウルスの歯をつまみ上げる。なぜ、あの女は梵天に何も与えず、何も教えず、いかにもすべてをやり遂げたような顔で悠然と立ち去ったのか。最後に感謝の言葉を贈られるならわかるが、己の胸のあたりに触れ、つまりは梵天の胸ポケットの宝物を暗に示し、

「お目当ての恐竜に出会えるといいわね」

などとわざわざ皮肉めいた言葉を残されるいわれは、どう考えてもなかった。やはり、撃ち殺すべきだった、と腹立ちまぎれに思いついたとき、

「あなたたち、立派だった。私も誇りに思う」

とさすが先月までイラクに滞在していた現役自衛隊員である。誰よりも早くハンバーガーを平らげ、三尉はテーブルを見回した。

父母のことについて、今すぐ何かを語る気にはなれなかったが、撃ち殺すのはよくない、と思いを改めた。榎土三兄弟が無言でいるのを引き取るように、

「彼女のさっきの、『まだ、のぞいていないのね』ってどういう意味だろう?」

と三尉が誰に訊ねるともなく言葉を放つと、

「まだ、地面の下にお目当ての化石を見つけていない、ということじゃないですか」

と梵地が首を軽く傾けながら答えた。

「でも、そのお目当ての恐竜に会わせてあげるのが、彼女の交換条件だったわけでしょ? 変じ

ゃない？」

そうですねえ、と返答に困っている梵地の正面で、梵天は指の腹に、化石側面に一直線に並ぶ鋸歯のギザギザをこすりつけながら、「のぞいていないもの」について考えてみた。たとえば、保有する山林の九割近くの地下を、梵天はまだのぞいていない。だが、三秒を使うことを「のぞく」と表現するなら、地下に限らず、地上のものすべてに対し可能なわけで、それこそ対象は無限に広がってしまう。

たとえば、もっとも手近な「まだ、のぞいていないもの」といったら、この長さ七センチほどの化石だろう。あの女も何かを伝えるために、帰り際に、胸に手を置いて見せたのだろうか。包み紙に残されたハンバーガーを口に詰めこみ、梵天は何気なしに三秒を使ってみた。

ふわりと意識が離れ、化石の黒い表面をすり抜ける。のぞいたところで内部は鉱石ゆえに、真っ暗な空間が続くはず——、だった。

それがなぜか、いきなり目の前が青に染まった。

突き抜けるような青が、視界のすべてを覆っている。まるで空に放り出されたような景色に、なぜこんなものを見ているのか、と視線を左右にずらしたとき、梵天は了解した。

本当に空に浮かんでいる。

いや、正確には、ものすごい勢いで落下している。

視界の隅に雲の切れ端が見える。さらに身体をねじると、陸地のようなものを捉えた。しかし、不思議なのはまったく風圧を感じないことだ。パラシュート降下のときに経験した強烈なGも感じられない。

それでも、落下中であることに変わりはなく、パニックになりながら下方向に身体の正面を合わせたとき、これから自分が衝突する、大地の全景が視界に収まった。あれは海だろうか。真っ青な広がりに沿って砂浜らしきものが曲線を描き、せめぎ合っている。何やらゴマをまぶしたような模様が砂浜部分に見えたが、注視する暇はなかった。砂浜に接する森らしき深い緑の集合が、すぐそこに迫っていたからである。

ぐんぐんと地表は迫ってくる。ありったけの声で絶叫する梵天の耳のすぐ隣で、突然、女のささやきが聞こえた。

「ぞんぶんに会ってきなさい、ミスター・ボンテン」

＊

梵天は死んでいない。

それどころか、怪我すら負っていなかった。

自分自身の身体がないためである。

どうやら、三秒の効力が継続しているようで、森に突っこんだのちも梵天は墜落死することなく、まるで何事もなかった態《てい》で巨木の足元で周囲の様子をうかがっている。

四方は鬱蒼たる木々の緑に覆われ、その密集の度合いや、葉の色の強さからうかがうに、季節は夏だろうか。梵天の山とは植生が異なる様子からも、見知らぬ場所に移動してしまったらしい。

そもそも、梵天の山の近くに海はない。

改めて何の心当たりもない景色に、取りあえず海の方角に向かうことにした。たぶんこっちだ、と適当に行き先を定めたとき、ぐらりと森が揺れたように感じた。気のせいかと頭上を仰ぐと、風もないのに葉が揺れている。甲高いカラスに似た鳥の声が聞こえてきて、次の瞬間、地鳴りとともに、地面が波打ち始めた。揺れはどんどん激しくなる。身体はなくとも、視界のすべてが揺れているために、妙な具合に地震を体感できた。デカい揺れである。これは相当な震度を記録しているはずだ。なぜなら、二十秒ほど揺れが続くうちに、目の前で木が倒れ始めたからである。さらには、どこかで地崩れが起きたのだろうか、背後から「どどどん」という音まで響いてきた。真後ろにある巨木はさすがに自らを支えているようだが、それを住みかとしていたらしき鳥がいっせいに退避を始め、頭上からは枝葉が落ちてくるわ、あちらこちらからの鳴き声はやかましいわ、森じゅうが大混乱に陥っている様子がひしひしと伝わってきた。

揺れはずいぶんと長く、それこそ二分以上、続いただろう。

完全に揺れが収まってから、梵天はようやく移動を始めた。言うまでもなく、三秒はとうに過ぎている。ジッグラトの地下に潜り続けたときと同じ現象が起きているのかもしれないが、自分が何に巻きこまれているのか、さっぱりわからない。ティラノサウルスの歯をのぞいたことがきっかけであることは疑いないが、なぜこの場所なのか。

木の種類について梵天は詳しくないが、それでも生い茂る草木の密集の度合いや、斜面を覆うシダ植物の多さや、シュロに似た葉をつけた高木を見上げるに、南のあたたかい地域に紛れこんだような印象を持った。またぐらりと森が揺れる。かなり大きな余震だ。木々が不安げに揺れている。先ほどの一発目の揺れで倒れたのか、それともすでに朽ちたものか、前方に横たわる太い木をふわりと浮遊して乗り越えたとき、唐突に視界が開けた。

「おお、海」

水平線までくっきりと見渡せる海が正面に広がっていた。

その手前には砂浜が続いている。白砂を敷き詰めた、いかにも洗練されたビーチの風情とは正反対の、ごつごつとした勾配がどこか冥界の砂漠を彷彿させる、人の手が加わっていない、いかにも自然な眺めだった。いや、岩のようなものがところどころのぞいているので、冥界よりも、さらに無骨な雰囲気があるかもしれない。

思いのほか森は高台に位置していたようで、海に続く砂浜はかなり視界の下にある。水平線に船は浮かんでいない。左右を望んでも、建物らしきものは見当たらない。ときどき、突き抜けるような青さに染まった空を鳥が渡っていく。カラスに似た黒いシルエットが見えたが、遠すぎてよくわからなかった。

「ぼぉう」

どこかから、動物の鳴き声だろうか、くぐもった汽笛のような音が聞こえた。

それに呼応するように、砂浜のあちこちから「ぼぉう」「ぼぉう」「ぼおおおぅ」と聞こえてくるが、勾配に阻まれ、生き物の姿を確認することができない。何の音だろうと不思議に思いながら、森から出て砂地を進み始めたとき、眼前の勾配のへりから突き出した岩のようなものが少し動いたように見えた。

別に自身の「目」の位置をどこに保とうと勝手なのだろうが、やはり普段の頭部の高さが落ち着く。もう少し俯瞰しやすい位置へと梵天は高度を上げてみた。ゆっくりと身体が、いや、意識が浮かび上がり、勾配に邪魔されぬ、海岸の景色が徐々に明らかになっていく。

岩だと思っていたものが意外と大きく、そう言えば、空から落下する最中に海岸にゴマをまぶしたように何かが散らばっていたなと思い出したとき、不意に焦点が合った。

「嘘……だろ」

しばらくの間、その場で停止して己が見ているものを何度も確認した。

ハドロサウルスのような生き物が、そこにいた。

先ほどから、その一部は見えていた。だが、岩のように突き出したものが、実は草食恐竜らしきものの背中かもしれないなんて、誰が思いつくだろうか。

「ぼおおぉう」

とくぐもった鳴き声をそれは発した。

またもや四方から、似たような声が共鳴し合うように沸き上がる。

その発生源を確かめるべく、さらに高度を上げる途中で、眼下に広がる眺めに梵天は絶句した。

空中からゴマをまぶしたように見えたのは、すべてハドロサウルスのような生き物の背中だった。見渡すだけでも五十頭近くいるのではないか。スチームアイロンを載せたような、おなじみの頭部のかたち――、取っ手の部分がとさかとなり、後方に向かってにゅうと伸びていく、その珍妙な格好はまさしくハドロサウルス類の特徴だった。

矢も盾もたまらず、梵天は真下の一頭に接近した。

勾配は思いのほか急で、森を出てしばらく進んだ場所から、いきなり三メートル近い崖になっている。その崖の真下に生い茂る低木を相手に食事中だったらしい。とにかく、それは大きかった。頭から尻尾の先まで、八メートルはある。ほぼリムジンと同じ長さ、そして高さも三メートル半くらい。要は中型トラックが停車しているような存在感だった。腹の肉のつき具合は立派のひとことで、皮膚のたるみに沿って弧を描くしわの質感は、動物園で見た巨大なカバそっくりだった。いかにも硬そうな肌の色調は、年季の入ったブロック塀に似て、暗いトーンで統一されていた。

相手が梵天に気づいている様子はなく、

「ぼおおぉう」

と鳴く、その頭部を目がけ、思いきって近づいた。

スチームアイロンの取っ手部分は、鳴き声を共鳴させるための器官だと本で読んだことがあるが本当だろうか、と三十センチの至近まで寄ってみたら、大きな目玉と視線が合った。梵天を認識していなくても、どこか驚いているように見えるその目に、つい銀亀三尉を連想してしまった。縦に、横に、複雑にしわが入り組んだ頬の皮膚に触れてみたかった。しかし、梵天には手がない。

「ぼおおおおぉぉう」

まるで至近距離で梵天が観察していることを承知しているかのように、長々と鳴き声が発せられた。そのかすれた音の質感は、尺八の音色をどこか彷彿とさせ、確かにスチームアイロンの取っ手部分が音の発生源になっている。身体がないのに、全身が粟立つような感覚を味わっていると、急に周囲が暗くなった。

太陽が雲に隠れたのだろうか。いや、でも、雲ひとつない青空だったはずだ、と視線を持ち上げたら、いきなり黒い影が落ちてきた。

目の前で、ハドロサウルスのような生き物が悲鳴を上げた。首を前に伸ばし、咄嗟に逃れようとするが、のしかかった影がそれを許さない。荒々しい息づかいと獰猛なうなり声が降ってくる。何事が起きたのか、梵天は慌てて上昇した。ただでさえ中型トラックのサイズを誇るハドロサウルスよりも、さらに大きな生き物が真上からのしかかっていた。ちょうど目の前で、巨大な口が開いた。唾液に塗れた、太くて大きな舌が見えた。さらに上あご、下あごに整然と連なって並ぶ牙のような歯が、ハドロサウルスのような生き物の――、いや、これは正真正銘の恐竜であり、ハドロサウルスだ。その硬そうな背中に躊躇なく食らいついた。

すでにハドロサウルスの前脚は重さに耐えきれず、伏せるような姿勢を強いられている。周囲の仲間たちに危機を伝えようとしているのか、遠吠えのような苦しげな悲鳴を上げるが、逃げることができない。とにかく、相手があまりに巨大だった。中型トラックの上から、二階建てアパートが襲いかかったような、想像を絶する巨大生物たちの世界が展開されていた。それでいて、この二階建てアパート大の襲撃者はおそろしく静かに近づいてきた。梵天もまったく、その足音に気づくことができなかった。

三メートルある崖の上から、ほとんど自分もダイブするようなかたちでのしかかったのち、ハドロサウルスの背中に食らいついた襲撃者だったが、急に口を離した。ハドロサウルスの横にずれ落ちるように着地したのち、すぐさま姿勢を戻すと、空を見上げた。筋肉に覆われた信じられないほど太い首の先に、これまた異様に大きな頭部が載っていた。

ティラノサウルスだった。

これまで博物館で見上げたことがある、ティラノサウルスの復元骨格よりも、さらにひと回り大きな身体つきに見える。それは筋肉を纏ったからなのか、それとも獣脚類の別の個体種なのか。少なくとも、ティラノサウルスの仲間であることは間違いなかった。

なぜ突然、攻撃の手が、いや、攻撃の口が止まったのか。

それはふたたび強い地震が襲ったからだ。二頭の恐竜とも、よろけることはないが、新たな動きを見せることはできず、ただその重量ある自分の身体を支えるのでせいいっぱいの様子である。

その最中、地球史上最大の肉食恐竜と一瞬だけ目が合った。

彫りの深い眼窩の奥で、白目が濁った巨大な瞳がぎょろぎょろと動いた。やさしい目つきのハドロサウルスとは好対照の、ひどく悪い目つきをしていた。半開きの口からのぞく歯には肉の切れ端が引っかかり、血がしたたっていた。

もしも、梵天に実体があれば、相手の視界に収まることさえ恐怖を感じただろう。あくまで実体がないからこその無防備さで、思いきって頭部まで二メートルの距離に近づいてみた。身体の色は、ハドロサウルスより少し茶色がかってはいるが、やはり暗いトーンで統一されていた。五十センチまで接近したとき、ようやく確認ができるくらいの淡さで、うっすらと目の回りに毛が生えていることを発見した。隈取りのように模様を描きながら額へと、それから後頭部、首へと、薄茶色の短い毛が続いているが、主張の度合いはとても弱い。それよりも真上から眺めたとき、特筆すべきは、いびつなくらいに横幅のある太ももの筋肉だった。手がほとんどないに等しいほど退化しているぶん、すべての体格の進化をそこに詰めこんだかのような、極端な太さを誇っている。そして、とにかく頭が大きい。

背後の森からは枝葉がきしむ音に紛れ、けたたましい鳥の鳴き声が絶えず聞こえてきた。森に住む鳥たちも、すべてこの時代の特徴を兼ね備えているのだろうか。そちらも見てみたい。地表に潜んでいるであろう昆虫も観察したい。しかし、すでに揺れは一分以上も続き、地鳴りはいよいよ激しく轟き、襲撃を受けた仲間の様子を心配しているのか、それとも地震への不安か、「ぼぉう」「ぼぉう」という恐竜たちの鳴き声がやむことはない。

視界の隅を横切る鳥の姿に気づき、釣られるように梵天は海へ視線を向けた。黒っぽい鳥が連なって飛び去っていく。尾が少し長かった気がするが、すぐに沖の彼方に見えなくなってしまった。

この空のどこかにプテラノドンなどの翼竜だっているのかもしれないのだと、ふと、水平線に焦点を合わせたとき、空と海との境目部分がやけに濃いことに気がついた。まるで海面を縁取ったかのように、一本の黒っぽい帯が水平線と重なるように横方向に引かれている。

不意にこみ上げてくる嫌な予感に、梵天は自身の高度をさらに上げた。

先ほどまで、波打ち際ギリギリの位置まで進出していたはずのハドロサウルスの群れが、今はずいぶん手前に移動している。それこそ波打ち際との距離が百メートルほど離れ、無人の砂浜が広がっていた。群れがいっせいに移動したのだろうか。いや、違う。暴君ティラノサウルスの登場にもかかわらず、地震のせいなのか、群れの配置の印象はほとんど変わっていない。移動したのは海のほうだ。海面が沖へと引っ張られ、それまで見えなかった砂底が露わになった。つまり、引き潮が起きている。

これから起きることを理解した瞬間、梵天はふたたび水平線を確かめた。青い海の上に一枚層を重ねたような黒っぽいラインの幅が、少しだけ太くなっているように見えた。

「まずいぞ……。お、おいッ。お前たち、すぐに逃げろッ」

もちろん、梵天の声は届かない。それどころか、揺れがいったん収まったため、肉食恐竜は本能の赴くままにふたたびハドロサウルスの背中に大口を開き、嚙みつく始末である。

「バカか、食ってる場合じゃないッ。森に逃げるんだ。死ぬぞ、お前たちッ」

恐竜たちの近くに戻ろうと降下する梵天の動きが突然止まった。

「な、何だ——？」

意図に反して、身体が急上昇を始める。ぐんぐん高度が上がっていくことに抵抗しようとしても、背中にワイヤーを固定され引き上げられたかのように地表が遠ざかっていく。

「そろそろ、時間切れ」

突然、女の声が耳元でささやいた。

「あの子の船に残っていた『メ』を、あなたとの約束のために分けてもらった。あの子も、あなたたちへのお礼になるなら、と文句を言わなかった。そうだ、伝え忘れていたこと。ミスター・ボンドの身体に残された怪我も、あの子が『メ』を使って、他の仲間の兵士たちといっしょに元に戻した。その代わり、私の力は彼の身体からは消えた。これから、彼は好きなだけ戦えるということね。銀座の泥棒の一件も、あなたたちに捜査の手が及ぶことは決してないから、安心なさい——」

「も、戻してくれッ。もう少しだけ、見せてくれ。あいつら、これからどうなるんだ？　他の種類の恐竜だって、まわりを探したら、いくらでもいたはず。あ、あと、五分でいい。頼むッ」

「この時間だけでも、あの子が三百年かけて抽出した量の『メ』を使った。ひとりの人間のために、これほどの量を使うなんて、今までもこれからも二度とないこと。あなたが手に持つ化石の過去の記憶を、しっかりと目に焼きつけて帰りなさい」

梵天の視点はさらに上昇し、すでにハドロサウルスたちはゴマ粒大になっている。ティラノサウルスも同じく山椒の実くらいに小さい。

海はというと、鮮やかな青を帯びたエリアは海岸付近のわずかな幅に追いやられ、暗い色合いの海水面が水紋を描くように沖から陸地に向かって迫っているのが見えた。これから津波が容赦なく恐竜たちを呑みこむだろう。森に逃げこんだとしても、あの程度の高さでは根こそぎ流されてしまうかもしれない。

そこで梵天の身体の天地がひっくり返った。空を見ているのか、別の何かを見ているのか、真っ青な風景に身体が吸いこまれていく——。

「私がすべきことは、これで終わり。私はドゥムジとともに、エレシュキガルを追って、父母のもとに帰る」

「ま、待てッ。最後にひとつだけ訊かせろ。あの歯は、どこで拾ったんだ？」

「私たちは、資源の存在に囚われた一族。あらゆる資源や鉱石を見分けることができる特別な目を持つ。あの石が異質なものであることは、すぐにわかった」

「あ、あの化石は本当に山で拾ったものなのか？」

「私ははじめから、そう言っている。なぜ、人間はそこまで疑り深いのかしら」

「そんな簡単に見つかるものじゃないからだ。お前は、そこにあるのを知って松茸狩りに行ったのか?」

「いいえ、でも、行くべきだと声が聞こえた。それが道をつなぐことになると」

「声?」

「あなたたちには、わからない感覚。そもそも、対応する感覚器官自体が、人間には備わっていない。声が教えてくれたとおり、到着して私はすぐに見つけた。石が私を待っていた。それから松茸も見つけたわね。声が聞こえてくるの。ここにいる、って――」

梵天は、目を開けた。

テーブルを挟んで正面に梵地が、その横には銀亀三尉が、そして隣には梵人が食事を続けている。梵天の指にはティラノサウルスの歯が、口の中にはまだ最後のハンバーガーの切れ端が残っていた。最後に女がささやいた言葉が、耳の底で熱を保っているかのように今も燻《くすぶ》っている。

「これが永遠のさようなら。ミスター・ボンテン、ボンチ、ボンド」

*

口の中に残るハンバーガーの咀嚼を再開した。

誰も自分に注意を払っていないところから見て、はるか白亜紀後期のむかし――、地層時代でいうところの、ヒゲもじゃ小隊長の名前の語源でもある「マーストリヒチアン」への旅は、せいぜい瞬きする間の出来事だったらしい。

すでに梵天の脳裏では、見てきたばかりのものへの総括が始まっている。

ほんの数日前、二十キロ北方で発掘されたハドロサウルス類の化石について、梵地から質問されたばかりだった。あちらの発掘現場も、梵天山と同じく海の化石しか出ない、つまりは白亜紀のむかしは海の底だった場所のはずなのに、なぜ陸地にしか住まない恐竜の化石が見つかるのか？

まず、確実に言えることは、陸の生き物である恐竜を海の沖まで運んだ者がいた――。

それは何者か？

梵天もイナンナと似て、推測でものを言うことは少ない。梵地からの問いかけに対しても、明確に答えることはなかったが、今ならその「何者か」をはっきりと口にすることができた。

津波だ。

大地震のあとに発生した津波が、遠い沖合まで死体をさらっていった。ただし、海上に一匹だけ死体が浮いていたなら、待ってましたとばかりに、あっという間に魚の餌になるだろう。肉はバラバラ、骨もバラバラ――、その後、さいわいにして化石化したとしても、発見は極めて難しくなる。しかし、梵天の山から二十キロ離れた場所で発見されたハドロサウルスの新種は、白亜紀後期に海の底だった地層から、一カ所にまとまったかたちで化石が発掘された。その事実が意味するところは、「海の生き物の食料にならなかった」である。なぜか？　空からは鳥が、海からは魚、首長竜、モササウルス、アンモナイト、いくらでも腹ぺこな連中が狙っていたはずである。それをかいくぐった。つまり、無視されるくらい、他に大量の死体が浮かんでいた、ということではないのか。

誰からもつつかれることなく海底に沈んだ新種のハドロサウルスの死体は、泥にパッキングされ、長い時間をかけて化石へと性質を変えていった。やがて、地形自体も変化した。六千六百万年以上かけて大陸は移動し、日本列島が誕生する過程で、かつての海底はどこまでもせり上がり、山の一部となった。その後、上部に堆積した新しい地層が雨風に削られることで、白亜紀の記憶が人間に発見される日が訪れた。エベレストの山頂付近から貝の化石が見つかるのと同じ理屈である。

そこで黙考をいったん中断し、梵天は三秒を使った。

もう一度、ティラノサウルスの歯に潜りこんだが、ただ暗いものしか見えず、何も起きなかった。

当然だよな、と梵天は心の中で苦笑しながら、フライドポテトの箱を手に取った。ハンバーガーをひとつ平らげたはずなのにまったく食べた感触が残っていない。今ごろになって訪れた食欲に、箱ごと口に持っていき、冷え切ったフライドポテトを束で齧る。

人知れず梵天が白亜紀への恐竜旅行に出かけていた間、残りの三人の話題は、「梵地のこれからの計画」に移っていたようで、この半年間の梵地の苦闘を知ってか知らずか、

「梵地はいつか、またハサンおじいさんのところに行くの？」

と銀亀三尉がどこまでも無邪気に問いかけるのに対し、

「もちろん、行けるものなら行きたいです。フセイン・エリアの地下のどこかにあるアガデを掘り起こしたいです。でも、正確な場所がわからないし、一般の日本人は今もイラクに簡単には入国できないので、すぐの実現は難しいかも――。とにかく、今はハサンのいるオアシスの場所を探し出すこと、それがいちばんの課題です」

と眉間にしわを寄せながら梵地が答えると、三尉は同じく難しそうな表情になって、ドリンクのストローを、中身を飲むでもなく唇に当てていたが、

「知ってるわよ」

とさりげなく目を剝いた。

「え」

「座標でもいい？」

「いいどころか……、いちばん正確で間違いないです」

「何か、書くものある？」

三尉は紙ナプキンを一枚広げ、指の動きでペンを求めた。中腰になって、自分のポケットを次々叩き始めた梵地を横目に、梵天は足元の地質図の上に置いたマジックを拾い上げ、差し出す。ありがとう、と受け取った三尉は紙ナプキンに、さらさらとまず四桁、その下にまた四桁の数字を迷うことなく書きこんだ。

「これが、ハサンおじいさんの家がある場所の座標。こっちが北緯、こっちが東経。この四桁の数字は何度、何分てこと。秒までは覚えていない」

「ど、どうして――、これを」

「だって、見たもの」

「見た？」

「覚えていないかしら？　ハサンおじいさんの家で、オルネクの時計を借りたでしょ？　あのときオルネクが、電波が復活していることを確認するために時計をいじって、途中でＧＰＳを表示

させたの」

「よく、そんな一瞬で記憶できましたね――」

「だって、全部いっしょだったから」

「いっしょ?」

「この八桁、私の携帯電話の番号と、ぴたり同じだったの。こんなことってあるんだ、ってびっくりした」

偶然か、必然か、それとも神のいたずらか。あまりにできすぎた話に一瞬の沈黙が流れるが、

「まったく、俺たちいったい何度、銀亀さんに助けられるんだよ」と梵人がぼやきのようなつぶやきを放つと、ふたたび時間が流れ始めた。さっそく梵地がパソコンをテーブルに戻し、座標を検索しようとする前に、

「ちょっと、いいか」

と梵天が声をかけた。

「はじめてこの山に松茸狩りにきたとき、どこに車を停めた? 到着してすぐに、あの女は見つけたんだ」

いきなり、何のこと? と訝しむ梵地に、

「いいから、教えろ。お前は女と同じ車に乗ってきたのか?」

と梵天はテーブルに肘をついて上体を乗り出す。

「ええと……、あのときは相手の企業の人がマイクロバスを借りて、その一台に全員が乗ってここまで来て。そうだ、彼女はいちばん後ろに座っていて、どこに停めたかは――、ううん。結構、

「眺めが変わってるから」

「頼む、思い出してくれ」

急に深刻度を増した梵天の声色に気圧されるように、「わかったよ」と梵地は立ち上がり、

「ゲートの位置は、あそこで変わっていないよね」

とプレハブ小屋設置のために整地したゲート周辺に視線をうろうろさせた。

「どうしたんだ、急に？　まさか、あの女の『まだ、のぞいていないのね』の意味がわかったのか？」

と梵人が皮肉っぽい笑みを向けてくるので、「もう、のぞいた」と教えてやったら、「へ？」と間抜けな声を鼻のあたりから発した。

「ああ、そうだ。お前の膝の怪我は、エレシュキガルが助けたお礼ついでに治してくれたそうだぞ。銀亀さんに引っかかれた傷が消えていただろ。全部まとめて面倒を見た、ってことだろうな。その代わり、三秒の力は消えてしまう仕組みだ。これから好きなだけ戦える、とイナンナが言っていた」

言っていた？　いつ？　と梵人が怪訝な顔を返したところへ、

「あそこらへん……かな？」

と梵地が長い腕を持ち上げ、ゲートを入って右手に十メートルほど進んだあたり、もともと平坦な地形だったため整地する必要がなく、今はシートに覆われた中古ブルドーザーとショベルカーが並ぶ場所を指差した。

よし、とティラノサウルスの歯を握りしめ、梵天は立ち上がった。勘のいい三尉が何かを察し

たのか、すぐにあとを追ってくる。何だ何だ、と梵人も腰を上げ、結局、梵地も加わり四人揃って、ぞろぞろと重機が並ぶ前に向かった。

これまで、このあたりの地下を調べたことはない。この山のシンボルでもある、松茸が生えていた場所に掲げられたイラク国旗の存在に引っ張られ、そこを中心に探索場所を広げてきた。

「この二台、ここに来てから、ほとんど動かしていないだろ。本当に出番なんか来るのかよ」

「こんなふうに並んでいるのを見ると、駐屯地を思い出さない？　そうだ、あなたたち、夏の砂漠の五十度超えを経験せずに帰ったのはズルい。あれは地獄よ」

「ねえ、梵人。座標をいったん調べたら、食後のゲームでもしない？　持ってきたんだよ。あ、銀亀さんも、いっしょにどうですか？　『チグリス・ユーフラテス』というゲームで、四人で一度やってみたかったんです。きっと三尉なら天を打ち負かしてくれる気がする」

シートに覆われた重機の前で三人が呑気に交わす会話は、すでに梵天の耳には届いていなかった。

ブルドーザーとショベルカーの隙間、幅一メートルほどの、帯のように区切られた地面に、黒い色合いの、多少いびつな形はしているが、何の変哲もない長さ十センチほどの石が、待ち構えていたかのようにぽつんと落ちている。

地面に膝をつき、梵天は無言で石を拾い上げた。

ズボンにこすりつけ、土を落としたあと、右の手のひらに載せた。歯の化石を握りしめている左の手のひらを開き、並べるようにして見比べた。少し石を舐めてみた。土の味といっしょに、舌の先が表面にわずかに吸いついた。

震えるのはまだだ、と己に言い聞かせ、一度深呼吸して、集中する。

ふわりと身体から意識が抜け出した。

そのまま、地中へと潜りこむ。

それから五回、三秒を使って繰り返し地中を探ってから目を開けた。

いきなり、梵天を囲むようにしてのぞきこむ三人の顔にぶつかった。

「大丈夫か、天ニイ?」

すぐには声を出せず、代わりに梵天は拾ったばかりの石を差し出した。

「歯の化石じゃ……、なさそうだね」

と腰を屈めた梵地に石を預け、立ち上がろうとしたら、ふらついてしまった。

咄嗟に銀亀三尉が腕をつかむ。

「ひょっとして見つけたの?」

梵天の目の前に、答えを待つこぼれそうなほど大きな瞳が迫っていた。

ほんの十秒前、地下で出くわしたばかりの異様に太くて長い石のかたまり――、幅は一メートル五十センチほど、そのサイズから推測するに大腿骨かもしれない物体を鮮やかに脳裏に蘇らせながら、梵天は今ごろになって、あの神は約束をいちいち全部守ってから帰ったのだ、と気がついた。

梵地、とようやく発することができた声とともに、弟の手のひらの石を指差した。

「俺たちの真下に、それのあるじの骨が埋まっている。とびきり、デカいのが」

「そ、それって、恐竜の……化石?」

ああ、あの大きさは本物の恐竜だ、とうなずいた瞬間、三尉の歓声と、梵地の満面の笑みと、梵人の熱い抱擁がいっせいに梵天を目がけ放たれた。あちこちから叩かれ、抱きしめられ、なぜかくすぐられ、ぐらぐらと揺れる視界のなかで、梵人の声が聞こえる。

「天ニイッ、もしも新種の恐竜だったら、名前をつけられるんだろ？　ひょっとして、もう決まっているのか？」

もちろん、決まっている。

少し長いが三つ子の名前を冠したやつを、十五歳のときから梵天はとっくに決めている。

本書は「小説幻冬」二〇一七年一一月号～二〇一八年五月号、二〇一八年八月号～二〇一八年一〇月号、二〇一九年四月号～二〇二一年三月号に掲載したものに、加筆・修正を加え二分冊したものです。

*

この作品はフィクションです。実在の個人・組織とはいっさい関係ありません。また、本書にはさまざまな架空の設定と実際の出来事との組み合わせが登場します。執筆開始時には実際の出来事になるはずだったものが、架空の設定になってしまった部分もあります。それもまた創作の醍醐味であり、あえて修正せず、世に出すことにしました。（著者）

〈著者紹介〉
万城目 学　1976年大阪府生まれ。京都大学法学部卒業。2006年にボイルドエッグズ新人賞を受賞した『鴨川ホルモー』でデビュー。他の小説作品に『鹿男あをによし』『プリンセス・トヨトミ』『かのこちゃんとマドレーヌ夫人』『偉大なる、しゅららぼん』『とっぴんぱらりの風太郎』『悟浄出立』『バベル九朔』『パーマネント神喜劇』など、エッセイ作品に『べらぼうくん』などがある。

ヒトコブラクダ層ぜっと（下）
2021年6月25日　第1刷発行

著　者　万城目 学
発行人　見城 徹
編集人　菊地朱雅子
編集者　有馬大樹

GENTOSHA

発行所　株式会社 幻冬舎
〒151-0051 東京都渋谷区千駄ヶ谷4-9-7

電話：03(5411)6211(編集)
03(5411)6222(営業)
振替：00120-8-767643
印刷・製本所：株式会社 光邦

検印廃止

Printed in Japan
ISBN978-4-344-03800-4 C0093
幻冬舎ホームページアドレス　https://www.gentosha.co.jp/

この本に関するご意見・ご感想をメールでお寄せいただく場合は、
comment@gentosha.co.jpまで。